Nscho-tschi

die Häuptlingstochter

von
Thomas Jeier

Karl-May-Verlag
Bamberg • Radebeul

INHALT

Die vorliegende Erzählung spielt gegen Ende der fünfziger Jahre des 19. Jahrhunderts.

Deckelbild: Carl-Heinz Dömken
Printed in Germany
ISBN 3-7802-0451-7

1. Schüsse in Washington

Der Scharfschütze wartete im zweiten Stockwerk eines neuen Wohnhauses, nur zwei Querstraßen vom Weißen Haus entfernt. Er kauerte am offenen Fenster, den neuen Sharps-Karabiner im Anschlag, und beobachtete die Kutsche, die langsam über die Pennsylvania Avenue fuhr. Zwischen seinen Lippen hing eine kalte Zigarre, die er erst vor wenigen Minuten auf der Fensterbank ausgedrückt hatte. Seine dunklen Augen wirkten angespannt und die Andeutung eines Schnurrbartes über seinen schmalen Lippen ließ sein Gesicht ungewöhnlich hager und knochig erscheinen. Er trug einen schwarzen, leicht verknitterten Anzug, ein weißes Hemd mit gebundener Krawatte, schwarze Stiefel und einen flachkronigen Hut, wie man ihn sonst nur in Kalifornien kannte. Seine Augen verengten sich, als er die beiden Gestalten in der Kutsche erkannte, und sein rechter Zeigefinger krümmte sich um den Abzug. „Stirb, Nigger!“, kam es verächtlich über seine Lippen, obwohl es sich bei einem der Passagiere um einen Indianer aus dem amerikanischen Westen handelte. Für den geheimnisvollen Schützen war ein Indianer noch verachtungswürdiger als ein schwarzer Sklave aus dem Süden.

Der Indianer hatte keine Ahnung, in welcher tödlichen Gefahr er schwebte. Er gehörte zu einer Delegation von angesehenen Häuptlingen und Kriegern, die vom Präsidenten der Vereinigten Staaten von Amerika zu einem festlichen Empfang eingeladen waren, der vor allem dazu diente, den Indianern zu zeigen, wie überlegen die weiße Rasse war und dass es keinen Sinn hatte, sich gegen einen solchen Gegner aufzulehnen. Allein der Anblick des Weißen Hauses und des Kapitols mit seiner eindrucksvollen Kuppel ließ einige Krieger ehrfurchtsvoll verharren, und der starke Verkehr auf den Straßen, die vielen Menschen und Fuhrwerke schockierten sie in höchstem Maße. Eine pulsierende Großstadt wie Washington, die Hauptstadt des amerikanischen Staatenbundes, musste ihnen wie das Zentrum eines fernen Planeten vorkommen, war das genaue Gegenteil der verstreut liegenden Pueblos und Zeltdörfer des Westens. Hier gab es Dinge, die nicht einmal alle Weißen gesehen hatten: riesige Fabriken mit dampfenden Schornsteinen, schlossähnliche Wohnhäuser in lieblichen Parklandschaften und die fauchende Eisenbahn, das ‚Eiserne Pferd', wie sie von den indianischen Besuchern genannt wurde, das rollende Häuser aus einem Bahnhof zog.

Der Indianer, der in einer gefederten Kutsche des Präsidenten vom vornehmen ‚Indian Queen Hotel' zum Weißen Haus gefahren wurde, verbarg sein Erstaunen hinter einer unbeweglichen Miene. Schon beim ersten Anblick der geschäftigen Siedlungen jenseits des Großen Flusses, der von den Weißen auch Mississippi genannt wurde, während seiner ersten Reise mit einer Kutsche und dem Eisernen Pferd und beim Betreten seines luxuriösen Hotelzimmers mit der ungewöhnlichen Schlafstatt und dem großen Spiegel über der Waschschüssel hatte er sich gefragt, warum der Weiße Mann dem Indianer überlegen sein sollte. Hatten die Bewohner der unendlichen Prärien nicht den Büffel, der ihnen alles zum Leben gab? Hatten sie nicht den Wind, der in den Bäumen rauschte und von den guten Geistern erzählte, die irgendwo über der Erde wohnten? Erfreuten sie sich nicht an den heiligen Bergen, wenn ihre schneebedeckten Gipfel in der Sonne leuchteten, und dem Wasser, das schäumend von den Felsen stürzte? Genossen sie nicht die andächtige Stille, die abends über das Land kroch und mehr bedeutete als der Lärm der Fuhrwerke und das Plappern der vielen Menschen?

Klekih-petra, der kleine Mann, der ihm gegenüber saß, erriet seine Gedanken. „Auch ich sehne mich nach der Heimat im Westen", meinte er wehmütig. „Die Jagdgründe der Apachen sind zu einem neuen Zuhause für mich geworden und ich kann mir ein Leben in Deutschland schon lange nicht mehr vorstellen. Als ich die alte Heimat vor zehn Jahren verließ, kämpften die Menschen um ihre Freiheit. Aber können sie diese Freiheit in der Enge großer Handelsstädte und der fest gefügten Ordnung betriebsamer Dörfer jemals erlangen? Liegt die wahre Freiheit nicht in den Jagdgründen der Indianer?" Der Mann, der trotz seiner Behinderung und obwohl die indianischen Kleider um seinen hageren Körper schlotterten, würdevoll wirkte, schob eine Strähne seines langen Haares zurück. „Mein Freund! Ich habe dich hierher gebracht, um dir zu zeigen, welche schwierige Aufgabe dich erwartet, wenn du einmal Häuptling geworden bist. Du wirst gezwungen sein, dein Volk in eine neue Zukunft zu führen. Nimm den technischen Fortschritt des Weißen Mannes an, ohne dich von ihm verführen zu lassen! Gehe ein Bündnis mit den Weißaugen ein, ohne den Charakter deines Volkes zu verraten! Schaue dich in dieser Stadt um und lerne, aber vergiss nicht, dass auch die Apachen stolz auf ihre Errungenschaften sein können! Intschu tschuna, der tapfere Häuptling aller Apachen, ist genauso wertvoll wie der Große Weiße Vater in Washington!"

Der junge Krieger nickte ernst. Er vertraute dem weißen Mann, der seine Heimat in Europa verlassen hatte und seit vielen Jahren bei den Apachen lebte. Klekih petra, ein ehemaliger Gelehrter, war zum weißen Vater der Apachen geworden und betrachtete es als seine Lebensaufgabe, die Indianer auf das Kommen des Weißen Mannes vorzubereiten. So büßte er für die Sünden, die er in seinem Heimatland begangen hatte. Er sprach selten über seine Vergangenheit, hatte sich selbst Intschu tschuna und dessen Sohn erst nach einer geraumen Zeit offenbart. „Ich hatte den Glauben an meinen Gott verloren", gestand er. „Mehr noch, ich entsagte ihm, lebte als Freigeist und brachte es fertig, seine Gegenwart öffentlich zu verleugnen! Ich bewies meinen Schülern, dass der Glaube an den lieben Gott ein totaler Unsinn sei, und verführte so manche Seele, sich gegen die Obrigkeit aufzulehnen. Dazu gehörten auch die Könige und Fürsten, wie wir in unserer Heimat die Häuptlinge nennen. Die Menschen griffen zu den Waffen und empörten sich gegen den Staat! Aus der Saat, die ich jahrelang ausgestreut hatte, spross wildes Unkraut, das die Menschen erstickte! Deshalb habe ich meine Heimat verlassen! Ich bin in die Jagdgründe der Apachen gezogen, um sie die Sprache und die Kultur des Weißen Mannes zu lehren. In der Wildnis habe ich meinen Gott wieder gefunden und ich will niemals müde werden, von seiner Größe und Güte zu erzählen!"

Der Häuptlingssohn, der mit Klekih-petra in den amerikanischen Osten gefahren war, dachte an die Worte seines weißen Lehrers, während er in der Kutsche des Großen Weißen Vaters saß und das rege Treiben auf der Straße beobachtete. Er nahm sich fest vor, darüber nachzudenken, wie man sein Volk an die hektische Welt des Weißen Mannes gewöhnen konnte. Es würde nicht einfach sein. Zu unterschiedlich waren die Charaktere der beiden Völker. Die Indianer versuchten im Einklang mit der übermächtigen Natur zu leben. Die Weißen strebten danach, sich diese Natur untertan zu machen. Warum zerstörten sie eine Welt, die ihr Gott erschaffen hatte? Der Krieger kannte das Heilige Buch des Weißen Mannes und konnte sich an keinen Satz erinnern, der den weißen Siedlern befahl, das Land auszubeuten.

„Fürchten sich die Weißen davor, mit der Natur im Einklang zu leben?", fragte der junge Apache. Er hatte keine zwanzig Winter gesehen und war für seinen Wissensdurst bekannt. Dabei hielten ihn viele seiner Stammesbrüder für einen weisen Mann. Er war von mittlerer Gestalt und schien jeden Muskel seines kräftigen Körpers unter Kontrolle zu haben. Sein Jagdrock, die Leggins und die Mokassins waren aus feinstem Wildleder gefertigt und mit gefärbten Stachelschweinborsten verziert. Um seinen Hals hing ein Medizinbeutel, hinter seinem Gürtel steckte ein stählernes Messer. Sein blauschwarzes Haar wurde von einem ledernen Band zusammengehalten und hing bis über die Schultern hinab. Seine Haut war hellbraun mit einem sanften Bronzehauch und sein edles Gesicht wurde von dunklen Augen beherrscht. Sie betrachteten forschend die mehrstöckigen Häuser an der Pennsylvania Avenue und zeigten keine Spur von Misstrauen. In der Hauptstadt des Weißen Mannes gab es keine Feinde, das hatte Klekih-petra ihm mehrfach versichert, nur neugierige Menschen, die einen Häuptlingssohn der Apachen wie ein Wesen von einem anderen Planeten betrachteten und ähnlich erstaunt wie er waren, wenn er die Männer in den steifen Zylindern und die Damen in den kostbaren Kleidern beobachtete.

Wäre die Kutsche durch die Wüstengebiete des Südwestens oder über die Prärie gefahren, hätte er den geheimnisvollen Scharfschützen hinter dem Fenster längst entdeckt, aber in dieser ungewohnten Umgebung versagten auch seine scharfen Augen. Der Schuss krachte so plötzlich und unerwartet, dass er seine Rettung nur einer glücklichen Fügung des Schicksals verdankte. Ausgerechnet in dem Augenblick, als der Scharfschütze den Abzug seines Sharp-Karabiners durchzog, scheuten die Pferde vor einem Fuhrwerk. Die Kutsche blieb stehen und die Kugel fuhr dicht neben der Stirn des Apachen in die Rückwand.

Der Krieger reagierte mit der Schnelligkeit einer Wildkatze. Bevor Klekih-petra ihn zurückhalten konnte, sprang er nach draußen und rannte im Zickzack über die belebte Straße. Ein zweiter Schuss krachte und die Kugel verfehlte ihn nur um Haaresbreite. Passanten flohen schreiend nach allen Seiten, gingen hinter Fuhrwerken oder in Hauseingängen in Deckung. Der hysterische Hilferuf einer älteren Dame schallte über die Straße. Einige Kinder weinten. In einer zivilisierten Stadt wie Washington war man keine Gewehrschüsse gewöhnt, von den Salutschüssen der Paradesoldaten einmal abgesehen, und das versuchte Attentat hatte die Menschen in wilde Panik versetzt. Die Zugpferde einer Kutsche gingen durch, das Gefährt krachte gegen eine Hauswand und die Passagiere wurden auf die Straße geschleudert. Die Pferde rannten wiehernd weiter.

Der Apache war längst in dem Gebäude, aus dem der Scharfschütze geschossen hatte. Das Mündungsfeuer des zweiten Schusses hatte ihm gezeigt, wo der Mann sich versteckt hielt. Er rannte durch einen langen Flur, wich einer Köchin aus, die mit erhobener Suppenkelle aus der Küche gestürmt kam, und kletterte eine Wendeltreppe hinauf. Sein Gewehr behinderte ihn und er wäre beinahe gestolpert. Er war es nicht gewohnt, sich in einer solchen Umgebung zurechtzufinden. Verwirrt erreichte er das Ende der Treppe. Er befand sich in einem Schlafzimmer, das mit einem Himmelbett, einer Frisierkommode und einem Waschtisch ausgestattet war. Auf dem Bett saß eine einäugige Puppe, die Arme seltsam verdreht. Durch das Fenster fielen Sonnenstrahlen und erweckten die Puppe zum Leben.

Über dem Krieger polterten Schritte. Er blickte sich suchend um und entdeckte eine weitere Treppe, die auf einen Speicher unter dem Dach führte. Er stieg nach oben, sein Gewehr mit einer Hand im Anschlag, und erkannte mit einem schnellen Blick, dass der Scharfschütze durch das offene Fenster verschwunden war. Der Apache blieb stehen und schnupperte. Zigarrenrauch hing in der Luft. Ein Tabak, der von keinem Indianerstamm im amerikanischen Westen geraucht wurde. Nicht einmal von den weißen Fallenstellern, die bis in die Rocky Mountains vorgedrungen waren und dort den Biber jagten. Er hob den Zigarrenstummel auf, den der Schütze bei seiner Flucht verloren hatte, roch daran und verstaute ihn in einer Tasche seines Jagdrocks. Wenn er den heimtückischen Schützen jetzt nicht erwischte, würde er ihn irgendwann am Geruch dieser seltenen Zigarren wieder erkennen.

Ein Blick durch das offene Fenster zeigte ihm, dass der Schurke über das schräge Dach geflohen war. Seine Fußabdrücke waren deutlich auf den staubigen Ziegeln zu sehen. Ein großer Mann, von hagerer Gestalt, der nicht in Panik verfallen war, nachdem er zweimal vorbeigeschossen hatte. Ein eiskalter Killer, gemeiner und niederträchtiger als ein Comanche, der es auf die Pferde der Mescaleros abgesehen hatte. So wurde der Apachenstamm genannt, dem der junge Krieger angehörte. Die Mescaleros waren lautlos und unsichtbar, wenn sie ihre Feinde verfolgten, aber das galt nur für ihre Heimat und noch niemals war ein Krieger in der Hauptstadt des Weißen Mannes über die Dächer mehrstöckiger Häuser gestiegen. Der in dieser Umgebung viel erfahrenere Scharfschütze war nur noch als flüchtiger Schatten zu sehen, als sein Verfolger aus der Dachluke kletterte und sich an einem Kamin festhielt.

Der Mescalero hatte es seinen ledernen Mokassins zu verdanken, dass er nicht abrutschte. Auf leisen Sohlen huschte er über das schräg abfallende Dach, das Gewehr schussbereit in der rechten Hand. Er erreichte das Dach des nächsten Hauses, hielt sich an dem steinernen Geländer fest, das die beiden Kamine verband, und blieb unschlüssig stehen. Eines der schmalen Erkerfenster stand offen. Er spähte vorsichtig hinein und zögerte für den Bruchteil einer

Sekunde, bevor er in das leere Zimmer stieg. Ein Stockwerk tiefer schrie eine Frau: „Hilfe! Ein Einbrecher!“ Er rannte durch die offene Tür, stürmte die Treppe hinunter und sah, dass die Frau ohnmächtig geworden war. Neben ihr standen zwei kleine Kinder und weinten leise. „Habt keine Angst!“, sagte der Indianer in fehlerfreiem Englisch. „Eure Mutter wacht gleich wieder auf!“ Er legte ein Kissen unter den Kopf der Bewusstlosen und stieg ins Erdgeschoss. Die Hintertür stand offen. Er lief nach draußen und kam auf eine breite Straße, die von zahlreichen Kutschen und Fuhrwerken befahren wurde. Einige Passanten blieben stehen und schrien in panischer Angst, als sie den Indianer in seiner Wildlederkleidung sahen. Sie wurden an die Zeichnungen in den Büchern über die unheilvollen Wilden erinnert und glaubten an einen Indianerüberfall in Washington.

Der Indianer suchte vergeblich nach dem Scharfschützen, ging davon aus, dass er auf eines der Fuhrwerke geklettert war, und kehrte enttäuscht um. Klekih-petra stand mit einigen Polizisten beisammen, als er die andere Seite des Hauses erreichte und auf die Pennsylvania Avenue trat. Der weiße Lehrer der Apachen freute sich, ihn wieder zu sehen, und legte erleichtert einen Arm auf seine Schulter. „Die Polizisten kümmern sich um den Attentäter“, meinte er. „Hast du gesehen, wohin er geflohen ist?“

„Nein“, antwortete der junge Krieger, „er muss auf einen der Wagen gesprungen sein, die von Pferden gezogen werden. Auf der Straße hinter dem Haus. Er raucht diese Zigarren...“ Er zog den Stummel aus der Tasche und reichte ihn einem Polizisten.

„Eine teure Marke“, erwiderte der Gesetzesbeamte

erstaunt. Er wandte sich neugierig an Klekih-petra. „Und Sie glauben wirklich, der Heckenschütze hatte es auf diesen Indianer abgesehen?“

„Es gibt einflussreiche Männer, die nicht daran interessiert sind, dass es zu einem dauerhaften Frieden zwischen der amerikanischen Regierung und den Indianern kommt. Waffenhersteller, Eisenbahnbauer, Spekulanten. Es würde mich nicht wundern, wenn einer dieser Männer den Heckenschützen angeheuert hätte. Ich hoffe, Sie finden den Schurken! Wenn Sie ihn als Kronzeugen aufbieten, verrät er Ihnen bestimmt, wer sein Auftraggeber ist!“ Klekih-petra lächelte hintergründig. „Sofern der Richter daran interessiert ist!“

„Was wollen Sie damit sagen, Mister...“

„Klekih-petra“, ergänzte der Begleiter des Indianers, „so werde ich von den Apachen genannt. Das bedeutet ‚Weißer Vater‘. Was ich damit sagen will? Dass ich nicht daran glaube, dass der wahre Schuldige jemals gefangen wird! Wenn wirklich ein mächtiger Mann hinter dem Attentat steckt, lässt er sich bestimmt nicht in die Karten schauen! Reiche und mächtige Männer finden immer einen Weg, der gerechten Strafe zu entgehen!“

„Überlassen Sie die Sache uns!“, erwiderte der Polizist streng. Er betrachtete den Zigarrenstummel in seiner Hand wie ein lästiges Insekt und warf ihn auf die Straße. „Und sprechen Sie nicht solche Verdächtigungen aus! Oder wollen Sie sich unbedingt Ärger einhandeln? Im Weißen Haus hört man sowas nicht gern! Wenn Sie nicht zum Präsidenten unterwegs wären, sähe ich mich sogar gezwungen, Sie zum Verhör auf die Wache mitzunehmen! Und jetzt fahren Sie bitte weiter!“ Er drehte sich zu seinen Männern und gab zu verstehen, dass die Unterhaltung beendet war. Klekih-petra und der Apache stiegen in die Kutsche.

„Sie werden den Mann nicht finden“, sagte der Krieger, als die Kutsche weiterfuhr. „Er bewegt sich wie ein Comanche!“ Er schwieg einige Zeit und fügte hinzu: „Ich hätte ihn gefasst. Aber viele Leute haben Angst vor mir und ich will sie nicht erschrecken! Irgendwann werde ich den Mann sehen und dann wird er für seine Tat büßen! Der Große Geist vergisst nicht!“ Er lächelte seinem weißen Lehrmeister zu und ließ nicht erkennen, wie schwer es ihm fiel, die Verfolgungsjagd abzubrechen. „Ich weiß, wie wichtig der Besuch beim Präsidenten ist!“, sagte er.

Klekih-petra drückte dankbar seine Hand. „Gott wird das Unrecht bestrafen, das der heimtückische Schütze begangen hat! Und wir werden uns beim Großen Vater dafür einsetzen, dass seine Hintermänner keinen Erfolg mit ihrer Politik haben!“ Er blickte aus dem Fenster und sagte: „Ich glaube, wir sind da.“

2. Bärenklaue kommt zu spät

„Darf ich vorstellen, Mr. President?“, sagte Klekih-petra, als er mit dem jungen Indianer vorgeladen wurde. „Winnetou, der Sohn des großen Intschu tschuna, des Häuptlings aller Apachen! Der tapferste Krieger, den es jemals an der Grenze gegeben hat! Er wird die Geschicke seines Volkes leiten, wenn der Weiße Mann nach Westen vorstößt. Die weisen Männer unseres Stammes waren der Meinung, dass er derjenige sein soll, der mit dem Großen Weißen Vater spricht! Ich bin Klekih-petra, ein Gelehrter aus Deutschland, der seit vielen Jahren bei den Apachen lebt. Es ist uns eine große Ehre, Euch zu treffen, Mr. President!“ Er verbeugte sich ungelenk und nahm dankbar an, als der Präsident ihn einlud, sich in einen der bequemen Sessel zu setzen.

Winnetou blieb stehen und hob sein stolzes Gesicht, bevor er das Wort ergriff. Er war sich des feierlichen Augenblicks bewusst. Zum ersten Mal in der Geschichte seines Volkes begegnete ein Krieger dem Großen Weißen Vater in Washington. Von seinem weißen Lehrmeister hatte er gelernt, dass der Präsident die Geschicke aller Weißen zwischen einem Großen Wasser und dem anderen bestimmte und er allein darüber entscheiden konnte, ob das Kriegsbeil gegen die Indianer ausgegraben wurde. Ein mächtiger Mann, so einflussreich wie die Könige der Azteken und Mayas, die südlich der Jagdgründe der Apachen in sagenumwobenen Reichen regiert hatten. „Ich grüße den Großen Weißen Vater und danke ihm für die Einladung, ihn in seinem Weißen Haus zu besuchen! Es ist mir eine Ehre, mein Volk bei diesem wichtigen Ratsfeuer zu vertreten!“ Er sprach das fehlerfreie Englisch, das er von Klekih-petra gelernt hatte, übersah den verwunderten Augenaufschlag des Präsidenten, der bisher nur ungebildete Indianer getroffen hatte. „Ich bin gekommen, die große Stadt der Weißaugen kennen zu lernen und mit ihrem Häuptling über die Zukunft meines Volkes zu sprechen.“ Mit feierlicher Miene zog er eine kunstvoll verzierte Friedenspfeife unter seinem Jagdrock hervor. „Dies ist ein Geschenk meines Volkes! Intschu tschuna ist weit geritten, um den heiligen Stein für den Pfeifenkopf aus den Jagdgründen der Lakota zu holen. Nscho-tschi, meine Schwester, hat die kunstvollen Perlenschnüre geknüpft, die den Schaft verzieren, und ich habe den Adler gefangen, der seine Federn für den Schmuck dieser heiligen Pfeife lassen musste. Möge dieses Kalumet den Wunsch unseres Volkes nach einem dauerhaften Frieden bekräftigen und möge der Rauch zum Himmel emporsteigen und den Großen Geist bitten, seine schützenden Hände über unsere Völker zu halten! Der Große Geist, den ihr ‚Gott‘ nennt und der bei den Apachen ‚Yusn‘ heißt, wird die Indianervölker westlich des Großen Flusses mit dem Weißen Mann vereinen und einen Krieg, wie ihr ihn gegen die Völker im Osten gekämpft habt, verhindern! Großer Weißer Vater, ich habe gesprochen!“ Er reichte dem Präsidenten die Pfeife und senkte ehrerbietig den Kopf.

„Ich bedanke mich, mein roter Freund“, erwiderte der Präsident. Er freute sich ehrlich über das Geschenk, auch wenn er den wahren Wert eines Kalumets niemals erkennen würde. Er betrachtete die fantasievollen Perlenschnüre, die vom Schaft herunterhingen, und gab die Pfeife an seinen Sekretär weiter, der in respektvoller Entfernung hinter ihm stand. „Winnetou", begann er seinen einstudierten Text, „ich heiße dich im Namen der Regierung der Vereinigten Staaten von Amerika herzlich willkommen. Ich freue mich, einen so tapferen Krieger begrüßen zu dürfen! Auch ich bin an einem dauerhaften Frieden zwischen Weißen und Indianern interessiert und möchte dir als Zeichen meiner Anerkennung und meiner ehrlichen Absichten diese wertvolle Medaille überreichen." Er drehte sich zu seinem Sekretär um und ließ sich ein schwarzes Schmuckkästchen geben. Die silberne Medaille, die darin lag, zeigte den Kopf des Präsidenten und einen Adler, der schützend seine Schwingen über dem Land ausbreitete. Sie hing an einem Band in den Nationalfarben Rot, Weiß und Blau. Der Präsident nahm die Medaille aus dem Kästchen und hing sie Winnetou um den Hals. „Möge diese wertvolle Medaille den Indianern zeigen, dass die Weißen in friedlicher Absicht kommen und dass es einen dauerhaften Frieden zwischen unseren Völkern geben kann!" Auch diese Worte hatte er auswendig gelernt. Er sagte sie zu allen Indianern, die zu dem Empfang nach Washington gekommen waren.

Winnetou berührte die Medaille vor seiner Brust und war beeindruckt. Er versicherte dem Präsidenten, dass er die Auszeichnung bei allen feierlichen Versammlungen der Apachen tragen würde. „Ich danke dir, Großer Weißer Vater", sagte er feierlich. „Wenn alle Weißen so denken wie du, wird es niemals Krieg zwischen unseren Völkern geben!" Der junge Krieger wechselte einen raschen Blick mit Klekih-petra und sah das leichte Misstrauen in seinen Augen. Auch er war nicht so naiv, um dem Präsidenten bedenkenlos zu glauben. Der Große Weiße Vater betrieb Politik. So hieß das Wort, das Winnetou von seinem weißen Lehrmeister gelernt hatte. Wie ein Häuptling, der eine Rede am großen Ratsfeuer hielt und den Zauber seiner Worte benutzte, um die Krieger von seiner Meinung zu überzeugen. Der Präsident hatte die Häuptlinge und Krieger verschiedener Stämme nicht nur eingeladen, damit sie Geschenke austauschten und höfliche Reden führten. Es ging ihm auch darum, den Indianern die Überlegenheit des Weißen Mannes vor Augen zu führen. Er zählte darauf, dass sie beim Anblick der vielen Menschen in den Städten und der eindrucksvollen Gebäude und Fabriken jegliche Lust daran verloren, sich gegen die Weißen zur Wehr zu setzen. Das wusste Winnetou, und obwohl er zu dieser Zeit noch nicht damit rechnete, dass die Weißaugen eine Eisenbahnlinie durch die Jagdgründe der Apachen planten, mischte sich auch eine leise Wehmut in seine Gefühle. Er zeigte sie nicht, baute fest darauf, dass der Große Weiße Vater stark genug war, seine friedlichen Absichten in die Tat umzusetzen.

Der zweitägige Aufenthalt der indianischen Abordnung war fest verplant. Nachdem der Präsident alle Häuptlinge und Krieger in seinem Büro empfangen und mit einer Medaille geehrt hatte, stand ein gemeinsames Abendessen im Großen Saal auf dem Programm. Anschließend würde man sie ins Hotel zurückfahren, wo eine weitere Überraschung auf sie wartete: Schwarzer Frack, schwarzer Zylinder, schwarze Schuhe, weißes Hemd, schwarze Krawatte und weiße Handschuhe lagen auf ihren Betten. Wie bleichgesichtige Gentlemen verkleidet sollten die indianischen Gäste im ‚National Theater' erscheinen und einer Ballettaufführung beiwohnen. Eine eher zweifelhafte Ehre für Häuptlinge und Krieger, die ihr ganzes Leben in der Wildnis zugebracht hatten.

Winnetou hatte die anderen Indianer bereits im Hotel getroffen: Gelber Bär, den Häuptling der Oglala Lakota; Wolfsgesicht, den angesehenen Hundekrieger[1] der Cheyenne; Große Antilope, den Häuptling der Schoschonen; Steht-im-Wasser, den Krieger der Crow und Zwei Bären, einen Medizinmann der Mandan. Zwischen den Lakota und den Crow herrschte seit vielen Jahren eine erbitterte Feindschaft und im Hotel war es zu einem lautstarken Wortwechsel zwischen Gelber Bär und Steht-im-Wasser gekommen, aber Winnetou hatte vermittelt und beide Vertreter ihres Volkes hatten eingesehen, dass der Empfang der amerikanischen Regierung wichtiger war als die Reibereien zwischen den beiden Indianerstämmen. „Es geht um die Zukunft aller Indianervölker", betonte Winnetou, der trotz seines jugendlichen Alters großen Respekt bei den anderen Kriegern besaß. „Wie sollen wir zu einem dauerhaften Frieden mit den Weißen kommen, wenn die Krieger der Lakota und der Crow nicht einmal in der Hauptstadt des Weißen Mannes das Kriegsbeil begraben können? Wollt ihr denen in die Hände spielen, die unseren Untergang planen? Wollt ihr den Weg der Mohikaner gehen, die bis auf den letzten Mann ausgerottet wurden? Wollt ihr das?"

„Pah!", hatte der Häuptling der Lakota geantwortet. „Wir sind keine Mohikaner! Wir sind Lakota! Wenn die Weißen uns angreifen, werden wir sie in den Boden stampfen! Wir werden niemals untergehen! Wir sind stärker als die Grizzlys in den Bergen und

[1] Kriegerbund der Cheyenne

schlauer als die Füchse in den Wäldern! Die Weißen nennen uns ‚Sioux', das heißt Schlangen! Wir sind unbesiegbar!"

„Niemand ist unbesiegbar", widersprach Winnetou, „und ein dauerhafter Frieden ist stärker als ewiger Krieg! Hat mein Bruder gesehen, wie viele Weiße es in dieser Stadt gibt? Sie sind so zahlreich wie die Sterne am Himmel! Die Indianer müssen Frieden mit ihnen schließen, wenn sie eine Zukunft haben wollen!"

Gelber Bär hatte nachgegeben. Er beschränkte sich darauf, seinem Widersacher aus dem Weg zu gehen und ihm verächtliche Blicke zuzuwerfen, wenn er sich unbeobachtet glaubte. Beim Abendessen im Großen Saal tauschte er den Platz mit Wolfsgesicht, der am anderen Ende des Tisches saß. Der blassgesichtige Zeichner, der von der Regierung beauftragt war, das historische Treffen für die Nachwelt zu dokumentieren, fühlte sich sichtlich unwohl, als er die strenge Miene von Gelber Bär zu Papier brachte. Der Anblick der Indianer, die in ihrer reich verzierten Wildlederkleidung an der festlich gedeckten Tafel des Präsidenten saßen, der stolze Häuptling der Lakota sogar mit einer langen Schleppe aus Adlerfedern, wirkte Furcht einflößend auf den jungen Zeichner, der auch dann nicht lachte, als gebratener Fasan mit süßen Kartoffeln serviert wurde und die Indianer sich verzweifelt mit Messer und Gabel abmühten.

Winnetou hatte von Klekih-petra gelernt, wie die Weißen zu essen, aber auch er kam sich an der Festtafel fehl am Platze vor und sehnte sich nach einem Lagerfeuer, wo man das Fleisch eines Fasans vom Knochen nagte und mit frischem Wasser nachspülte. Am

Tisch des weißen Mannes wurde erlesener Wein serviert, und bevor gegessen wurde, erhob der Präsident sein Glas und hieß die indianischen Gäste noch einmal willkommen. Er registrierte zufrieden, dass alle Krieger die silberne Medaille trugen, und beendete seine kurze Ansprache mit den Worten: „...würde ich mich freuen, wenn meine roten Freunde mir die Ehre erweisen würden, eine Aufführung des angesehenen ‚National Theater' zu besuchen. Die Abendkleidung, ein Geschenk der amerikanischen Regierung, liegt im Hotel bereit. Aber jetzt lasst uns essen und trinken! Auf den Frieden zwischen unseren Völkern! Auf eine gemeinsame und glückliche Zukunft!"

Ausgerechnet in diesem feierlichen Augenblick wurden die beiden Flügeltüren lautstark nach innen gestoßen und ein hünenhafter Indianer betrat den Raum. Die beiden Sekretäre, die ihn daran hindern wollten, den Empfang zu stören, wischte er mit beiden Armen zur Seite. Er bewegte sich wie ein Preisboxer, die kräftigen Arme leicht abgewinkelt, und sein perlenverzierter Jagdrock dehnte sich über einem muskelbepackten Körper. Um den Hals trug er eine Kette aus Bärenklauen. Sein Schädel war hart und kantig, die bronzefarbene Haut spannte sich über den hervorstehenden Wangenknochen und seine kohlschwarzen Augen schleuderten feurige Blitze. „Ich bin Bärenklaue, der Häuptling der gefürchteten Kwahadi-Comanchen!", polterte er auf Englisch. Er hatte die Sprache des Weißen Mannes bei einem Missionar gelernt, sprach aber mit starkem Akzent. „Der Häuptling der weißen Männer täte gut daran, nur mit mir zu verhandeln! Wir sind die Herrscher der südlichen Prärien! Wir haben den Cheyenne und den Lakota viele

Pferde geraubt! Und die Apachen...“ Er warf Winnetou einen verächtlichen Blick zu. „Und die Apachen kriechen vor unseren Kriegern im Staub!“

Winnetou sprang auf und griff nach seinem Gürtel, aber Klekih-petra hielt ihn zurück. Auch die Vertreter der Lakota und Cheyenne hielten mitten in der Bewegung inne. Sie hatten vor dem Essen ihre Waffen abgegeben. „Aber, meine Herren!“, versuchte der Präsident die aufgeheizte Stimmung zu beruhigen. „Wir wollen uns doch nicht diesen schönen Abend verderben! Wir sind gekommen, um den Frieden zu feiern, nicht wahr?“ Er griff nach seinem weißen Taschentuch und tupfte sich den Schweiß von der Stirn. Der Sekretär, der während des ganzen Empfangs hinter ihm stand, beugte sich nach vorn und flüsterte ihm etwas ins Ohr. Er nickte schwach. „Ich möchte vielmehr die Gelegenheit ergreifen und unseren neuen Gast begrüßen. Wie ich höre, wurde er unterwegs aufgehalten.“ Er räusperte sich verlegen. „Meine Herren, ich grüße Bärenklaue, den Häuptling der Comanchen!“

„Ich bin gekommen, weil es keinen Frieden ohne die Comanchen geben kann“, erwiderte der grimmige Häuptling vieldeutig. Immerhin ließ er sich dazu hinreißen, das Willkommenszeichen seines Stammes anzudeuten. Einer der beiden Dolmetscher, die hinter dem Präsidenten und seiner Gattin standen und sich auch in der Zeichensprache der Prärieindianer auskannten, übersetzte leise. Der Präsident nickte nervös. „Hab keine Angst, mein Schatz!“, flüsterte er seiner Frau zu. „Nur noch das Essen und der Theaterbesuch, und es ist alles überstanden!“ Seine Gattin blickte ihn furchtsam an. „Ich habe Angst vor diesen Wilden!“

Man konnte ihr diese Angst nicht verübeln. Selbst

ein erfahrener Westmann wäre beim Anblick des Comanchen-Häuptlings nervös geworden. Bärenklaue war ein ungehobelter und gewalttätiger Mann, der nur Häuptling geworden war, weil die anderen Krieger es nicht gewagt hatten, sich gegen ihn zu stellen. Er setzte sich auf einen freien Platz, schräg gegenüber von Winnetou, und schnaubte abfällig, als einer der vornehm gekleideten Ober sein Essen brachte. Nachdem er vergeblich versucht hatte, den Fasan mit Messer und Gabel zu zerteilen, legte er das Besteck wutentbrannt auf den Tisch und nahm den Knochen in die Hand. Sein Schmatzen trieb der Gattin des Präsidenten die Röte ins Gesicht. „Sein Benehmen ist skandalös!", beschwerte sie sich flüsternd. „Warum muss ich mit einem solchen Menschen an einem Tisch sitzen?" Später am Abend, wenn sie zu Bett gingen, würde sie sagen: „Ich bin dafür, die Indianer auszurotten!"

Winnetou vermied es, den Häuptling der Comanchen anzublicken. Die Apachen waren seit vielen Monden mit den Comanchen verfeindet, besonders mit den Kwahadis, die als gnadenlose Krieger bekannt waren und den Llano Estacado und weite Gebiete bis zur mexikanischen Grenze beherrschten. Bärenklaue war ein grobschlächtiger und einfacher Mann, der sich seiner uneingeschränkten Herrschaft erfreute und es genoss, unterlegene Stämme zu knechten und Frauen und Kinder zu versklaven oder weiße Gefangene an Comancheros zu verkaufen. So wurden die gefürchteten Mexikaner genannt, die Handel mit den Comanchen trieben und auch Waffen und Whisky an sie verkauften. Die Comanchen duldeten die weißen Händler, sahen die vielen Vorteile, die der Handel mit ihnen für ihr Volk brachte. Winnetou hätte sich am liebsten auf den Häuptling gestürzt, als er daran dachte; aber er erinnerte sich an die ermahnenden Worte, die er zu Gelber Bär gesprochen hatte, und blieb sitzen. „Die meisten Indianer sind für den Frieden", flüsterte Klekih-petra. „Bärenklaue hat keine Chance!"

Der weiße Lehrmeister der Apachen unterschätzte die Presse, die von dem Zwischenfall erfahren hatte und am nächsten Tag in dicken Schlagzeilen über die Grobheiten von Bärenklaue berichtete, ihm sogar andichtete, er habe einen abgenagten Knochen über den Tisch geworfen. „Solange sich diese Indianer wie Wilde verhalten, sollten wir keine Rücksicht auf sie nehmen", schrieb ein kritischer Reporter, der schon vor der Ankunft der Indianer gegen den Empfang gewesen war. „Sie haben es nicht verdient, am selben Tisch wie unser geschätzter Präsident und seine Gattin zu sitzen. Diese Wilden stellen eine Gefahr für unsere Zivilisation dar. Man sollte sie ausmerzen, bevor sie zu einer Gefahr für eine sorgenfreie Zukunft unserer Kinder werden."

Allein Winnetou war es zu verdanken, dass sich solche gehässigen Kommentare nicht häuften und der Empfang doch noch zu einem Erfolg wurde. Es geschah vor der Ballettaufführung am selben Abend. Die indianischen Gäste waren ins Hotel zurückgefahren worden, um ihre Kleidung zu wechseln, und der junge Apache stand verwundert vor dem Frack, der ausgebreitet auf seinem Bett lag. „Wir sollten den weißen Männern diesen Gefallen tun", meinte Klekih-petra, obwohl niemand gesagt hatte, dass sie verpflichtet waren, diese Kleidung anzuziehen. Keiner hatte etwas dagegen, dass Gelber Bär und Wolfsgesicht in ihrer traditionellen Wildlederkleidung im ‚National Theater' erschienen. Sie wurden genauso bestaunt wie die Indianer in Frack und Zylinder, besonders von den anwesenden Damen.

Winnetou machte sich nichts daraus, den schwarzen Rock des Weißen Mannes überzustreifen. Er stand vor dem Spiegel, den Zylinder in der rechten Hand, und betrachtete lächelnd sein Spiegelbild. Er wollte gerade etwas zu Klekih-petra sagen, als die Tür nach innen gestoßen wurde und Bärenklaue den Raum betrat. Er blickte den Apachen verächtlich an. „Die Apachen sind feige Hunde!", schimpfte er. „Sie lassen sich von den schönen Worten des weißen Häuptlings betören und machen sich zu willenlosen Sklaven der blassen Männer!" Er spuckte angewidert auf den Teppich. „Ich bin ein Comanche! Ich werde niemals den Rock eines weißen Mannes tragen!" Sein Grinsen verstärkte sich. „Sobald wir in dem Haus sind, das die Weißen ‚Theater' nennen, werden sie den wahren Bärenklaue kennen lernen!"

Es war unschwer zu erraten, was der Häuptling der Comanchen vorhatte. Im schlimmsten Fall würde er versuchen, den Präsidenten zu ermorden. Darauf wollte Winnetou es nicht ankommen lassen. Wenn es Bärenklaue gelang, einen Weißen zu töten, war der Krieg nicht zu vermeiden. „Du wirst den Frieden nicht gefährden", sagte er entschlossen.

Er riss den Porzellankrug vom Waschtisch, wirbelte herum und schlug ihn dem Comanchen auf den Kopf. Bärenklaue sank bewusstlos zu Boden. In Windeseile fesselte und knebelte Winnetou den Häuptling. „Ich hatte keine andere Wahl", sagte er leise zu Klekih-petra.

Sie ließen den Comanchen liegen und gingen nach unten. Niemand störte sich daran, dass Bärenklaue verhindert war. „Sie sehen wunderbar aus!“, sagte eine vornehme Lady zu Winnetou.

3. Verfolgungsjagd im Zug

Winnetou würde die Aufführung im ‚National Theater' niemals vergessen. Noch viele Jahre später, wenn er mit Old Shatterhand, seinem weißen Blutsbruder, über die Prärie ritt, erzählte er von den festlich gekleideten Tänzern, die sich zur sanften Geigenmusik über die Bühne bewegten. Mit den Beschwörungstänzen der Berggeister hatte dieses Ballett wenig zu tun. Die Krieger der Apachen stampften zum rhythmischen Klang der Trommeln über den harten Wüstenboden und versöhnten die Geister mit ihren Gesängen. Die Tänzer auf der Bühne des ‚National Theaters' vereinigten sich mit der romantischen Musik und bezauberten das geladene Publikum, aber auch die anwesenden Häuptlinge und Krieger mit ihren anmutigen Bewegungen. Die Besucher klatschten begeistert, als sich die Künstler verbeugten, und Gelber Bär, der Häuptling der Lakota, wurde vom Direktor auf die Bühne gebeten und überreichte der Primaballerina im Namen aller indianischen Besucher eine Federhaube.

Bärenklaue war verschwunden, als Winnetou in sein Hotelzimmer zurückkehrte. Der Häuptling der Comanchen hatte die Stricke mit der Scherbe eines zerbrochenen Spiegels durchtrennt, der auf einer Kommode neben der Tür gestanden hatte. Es war ihm gelungen, den Spiegel mit den gefesselten Füßen auf den Boden zu stoßen. Die zerschnittenen Stricke lagen unter dem Bett. „Ich hätte es wissen müssen", sagte Winnetou. Er ärgerte sich, den Spiegel übersehen zu haben, und blickte Klekih-petra schuldbewusst an. Auf der Prärie oder in der Wüste wäre ihm eine solche Nachlässigkeit nicht passiert. „Ich weiß nicht, ob ich die Spuren des Comanchen in der Stadt des Weißen Mannes wieder finden kann.“ Er warf den Zylinder auf das Bett und senkte den Kopf. Er fühlte sich unwohl in Washington. Sein Herz sehnte sich nach den weiten Ebenen des amerikanischen Westens, obwohl er von den Errungenschaften der Weißaugen sehr beeindruckt war. Der Weiße Mann war den Indianern überlegen. Die Pueblos lebten in mehrstöckigen Häusern aus Adobe-Lehm und an der Küste des Großen Wassers sollte es tapfere Jäger geben, die riesigen Meeresungeheuern nachstellten, aber kein Indianer reichte an die Weißaugen heran. Sie wussten mehr als jeder Apache und Klekih-petra hatte immer wieder betont, dass es keinen Zweck hatte, sich gegen diese Übermacht aufzulehnen. Es blieb ihnen nichts anderes übrig, als einen dauerhaften Frieden mit den weißen Eindringlingen zu schließen, das hatte Winnetou nicht erst in Washington gelernt.

Während der Zug ratternd nach Westen fuhr und Klekih-petra seinen Kopf gegen das Fenster lehnte und schlief, dachte Winnetou lange über diese Probleme nach. Er war ein tapferer Krieger. Am großen Ratsfeuer waren seine Heldentaten in blumigen Worten gelobt worden und selbst Mangas Coloradas und der große Cochise hatten seinen Namen ausgesprochen. Das konnte kein anderen Krieger in seinem Alter von sich behaupten. Sein Vater, der große Intschu tschuna, hatte stolz zugehört. Winnetou kannte keine Angst vor den Weißaugen und war auf vielen Kriegszügen gegen die Mexikaner dabei gewesen, um die Brüder und Schwestern zu rächen, die im Kugelhagel der feigen Angreifer gestorben waren. Mutter, Frau und drei Kinder eines gefürchteten Kriegers, der Goyatley hieß und von den Weißaugen Geronimo genannt wurde, waren vor einigen Monden von mexikanischen Soldaten ermordet worden, und die Chiricahuas hatten sich blutig für diese Schandtat gerächt. Winnetou war mit ihnen geritten und hatte sogar Geronimo mit seinem Mut beeindruckt. „Der Mescalero ist ein tapferer Krieger", lobte der Anführer.

Aber selbst tollkühne Krieger wie Geronimo hatten keine Chance gegen die weißen Männer. Klekih-petra warnte seit vielen Jahren vor dem endlosen Siedlerstrom, der sich über den amerikanischen Südwesten ergießen würde, und auch Winnetou hatte erkannt, dass die Weißaugen zu mächtig waren. Ein Krieg konnte die weißen Eindringlinge nur aufhalten, aber nicht besiegen. Er wollte seinen Vater bitten, am großen Feuer sprechen zu dürfen, um im Schein der Flammen seinen Brüdern und Schwestern klarzumachen, dass es einen anderen Weg als den Krieg geben musste. Das würde nicht leicht sein. Nicht einmal er selbst konnte dafür garantieren, das Kriegsbeil unberührt zu lassen, wenn die Weißaugen in die Jagdgründe der Apachen drangen. Der Verstand, so hatte er von seinem weißen Lehrmeister erfahren, bewahrte zahlreiche Menschen davor, in das offene Messer eines überlegenen Feindes zu rennen, doch der Stolz und der Zorn eines Kriegers waren meist stärker, wenn es galt, eine Ungerechtigkeit zu bekämpfen.

Hinter den Fenstern wurde es dunkel und das eintönige Rattern der Räder wiegte auch Winnetou in den Schlaf. Bis St. Louis waren es noch über sieben Stunden und alle anderen Passagiere im Waggon waren längst eingeschlafen. Er versank in einen tiefen Traum und begegnete Bärenklaue, der sich mit den bösen

Geistern verbündet hatte und feurige Blitze nach ihm schleuderte, als er ihn mit einem blutigen Messer angriff. Der Apache hatte keine Chance gegen den mächtigen Comanchen. Er feuerte mit seinem Gewehr, aber die Kugel prallte wirkungslos vom Körper des Kriegshäuptlings ab. Er warf den Tomahawk und die Waffe wurde von den bösen Geistern aufgefangen und in die Dunkelheit geschleudert. Er wehrte sich mit dem Messer und spürte die heiße Berührung durch einen Blitz, als ihm die stählerne Klinge aus der Hand gerissen wurde. Dann bellte ein Schuss auf und er erwachte schweißgebadet. Mühsam fand er in die Wirklichkeit zurück. Er blickte auf Klekih-petra und lächelte zufrieden, als er dessen Schnarchen hörte.

Winnetou stand auf und ging durch den schaukelnden Waggon. Das Fauchen der schweren Lokomotive war bis nach hinten zu hören. Dunkle Rauchschwaden zogen an den Fenstern vorbei. Er stützte sich an den Sitzbänken ab, stieg über die Beine eines schlafenden Mannes, der seinen Zylinder selbst im Schlaf aufbehielt, und öffnete die Tür zur Plattform. Draußen war es kalt und leichter Nieselregen wehte ihm entgegen. Er hielt sich am Geländer fest, die Flinte in der freien Hand, und blinzelte in den Rauch und die Lichter, die an ihm vorbeihuschten. Der Fahrtwind blies die quälenden Gedanken aus seinem Kopf. Zwischen den Wolken war der Mond zu erkennen. Immer wenn er sein ganzes Gesicht zeigte, gingen die Comanchen auf den Kriegspfad. ‚Comanchenmond' wurde der Vollmond jenseits des Llano Estacado genannt. Winnetou dachte an Bärenklaue, den gefährlichen Häuptling des feindlichen Volkes, und überprüfte seine doppelläufige Flinte. Sie war geladen. Bärenklaue war mit einem anderen Zug gefahren, so hatten sie von einem Hoteldiener gehört, und die anderen Häuptlinge und Krieger, die in Washington gewesen waren, würden noch einen Tag länger in der Hauptstadt des Weißen Mannes bleiben. Winnetou war der einzige Indianer in diesem Zug. Aber es gab überall Feinde, sogar im fernen Washington, das hatte die heimtückische Kugel aus dem Hinterhalt bewiesen. Er wollte kein Risiko eingehen. Seine Flinte war immer schussbereit, egal wo er sich befand.

Er stieg auf die nächste Plattform, um besser gegen den Wind geschützt zu sein, und lehnte sich gegen die verriegelte Tür. Ein vertrauter Geruch stieg ihm in die Nase. Der Tabak, den er in dem zweistöckigen Haus in Washington gerochen hatte! Er schnüffelte wie ein Jagdhund, der eine frische Witterung aufnimmt, und war jetzt ganz sicher. Diesen Tabak hatte der geheimnisvoll Schütze in der Hauptstadt des Weißen Mannes geraucht. Winnetou bückte sich und sah einen Zigarrenstummel im Mondlicht liegen. Er hob ihn auf und roch daran Kein Zweifel: Es war die gleiche Marke. Entweder befand sich ein Mann in dem Zug, der die gleichen Zigarren wie der Attentäter rauchte, oder der Scharfschütze war selber an Bord!

Winnetou wechselte sein Gewehr in die linke Hand und betrat den nächsten Waggon. Er schloss die Tür und blieb abwartend stehen. Zwei Öllampen verbreiteten flackerndes Licht. Er entsicherte sein Gewehr und schlich vorsichtig an den schlafenden Passagieren vorbei - angespannt wie ein Raubtier auf der Jagd, immer bereit, auf den Scharfschützen anzulegen, falls der sich zeigte. Das laute Schnarchen eines Mannes verunsicherte ihn. Er wusste nicht, wie der Scharfschütze aussah, lediglich das Gewehr des Mannes kannte er. Eine siebenschüssige Sharps, wie die Weißaugen sie zur Büffeljagd benutzten. Ihr Klang war unverwechselbar. Sein Blick wanderte durch das Halbdunkel, suchte nach dem Gewehr oder einer verräterischen Bewegung. Er fragte sich, was er tun sollte, wenn auf ihn geschossen wurde. In dem Wagen schliefen auch einige Frauen und Kinder und eine verirrte Kugel konnte Unschuldige treffen.

Er hatte das Ende des Wagens erreicht und stellte erleichtert fest, dass nirgendwo ein Sharps-Gewehr lag. Keiner der schlafenden Männer wirkte auf ihn wie ein Scharfschütze. Im nächsten Wagen bot sich ein ähnliches Bild. Auch hier brannten zwei Öllampen und die meisten Passagiere schliefen. In der Mitte des Wagens saßen drei junge Männer, verwegen aussehende Burschen, und spielten Karten. Hinter einer Bank am anderen Ende stieg Zigarrenrauch empor. Der Geruch war unverkennbar. Winnetou riss sein Gewehr an die Wange, während er durch den Wagen huschte. Da streckte einer der jungen Spieler sein Bein aus und Winnetou fiel der Länge nach zu Boden. Sein Gewehr entlud sich krachend. Er sprang auf und wollte weiterlaufen, aber da hatten sich die drei Jungen schon auf ihn gestürzt und drückten ihn mit aller Kraft zu Boden. „Das könnte dir so passen“, tönte einer, „harmlose Reisende zu überfallen!“ Ein anderer rief: „Was tut die Rothaut in unserem Zug? Wir sollten den verdammten Wilden auf die Schienen werfen! He, was soll das?“

Winnetou schüttelte die jugendlichen Kartenspieler wie lästige Insekten ab und bedrohte sie mit seiner Flinte. „Ich bin Winnetou, der Sohn des großen Intschu tschuna! Warum beschimpft ihr mich?", erwiderte er ruhig. „Ich habe das gleiche Recht, mit diesem Zug zu fahren, wie ihr!"

Durch den Krach waren alle Passagiere aufgewacht. Sie starrten auf den Krieger in seinem perlenverzierten Jagdrock, wichen ängstlich zurück, als sie die Flinte in seinen Händen entdeckten. Eine Frau weinte, ihre Kinder versteckten sich ängstlich hinter ihrem Kleid. „Indianer!", jammerte ein Mann leise. In seinem sauberen Anzug sah er wie ein Vertreter aus. „Ich denke, hier gibt es keine Wilden mehr!" Seine Stimme wurde lauter und hektischer. „Indianer! Indianer! Rette sich, wer kann!"

„Beruhigt euch!", sagte Winnetou so laut, dass ihn alle verstehen konnten. „Ich habe nicht die Absicht euch zu erschießen!"

„Hört euch den an", meinte einer der Kartenspieler abfällig, ein schlaksiger Junge mit einem Pickelgesicht, „der spricht wie ein Weißer!" Er musterte den Apachen wie ein seltsames Wesen von einem anderen Planeten, erkannte nicht das gefährliche Blinken in seinen Augen. Sein Kichern klang übermütig, aber auch ein wenig ängstlich. „Wo hast du gelernt, so gebildet zu sprechen? Warst du auf einer Schule im Osten? Willst du Professor werden?" Einige der anderen Passagiere hatten sich von ihrem Schrecken erholt und waren näher gekommen. Der Junge fühlte sich ermutigt und fuhr Winnetou vorwurfsvoll an: „Was hast du in unserem Wagen zu suchen? Wolltest du harmlose Reisende bestehlen? Raus mit der Sprache, elende Rothaut!"

Winnetou nahm den Jungen nicht besonders ernst, sorgte sich mehr um den geheimnisvollen Zigarrenraucher. Ein schneller Blick überzeugte ihn davon, dass der Mann verschwunden war. „Ich muss weiter", meinte er ungeduldig. Er versetzte dem jugendlichen Spieler einen kräftigen Kolbenhieb, wartete gar nicht ab, bis der Junge bewusstlos zu Boden sackte, und überhörte die wütenden Stimmen der anderen Passagiere. Mit weiten Schritten durchmaß er den Waggon. Erst am Ende des Wagens, neben dem Sitzplatz, auf dem der Scharfschütze gesessen hatte, wurde er von einigen Passagieren eingeholt und überwältigt. Er schlug auf den Bretterboden und beobachtete aus den Augenwinkeln, wie eine halb gerauchte Zigarre unter die Bänke rollte.

„Aufhören! Sofort aufhören!" Die energische Stimme, die lautstark zur Ordnung rief, passte nicht recht zu dem kleinen Mann, der in den Waggon gekommen war und mit wehenden Haaren in der offenen Tür stand; aber sie verfehlte ihre Wirkung nicht. Die Passagiere ließen von dem Apachen ab und richteten sich erschrocken auf. Auch Klekih-petra hielt ein Gewehr in den Händen. Sein wütender Blick ließ keinen Zweifel daran, dass er bereit war, die Feuerwaffe zu gebrauchen. „Lasst ihn in Ruhe! Das ist Winnetou, der tapferste Krieger der Apachen, und ich dulde nicht, dass ihr ihn verletzt! Geht auf eure Plätze zurück, hört ihr?"

Der Autorität des kleinen Mannes konnten sich auch die Passagiere nicht entziehen. Sie kehrten stumm auf ihre Plätze zurück. Die jungen Kartenspieler hoben ihren stöhnenden Kameraden auf und legten ihn auf die Sitzbank. „Er hätte ihn beinahe umgebracht!", begehrte einer der Jugendlichen auf, verstummte aber, als er den verächtlichen Blick des weißen Apachen auf sich gerichtet sah. „So schnell stirbt man nicht“, meinte Klekih-petra mit einem kaum sichtbaren Lächeln. „Seht ihr? Er kommt wieder zu sich! Winnetou weiß genau, was er tut.“

Winnetou war längst aufgestanden und nach draußen auf die nächste Plattform gerannt. Der Scharfschütze war verschwunden. Der Apache stieg auf das Geländer und blickte nach vorn, aber dort waren nur noch die Lokomotive und der Kohlewagen, und außer dem Lokführer und dem Heizer war niemand zu sehen. Mit einem Schwung zog Winnetou sich auf das Wagendach. Ein Schuss krachte und die Kugel schrammte dicht an ihm vorbei. Er ließ sich fallen und presste sich der Länge nach auf das Dach. Eine zweite Kugel pfiff über ihn hinweg. Er robbte nach vorn, beobachtete in der Bewegung, wie der Scharfschütze von einem Wagen zum anderen sprang und dann kauernd auf dem letzten verharrte. Der Mann trug einen flachkronigen Hut und einen schwarzen Anzug, so viel konnte Winnetou im blassen Mondlicht erkennen. Er krümmte den Finger um den Abzug. Ausgerechnet in diesem Zug musste der Scharfschütze mitfahren! Der Apache vermutete, dass er aus dem Westen stammte und von einem einflussreichen Auftraggeber verpflichtet worden war, einen Angehörigen der indianischen Friedensdelegation zu erschießen. Anscheinend wollten einige Leute verhindern, dass dauerhafter Frieden mit den roten Völkern geschlossen wurde.

Der Zug hatte eine Steigung erreicht und wurde langsamer. Links und rechts von den Schienen erstreckte sich dichter Fichtenwald. Schnaubend bahnte sich die Lokomotive ihren Weg. Bevor Winnetou schießen konnte, sprang der Scharfschütze vom

Wagendach und rollte auf dem grasbewachsenen Hang ab, der bis zum Waldrand reichte. Er verschwand zwischen den Bäumen, machte gar nicht erst den Versuch, seinen Widersacher mit einem gezielten Schuss vom Zug zu holen. Winnetou sah keinen Sinn darin, dem Scharfschützen zu folgen. Er lief zurück und kletterte auf die Plattform hinab. Klekih-petra empfing ihn mit sorgenvollem Gesicht. Er hatte sich längst zusammengereimt, was geschehen war. „Der Scharfschütze“, bestätigte Winnetou. „Er ist entkommen. Ich glaube, wir sehen ihn niemals wieder.“

Hätte der tapfere Krieger der Apachen gewusst, wie falsch er mit dieser Vermutung lag, wäre er dem Mann noch jetzt gefolgt. Stattdessen kehrte er mit Klekih-petra auf seinen Platz zurück. „Mein Herz sehnt sich nach den heimatlichen Jagdgründen“, meinte er sehnsuchtsvoll, „und ich sehne mich nach dem Rücken meines Iltschi! Das Eiserne Pferd ist nichts für mich!“

4. Wiedersehen mit Iltschi

St. Louis war das Tor zum Westen. Hier endeten die Schienen der Eisenbahn und jenseits des Mississippi begannen die weiten Ebenen, die auf den meisten Landkarten noch als ‚Große Amerikanische Wüste' bezeichnet wurden. Drei oder vier Meilen zogen sich die Häuser am Ufer des Flusses entlang und im Hafen warteten über fünfzig Schaufelraddampfer auf Passagiere und Fracht, schwimmende Paläste mit weißen Aufbauten und goldenen Verzierungen. Die schwarzen Schlote ragten wie die Pfosten eines langen Zauns über dem Wasser empor. In keiner anderen Stadt gab es so viele Warenhäuser und Ausrüster und auf den Straßen herrschte eine Aufbruchsstimmung, wie man sie sonst nur in Goldgräberstädten und anderen Boomtowns[1] sah. Vornehm gekleidete Geschäftsleute und Westmänner in ledernen Jagdröcken schlossen Geschäfte ab, schwere Fuhrwerke ratterten über das Kopfsteinpflaster und über den mehrstöckigen Häusern vereinte sich der Rauch aus den Schloten der Dampfer und den Schornsteinen der Fabriken. Nördlich der Anlagestelle, in den Saloons an der Seventh Street, prügelten sich irische und deutsche Arbeiter mit den Anhängern der ‚Native Americans', die keine Ausländer in der Stadt haben wollten, obwohl sie selbst erst vor einigen Jahren aus Europa eingereist waren.

Klekih-petra und Winnetou übernachteten in der Herberge des deutschen Einwanderers, bei dem sie ihre Pferde untergestellt hatten. Der stämmige Deutsche, ein ehemaliger Gastwirt aus Sachsen, war auf

[1] Pulsierende Geschäftsstadt

demselben Schiff gewesen, das den weißen Lehrmeister der Apachen nach Amerika gebracht hatte. Sobald er genügend Geld gespart hatte, wollte er sich eigentlich einem Wagenzug nach Oregon anschließen und dort eine Farm bewirtschaften, aber die Geschäfte in St. Louis liefen gut und er schob seinen Aufbruch immer weiter hinaus. „Schön, dass ihr wieder da seid", begrüßte er seine Freunde überschwänglich. „Na, wie war's bei unserem Mr. President? Habt ihr ihm gesagt, dass er Truppen nach St. Louis schicken soll?" Er führte Klekih-petra und Winnetou zu ihren Zimmern hinauf und blieb in der Tür stehen. Seine Miene war besorgt. „Ihr könnt euch ja nicht vorstellen, was hier los ist! Die Native Americans legen sich mit allen Einwanderern an! Im Hafen kommt es fast jede Nacht zu wüsten Schlägereien!"

Klekih-petra stellte seine Tasche ab und zündete sich eine Pfeife an. Während er den Rauch zur Decke blies, sagte er: „Die Menschen werden nie vernünftig, mein lieber Freund! In Europa bekriegen sich Reiche und Arme und Katholiken und Protestanten und wir haben selber erlebt, was geschieht, wenn Menschen die Freiheit über alle anderen Rechte stellen. Aber kaum haben sie die Alte Welt verlassen und könnten auf dieser Seite des Ozeans eine neue Zukunft aufbauen, finden sie einen neuen Grund, um sich gegenseitig die Köpfe einzuschlagen! Warum gehen Männer, deren Eltern oder Großeltern aus Europa gekommen sind, auf Männer los, die ihre Heimat vor zwei oder drei Jahren verlassen haben? Das ist doch sonderbar, nicht wahr?"

„Mehr als das, Klekih-petra", antwortete der Deutsche, der Johannes Weber hieß, von den Amerikanern jedoch Johnny Weaver genannt wurde, „es ist hirnverbrannt!“ Er bat seine Freunde in die große Küche, die zugleich seine Wohnstube war, und setzte frischen Tee auf. „Der Bürgermeister will sogar noch mehr Deutsche und Iren nach St. Louis holen. Habt ihr die Fabriken vor der Stadt gesehen? Dort werden Lokomotiven und andere Maschinen gebaut und das können die Deutschen besonders gut! Sie brauchen uns!“ Der Teekessel dampfte und er schenkte seinen Freunden ein. „Über ein Drittel aller Einwohner kommt aus Deutschland oder Irland, habt ihr das gewusst? Stand gestern im ‚Anzeiger des Westens‘. Und doch gibt es Amerikaner, die alle neuen Einwanderer zum Teufel wünschen!“

Winnetou hatte mit unbeweglichem Gesicht zugehört, verzog nur seinen Mund, als er an dem heißen Tee nippte. „Vielleicht will der Große Geist, dass ihr versteht, wie dem Roten Mann zu Mute ist, wenn der Weiße Mann in seine Jagdgründe dringt! Wir waren zuerst hier und doch maßen sich die Weißaugen an, über unser Land zu bestimmen. Sie nennen uns Wilde. Welche Namen haben die Amerikaner für Iren und Deutsche? Warum kämpfen weiße Männer gegen weiße Männer? Warum kämpfen rote Männer gegen rote Männer? Ist dieses Land nicht groß genug für uns alle? Wenn ich über die Prärie reite, kann ich von einem Horizont zum anderen sehen! Bis zum Großen Wasser im Westen sind es viele Tagesreisen! Warum bekämpfen sich die Menschen, wenn der Große Geist so viel Platz geschaffen hat?“

„Warum ziehen die Apachen gegen die Comanchen auf den Kriegspfad? Warum graben Sioux und Crow das Kriegsbeil aus?“ Johnny Weaver trank lächelnd von seinem Tee. „Der Mensch ist anscheinend zum Kriegführen geboren. Ich habe keine Ahnung, warum das so sein muss. Wenn es nach mir ginge, könnten wir alle in Frieden leben. Iren, Deutsche, Amerikaner, Mexikaner und Indianer. Aber die Wirklichkeit sieht leider anders aus. Gestern Nacht sind sie sogar mit Baumwolleisen aufeinander losgegangen! Im Mullanphy Hospital sind kaum noch Betten frei! Also, ich denke wirklich ernsthaft daran, diese Stadt so bald wie möglich zu verlassen. Ich möchte in den Westen! Ich möchte nach Oregon! Wenn ich eine Frau und Kinder hätte, wäre ich längst aufgebrochen!“ Er schenkte Tee nach und rührte Zucker in seine Tasse. „Wisst ihr schon, dass es Gerüchte über einen bevorstehenden Bürgerkrieg gibt? Wenn dieser Lincoln an die Macht kommt, sagen die Leute, werden sich die Staaten im Süden von der Union lossagen! Wegen der Sklavenfrage, wisst ihr? Die meisten Deutschen sind gegen die Sklavenhaltung und müssten sich eigentlich freuen, wenn Lincoln zum Präsidenten gewählt wird, aber hier in St. Louis sind die Meinungen geteilt und ich habe große Angst, dass die Auseinandersetzungen noch heftiger werden, wenn es so weit ist!“

„Mit der Politik habe ich wenig im Sinn“, erwiderte Klekih-petra müde. „Die Erfahrungen, die ich während der Revolution in Deutschland gemacht habe, sind mir auf den Magen geschlagen. Ich habe von den Apachen gelernt, dass es vor allem darauf ankommt, im Einklang mit dem lieben Gott und der Natur zu leben! Sie glauben an denselben Gott, hast du das gewusst? Er hat lediglich einen anderen Namen. Sie haben keine Kirchen, behaupten aber, dass Gott in allen Dingen lebendig ist. In den Tieren und Pflanzen, sogar in den

Steinen am Wegesrand. Keine schlechte Theorie, wenn du mich fragst. Es gab eine Zeit, da habe ich mit aller Macht versucht, die fehlende Existenz eines Gottes zu erklären, aber meine Flucht nach Amerika hat mich eines Besseren belehrt. Die Apachen haben mich als ihren Lehrmeister angenommen, aber ich bin auch ihr Schüler und behaupte, dass diese so genannten Wilden, wie sie von den Amerikanern genannt werden, klüger als die meisten Weißen sind."

Von draußen war ein Schnauben zu vernehmen. Der Deutsche erhob sich und ging zur Tür. „Ich glaube, das sind eure Pferde", sagte er, „ich habe einen Jungen nach den Tieren geschickt. Dachte mir, ihr wolltet sie noch heute Abend begrüßen." Er öffnete die Tür und lächelte breit. „Prachtvolle Tiere! Besonders der Rappe! So ein schönes Pferd habe ich noch niemals gesehen!"

„Iltschi!", rief Winnetou erfreut. Er legte beide Arme um den Hals des Tieres und flüsterte ihm zärtliche Worte ins Ohr. Der Rappe stammte aus der angesehenen Zucht der Mescalero-Apachen, ein rassiger Hengst mit ausgeprägten Muskeln, langen Beinen und seidigem Fell, der schneller als alle anderen Pferde der Herde laufen konnte. Iltschi bedeutete ‚Wind'. Seine Augen waren stolz und voller Zuneigung und sein Kopf ging erwartungsvoll nach oben, als der Häuptlingssohn ihn berührte. „Ich weiß, du willst in die Jagdgründe der Apachen zurück!", beruhigte er das Tier. „Nur noch eine Nacht, dann brechen wir auf."

Winnetou und Klekih-petra verabschiedeten sich am nächsten Morgen von dem Deutschen. Sie bestiegen ihre Pferde und ritten zum Hafen hinunter, um Vorräte in einem der zahlreichen Läden zu kaufen. An den Anlegestellen herrschte reger Betrieb. Dunkelhäutige Arbeiter wuchteten Kisten auf Pritschenwagen und schafften Baumwollballen mit eisernen Haken an Bord der wartenden Schiffe. Weiße Aufseher trieben die Arbeiter an und ließen lautstark ihre Peitschen knallen. Schwere Fuhrwerke bahnten sich einen Weg durch die Männer und brachten neue Fracht und das Gepäck der Passagiere in den Hafen. Die Dampfpfeifen begleiteten das rege Treiben mit einem lautstarken Konzert.

Iltschi war den Lärm nicht gewöhnt und scheute ängstlich vor einem Fuhrwerk. Winnetou beruhigte den Hengst mit einigen Worten in der Apachensprache. Klekih-petra blieb dicht hinter ihm, hatte alle Hände damit zu tun, sein eigenes Pferd im Zaum zu halten. Vor einem Gemischtwarenladen banden sie die Tiere an einen Holm. Der Ladenbesitzer, ein kahlköpfiger Mann mit hellblauen Augen, trug eine schmutzige Schürze und ließ nicht erkennen, ob er seine Kunden mochte. Sein Blick war auf den jungen Indianer gerichtet, als er die Bestellung von Klekih-petra notierte. Mehl, Zucker, Speck, Bohnen und Eier standen auf der Liste, die der bucklige Mann vorbereitet hatte. Der Ladenbesitzer zögerte verlegen. „Verstehen Sie mich nicht falsch“, meinte er heiser, „aber in dieser Stadt treibt sich allerlei Gesindel herum und ich habe Sie noch nie gesehen. Wie wollen Sie bezahlen?“

Klekih-petra zog einen Lederbeutel aus seinem Jagdrock und ließ einige Goldkörner auf den Tresen fallen. „Ist das genug?“

Der Ladenbesitzer starrte die Nuggets mit großen Augen an.

„Das ist reines Gold!“, staunte er. „Unfassbar! Solche Nuggets gab es nicht mal in Kalifornien!“ Er griff nach einem besonders großen Goldklumpen und berührte ihn ehrfürchtig. „Lieber Gott, der ist ein paar tausend Dollar wert! Wo haben Sie den her?"

„Gefunden", antwortete der weiße Lehrmeister der Apachen ausweichend. Er bereute bereits, ihm die Nuggets gezeigt zu haben. Den Indianern bedeutete das edle Metall nichts. Ein stolzes Pferd oder ein stämmiger Bogen waren mehr wert als alles Gold der Erde. Die Apachen hatten es nur aus dem Boden gegraben, weil Klekih-petra ihnen verraten hatte, wie sehr es von den Weißen geschätzt wurde. Bei manchen Händlern konnte man Pferde und Gewehre dafür kaufen. „Packen Sie die Sachen in unsere Satteltaschen!", bat er den Ladenbesitzer. „Wir haben keine Packpferde. Und legen Sie noch etwas Kaffee und Tabak dazu! Und ein paar Süßigkeiten für die Kinder!" Seit die Weißaugen im amerikanischen Westen waren und das Land mit Handelswaren überschwemmten, sehnten sich auch Indianerkinder nach Bonbons und Zuckerstangen.

Winnetou wartete geduldig neben der Tür, bis der Ladenbesitzer die Waren verpackt hatte. Sein Blick war auch in dieser Umgebung wachsam. Als zwei Männer den Laden betraten und das Gold auf dem Tresen sahen, verengten sich seine Augen, aber sie machten nicht den Eindruck, als hätten sie ein übermäßiges Interesse an dem edlen Metall. Der ältere der beiden Männer trug einen gewöhnlichen Anzug, wie ihn fast alle Weißen im Osten anhatten, und einen zerknitterten Hut; der jüngere war mit zerschlissenen Baumwollhosen und einem Jagdrock bekleidet. Seine lockigen Haare fielen bis über die Schultern. Beide Männer trugen Stiefel und hatten Revolver hinter den Gürteln stecken. Ihr Blick wurde misstrauisch, als sie den Indianer entdeckten, und die rechte Hand des jüngeren Mannes zuckte bereits nach seinem Revolver, aber sein Begleiter war klüger und hielt ihn zurück. Nur sein Grinsen verriet, was er von dem Apachen hielt.

„Lass das, Jesse!“, warnte der ältere Mann.

Winnetou hielt sein Gewehr mit beiden Händen und machte keine Anstalten, auf die Bedrohung zu reagieren. Er mochte die beiden Männer nicht und hatte das unbestimmte Gefühl, dass er ihnen nicht zum letzten Mal begegnet war. Erleichtert stellte er fest, dass sie zu den Regalen mit den Hemden gingen und anscheinend tatsächlich nicht weiter an dem Gold interessiert waren. Sie drehten sich nicht einmal um, als Klekih-petra bezahlte. Der alte Weiße trug die prall gefüllten Satteltaschen nach draußen und der junge Apache folgte ihm mit gemischten Gefühlen. „Die weißen Männer sind gefährlich“, sagte er, während sie auf die Pferde stiegen, „sie haben das wertvolle Metall gesehen!“

„Ich weiß“, erwiderte Klekih-petra ärgerlich, „ich hätte das Gold nicht auf den Tresen legen sollen. Ich habe vergessen, dass wir in einer Stadt der Weißaugen sind. Lass uns verschwinden!“

Winnetou zögerte. Der feine Duft einer ganz besonderen Zigarrensorte war ihm in die Nase gestiegen und er hob unwillkürlich sein Gewehr. Der Rauch war kaum zu spüren, nur die empfindsame Nase eines Indianers vermochte ihn zu bemerken.

„Was ist, Winnetou?“, fragte Klekih-petra nervös.

Der Häuptlingssohn folgte dem kaum spürbaren Geruch, blickte in eine schmale Seitengasse und schüttelte den Kopf. Er kam zu dem Schluss, sich alles nur eingebildet zu haben. „Nichts“, erwiderte er, „die Männer haben mich misstrauisch gemacht.“

„Es wird Zeit, dass wir die heimatlichen Jagdgründe erreichen“, erwiderte Klekih-petra, „diese Stadt ist nichts für uns!“

Sie verließen den Hafen und ritten am Ufer des Mississippi entlang nach Norden. Eine Meile von der Stadt entfernt sollte die Kutschenstraße nach Westen abbiegen. Sie folgten der breiten Uferstraße und genossen die wenigen Sonnenstrahlen, die sich zwischen den Wolken hervorwagten. Ein weißer Holzzaun trennte die Straße von den Feldern einer großen Farm, die bis zu den Fabrikhallen im Westen von St. Louis reichten. Einige Pferde grasten auf einer Weide. Auf der rechten Seite, wo die Straße steil zum Fluss abfiel, waren lediglich einige Holzpfosten in den Boden gerammt worden, um den Weg zu markieren. Das lang gezogene Tuten einer Dampfpfeife tönte über das scheinbar grenzenlose Wasser und sie beobachteten einen Schaufelraddampfer, der mit rauchenden Schloten gegen die Strömung fuhr.

An der Kreuzung, die von einem schlichten Wegweiser mit der Aufschrift ‚Kansas City‘ markiert war, erhob sich ein massives Blockhaus mit großen Fenstern. Im Hof wartete eine vierspännige Kutsche. Einige Passagiere traten aus der offenen Tür und blieben erstaunt stehen, als sie Winnetou und Klekih-petra erblickten. Eine ältere Dame rang erschrocken die Hände über dem Kopf. „Hilfe! Polizei! Da sind die Schurken!“ Eine jüngere Dame, anscheinend ihre Tochter, legte einen Arm um ihre Schultern und sprach beruhigend auf sie ein. Zwei Männer, wie vornehme Geschäftsleute aus dem Osten gekleidet, blickten verlegen zu Boden und machten keine Anstalten, sich einzumischen. Auch der Kutscher, ein bärtiger Oldtimer, und sein Beifahrer, kümmerten sich nicht um die Neuankömmlinge. „Herr Wachtmeister! Wo bleiben Sie denn?", rief die alte Dame nervös.

Ein Polizist in dunkler Uniform, das silberne Amtsabzeichen auf der Brust, kam aus dem Haus, gefolgt vom Wirt und seiner Frau, einem jungen Ehepaar, das erschrocken zur Seite trat, als es die seltsam gekleideten Männer entdeckte. „Ein Indianer! Ein wirklicher Indianer!", flüsterte die Frau. Der Mann schüttelte fassungslos den Kopf und sagte: „Wie in den Büchern dieses James Fenimore Cooper, die wir in New York gelesen haben! Erinnerst du dich an Chingachcook oder Uncas, den letzten Mohikaner? Die sahen genauso aus wie dieser Wilde!"

„Halt! Wer seid ihr?", hielt der Polizist die beiden Reiter auf. Er trug einen gezwirbelten Schnurrbart und strahlte Autorität aus. „Könnt ihr euch ausweisen?"

Klekih-petra zügelte sein Pferd und blickte den Polizisten spöttisch an. „Wenn Sie jemals im Westen gewesen wären oder die Zeitung aus Washington lesen würden, käme eine solche Frage nicht über Ihre Lippen. Das ist Winnetou, der tapferste Krieger der Apachen! Der Sohn des großen Intschu tschuna! Mein Name ist Klekih-petra. Ich war Schulmeister im alten Europa und lebe seit einigen Jahren bei den Indianern. Wir kommen vom Präsidenten der Vereinigten Staaten und sind nach Westen unterwegs. Wir reiten in die Jagdgründe der Mescalero-Apachen."

Der Polizist blickte den kleinen Mann ungläubig an und verzog sein Gesicht zu einem breiten Grinsen. Auch der Kutscher und sein Beifahrer feixten. Die Passagiere waren neugierig vor der Kutsche stehen geblieben. „Natürlich“, erwiderte der Polizist, „Sie kommen vom Präsidenten!“ Er lachte spöttisch. „Und ich bin der Kaiser von Kalifornien! Wollt ihr mich zum Narren halten?“

Winnetou zog seine Medaille aus der Satteltasche und hielt sie dem Polizisten wortlos hin. Der Beamte untersuchte die Medaille wie eine seltene Briefmarke und schüttelte den Kopf. „Das ist eine Fälschung! Die kann man überall kaufen!“

„Sie ist echt“, klärte Klekih-petra den Polizisten auf, „und ich würde Ihnen raten, uns nicht weiter aufzuhalten. Oder wollen Sie Ärger mit Washington bekommen? Der Präsident hat eine ganze Delegation von Indianern empfangen, das müssten Sie als Gesetzeshüter eigentlich wissen. Wen suchen Sie eigentlich?“

„Zwei Diebe! Einen Schwarzen und einen Kreolen!“

„Sieht Winnetou wie ein Schwarzer aus? Bin ich ein Kreole?“

„Nein, aber...“

„Dann lassen Sie uns gefälligst durch, Wachtmeister! Und hören Sie nicht auf das Geschwätz der anderen Leute! Dieser Indianer hat mehr Hirn als die meisten Weißen, die ich kenne!“

Der Polizist wurde blass und machte den Weg frei. Winnetou und Klekih-petra ritten weiter, ohne die Passagiere anzusehen.

5. Banditen am großen Fluss

Winnetou roch die Männer, bevor er sie sah. Der Tabakrauch trieb mit dem kühlen Wind heran und warnte ihn vor dem Scharfschützen, der schon in Washington auf ihn angelegt hatte. Diesmal reagierte der Apache schneller. „In Deckung!“, rief er Klekih-petra zu, während er nach seinem Gewehr griff und aus dem Sattel sprang. Er behielt die Zügel in der linken Hand und zog seinen Rappen hinter einige Bäume. Ein Schuss krachte und die Kugel, die ihm gegolten hatte, zischte wirkungslos an ihm vorbei. Er entsicherte seine Waffe und suchte verzweifelt nach einem Ziel. Ein zweiter Schuss fiel und er beobachtete entsetzt, wie die Kugel einen Fetzen aus dem Jagdrock seines weißen Lehrmeisters riss. Klekih-petra geriet ins Stolpern und stürzte.

„Nantan!“, flüsterte Winnetou erschrocken. Das Apachenwort bezeichnete einen Häuptling oder einflussreichen Mann. „Nantan! Du darfst nicht sterben!“ Er verließ seine Deckung, rannte zu Klekih-petra, der immer noch auf dem Boden lag, und packte ihn unter den Schultern. „Der Scharfschütze! Wir müssen hier weg!“

Im selben Augenblick traf ihn die Kugel. Sie riss eine blutige Schramme in seine Schläfe und warf ihn zu Boden. „Winnetou!“, schrie Klekih-petra, ohne darauf Rücksicht zu nehmen, dass er jetzt selber wieder in der Schusslinie war. Er stützte sich vom Boden hoch und beugte sich über den reglosen Körper seines roten Freundes. Erleichtert stellte er fest, dass Winnetou lebte. Die Kugel hatte ihn nur gestreift. Wütend griff er nach dem Gewehr des Apachen. Er sprang auf und legte auf den unsichtbaren Scharfschützen an, zog zweimal den Abzug durch, ohne jemanden zu treffen. „Ihr gemeinen Hunde!“, schimpfte er.

Die Banditen wussten, dass keine Kugel mehr im Lauf war, und verließen ihre Deckung. Höhnisch lachend ritten sie hinter den Bäumen hervor, die geladenen Gewehre im Anschlag. „Nun seht euch den Buckligen an“, lästerte Nat Berryman, einer der beiden Männer, die Klekih-petra in dem Laden in St. Louis beobachtet hatten. Sein dunklen Augen funkelten spöttisch. „Der schießt die Spatzen von den Bäumen, habt ihr das gesehen?“ Seine Stimme klang heiser, als wäre er erkältet. „Soll ich ihm 'ne Kugel auf den Pelz brennen, Ben? Ich hab ihn genau im Visier!“

„Immer mit der Ruhe, Nat!“, erwiderte Ben Chadwick, ohne seinen Kumpan anzusehen. Er trug denselben Anzug wie in Washington und zeigte dasselbe unbewegliche Gesicht. Seine Zigarre hing im linken Mundwinkel und qualmte. „Oder willst du einen Toten nach dem Gold fragen? Nimm das Gewehr runter!“

Berryman gehorchte widerwillig. „Immer musst du mir den Spaß verderben!“, protestierte er in gespieltem Zorn. „Nicht mal den verdammten Indianer durfte ich erschießen!“ Er deutete mit seinem Gewehr auf Winnetou, der immer noch bewusstlos war.

„Der Nigger war gefährlich“, sagte Chadwick, „in Washington hätte er mich beinahe erwischt! Kein Wunder, dass der Senator ausgerechnet ihn aus dem Weg haben wollte! Wenn ich ihn damals umgelegt hätte, wären die anderen Rothäute abgereist und der Präsident hätte kein Friedenspalaver mit ihnen abgehalten." Er paffte an seiner Zigarre. „Was soll's? Ich hab' ihn abgeknallt und der Senator ist bestimmt nicht so blöde, mir die zweiten tausend Dollar zu verweigern. Wäre schlecht für seinen Ruf, wenn ich den Zeitungen erzählen würde, das er einen verdammten Indianer erschießen lässt, um einen Krieg vom Zaun zu brechen. Wie ich den schmierigen Kerl kenne, steckt er bis zum Hals in zweifelhaften Waffengeschäften! Er braucht den Krieg, damit er alte Gewehre an die Rothäute verkaufen kann!"

„Hast du ihm das gesagt?", fragte Jesse Calhoun, der jüngste Mann des Trios. Eigentlich war er noch ein Junge. Er war gerade achtzehn geworden und bildete sich eine Menge darauf ein, seinen Revolver blitzschnell ziehen zu können. Seine zerschlissene Baumwollhose wurde von dunkelroten Hosenträgern gehalten.

Chadwick blickte ihn verächtlich an. „Ich bin doch nicht lebensmüde! Der würde alle Polizisten von Washington auf mich hetzen, wenn ich so was behaupten würde! Ist mir auch egal! Hauptsache, ich kriege mein Geld!" Er wandte sich wieder an Klekihpetra, der wie versteinert zwischen den Pferden stand und keine Gelegenheit fand, nach seinem Gewehr zu greifen. ‚Sie glauben, dass Winnetou tot ist', dachte er nervös, ‚er darf auf keinen Fall aufwachen, sonst jagen sie ihm eine Kugel in den Kopf!'

Er ging ein paar Schritte nach vorn, um den Banditen keine Gelegenheit zu geben, sich mit Winnetou zu beschäftigen, und blieb abrupt stehen, als er das Klicken des Sharps-Karabiners vernahm. „Keine falsche Bewegung", hörte er die dunkle Stimme des Anführers, „sonst schieße ich dir die Kniescheiben kaputt!"

„Lass mich das machen, Ben, ja?", rief Berryman aufgeregt. „Ich schieß' dem verdammten Zwerg die Beine unter dem Buckel weg! Der wird kleiner als ein Mistkäfer, wollen wir wetten, Ben?"

„Halt die Klappe!", erwiderte Chadwick scharf. Er lenkte seinen Braunen nach vorn und griff ihm dicht vor Klekih-petra in die Zügel. Der Lauf seines Karabiners war auf den Lehrmeister gerichtet. „Du bist wie ein roter Nigger angezogen", meinte er verwundert. Er deutete auf den verzierten Jagdrock. „Was soll das?"

„Ich lebe bei den Apachen", antwortete Klekih-petra mutig. Seine Gedanken waren bei Winnetou, der jeden Augenblick aus seiner Bewusstlosigkeit erwachen konnte. „Ich komme aus Europa. Die Apachen haben mich in ihren Stamm aufgenommen. Ich bereite sie auf das Zusammenleben mit den Weißen vor."

Der Anführer der Banditen schien das lustig zu finden. Ein flüchtiges Grinsen huschte über sein Gesicht. „Dazu wird es nicht kommen, Squawmann! Unsere Armee fegt die Rothäute von der Landkarte, bevor sie auf dumme Gedanken kommen. Wenn ich du wäre, würde ich schnell wieder die Seiten wechseln! Oder hast du eine Nigger-Squaw zur Frau genommen?"

„Ich bin nicht verheiratet", antwortete Klekih-petra, der sich zusammenreißen musste, um nicht die Beherrschung zu verlieren. Aber der Bandit saß am längeren Hebel. Dennoch fügte der Deutsche hinzu: „Und die Apachen sind keine Nigger! Ich habe sie als anständige und ehrliche Menschen kennen gelernt. Sie wollen keinen Krieg." Er deutete auf den bewusstlosen Winnetou. „Aber wie können sie in Frieden mit uns leben, wenn ihr einen ihrer angesehensten Krieger kaltblütig erschießt? Warum habt ihr das getan?

Wer gab euch das Recht, dieses Leben auszulöschen?" Klekih-petra schien vergessen zu haben, dass er mit einem mehrschüssigen Karabiner bedroht wurde. „Gott wird dieses schwere Verbrechen nicht ungesühnt lassen!"

„Du redest wie ein verdammter Prediger!", ließ Chadwick sich nicht aus der Ruhe bringen. Er nahm den Lauf seines Karabiners ein wenig höher. „Sag uns lieber, wo du das Gold her hast!" Klekih-petra war ehrlich überrascht. „Welches Gold?"

„Versuche nicht, dich rauszureden!", wurde Chadwick ärgerlich. „Ich weiß genau, dass du in dem Laden in St. Louis mit Nuggets bezahlt hast. Wo hast du das Zeug her? Von den Apachen? Sag uns, wo die Goldader ist, und wir lassen dich am Leben! Wenn nicht..." Er warf einen bedeutungsvollen Blick auf Berryman, der nur darauf wartete, sein Gewehr abzuschießen.

Klekih-petra überlegte angestrengt. Ihm blieb gar keine Zeit, sich einen Narren zu schelten, weil er in St. Louis seinen Goldbeutel aus dem Jagdrock gezogen hatte. Ein unverzeihlicher Fehler, der nicht mal einem Greenhorn unterlief. „Das Gold?", versuchte er Zeit zu gewinnen. „Ich glaube, ich hab' es von einem alten Pueblo-Indianer bekommen, oben in Mesa Verde, aber so genau kann ich mich nicht daran erinnern. Die Indianer messen dem Gold keine große Bedeutung zu. Sie haben andere Werte..."

„Verschon uns mit deinen Predigten!", reagierte Chadwick ungehalten. „Sag uns, wo das Gold ist! Ich wette, deine Indianerfreunde haben eine wertvolle Ader entdeckt! Zeig uns das Versteck und wir lassen die Hälfte übrig! Na, was hältst du davon?"

„Es gibt keine Ader!“, log Klekih-petra tapfer. Er würde den Banditen niemals verraten, dass die Apachen unschätzbare Goldvorräte am Nugget-tsil versteckt hielten. Seine roten Freunde brauchten das Gold, wenn die Weißen kamen. Nur mit dem Gold konnten sie in der Zivilisation überleben. Wenn Städte und Straßen gebaut wurden und die Eisenbahn nach Arizona vorstieß, verschwand das Wild und die Indianer mussten einen anderen Weg beschreiten, um ihr Überleben zu sichern. Dieses Pfand durfte nicht in die Hände von gemeinen Banditen fallen.

„Du lügst!“, erwiderte Chadwick unnachgiebig. „Aber wir werden Mittel und Wege finden, um dich weich zu klopfen, darauf kannst du dich verlassen! Du wirst uns zu dem Gold führen oder ich lasse dich vierteilen und an die Geier verfüttern!“ Er trieb seinen Braunen an und zog Klekih-petra den Kolben seines Karabiners über den Kopf. Der weiße Lehrmeister der Apachen sank ohnmächtig zu Boden. Chadwick wandte sich an seine Kumpanen. „Bindet ihn auf seinem Gaul fest! Wir nehmen ihn mit! Unterwegs wird er den Mund schon aufmachen! Los, macht schon!“

„Und was ist mit dem toten Apachen?“, fragte Berryman.

„Werft seine Leiche in den Fluss!“, befahl Chadwick kalt. „Wenn wir den Kerl liegen lassen, schicken sie uns noch einen Polizisten auf den Hals. Seinen Gaul reiß' ich mir unter den Nagel!“

Nat Berryman und Jesse Calhoun stiegen aus den Sätteln und packten den bewusstlosen Winnetou an Armen und Beinen. Die linke Kopfhälfte des Indianers war blutüberströmt und sie ahnten nicht, dass noch Leben in dem reglosen Körper war. Berryman lachte heiser, als sie ihn zum Ufer trugen. Calhoun fühlte sich nicht besonders wohl. „Was hast du denn, Kleiner?“, zog Berryman seinen jungen Kumpan auf. „Der Indsman ist tot! Der tut dir nichts mehr! Der taugt nur noch als Fischfutter!“ Sie blieben am Steilufer stehen. „Eins, zwei, drei“, zählte Berryman, dann schleuderten sie den schlaffen Körper über die Böschung.

„Wieder einer weniger“, lachte Berryman. „Wenn's nach mir ginge, würden wir die rote Brut zum Teufel schicken! Alle Mann!“

„Mir sind die Rothäute egal“, sagte Calhoun gelangweilt.

Während die beiden Schurken daran gingen, Klekih-petra zu fesseln und auf den Rücken seines Pferdes zu binden, griff Chadwick nach den Zügeln von Iltschi. Der Scharfschütze kannte sich mit Pferden aus und hatte schon von fern erkannt, was für ein prachtvolles Tier der Rappe war. In Gedanken sah er sich bereits über die Prärie galoppieren, den Körper flach über den Hals des Tieres gelegt, den frischen Wind im Gesicht. Aber er hatte die Rechnung ohne Iltschi gemacht. Kaum saß der Bandit im Sattel, tat der Rappe einen Sprung nach vorn, blieb abrupt stehen und Chadwick flog im hohen Bogen durch die Luft. Er landete unsanft auf dem Boden und überschlug sich mehrmals.

Seine Kumpane verkniffen sich mühsam ein Lachen. Sie hatten Klekih-petra wie ein Paket verschnürt und auf dem Sattel seines Pferdes festgebunden. Der Braune wehrte sich nicht.

„Verfluchtes Mistvieh!“, schimpfte Chadwick auf den Rappen des Indianers, während er vom Boden hoch kam und sich den Dreck von den Hosen schlug.

Sein linkes Bein schmerzte. Er schlug Iltschi auf die Hinterhand und fluchte auf übelste Weise, als der Hengst wiehernd davonrannte und um die nächste Biegung verschwand.

„Nächstes Mal erschieß' ich dich!", rief er aufgebracht. „Hast du gehört? Ich knall' dich ab wie einen Hasen!"

Missmutig kletterte er in den Sattel seines Braunen. „Fertig?", fragte er seine Kumpane. Er wartete ihre Antwort gar nicht ab und gab seinem Pferd eilig die Sporen. Chadwick nahm die Kutschenstraße nach Westen, gefolgt von Nat Berryman und Jesse Calhoun. Der junge Bandit zog den Braunen mit dem gefesselten und bewusstlosen Klekih-petra hinter sich her. Er war erst seit ein paar Monaten bei Ben Chadwick und Nat Berryman, hatte sich den Banditen angeschlossen, nachdem er aus Fort Randall geflohen war. Er war desertiert und hatte einen reisenden Händler mit vorgehaltener Pistole gezwungen, ihm seine Kleidung zu geben. Mit den schäbigen Kleidern und einigen Dollar aus den Taschen des bewusstlosen Händlers war er davongelaufen und Ben Chadwick und Nat Berryman begegnet.

Anfangs hatte er den kühlen Chadwick bewundert. So wie eben, als er den Rappen des Indianers verflucht hatte, reagierte er nur ganz selten. Meist hatte er sich in der Gewalt. Und er wusste, wo es etwas zu holen gab. Sie überfielen einige Banken und Handelsposten, dann lernte Chadwick diesen seltsamen Mann aus dem Osten kennen und sie mussten in St. Louis warten, bis er aus Washington zurückgekehrt war. Er hatte ihnen einen Teil des Geldes versprochen. „Dieses Jahr räumen wir groß ab!", hatte er schon einige

Male angekündigt und jetzt schien es endlich soweit zu sein. Sie würden sich das Gold der Apachen holen. Jesse lächelte bei dem Gedanken. Wenn wirklich eine reiche Goldader im Westen auf sie wartete, konnte es ihm egal sein, wie seine Kumpane mit den Indianern und dem Gefangenen umsprangen. Das Gold! Das Gold würde ihn zu einem reichen Mann machen und aller Sorgen berauben!

Klekih-petra war noch immer bewusstlos, spürte nicht, wie sein Körper über dem holprigen Pfad geschüttelt wurde. Die Banditen ritten über einen einsamen Feldweg nach Westen, wichen einem Farmer aus, der ihnen auf einem stämmigen Ackergaul entgegenkam, und lagerten am Ufer eines seichten Flusses, meilenweit von der nächsten Siedlung entfernt. Der Himmel war wolkenverhangen und ein frischer Wind wehte über die Maisfelder, die sich jenseits des Flusses erstreckten. Chadwick glitt aus dem Sattel und rieb fröstelnd die Hände gegeneinander. „Such Holz und mach ein Feuer", befahl er dem jungen Jesse, „ich hab keine Lust, in dieser verdammten Gegend zu erfrieren!"

Nat Berryman band den gefesselten Klekih-petra vom Sattel und ließ ihn wie einen lästigen Kleiderballen zu Boden fallen. Der bucklige Mann war aus seiner Bewusstlosigkeit erwacht und seufzte leise, als er mit dem Rücken aufprallte. Stechender Schmerz durchzuckte seinen Körper. Er gab sich keinen Illusionen hin. Die Männer, die ihn gefesselt hatten, waren rücksichtslose Verbrecher. Von ihnen hatte er keine Gnade zu erwarten. Sobald sie erfahren hatten, wo das Gold der Apachen lag, würden sie ihn töten. Und wenn er sich weigerte, das Geheimnis preiszugeben, würden sie ihn ebenfalls umbringen. Wenn er am Leben bleiben wollte, musste er sie hinhalten. Es gab immer noch die leise Hoffnung, dass Winnetou den Überfall überlebt hatte.

Klekih-petra hatte keine Lust, sich von den Banditen beschimpfen zu lassen, und tat so, als wäre er immer noch bewusstlos. Er lag mehrere Meter vom Feuer entfernt zwischen einigen Sträuchern und beobachtete aus den Augenwinkeln, wie zwei der Banditen ihre Hände über den Flammen wärmten und der Junge damit beschäftigt war, Bohnen in einem gusseisernen Topf zu kochen. Die Konservendosen hatte er mit seinem Messer geöffnet und achtlos ins Gras geworfen. Der Essensduft stieg Klekih-petra verführerisch in die Nase. Er hatte großen Hunger und noch größeren Durst, aber sein Stolz verbot es ihm, die Banditen zu fragen. Besonders der Mann, der ständig eine Zigarre zwischen den Lippen hatte, machte ihm Angst. Das musste der Scharfschütze sein, der Winnetou bereits in Washington aufgelauert hatte. Er wirkte kalt und unnahbar und behandelte auch seine beiden Kumpane wie lästige Fremde. Seinen Karabiner legte er niemals aus der Hand, als gehörte die Waffe zu seinem Körper. Der Revolver hinter seinem Gürtel glänzte matt. Dieser Mann würde keinen Augenblick zögern ihm eine Kugel in den Kopf zu jagen; er war ein gefährlicher Killer!

Nat Berryman entfernte sich vom Feuer und holte eine Whiskyflasche aus seiner Satteltasche. Er nahm einen kräftigen Schluck und hielt sie dem Scharfschützen hin. „Auch was?" Chadwick schüttelte den Kopf und sein Kumpan verkorkte die Flasche achselzuckend. Er ging ein paar Schritte und blickte verächtlich auf den scheinbar bewusstlosen Klekih-petra hinab. „Ganz schön groggy, der Mistkerl", meinte er heiser. Er wandte sich an Chadwick. „Meinst du, wir haben ihn zu grob angefasst?"

„Unsinn", erwiderte der, „er muss jeden Augenblick aufwachen. Dann bringen wir ihn zum Reden!" Berryman trat dem wehrlosen Klekih-petra heftig in die Seite. „Verdammter Indianerfreund!", fluchte er. Chadwick blitzte ihn wütend an. „Lass das! Oder willst du, dass er gar nicht mehr aufwacht? Ohne den Buckligen können wir uns das Gold abschminken!"

Berryman kehrte zum Feuer zurück und setzte sich wütend auf einen Felsbrocken. Klekih-petra atmete erleichtert auf. Der Tritt war sehr schmerzhaft gewesen und es hatte ihn größte Anstrengung gekostet, einen Schrei zu unterdrücken. Er atmete tief durch und versuchte, die Schmerzen durch bloße Willenskraft zu vertreiben. Es gelang ihm nur teilweise. Er betete stumm, bat Gott, den Apachen am Leben zu erhalten und zu seiner Rettung zu schicken, aber er lebte lange genug im Westen, um zu wissen, dass seine Überlebenschancen gering waren.

Er schloss die Augen und versuchte zu schlafen. Eine halbe Ewigkeit schien vergangen zu sein, als ihn ein heftiger Tritt weckte. Er fuhr hoch und starrte ins Gesicht des Scharfschützen.

6. Winnetou kämpft um sein Leben

Winnetou erwachte in dem Augenblick, als der lehmgelbe Mississippi über ihm zusammenschlug. Das kühle Wasser weckte seine Lebensgeister und vertrieb die tiefe Betäubung, die ihn durch seine Verwundung ergriffen hatte. Er versank in der schmutzigen Tiefe und wurde fast augenblicklich von der heftigen Strömung ergriffen, die mit klammen Fingern nach ihm griff. Er ruderte mit Armen und Beinen und kämpfte verzweifelt gegen den aufgebrachten Fluss. Obwohl er in seiner Not zu keinem klaren Gedanken fähig war, zwang er sich, so lange wie möglich unter Wasser zu bleiben, um nicht von den Banditen entdeckt und erschossen zu werden. Erst als seine Lunge zu platzen drohte, tauchte er aus dem Wasser. Er rang angestrengt nach Luft und blickte über den Fluss zurück, stellte zu seiner Erleichterung fest, dass ihn die Strömung weit abgetrieben hatte.

Die Banditen waren verschwunden, glaubten anscheinend fest daran, dass er tot war. Er hatte großes Glück gehabt, zum zweiten Mal innerhalb weniger Tage. Diesmal hatte der Scharfschütze besser gezielt, aber die Kugel war wieder nicht ins Ziel gegangen und der Große Geist hatte dafür gesorgt, dass Winnetou dem sicheren Tod entkommen war. Der Häuptlingssohn griff sich an die schmerzende Schläfe. Die Schramme blutete immer noch. Er brauchte dringend Ruhe und einen Umschlag aus heilenden Kräutern, aber die Strömung zog ihn immer weiter auf den Fluss hinaus, und es gelang ihm nicht, das Ufer zu erreichen.

Er trieb hilflos wie ein Stück Treibholz in den schlammigen Fluten und war durch den Streifschuss so geschwächt, dass jede Bewegung heftige Schmerzen verursachte. Zum Glück hatte er sich bei dem Sturz nicht zusätzlich verletzt. Er kämpfte gegen die Strömung an, griff nach einem entwurzelten Baumstamm, der wie ein Geschoss flussabwärts getrieben kam. Er bekam einige der verzweigten Äste zu fassen und hielt sich krampfhaft daran fest. Er würde sich ein paar Meilen flussabwärts treiben lassen und dann an Land schwimmen. Von Klekih-petra, der mehrere Monate in St. Louis verbracht hatte, bevor er ins Land der Apachen gezogen war, und von einem Geschichtenerzähler der Mandan, der die Feuer der Apachen besucht hatte, wusste er, wie gefährlich der Mississippi sein konnte. Selbst erfahrene Schwimmer waren schon von den heimtückischen Strudeln in die Tiefe gezogen worden.

Der Fluss war an dieser Stelle so breit, dass man kaum das andere Ufer sehen konnte. Das Wasser schäumte und gurgelte und warf hohe Wellen, die über das Treibholz schwappten. Winnetou musste seine ganze Kraft aufwenden, um sich an dem Baumstamm festzuhalten. Alle paar Meter wurde sein Kopf durch die Wucht einer Welle unter Wasser gedrückt. Er ließ sich willenlos mit der Strömung treiben und hoffte darauf, dass der Fluss ruhiger wurde. Der Schmerz in seinem Kopf hatte nachgelassen, war einem dumpfen Dröhnen gewichen, das selbst in dem rauschenden Fluss zu hören war. Der Baumstamm drehte sich in der Strömung und Winnetou war gezwungen, nach einem anderen Ast zu greifen. Das Wasser schäumte wie in den Stromschnellen des Rio

Colorado, der durch das Land seines Stammes floss und in abgrundtiefen Canyons brodelte.

Am westlichen Ufer tauchte ein alter Raddampfer auf. Die Überreste eines stolzen Schiffes, das in einem Gewitter auf eine Sandbank gelaufen und zerborsten war. Zwanzig Menschen waren bei dem Unglück ums Leben gekommen, die restlichen Passagiere waren von Fischern aus dem Fluss gerettet worden. Den Dampfer hatte man aufgegeben. Es wäre viel zu teuer gewesen, ihn zu bergen und wieder flott zu machen. Er teilte das Schicksal zahlreicher anderer Wracks, die ein Opfer des Flusses geworden waren und auf Uferböschungen und Sandbänken lagen. Die Strömung trieb den Apachen genau auf das Schiff zu. An der Gischt, die über den linken Rand der Sandbank spritzte, erkannte Winnetou, dass der Fluss von der Insel geteilt wurde. Links war die Strömung wild und unnachgiebig, rechts zeigte der Mississippi sein ruhiges Gesicht. Wenn es ihm gelang, auf die Sandbank zu kommen, konnte er über das Schiffswrack klettern und auf der anderen Seite ans Ufer schwimmen.

Es blieb nicht viel Zeit, sich auf den Aufprall vorzubereiten. Die Strömung wurde plötzlich so stark, dass er den Baumstamm loslassen musste und nach unten gedrückt wurde. Kaum tauchte er aus dem Wasser, wurde er von einer Welle aus dem Fluss gehoben und auf die Sandbank geschleudert. Wie durch ein Wunder entging er einer ernsthaften Verletzung. Sein Körper rollte über den nassen Sand, wurde durch einige Sträucher gebremst und blieb auf dem Hauptdeck liegen. Ein morsches Brett zerbrach und die Wände des Schiffes knarrten verdächtig, als er benommen neben den mächtigen Kesseln liegen blieb.

Er brauchte einige Zeit, um sich von dem Aufprall zu erholen. Der Schmerz, der wie eine lodernde Fackel in seinem Körper brannte, ebbte nur langsam ab. Einige Augenblicke schwebte er am Rand einer neuen Ohnmacht, aber der feste Wille, den Fluss so schnell wie möglich zu verlassen, behielt die Oberhand und ließ ihn auch den Schmerz besiegen. Er richtete sich auf und stellte erleichtert fest, dass nichts gebrochen war. Nicht einmal seinen Tomahawk und sein Messer hatte er verloren. Sein Gewehr hatten die Banditen. Er kletterte über das eingefallene Deck, stieg über einige Ratten hinweg, die sich in dem zerfallenen Dampfer eingenistet hatten, und erreichte das andere Ende der Sandbank. Hier war das Wasser ruhiger, und obwohl sein Körper immer noch schmerzte, gelang es ihm, das Ufer zu erreichen. Triefend vor Nässe erklomm er die Böschung. Er wrang das Wasser aus seinem Jagdrock und blickte sich suchend um.

Er war allein auf der Kutschenstraße. Die Stelle, an der sie überfallen worden waren, lag ungefähr eine Meile flussaufwärts. Es war gefährlich für einen Indianer, ohne eine Schusswaffe durch dieses zivilisierte Gebiet zu laufen, selbst wenn er einen großen Bogen um die Kutschenstation schlug. Die Worte des freundlichen Deutschen, der von den Native Americans berichtet hatte, fanatischen Weißaugen, die gegen alle Fremde vorgingen, waren immer noch in seinem Gedächtnis. Er lehnte sich gegen einen Baum und sammelte neue Kräfte. Seine Gedanken wanderten zu Klekih-petra, der sich in der Gewalt des geheimnisvollen Scharfschützen befinden musste. Was hatte der Mann vor? War sein Hass auf die Indianer so groß, dass er auch einen

Angehörigen seiner eigenen Rasse töten würde, nur weil dieser bei den Apachen lebte und für einen dauerhaften Frieden eintrat?

Winnetou glaubte nicht, dass der Schütze seinen Iltschi mitgenommen hatte. Der Rappe war ein besonderes Tier. Ein ausgesuchter Hengst, der nur ihm gehorchte und jeden anderen Mann aus dem Sattel warf und bedrohte, wenn er ihm zu nahe kam. Ein schwaches Lächeln erschien auf seinem Gesicht. Er ahmte den Ruf eines bestimmten Vogels nach, den es nur in den Jagdgründen der Apachen gab, und wartete geduldig. Weit konnte der Rappe nicht sein. Er war klug genug, den Weißen aus dem Weg zu gehen, wenn sein Herr nicht bei ihm war. Winnetou wiederholte den Ruf und lächelte zufrieden, als er nach kurzer Zeit gedämpften Hufschlag hörte. Wenige Augenblicke später kam der Hengst zwischen den Bäumen hervor. Er blieb schnaubend vor dem Häuptlingssohn stehen, sichtlich erfreut, ihn wieder zu sehen. „Iltschi!", begrüßte Winnetou ihn dankbar. „Ich wusste, dass du in der Nähe bist!"

Mit einer gleitenden Bewegung sprang er auf den Rücken des Tieres. Die Schmerzen waren vergessen. Er tätschelte den Hals des Pferdes und trieb es mit einem leisen Schnalzen an. Um möglichen Feinden aus dem Weg zu gehen, verließ er den Kutschenweg und ritt durch den lichten Laubwald. Erst hinter der Kutschenstation kehrte er auf die Straße zurück. Er fand die Spuren mehrerer Reiter und schöpfte Hoffnung, dass Klekih-petra noch am Leben war. An der Art, wie sein Pferd die Hufe gesetzt hatte, konnte er ablesen, dass der weiße Lehrmeister der Apachen wohl gefesselt über dem Sattel lag. Beunruhigend war allerdings die Erkenntnis, dass der geheimnisvolle Schütze nicht alleine unterwegs war. Die Spuren sagten Winnetou, dass er gemeinsam mit zwei weiteren Männern ritt, sicherlich ebensolche Verbrecher wie er selbst. Entschlossen folgte Winnetou den Fährten der Banditen nach Westen. Sie waren in einem zügigen Trab geritten, schienen aber nicht in großer Eile gewesen zu sein. Ihr Vorsprung konnte höchstens zwei oder drei Stunden betragen.

Dem Apachen kam zugute, dass auch die Banditen nicht daran interessiert waren, einem anderen Menschen zu begegnen. Mit dem gefesselten Klekih-petra hätten sie sich nur verdächtig gemacht. Auch sie hatten die Kutschenstraße verlassen und ritten über holprige Feldwege und versteckte Pfade. Ihre Spuren waren in dem feuchten Boden deutlich zu erkennen. Die Hufabdrücke führten durch den Laubwald und an den Feldern einer großen Farm vorbei, verloren sich in einem sprudelnden Bach und kamen am anderen Ufer wieder zum Vorschein. Dort waren auch andere Spuren zu sehen. Die Abdrücke eines Hirsches, der sein Geweih an einem Baum gerieben hatte, und die Überreste eines Vogelkadavers, der von einem Fuchs zerrissen worden war. Aus dem Wasser ragte ein Biberbau, eine Seltenheit so weit im Osten. Weiße Jäger hatten die Tiere vor langer Zeit ausgerottet.

„Hände hoch oder ich schieße!", erklang eine helle Stimme.

Winnetou griff nach seinem Messer und wirbelte herum. Zwei Jungen kamen aus dem Wald gerannt, handgeschnitzte Holzrevolver in den Händen. „Peng, peng!", schallte es über den Bach. Als die Jungen den Apachen sahen, blieben sie wie versteinert stehen.

Ihre Augen weiteten sich vor Entsetzen und einer ließ sogar seinen Holzrevolver fallen. „Indianer!“, flüsterte der andere.

Der Häuptlingssohn steckte das Messer zurück und lächelte die Jungen freundschaftlich an. „Ihr braucht keine Angst zu haben“, sagte er, „ich komme in friedlicher Absicht.“ Er legte eine Hand auf sein Herz und machte das Friedenszeichen. „Ich bin Winnetou, ein Krieger der Apachen. Unsere Jagdgründe liegen hinter den fernen Bergen.“ Er merkte, dass die Jungen immer noch verängstigt waren, und verstärkte sein Lächeln. Er konnte sich vorstellen, wie sein plötzliches Erscheinen auf die beiden wirken musste. Ein Apachenjunge, der urplötzlich einem weißen Jäger begegnete, würde ähnlich reagieren. „Wer seid ihr?“, fragte er. „Wohnt ihr in der Nähe? Ich habe kein Haus gesehen.“

Der Junge, der seinen Holzrevolver behalten hatte, erholte sich als erster von seinem Schrecken. „Wir lagern da drüben, hinter dem Hügel.“ Er deutete in den Wald. „Bei dem Planwagen. Wir wollen nach Kansas City. Pa will mit uns nach Oregon fahren.“

Winnetou hatte von den endlosen Wagenzügen gehört, die über die Prärie nach Westen zogen. Ganze Scharen von weißen Siedlern fuhren der untergehenden Sonne entgegen, um in Ländern, die sie Kalifornien oder Oregon nannten, die Erde aufzureißen. Sie legten Farmen an und bestellten Felder. Ihr Weg führte durch die Jagdgründe der Lakota und Cheyenne, die sich erbittert gegen die weißen Eindringlinge wehrten. Er hatte von zahlreichen Kämpfen auf der Hochprärie gehört. Winnetou graute vor dem Tag, an dem die weißen Siedler in die Jagdgründe der Apachen einfallen würden. Die Spanier waren längst da, hatten große Siedlungen wie Santa Fe gebaut, aber abseits der Handelsstraßen gab es weite Gebiete, die allein den Apachen gehörten und die noch kein Weißer betreten hatte. Wie würde Intschu tschuna, sein Vater, auf die Bedrohung reagieren? Würde er das Kriegsbeil ausgraben wie die Lakota und Cheyenne im Norden? Klekih-petra hatte eindringlich davor gewarnt, einen Krieg gegen die Weißaugen zu führen. „Sie sind so zahlreich wie die Sterne am Himmel", hatte er am Feuer gesagt.

„Bist du ein richtiger Indianer?", fragte der Junge mutig. „Ein Wilder, wie er in unseren Büchern vorkommt? Ein gemeiner Krieger, der Männer erschießt und Frauen und Kinder entführt?"

Winnetou blieb ruhig. Die Kinder konnten nichts dafür, dass ihre Schulbücher mit Lügen gefüllt waren. Verantwortungslose Erwachsene, die noch nie einem Indianer begegnet waren, hatten die Texte geschrieben. „Ich bin ein Apache", sagte er, „wir haben keine Freude daran, unschuldige Männer zu erschießen und Frauen und Kinder zu entführen. Wir lieben den Frieden. Wir greifen nur zu den Waffen, wenn wir angegriffen werden. Wir wollen in Frieden mit den Weißen leben. Sagt das euren Eltern!"

„Ist das wirklich wahr? Wir brauchen keine Angst zu haben?"

„Ein Apache sagt immer die Wahrheit", erwiderte Winnetou, „in unserer Sprache gibt es kein Wort für Lüge." Er hob eine Hand zum Zeichen des Abschieds. „Und nun lebt wohl, meine Freunde! Ich muss weiter. Meine Brüder und Schwestern warten auf mich. Sie haben mich lange nicht gesehen." Er lächelte, als der Junge mit dem Holzrevolver ebenfalls eine Hand hob, wendete den Rappen und trieb ihn zwischen die

Bäume. Er wollte so schnell wie möglich weiter. Er hatte keine Lust, den Eltern der Jungen zu begegnen. Ihre Revolver waren bestimmt nicht aus Holz, und niemand konnte ihm versprechen, dass sie genauso wie ihre Söhne reagierten.

In einem flotten Trab lenkte Winnetou seinen Rappen nach Westen. In dieser Gegend hatte es stärker geregnet und die Spuren der Banditen waren noch deutlicher zu erkennen. Er hatte keine Schwierigkeiten, ihnen zu folgen, und musste nicht einmal absteigen, um sie zu erkennen. Bis zum späten Nachmittag war er den Banditen so nahe gekommen, dass er ihre Umrisse in dem nebligen Dunst erkennen konnte, der nach dem Regen aufgekommen war. Sie ritten in ein Tal hinab und hielten am Ufer eines schmalen Flusses. Sie stiegen von den Pferden und der jüngste Bandit machte sich daran, Feuerholz zu sammeln. Er entzündete ein Feuer, öffnete Konservendosen und schüttete den Inhalt in einen eisernen Topf. Nach einer Weile zog der Duft von gebackenen Bohnen durch die neblige Senke.

Winnetou band seinen Rappen an einen Strauch, gab ihm einen aufmunternden Klaps auf das Hinterteil und schlich geduckt in die Senke hinab. Seine Mokassins verursachten keinen Laut in dem kniehohen Gras. Er huschte von einem Baum zum nächsten, bis er den Laubwald erreicht hatte, der sich bis zum Ufer des Flusses zog. Auf der anderen Seite wogten Maisfelder. Der Apache kauerte sich hinter einen Felsbrocken und beobachtete nervös, wie der Anführer der Banditen aufstand und dem schlafenden Klekih-petra einen Fußtritt versetzte. Sein weißer Freund zuckte hoch und griff nach seinem Messer, aber die Schurken hatten ihm alle Waffen abgenommen. „Wurde auch langsam Zeit, dass du endlich aufwachst", sagte Chadwick kalt. Er richtete seinen Karabiner auf den wehrlosen Gefangenen. „Na, was ist? Willst du uns endlich sagen, wo das Gold der Apachen liegt?"

Klekih-petra schüttelte den Kopf. „Es gibt kein Gold. Wenn die Apachen gelbes Metall besitzen, haben sie es von den Weißen."

„Gelbes Metall! Du redest wie ein roter Nigger!"

„Ich sage die Wahrheit."

„Du lügst!", erkannte Chadwick. „Und du wirst uns zu dem Goldschatz führen oder ich schneide dir die Haut in Streifen vom Körper! Das hab ich von deinen roten Freunden gelernt! Mal sehen, was du sagst, wenn ich Salz auf dein rohes Fleisch streue!"

„Es gibt nichts, was ich sagen könnte!"

„Warum lässt du mich nicht an den Krüppel ran?", meldete sich Nat Berryman zu Wort. Er war aufgestanden und griff erwartungsvoll nach seinem Messer. „Ich kenne ein paar Tricks..."

„Setz dich wieder hin!", befahl Chadwick ruhig. „Wir versuchen es morgen früh noch mal! Er soll sich in seinen Träumen ausmalen, was alles mit ihm geschieht, wenn er den Mund nicht aufmacht!" Er versetzte seinem Gefangenen einen weiteren Tritt und kehrte ans Feuer zurück. Zu dem aufgebrachten Berryman sagte er: „Der Zwerg wird uns zu dem Gold führen, darauf kannst du dich verlassen! He, Jesse, du übernimmst die erste Wache!"

Winnetou bewunderte die Tapferkeit seines weißen Freundes und war erleichtert, dass die Schurken ihn nicht gemartert hatten. Morgen würden sie keine Gelegenheit mehr dazu haben. Er wartete geduldig, bis die Dunkelheit auf das Land fiel und die Männer sich schlafen legten. Nur der junge Bandit blieb am Feuer sitzen, ein Gewehr über den Knien, und hielt Wache. Ungefähr alle halbe Stunde stand er auf und sah nach den Pferden.

Der Häuptlingssohn zog sein Messer. Lautlos wie eine Raubkatze schlich er hinter seinen weißen Freund und durchtrennte dessen Fesseln mit zwei raschen Schritten. Klekih-petra war erfahren genug, um den Krieger nicht zu verraten. Kein überraschter Ausruf löste sich von seinen Lippen und auch seine Haltung veränderte sich nicht. Aus den Augenwinkeln beobachtete er, wie Winnetou weiter zu den Pferden schlich. Der Apache bewegte sich gegen den Wind, damit die Tiere ihn nicht witterten, und wartete hinter einem Baum auf den Wächter. Er vertauschte das Messer mit dem Tomahawk und hielt den Atem an, als Jesse Calhoun aufstand und gähnend auf ihn zukam.

Lautlos trat der Apache aus seinem Versteck. Sein Tomahawk beschrieb eine kaum sichtbare Bewegung und traf mit der flachen Seite auf die Schläfe des Mannes. Jesse sackte ohne einen Laut in das Unterholz. Das doppelläufige Gewehr fiel zu Boden. Winnetou hob es auf und stellte fest, dass die Waffe ihm gehörte. Er steckte den Tomahawk hinter seinen Gürtel zurück und signalisierte Klekih-petra, in den Sattel seines Rappen zu steigen. Der weiße Apache gehorchte wortlos und ritt leise in die Richtung, die Winnetou ihm anzeigte. Der Häuptlingssohn flüsterte beruhigend auf die Banditenpferde ein und stieg auf eines der Tiere. Ohne dass die schlafenden Schurken etwas merkten, verschwand er mit den Pferden aus dem Lager.

Erst sehr viel später, als sie den Fluss längst überquert hatten und jenseits des Maisfeldes über einen alten Indianerpfad ritten, hörten sie die wütenden Schreie der Männer.

„Die verdammten Kerle haben unsere Pferde gestohlen!", schimpfte Nat Berryman und schoss wütend in die Luft. „Dafür werde ich sie vierteilen! Habt ihr gehört? Ich werde die Mistkerle in Stücke schießen!"

Winnetou ließ die Banditenpferde auf einer einsamen Farm zurück. Es war ihm egal, ob die Schurken sie jemals wieder fanden. Klekih-petra wirkte nachdenklich. „Wir hätten die Männer erschießen sollen", sagte er leise, während sie weiter nach Westen ritten. „Sie sind gefährlich! Sie werden erst zufrieden sein, wenn sie uns getötet haben! Sie werden uns nicht vergessen..."

7. Nscho-tschi spricht mit den Geistern

Die Jagdgründe der Apachen lagen im Südwesten der Vereinigten Staaten, zwischen dem Gila River und dem Rio Pecos, wenige Meilen von der mexikanischen Grenze entfernt. Ein trockenes Land mit schroffen Felsen und meterhohen Kakteen, die wie drohende Finger aus dem dornigen Gestrüpp ragten, eine steinige Wüste mit wenigen Wasserstellen und vereinzelten Oasen. Im Schatten der Steine lagen gefährliche Klapperschlangen, im körnigen Sand lauerten giftige Skorpione. Die weißen Siedler fürchteten diese Wüste und würden erst kommen, wenn Gold und Silber in den Bergen gefunden wurden. Doch bislang wussten nur die Apachen, wo das wertvolle Metall lag. Selbst die spanischen Eroberer hatten vergeblich nach den vermeintlich goldenen Städten von Cibola gesucht und vereinzelte Dörfer, Ranchos[1] und Missionen markierten die einzigen Spuren ihrer Anwesenheit. Nördlich der Wüste wurde das Land fruchtbarer und stieg zum zerklüfteten Colorado Plateau an. Dichte Fichtenwälder, klare Flüsse und versteckte Seen boten den Apachen eine willkommene Zuflucht während der beinahe unerträglichen Sommerhitze. Aber dort waren auch die Weißen. Sie wohnten in Städten wie Santa Fe und befestigten Dörfern und drängten die Armee, mit der ‚Apachenplage', wie sie es nannten, endgültig aufzuräumen. Nur der drohende Bürgerkrieg zwischen den Nord- und Südstaaten hatte bisher einen blutigen Indianerkrieg verhindert.

Die Apachen lebten seit einigen Jahrhunderten in der Wüste und kannten ihre Gefahren. Sie hatten

[1] Rancho = kleine Ranch

gelernt, sich in der menschenfeindlichen Umgebung zu behaupten, und betrachteten den täglichen Überlebenskampf als aufregendes Spiel, das nur dann verloren ging, wenn man es versäumte, der Natur den nötigen Respekt zu erweisen. Alle Dinge waren lebendig, so war es ihnen überliefert worden, und selbst in den verdorrten Kakteen und glutheißen Steinen wohnte eine Seele. Die Apachen kannten jeden Baum und jeden Felsen und jede Quelle und ertrugen die erbarmungslose Hitze besser als alle anderen Menschen. Wenn ein Weißer erschöpft zu Boden sank und nur noch einen schnellen Tod herbeisehnte, nahm ein Apache einen Kieselstein in den Mund, um den Speichelfluss anzuregen, und rannte noch etliche Meilen, bevor er verschnaufte und dann weiterlief.

Die Mescaleros, einer der angesehensten und friedliebendsten Stämme der Apachen, lebte in den Niederungen des Rio Pecos im Osten der Apacheria. So wurde das Apachenland von den Anglos[1] und den Spaniern genannt. Sie wohnten in einem verlassenen Dorf der Pueblo-Indianer, erholten sich in den kühlen Räumen der mehrstöckigen Häuser aus Adobe-Lehm, die wie stufenförmige Pyramiden übereinander lagen und durch eine nahe Felswand geschützt waren. Von einer Terrasse zur nächsten führten Leitern. Zwischen den Häusern und dem Rio Pecos standen einige Wickyups, die traditionellen Strauchhütten der Apachen. Jetzt im Herbst führte der Fluss nur wenig Wasser und eine geheimnisvolle Stille lag über dem lang gestreckten Tal, wurde nur vom Geschrei der Kinder unterbrochen, die mit Pfeilen auf einen löchrigen Saguaro-Kaktus schossen. Die Krieger, die sich in den Felsen ver-

[1] Amerikaner

steckt hatten und das Tal bewachten, langweilten sich. Die Comanchen und Kiowas hatten das Lager schon seit einigen Monaten nicht mehr angegriffen.

Unter den jungen Frauen, die mit gefüllten Wasserbehältern vom Fluss heraufkamen, war ein Mädchen, das selbst unter der schweren Last durch seine Anmut und Schönheit auffiel. Ihr Gesicht war klassisch geschnitten, verzauberte mit vollen Wangen, einem Grübchen im Kinn und samtschwarzen Augen, die unter langen Wimpern halb verborgen lagen. Ihr blauschwarzes Haar fiel in zwei starken Zöpfen auf die Schultern und berührte ein Wildlederkleid, das ihre weibliche Figur betonte und an der Taille von einer Klapperschlangenhaut zusammengehalten wurde. Ihre Haut war kupferfarben und leuchtete in der heißen Sonne. Sie verschwand in einem der Felsenhäuser, stellte den Wasserbehälter ab und blieb nachdenklich im Halbdunkel stehen. Nicht die schwere Arbeit, die sie seit dem Tod ihrer Mutter verrichten musste, stimmte sie traurig. Es war die Sorge um Klekih-petra und ihren Bruder, die schon viel zu lange in der Stadt des weißen Mannes waren.

Sie kehrte ins Freie zurück und ging zum Fluss hinunter, wo ihr Vater einigen Jungen erklärte, wie man mit einem Kanu umging. Zwei von ihnen waren bereits ins Wasser gefallen und sahen sich dem Spott ihrer Freunde ausgesetzt, die lauthals prahlten, wie geschickt sie sich anstellen würden. Aber auch der nächste Junge verlor das Gleichgewicht und Intschu tschuna beließ es dabei, sie aufzufordern, fleißig zu üben, denn oftmals war man auf den geschickten Umgang mit dem Paddel angewiesen, wenn man über seine Feinde triumphieren wollte. „Nscho-tschi", sagte Intschu tschuna, „was bedrückt dich, meine Tochter?"

Nscho-tschi berührte die Hände ihres Vaters und deutete sehnsuchtsvoll in die Ferne. „Viele Tage sind vergangen, seit Klekih-petra und mein Bruder nach Osten geritten sind", erwiderte sie. „Mein Herz sehnt sich nach ihnen! Ich habe Angst, dass ihnen auf dem langen Weg etwas zugestoßen ist! Sie müssen durch das Land, das die Weißaugen erobert haben, und haben keine Krieger dabei! Der Große Weiße Vater hat ihnen Schutz versprochen, aber der Weg ist beschwerlich und es gibt überall Menschen, die ihnen böse gesonnen sind! Ich mache mir Sorgen!"

„Klekih-petra ist selbst ein Weißer, vergiss das nicht", erwiderte Intschu tschuna milde. Der Häuptling der Mescalero-Apachen war nicht besonders groß, aber kräftig, und seine bedächtige Art und die sparsamen Bewegungen verliehen ihm eine würdevolle Haltung, die jedem europäischen Herrscher gut zu Gesicht gestanden hätte. Er trug ausgefranste Leggins und einen perlenbestickten Jagdrock, auch die Mokassins waren mit bunten Mustern verziert. In seinen offenen Haaren hing eine Adlerfeder. „Und Winnetou gehört zu den tapfersten Kriegern unseres Stammes. Sie haben die Kraft sich gegen mögliche Feinde zu behaupten. Der Große Geist begleitet sie nach Westen."

„Ich weiß", sagte Nscho-tschi leise. Sie beschattete ihre Augen mit einer Hand und blickte zum Horizont. „Und doch habe ich Angst. In meinen Träumen habe ich eine Eule gesehen und jeder weiß, dass dieses Tier den Tod oder große Gefahr bedeutet. Es zieht die bösen Geister an, die unser Volk bedrohen! Siehst du die Gewitterwolken über den Bergen? Sie kommen näher."

Intschu tschuna legte einen Arm um die Schultern seiner Tochter und führte sie am Fluss entlang. „Ich möchte dir eine Geschichte erzählen, meine Tochter. Du weißt, dass Weißbemalte Frau und Feindtöter die ersten Menschen in unseren Jagdgründen waren. Davon haben die Geschichtenerzähler unseres Volkes oft berichtet. Damals gab es viele Ungeheuer, die ihnen alles Fleisch wegnahmen, das Feindtöter mit seinem Pfeil und Bogen gejagt hatte. Besonders das Eulen-Ungeheuer machte den beiden Menschen zu schaffen. Eines Tages, als Weißbemalte Frau in die Felsen ging und heilige Lieder sang, erschien der Lebensspender in einem mächtigen Gewitter mit feurigen Blitzen und grollendem Donner. Er versprach Weißbemalter Frau, dass sie ein Kind gebären würde, das Wasserkind heißen und das Eulen-Ungeheuer besiegen würde. So geschah es. Wasserkind wurde geboren, und als er alt genug war, um einen Bogen zu halten, zog er in die nahen Wälder, um das Ungeheuer zu töten. Er erlegte einen Hirsch, und als Eulen-Ungeheuer kam und ihm das Fleisch wegnehmen wollte, sagte er: ‚Ich will gegen dich kämpfen!' Eulen-Ungeheuer war stärker und glaubte an einen leichten Sieg. Jedem Kämpfer sollte gestattet werden, vier Pfeile auf seinen Gegner abzufeuern, und Eulen-Ungeheuer durfte beginnen." Intschu tschuna war ein guter Geschichtenerzähler und verstand es, die Spannung einer Szene aufzubauen. „Vor den Füßen von Wasserkind lag ein blauer Stein. Der begann zu sprechen und bat den Krieger, ihn als Talisman zu benutzen. Wasserkind gehorchte und hielt den Stein vor seine Brust. Alle Pfeile des Eulen-Ungeheuers gingen vorbei. Jetzt war Wasserkind an der Reihe. Mit den ersten drei Pfeilen durchlöcherte er den steinernen Panzer des Monsters, mit dem vierten durchbohrte er dessen Herz." Intschu tschuna lächelte milde. „Auch die anderen Monster tötete Wasserkind. Es gibt keinen Grund, sich zu fürchten, Nscho-tschi! Selbst wenn Ungeheuer und böse Geister unsere Welt bedrohen, brauchst du dir keine Sorgen zu machen. Winnetou, mein Sohn, ist schlauer als Wasserkind!"

Nscho-tschi blieb stehen und lächelte, denn sie wusste eine gute Geschichte zu schätzen. Aber sie wurde gleich wieder ernst. „Ich will für Klekih-petra und meinen Bruder beten", erklärte sie, „ich will in die Felsen gehen wie Weißbemalte Frau und den Großen Geist um Beistand bitten. Er soll Klekih-petra und Winnetou beschützen! Ich habe die Eule in meinem Traum gesehen. Ich bin es den beiden Männern schuldig." Sie blieb stehen und blickte ihren Vater ernst an. „Ich gehe allein!"

Intschu tschuna wusste um die Macht der Träume und protestierte nicht, obwohl es nicht ungefährlich war, allein in die Felsen zu steigen. Sie waren voller Gefahren. Aber auch die Träume waren wirklich und der Anblick einer Eule bedeutete Unglück, wenn man nicht zu den Geistern betete. Er begleitete seine Tochter zu ihrem Lieblingspferd und ermahnte sie ein Gewehr mitzunehmen.

Die Häuptlingstochter verabschiedete sich und sprang auf den Rücken des Schecken. Ihre Beine schmiegten sich anmutig an den Pferdekörper. „Ich komme bald zurück", versprach sie ihrem Vater. Sie schnalzte mit der Zunge und lenkte den Schecken aus dem Dorf. Nscho-tschi war eine gute Reiterin und benutzte kaum die Zügel, als sie am Fluss entlang und über eine mit Kakteen und Mesquite[1] bestandene Anhöhe aus der Schlucht ritt. Die Zöpfe der jungen Indianerin und die Fransen ihres Kleides flatterten im Wind. Sie war den Weg zu den felsigen Bergen viele Male geritten und war sicher, dass Yusn, der Schöpfer aller Dinge, sie beschützen würde. Die Felsen waren heilig. Manche Krieger behaupteten sogar, dass Wasserkind im Schatten dieser Berge gegen das gefährliche Eulen-Ungeheuer gekämpft hatte.

Über einen schmalen Indianerpfad ritt Nscho-tschi in die Felsen hinauf. Schroffe Sandsteinwände und klobige Felsnadeln ragten aus dem trockenen Boden empor. Die Luft hing schwül und drückend über dem kargen Land und ein heißer Wind strich an den zerklüfteten Felsformationen entlang. Das Schnauben ihres Pferdes klang hohl zwischen den Mauern. Jeder Huftritt war als leises Echo zu hören. Nscho-tschi war die Einsamkeit und die Hitze gewöhnt und hatte keine Angst. Ihre Augen waren wachsam, registrierten jede Kleinigkeit, die sich vor ihr bemerkbar machte. Eine Eidechse, die über den Pfad huschte, ein Insekt, das zwischen dem Mesquite summte. Alle Tiere hatten eine Seele und sprachen zu ihr, nur die Schlange gehörte zu den Ungeheuern und versteckte sich im Schatten. Alle Apachen fürchteten sich vor Schlangen, sogar tapfere Krieger wie Intschu tschuna und Winnetou, und betrachteten sie als natürliche Feinde.

Nscho-tschi lenkte den Schecken vom Weg und zügelte ihn auf einer steinernen Plattform, die sich

[1] Gestrüpp

zwischen einigen Felsnadeln ausbreitete. Sie stieg ab, lief zurück und verwischte ihre Spuren mit einem abgebrochenen Zweig. Niemand sollte sehen, dass sie den Pfad verlassen hatte. Der sandige Weg war mit zahlreichen Hufspuren übersät und nur ein Krieger, der es darauf anlegte, fand heraus, dass die des Schecken hier endeten. Wenige Feinde hatten sich in die heiligen Berge der Apachen gewagt, aber Nscho-tschi wollte ganz sichergehen. Sie ritt über die Plattform, tauchte zwischen den Felsen unter und erreichte ihren Lieblingsplatz, eine Ausbuchtung im Gestein, die von einigen Krüppelkiefern beschattet wurde und wie eine Festung durch eine natürliche Mauer gegen neugierige Blicke geschützt war. Durch Öffnungen im Felsen, die an die Schießscharten eines mexikanischen Presidio[1] erinnerten, konnte sie die Ebene jenseits des Rio Pecos überblicken.

Die dunklen Gewitterwolken waren näher gekommen. Über den fernen Gipfeln zuckten vereinzelte Blitze. In dem heißen Dunst, der wie ein Schleier über dem flachen Land lag, erkannte Nscho-tschi die winzigen Schatten einiger Reiter, die durch eine verzweigte Schlucht nach Westen ritten. Sie konnte nicht erkennen, ob es Indianer, Weiße oder Mexikaner waren. Wahrscheinlich mexikanische Händler, die von Mexico City nach Santa Fe unterwegs waren. Sie hatte gehört, dass eine rege Handelsverbindung zwischen den beiden Städten bestand. Obwohl es keinen Krieg zwischen Mexikanern und Apachen gab, beschloss sie, die fremden Reiter im Auge zu behalten. Sie band den Schecken an einen Felsen und zog ihr Gewehr aus der Schlinge.

[1] Festung

Sie lehnte die Waffe an die Felsmauer und ließ die Stille auf sich wirken. Hier waren die übernatürlichen Kräfte, von denen die ‚di-yins', die Medizinmänner ihres Volkes, so oft gesprochen hatten. Hier lebte Yusn, der Lebensspender, der Große Geist, wie die meisten Apachen ihren Gott nannten. Das spürte man am Flüstern des Windes, der geheimnisvoll zwischen den Steinen sang, und am Rascheln des trockenen Mesquite, der von der Erschaffung der Welt und dem dramatischen Kampf zwischen Wasserkind und Eulen-Ungeheuer berichtete. Sie wandte ihr Gesicht nach Osten und blickte in die schwarzen Wolken, die sich über der weiten Ebene drängten. „Großer Geist", erhob sie ihre sanfte Stimme, „ich bin in die heiligen Berge geritten, um mit dir zu sprechen! Ich bin Nscho-tschi, die Tochter von Intschu tschuna, dem mächtigen Häuptling aller Apachen, und die Schwester von Winnetou, dem tapferen Krieger der Mescaleros. Ich bitte dich: Halte deine schützende Hand über meinen Bruder und Klekih-petra, den weißen Lehrmeister unseres Stammes! Sie sind einen weiten Weg geritten, haben den Großen Weißen Vater im Osten besucht und Dinge gesehen, die ich niemals sehen werde. Sie haben Jagdgründe durchquert, von denen ich noch niemals gehört habe. Großer Geist, führe sie unbeschadet durch das Land unserer Feinde und mache sie unsichtbar, wenn feindliche Krieger nahen! Sie sind Männer des Friedens und wir sehnen uns nach ihrer Rückkehr! Sie sind die Seele unseres Stammes und ich könnte nicht ertragen, dass ihnen etwas zustößt! Ich habe Angst um sie! Bleibe in ihrer Nähe, solange sie unterwegs sind!"

Sie hielt ihr Gesicht in den böig auffrischenden Wind, der kühle Luft aus dem Osten mitbrachte, und spürte die Nähe der geheimnisvollen Donnerleute, die über den Himmel ritten und ihr mit flackernden Blitzen und einem grollenden Donnern antwortete. Sie wusste nicht, was diese Antwort bedeutete, schloss noch einmal die Augen, um den Großen Geist besser spüren zu können. Die ersten Regentropfen fielen vom Himmel und berührten ihre kupferfarbene Haut. Der Wind wurde heftiger und kälter. „Was willst du mir sagen, Yusn?“, rief sie. „Wovor willst du mich warnen? Sind Klekih-petra und mein Bruder in Gefahr? Kehren die bösen Ungeheuer zurück? Warum hast du Bu-u, die Eule, in meinen Traum geschickt?“ Sie stimmte ein Lied an, das sie vom Medizinmann ihres Stammes gelernt hatte, und versöhnte die Natur mit ihrer glockenklaren Stimme. Das Lied sollte den Großen Geist milde stimmen und die unheilvolle Eule vertreiben.

Sie öffnete die Augen und blickte in das weite Felsental hinab. Die Reiter waren näher gekommen. Fünf Indianer, so viel konnte sie jetzt erkennen. Bewaffnete Krieger, die geduckt auf ihren Pferden saßen und einer hinter dem anderen durch das Felsenlabyrinth ritten. Noch konnte sie nicht unterscheiden, zu welchem Stamm die Männer gehörten. Apachen waren es nicht. Die Jäger, die das Dorf im Morgengrauen verlassen hatten, waren im Norden unterwegs. Auch Navajos, die Freunde der Apachen, bewegten sich anders. Es mussten Feinde sein. Sie gaben sich alle Mühe, unbemerkt durch das Felsental zu kommen, und hätte Nscho-tschi nicht die heiligen Berge erklommen, wäre ihnen das auch gelungen. Nur von den Felsenbergen konnte man auf die Ebene hinabsehen. Comanchen oder Kiowas, dachte sie erschrocken, aber warum rückten sie nur mit fünf Kriegern an? Gehörten sie zu einem Spähtrupp, der ihr Dorf erkunden sollte?

Sie duckte sich unter den schwarzen Wolken, die über die Felsen gewandert waren und wie eine schwere Last über dem versteinerten Land hingen. Die Sonne war wie eine Fackel erloschen. Der Regen prasselte immer heftiger vom Himmel und peinigte ihren zarten Körper. Sie griff nach dem Gewehr und zog sich mit dem Schecken unter einen Felsvorsprung zurück, flüsterte ein leises Gebet, das sie vor der drohenden Gefahr beschützen sollte. Es war ein Fehler gewesen, in die heiligen Berge zu reiten! Selbst wenn der Große Geist bereit war, ihren Bruder und Klekih-petra zu beschützen, drohte ihrem Stamm eine große Gefahr. Sie wischte ihre nassen Haare aus dem Gesicht und blickte ängstlich durch eine Öffnung in den Felsen. Die Donnerleute schossen einen brennenden Pfeil vom dunklen Himmel und beleuchteten die einsamen Reiter, die ihr Tempo verschärft hatten und vor dem plötzlichen Unwetter zu den heiligen Bergen flohen. „Comanchen!", erschrak sie. Die Todfeinde der Apachen! „Sie wollen unser Dorf überfallen!" Sie flüsterte die Worte, obwohl niemand sie in ihrem Versteck hörte, und sprang auf den Rücken des Schecken, um so schnell wie möglich ins Dorf zurückzureiten. Sie musste ihren Vater warnen! In panischer Angst lenkte sie das Pferd unter dem Felsvorsprung hervor. Der Schecke glitt mit scharrenden Hufen über den nassen Stein und schnaubte unwillig, als sie ihn mit den Füßen antrieb.

Unterhalb ihres Verstecks griff sie dem Tier erschrocken in die Zügel. Mit geweiteten Augen blickte sie ins Tal hinab. Die Comanchen waren schon zu nahe, hatten bereits die Ausläufer der heiligen Berge erreicht! Es war zu spät! Ihr blieb nichts anderes übrig, als umzukehren und sich zwischen den Felsen zu verbergen. Sonst würden die feindlichen Krieger sie entdecken. Sie zog den Schecken herum und kehrte mit klopfendem Herzen in ihr Versteck zurück.

8. Comanchen in den Bergen

Im zuckenden Licht der Blitze sah Nscho-tschi, wie die Comanchen in die Felsen ritten. Tief über ihre Pferde gebeugt und mit Fellen behängt, suchten sie Schutz vor dem tobenden Unwetter. Der Hufschlag ihrer gescheckten Ponys war im prasselnden Regen nicht zu hören. Sie ritten im Gänsemarsch über den gewundenen Pfad und stiegen vor einer zerklüfteten Felswand aus den Sätteln. Sie hielten die nervösen Pferde an den Zügeln und pressten ihre Körper gegen den nackten Fels, um wenigstens einigermaßen gegen den Regen geschützt zu sein. Einer der jungen Männer zuckte heftig zusammen, als ein Blitz grelles Licht in die Felsen schleuderte und heftiger Donner den Boden erzittern ließ. In dem Lärm waren nur seine Mundbewegungen zu sehen, als er das Unwetter verfluchte und den Großen Geist anrief. Die anderen Comanchen ertrugen den Regen mit stoischer Geduld, denn sie wussten genauso gut wie Nscho-tschi, dass Wüstengewitter meist heftig waren, aber nur kurze Zeit dauerten.

Winnetous Schwester verharrte tapfer in ihrem Versteck. Auch sie hielt die Zügel ihres Pferdes umklammert und lediglich die unmittelbare Nähe der Comanchen hinderte sie daran, ihre Angst in den Wind zu schreien. Wie alle Apachen fürchtete sie sich vor den unsichtbaren Donnerleuten. Die Comanchen lagerten keine zwanzig Schritte entfernt, waren nur durch eine zerklüftete Felsmauer von ihr getrennt. Wäre das Gewitter nicht gewesen, hätte man das Fett in ihren Haaren und den Schweiß ihrer Pferde riechen können. Die Tiere wieherten ängstlich, scheuten vor jedem

Blitz und jedem Donner. Nscho-tschi hatte es leichter, ihr Schecke war ein erfahrenes Kriegspferd und ertrug sogar das Unwetter gelassen. Sie berührte seinen Hals, flüsterte ein leises Gebet, das die Geister versöhnen sollte. Sie saß in der Falle, konnte ihr Versteck nicht verlassen, ohne von den feindlichen Kriegern gesehen zu werden. „Großer Geist“, betete sie, „schicke die Comanchen in ihre Jagdgründe zurück!“

Ein heftiger Donnerschlag antwortete ihr. Der Lärm ließ die Felsen erzittern und schien dem Unwetter neue Kraft zu verleihen. Noch einmal öffnete der Himmel alle Schleusen und wahre Sturzbäche ergossen sich über die weiten Ebenen und die heiligen Berge der Apachen. Das Wasser sprudelte wie ein Gebirgsbach über den Pfad, den die Comanchen genommen hatten, und plätscherte in kleinen Wasserfällen von den Felsen. Der Wind war kalt und heftig. Die plötzliche Kälte griff mit klammen Fingern nach Nscho-tschi und kroch unter ihr Wildlederkleid. Das Land schien sich unter den heftigen Schlägen der bösen Geister zu ducken. Der Himmel war schwarz, wurde nur zu einem schmutzigen Muster, wenn Blitze aus den Wolken brachen.

Nach einer knappen Stunde, die Nscho-tschi wie eine Ewigkeit vorgekommen war, ließ das Gewitter nach. Der Platzregen verkümmerte zu einem sanften Rieseln und die Donnerleute wanderten mit den dunklen Wolken nach Süden. Der Himmel brach auf und legte den Mond frei, der blass und voll über den Felsen lag. Comanchen-Mond. Immer wenn der volle Mond am Himmel stand, gingen die Comanchen auf den Kriegspfad und diese fünf Krieger bildeten anscheinend keine Ausnahme. Ihre strengen Gesichter waren mit Furcht erregenden Mustern bemalt und an ihren Sätteln hingen Schilde und Lanzen. Das Mondlicht spiegelte sich auf ihren nassen Haaren, die offen über ihre Schultern hingen oder zu strengen Zöpfen gebunden waren.

Nscho-tschi verstand die Sprache ihrer Feinde und lauschte angestrengt, als das Unwetter nachließ und ein Feuer zwischen den Felstürmen aufflammte. Sie blickte sehnsüchtig zu den Flammen hinüber, spürte erst jetzt, wie das Unwetter ihr zugesetzt hatte. Ihre Haut, die tagsüber noch sengender Hitze ausgesetzt war, schmerzte vor Kälte. Auch ohne ein Gewitter konnte es nachts in der Wüste empfindlich kalt werden. Die Comanchen hatten keine Angst, ihre Anwesenheit durch ein großes Feuer zu verraten, und warfen kleine Äste in die Flammen. Ihre Mienen entspannten sich, als sie die Wärme auf ihrer Haut spürten. „Nicht mal ihre Geister können uns etwas anhaben!“, höhnte der Anführer der Comanchen, ein stattlicher Krieger mit starken Muskeln und einem kantigen Gesicht. Er mochte zwei oder drei Jahre älter als Winnetou sein. Im Mondlicht, das wie ein silberner Schleier über den Felsen lag, und im Feuerschein glühten seine kohlschwarzen Augen. Er hieß Büffelkopf, fand Nscho-tschi im Laufe der Unterhaltung heraus, und trug eine Fellkappe mit zwei Büffelhörnern auf dem Kopf. „Sie wollten uns mit Blitz und Donner aufhalten, aber wir lachen nur darüber und lagern in ihren heiligen Bergen!“ Er spuckte schadenfroh in die Flammen.

„Bärenklaue wäre stolz auf uns, wenn er uns sehen könnte“, erwähnte Narbengesicht den Namen des gefürchteten Häuptlings, der mit Winnetou und Klekih-petra in Washington gewesen war. Der Krieger war einige Jahre jünger als sein Anführer, hatte erst einen Feldzug gegen die Cheyenne mitgemacht und sich einen Lanzenhieb in die linke Wange eingefangen. Seitdem trug er einen neuen Namen, und weil auch seine Zunge vernarbt war, klang seine Stimme nicht mehr so klar wie vor der Verletzung. Die beiden Adlerfedern in seinem Haar kündeten von großer Tapferkeit. „Selbst die Apachen sind heute nicht in ihren heiligen Bergen. Sie sind elende Feiglinge! Wir sind tapfer! Wir sind Kwahadi-Comanchen! Wir sind stärker als Blitz und Donner und entzünden vor dem Dorf der räudigen Hunde ein leuchtendes Feuer!"

„Und wenn die Apachen schlauer sind, als wir denken?", fragte ein dritter Comanche. Sein Name war Zwei Bären. Er war ungefähr zwei Jahr älter als Nscho-tschi und sein Anblick berührte die junge Indianerin auf seltsame Weise. Sein Gesicht wirkte sanfter als die harten Mienen seiner Stammesbrüder und in seinen Augen glaubte sie ein gefühlvolles Glänzen zu erkennen. Aber das konnte auch an dem Feuer liegen, das flackernde Schatten auf die umliegenden Felsen warf. Seine langen Haare waren zu Zöpfen geflochten. Er sprach mit leiser Stimme. „Wenn sie in den Bergen waren, als wir durch die Wüste ritten? Tagsüber kann man von diesen Felsen bis in unsere Jagdgründe sehen!"

„Mein Bruder redet wie ein ängstliches Weib", erwiderte Narbengesicht. Selbst wenn er lächelte, verunstaltete die Narbe seine Miene zu einer hässlichen Fratze. „Apachen laufen selbst vor jaulenden Kojoten davon! Sie fürchten den Blitz und den Donner! Sobald dunkle Wolken über den Himmel ziehen, verkriechen sie sich in ihren Lehmhäusern und Strauchhütten! Sie haben uns nicht gesehen! Sie wissen nicht, dass wir kommen!"

Büffelkopf verzog seine schmalen Lippen zu einem höhnischen Lächeln. „Oder siehst du einen Apachen in diesen Bergen?" Er deutete auf die zerklüfteten Felsen, hinter denen Nscho-tschi sich versteckt hatte. „Meinst du, ihre Krieger halten sich hinter den Felsen dort versteckt? Warum greifen sie dann nicht an?" Der Comanche erhob sich und trat aus dem Schein der Flammen. „Habt ihr gehört, ihr feigen Hunde? Zwei Bären meint, ihr habt uns gesehen! Ist das wahr? Wärmt ihr euch an unserem Feuer?" Er lachte wieder. „Ich sehe euch nicht, ihr elenden Bastarde! Warum kommt ihr nicht und greift uns an?"

„Sie sind nicht hier", erklärte Narbengesicht, „sie hocken bei ihren Weibern und Kindern! Sie haben Angst vor den Comanchen!"

Zwei Bären blickte nachdenklich ins Feuer. „Ich habe keine Angst vor den Apachen", sagte er nach einer Weile, „sonst wäre ich nicht mitgeritten. Ich fürchte mich vor keinem Feind!" Das war natürlich gelogen und seine Stammesbrüder wussten es. Seine unsichere Miene verriet die Wahrheit. „Aber wie wollt ihr mit fünf Kriegern in einem Dorf bestehen, das über hundert Krieger zählt?" Er blickte in die Richtung, aus der Nscho-tschi gekommen war. „Dort leben mehr Apachen, als wir Finger an unseren Händen haben, und ihr Häuptling ist Intschu tschuna, einer der fähigsten Anführer ihres Volkes. Vielleicht ist Winnetou schon zurück, sein Sohn! Er soll noch geschickter als Bärenklaue sein!"

„Willst du unseren Häuptling beleidigen?“, brauste Büffelkopf auf. Er hatte nach seinem Tomahawk gegriffen, ließ ihn aber gleich wieder los. Auch bei den Comanchen schickte es sich nicht, einen Stammesbruder zu bedrohen. „Bärenklaue ist mutiger als alle Apachen zusammen! Sobald er aus dem Land der weißen Männer zurückkehrt, wird er auf den Kriegspfad gehen und den Apachen eine Lektion erteilen! Und wir werden an der Spitze der Krieger reiten! Alle Comanchen werden unsere Namen mit Ehrfurcht aussprechen, denn wir schleichen zu fünft in das Dorf der Apachen und stehlen ihre besten Pferde! Das hat noch kein anderer Krieger geschafft! Wir werden die ersten sein, die Intschu tschuna und seine Apachen auf diese Weise demütigen! Bärenklaue wird unsere Namen am großen Feuer aussprechen! Wir werden viele Adlerfedern tragen, meine Brüder!“

Narbengesicht stimmte ihm grimmig zu. „Büffelkopf spricht die Wahrheit! Wir werden die besten Pferde der Apachen stehlen! Noch bevor die Nacht vorüber ist, werden wir zuschlagen!“ Er griff nach seinem alten Vorderlader und stand auf. „Schlaft ein paar Stunden und sammelt Kräfte! Ich übernehme die erste Wache.“

„Wenn der Mond über den fernen Bergen steht, brechen wir auf“, bestätigte Büffelkopf, „dies ist der Mond der Comanchen!“

Nscho-tschi hatte mit ängstlicher Miene zugehört. Ihre Hände umklammerten das Gewehr, waren bereit die doppelläufige Büchse hochzureißen und zu schießen, falls die feindlichen Krieger doch noch misstrauisch wurden. Sie warf einen nervösen Blick auf ihren Schecken, der beinahe unbeweglich unter dem Felsvorsprung verharrte. Ohne das Unwetter war es still in den Bergen und das leiseste Geräusch konnte sie verraten. Sie beobachtete, wie die Comanchen sich in ihre Felle rollten und Narbengesicht in den Schatten eines Felsens trat. Mit dem Gewehr in den Händen hielt er Ausschau nach möglichen Feinden.

Die junge Indianerin hielt sich an dem nassen Felsvorsprung fest. Verzweiflung machte sich in ihr breit. Die Comanchen wollten sich in das Dorf der Apachen schleichen und die Lieblingspferde der Krieger stehlen. Diese ausgesuchten Tiere waren vor den Lehmhäusern und Strauchhütten angebunden. Die anderen Reittiere waren in einem Seilcorral[1] abseits des Dorfes untergebracht. Pferdediebstahl gehörte zu den liebsten Beschäftigungen der jungen Krieger. Wer sich in ein feindliches Lager schlich und einige Pferde entführte, wurde hoch angesehen. Eine besondere Auszeichnung errang ein Krieger, wenn er nachts zu einem Zelt oder einer Hütte schlich und das liebste Pferd eines Feindes stahl. Von Winnetou wurde berichtet, dass er die Lieblingspferde eines Kiowa-Häuptlings geraubt hatte, auch Intschu tschuna wurden solche Heldentaten nachgesagt. Jetzt wollten die Comanchen zuschlagen. Eine gefährliche Situation für die Mescaleros, denn wenn die Diebe entdeckt wurden, kam es wahrscheinlich zu einer wilden Schießerei, die auch Frauen und Kinder das Leben kosten konnte. Nscho-tschi war eine friedliebende Frau. Sie achtete das Leben und wollte nicht, dass Menschen starben.

Aber wie sollte sie ihre Stammesbrüder warnen? An den Comanchen kam sie nicht vorbei, weder auf dem

[1] Corral = Koppel

Rücken des Schecken noch zu Fuß. Die Krieger würden sie erbarmungslos töten und ihren Skalp an einer Lanze tragen, wenn sie in die heimatlichen Jagdgründe ritten. Es gab nur die Möglichkeit, auf der anderen Seite der Felsen in die Tiefe zu klettern. Ein gefährliches Unternehmen, das sie das Leben kosten konnte. Die Berge fielen hier steil ab und sie musste über eine zerfurchte Felswand nach unten steigen, wenn sie den Grund erreichen wollte. Wenn sie so schnell rannte wie vor einigen Jahren, als sie vor einem Puma geflohen war, konnte sie das heimatliche Dorf noch vor dem Morgengrauen erreichen. Vielleicht gerade noch rechtzeitig, bevor die feindlichen Krieger kamen.

Sie durfte keine Zeit verlieren. Mit ihren kalten Fingern kramte sie ein langes Rohhautseil aus den Satteltaschen des Schecken. Sie verursachte kaum einen Laut. Mit dem Seil kletterte sie über die brüchige Sandsteinmauer auf einen schräg abfallenden Felsentisch, der nach dem Unwetter besonders glitschig und gefährlich war. Geduckt erreichte sie den Rand der zerklüfteten Felswand. Ein prüfender Blick in den Abgrund trieb ihr den kalten Angstschweiß auf die Stirn. Sie sprach ein schnelles Gebet, formte eine Schlinge und band das Rohhautseil um einen Felsvorsprung. Sie zog mehrmals daran, bevor sie sich an den Abstieg machte. Gleich beim ersten Schritt lösten sich einige Kiesel unter ihren Füßen und kullerten den Abhang hinunter. Sie erstarrte mitten in der Bewegung und lauschte nervös nach oben.

Nscho-tschi war beinahe sicher, dass Narbengesicht etwas gehört hatte und mit entsichertem Gewehr nach dem Verursacher des Geräusches suchte. Ein geübter Krieger konnte sich so geräuschlos bewegen, dass man selbst in der unheimlichen Stille, die nachts über der Apacheria[1] lag, seine Schritte nicht bemerkt hätte. Da hörte sie ein lang gezogenes Jaulen und entspannte sich. Ein Kojote! Der Große Geist war auf ihrer Seite und hatte ein Tier geschickt, das Narbengesicht ablenken würde. Obwohl sie ihn nicht sehen konnte, spürte sie, wie er erleichtert aufatmete und an das Feuer zurückkehrte. Hätte er den Schecken entdeckt, wäre sie längst tot gewesen. Sie kletterte vorsichtig weiter und ließ sich an dem Seil in die Tiefe gleiten. Mit beiden Füßen stützte sie sich an der geröllübersäten Wand ab. Ihr Gewehr hing an einem Lederband über ihrem Rücken.

Sie wusste nicht, wie lang das Seil war, und seufzte enttäuscht, als sie auf einem schmalen Felsvorsprung zu stehen kam und erst knapp die Hälfte ihres Weges geschafft hatte. Jetzt kam der schwerste Teil ihres kühnen Unternehmens. Sie klammerte sich mit der linken Hand an einen Felsbrocken, der wie eine klobige Narbe aus der Wand ragte, und versuchte mit der freien Hand das Seil aus seiner Verankerung zu lösen. Nach mehreren Versuchen, die viel Kraft und Geduld kosteten, schaffte sie es. Das Seil flog von dem Felsvorsprung und sauste nach unten. Sie hielt es fest und verknotete es über dem Felsbrocken, an dem sie sich festgehalten hatte. Das Seil hing lange nicht so sicher wie beim ersten Mal, aber sie hatte keine andere Wahl.

Entschlossen machte sie sich an den Abstieg. Ihre Hände wurden an dem Seil aufgerieben und bluteten und ihre Kräfte ließen immer mehr nach. Ihre Füße fanden nur mühsam Halt. Ungefähr drei Meter über

[1] Heimat der Apachen

dem Boden musste sie loslassen und fiel auf den steinernen Boden. Sie verstauchte sich ihren linken Fuß und unterdrückte mühsam einen Schmerzensschrei. Ängstlich blickte sie an der Felswand empor. Der Mond war gewandert und sein bleiches Licht lag unheimlich auf dem brüchigen Stein. Sie konnte nicht glauben, dass sie wirklich von den heiligen Bergen geklettert war. Ihr ängstlicher Blick suchte nach einem Comanchen, der sich über den Felsrand beugte und aufgeregt mit dem Finger auf sie zeigte, aber die Comanchen hatten nichts gemerkt. Humpelnd entfernte sie sich aus der Gefahrenzone.

Sie wusste nicht, wie lange sie schon unterwegs war, als endlich das silberne Band des Rio Pecos vor ihr auftauchte. Drei Stunden waren bestimmt vergangen. Sie rief dem Wächter am Rande der Schlucht eine Warnung zu und rannte unter großen Schmerzen zu dem Pueblo, in dem Intschu tschuna schlief. „Vater! Vater!“, rief sie aufgeregt. „Die Comanchen kommen! Fünf Krieger! Sie wollen die Lieblingspferde unserer Krieger stehlen!“

Sie sank erschöpft auf einen Felsbrocken und wartete, bis der Häuptling und die anderen Krieger von ihren Nachtlagern aufgestanden waren. Apachen hatten einen leichten Schlaf und waren beim geringsten Anzeichen von Gefahr kampfbereit. Es dauerte nur wenige Augenblicke, bis die Krieger mit ihren Waffen erschienen. „Ruhe!“, befahl Intschu tschuna. Er reichte seiner Tochter einen Krug und sie trank gierig von dem kühlen Wasser. „Wir wollen hören, was Nscho-tschi zu berichten hat!“ Er blickte die junge Indianerin erwartungsvoll an und hörte, was sie zu sagen hatte.

Die Häuptlingstochter berichtete in wenigen Sätzen, was geschehen war. Sie beschrieb Büffelkopf und Narbengesicht, die beiden gefährlichsten Krieger, und Zwei Bären, der auf seltsame Weise ihre Seele berührt hatte. „Verschont ihn“, bat sie, „er ist nicht von den bösen Geistern besessen!“ Abschließend warnte sie: „Wir haben nicht mehr viel Zeit, meine Brüder! Die feindlichen Krieger wollen noch vor dem Morgengrauen hier sein!“

Intschu tschuna war ein kluger Mann und hatte nicht vor, die Comanchen bis ins Dorf kommen zu lassen. Er würde die beiden Eingänge der Schlucht bewachen lassen und darauf achten, dass die Frauen und Kinder nicht gefährdet wurden. Zehn Krieger sollten genügen, den Angriff der wenigen Comanchen abzufangen. Er nannte zehn Namen und gab den Kriegern genaue Anweisungen. Sie sollten die Wächter benachrichtigen, die an den Schluchteingängen postiert waren, und sich am Flussufer und hinter den großen Felsbrocken verstecken. Sobald die Feinde den Canyon betreten hatten, sollten sie ihnen in den Rücken fallen. „Fesselt die Hunde und bringt sie ins Dorf zurück! Wir wollen sie von den Frauen und Kindern verhöhnen lassen, bevor wir sie zu Bärenklaue und seinen Feiglingen zurückschicken!“

Die Krieger schwärmten aus und verschwanden im Halbdunkel der Schlucht. Die anderen Apachen kehrten in ihre Häuser und Hütten zurück. Die Comanchen sollten keinen Argwohn schöpfen, wenn sie sich dem Dorf näherten. Intschu tschuna und Nscho-tschi kletterten auf die oberste Plattform des Pueblos, versteckten sich im Schatten einer Lehmwand und blickten zum Schluchteingang hinüber. Sie wollten dabei sein, wenn die Comanchen angriffen. Lange konnte es nicht mehr dauern. Im Osten zeigten sich bereits die ersten hellen Streifen und der einsame Bussard über den Felswänden verriet einem aufmerksamen Krieger, dass die Feinde nicht mehr weit waren.

9. Der Mond der Comanchen

Die Comanchen, die von den heiligen Bergen ritten und sich dem Dorf der Apachen näherten, waren keine erfahrenen Krieger. Dazu waren sie zu jung. Nur Büffelkopf hatte sich auf mehreren Kriegszügen bewährt. Er war mit Bärenklaue und den besten Kriegern des Stammes gegen die Cheyenne gezogen und hatte zwei Coups geschlagen. So nannte man die Berührung eines Feindes mit einer Lanze oder einem federgeschmückten Stock. Wer einen Coup schlug, erntete mehr Ruhm als ein Krieger, der einen Feind tötete. Auf einem anderen Kriegspfad hatte er zwei junge Lipan-Apachen auf der Jagd überrascht und sie mit Pfeilen getötet. Er hatte ihre Leichen verunstaltet und die abgeschnittenen Körperteile über die Prärie verteilt, damit die toten Apachen nicht in die Ewigen Jagdgründe eingingen. Seine Büffelkappe verband ihn mit seinem Schutzgeist, einem weißen Büffel, der mehrfach in seinen Träumen aufgetaucht war und ihm versprochen hatte, ihn auf allen Kriegszügen zu beschützen.

Narbengesicht war gleich in seiner ersten Schlacht schwer verwundet worden. Er hatte weder einen Coup geschlagen noch einen Feind getötet, doch er hatte einem feindlichen Krieger ins Gesicht gesehen und auch das machte ihn in den Augen der Comanchen zu einem Mann. Sein Vater und seine beiden älteren Brüder waren gefürchtete Krieger, die keine Gnade gegenüber ihren Feinden kannten und in dem festen Glauben waren, nur auf diese Weise die begehrte ‚puha' zu erlangen. So wurde die geheimnisvolle Kraft genannt, die jeden Medizinmann erfüllte.

Narbengesicht eiferte ihnen nach und träumte davon, eines Tages den gefürchteten Bärenklaue als Kriegshäuptling abzulösen. Mit den gestohlenen Lieblingspferden der Apachen wollte er den Häuptling und seine Verwandten beeindrucken. Beim nächsten Mal würde er den Kriegstrupp selber anführen und mit den Haarschöpfen der verhassten Feinde zurückkehren. Vielleicht würde er sogar einen weißen Händler zu Tode martern.

Die Begleiter von Büffelkopf und Narbengesicht waren zum ersten Mal auf dem Kriegspfad, auch Zwei Bären, der nur mitgeritten war, weil er von anderen Kriegern als ‚kleines Kind' ausgelacht wurde und sich endlich beweisen wollte. Er war kein geborener Krieger, hatte sich nie danach gesehnt, gegen die Cheyenne oder Apachen zu kämpfen. Er bemalte lieber die gegerbten Büffelhäute, mit denen die Tipis bespannt wurden, oder spielte auf seiner Adlerknochenflöte. Und doch griff ausgerechnet er seinem Pferd in die Zügel, als sie auf einen mit Dornengestrüpp bewachsenen Hügel ritten und die Schlucht des Rio Pecos in der Ferne sahen. Sein Instinkt sagte ihm, dass sie in eine Falle ritten. „Ich habe kein gutes Gefühl", warnte er, „ich glaube, dass die Apachen am Schluchteingang auf uns warten!"

„Hast du etwa Angst?", fragte Narbengesicht höhnisch. „Angst vor diesen feigen Hunden? Sie können uns nichts anhaben, Zwei Bären! Über uns leuchtet der Mond der Comanchen! Er gibt uns die Kraft, die wir für diesen Überfall brauchen! Vorwärts!"

„Die Apachen haben keine Ahnung, dass wir kommen", sagte Büffelkopf zu seinem jungen Begleiter. „Woher willst du wissen, dass sie uns in eine Falle locken? Bist du ein ‚puhakut', ein Medizinmann? Siehst du Dinge, die anderere Krieger nicht sehen?"

„Ich habe ein Gefühl", ließ Zwei Bären sich nicht provozieren, „und ich weiß, dass die Schlucht der Apachen noch einen anderen Eingang hat. Warum teilen wir uns nicht? Warum schleichen wir nicht von zwei Seiten in ihr Dorf? So haben wir eine größere Chance, die besten Pferde der Apachen zu stehlen, nicht wahr?"

Büffelkopf und Narbengesicht tauschten einen viel sagenden Blick und mussten zugeben, dass der junge Krieger die Wahrheit sagte. „Also gut", meinte der Anführer widerwillig, „wenn du meinst, auf der anderen Seite deinen ersten Coup schlagen zu können, reite los! Narbengesicht wird dich begleiten. Folge seinen Spuren! Aber wenn du in die Gewalt der feigen Hunde gerätst, können wir nichts für dich tun! Dann bist du ganz allein!"

„Ich weiß, mein Bruder", bestätigte Zwei Bären.

Die Comanchen teilten sich und ritten in verschiedene Richtungen. Auf diese List war Intschu tschuna vorbereitet. Auch Nscho-tschi, die neben ihrem Vater lag und nervös von einem Schluchteingang zum anderen blickte, rechnete damit, dass die Comanchen von zwei Seiten angriffen. Sie ahnte nicht, dass ausgerechnet der Krieger mit dem sanften Gesicht, der ihre Seele berührt hatte, auf diesen Plan gekommen war. Auf der anderen Seite der Felswand, die den Canyon auf der westlichen Seite begrenzte, folgte er Narbengesicht durch die mondhelle Nacht. Die Hufe ihrer Pferde flogen über den trockenen Boden.

Neben einem verfilzten Mesquite-Dickicht, das im Schatten der Felswand wucherte, stiegen die beiden

Comanchen von den Pferden. Sie banden die Tiere an einen Ast und schlichen an der dunklen Wand entlang. Ihre Mokassins verursachten nicht das geringste Geräusch. Die Kwahadi-Comanchen waren überall auf der südlichen Prärie gefürchtet und für ihre geschickte Kriegsführung bekannt. In dem Land, das bei den Weißen Texas genannt wurde, war ihnen kein Feind gewachsen. Selbst Amerikaner und Texaner hüteten sich vor ihnen. Kwahadis kannten kein Mitleid, verstümmelten feindliche Krieger, vergewaltigten Frauen und verschleppten unschuldige Kinder. Der Krieg gehörte zu ihrem Leben und es gab keine andere Möglichkeit sich gegen die Geister zu schützen. Der Feind musste vernichtet werden, wenn man am Leben bleiben wollte.

Narbengesicht musste lange warten, bis der Wächter sich blicken ließ. Der Apache kauerte auf einem Felsvorsprung, das Gewehr schussbereit in den Händen, und war auf einen Angriff vorbereitet. Nur der Mond, der plötzlich hinter einigen Wolken hervortrat und auf seine geduckte Gestalt fiel, hatte ihn verraten. Zu spät ging er hinter einem Gestrüpp in Deckung. Er kauerte hoch über dem Rio Pecos, der träge durch die Schlucht floss. Der Fluss war um diese Jahreszeit beinahe ausgetrocknet und das Mondlicht spiegelte sich in den wenigen Wasserlachen, die in Löchern und Furchen übrig geblieben waren. Eine Strömung war lediglich in der Mitte des Flusses zu erkennen, wo der Wind einen Graben in den Schlamm getrieben hatte.

„Ich werde ihn töten", flüsterte Narbengesicht, „warte hier, bis ich mir seinen Skalp geholt habe!" Er reichte Zwei Bären seinen Vorderlader und schlich davon. Auf leisen Sohlen stieg er in die Felsen. Ein kaum sichtbarer Pfad führte auf den Vorsprung hinauf. Der Apache, der Wache hielt, bemerkte den Comanchen nicht, war aber wachsam und hielt sein doppelläufiges Gewehr in beiden Händen. Intschu tschuna hatte ihm eingeschärft, in dieser mondhellen Nacht besonders wachsam zu sein. Die Comanchen waren für ihre heimtückischen Überfälle bekannt und kamen immer überraschend. „Der volle Mond ist gefährlich", hatte der Häuptling gesagt, „sie nennen ihn Comanchen-Mond. Nur wenn er am Himmel steht, kämpfen sie auch nachts. Ohne den vollen Mond würde ein toter Comanche keine Ruhe in den Ewigen Jagdgründen finden!" Obwohl man bei Comanchen niemals sicher sein konnte. Es gab genügend Krieger, die nachts auf den Kriegspfad zogen und keine Angst vor dem Sterben hatten.

Narbengesicht hatte überhaupt keine Angst. Nicht einmal der heimtückische Überfall des Hundekriegers der Cheyenne, der ihm die Lanze durch die Wange gestoßen hatte, war ein böses Omen für ihn gewesen. Er wollte Kriegshäuptling werden und würde alles daran setzen seine Stammesbrüder mit tapferen Taten zu beeindrucken. Er zog sein Messer hinter dem Gürtel hervor, eine gefährliche Waffe mit einer breiten stählernen Klinge, die einem Feind, den man überraschte, kaum eine Chance ließ. Er hatte das Messer bei einem Comanchero eingetauscht.

Wenige Meter vor dem Apachen presste Narbengesicht sich dicht gegen die Felswand. Der Apache spürte die drohende Gefahr und riss sein Gewehr nach oben, aber da war der Comanche bereits bei ihm und rammte ihm die scharfe Klinge in den Leib. Der

Wächter starb mit einem leisen Seufzen. Narbengesicht trennte ihm mit einem raschen Schnitt den Skalp vom Kopf und griff nach dem Gewehr, das er rechtzeitig aufgefangen hatte. Triumphierend kehrte er zu Zwei Bären zurück. „Du kannst den Vorderlader behalten“, flüsterte er, „ich habe ein neues Gewehr!“

Zwei Bären blickte auf den blutigen Skalp und verspürte eine leichte Übelkeit. Er war nicht für den Krieg geschaffen, das hatte er längst herausgefunden, aber er durfte jetzt nicht kneifen. Er musste einem Feind ins Gesicht geblickt haben, um vor seinen Stammesbrüdern bestehen zu können. Oder er musste eines der Lieblingspferde stehlen. Entschlossen folgte er Narbengesicht um den Felsen herum. Im Schatten einiger Bäume schlichen sie am Flussufer entlang. Ihre Gestalten verschmolzen mit der Nacht. Die Dunkelheit schützte sie vor den Apachen, die wenige Schritte von ihnen entfernt auf der Lauer lagen. Auf einer Böschung machte Zwei Bären den Fehler, durch einen Streifen des hellen Mondlichts zu laufen. Narbengesicht warf ihm einen strafenden Blick zu, sagte aber nichts, um die Apachen nicht zu warnen. Der Comanche blickte über den Fluss zur hohen Felswand empor. Der helle Streifen im Osten war breiter geworden, aber es würde noch einige Zeit dauern, bis der Tag begann.

„Vielleicht kommen die Comanchen gar nicht“, sagte Nscho-tschi zu ihrem Vater. Ihre Augen schmerzten vom vielen Beobachten. „Wenn sie den Schecken gefunden haben, reiten sie bestimmt wieder zurück! Vielleicht haben sie Angst bekommen!“

Intschu tschuna wusste es besser. „Comanchen haben keine Angst. Ihre Krieger sind heimtückisch und grausam, aber ihre Tapferkeit wird überall gelobt. Ich habe viel Respekt vor ihnen!“

„Vor diesen feigen Hunden?“, wunderte Nscho-tschi sich.

Ihr Vater lächelte verständnisvoll. „Auch Comanchen sind Menschen. Sie haben ein Herz und eine Seele. Der Hass gegen unser Volk vernebelt ihren Blick, aber ist es bei vielen Apachen nicht genauso? Hat der Krieger der Chiricahuas, den sie Geronimo nennen, nicht einen Kriegstrupp gegen sie geführt? Ich mag die Comanchen nicht. Sie sind unsere Feinde. Aber ich verdamme sie nicht. Auch seine Feinde soll man respektieren!“

Nscho-tschi blickte zum anderen Ende der Schlucht, beobachtete den Mond, der voll und blass über dem Rio Pecos hing und schmutziges Licht verbreitete. Es dauerte eine Weile, bis ihr auffiel, dass irgendetwas nicht stimmte. Aber was? Sie kniff die Augen zusammen, um besser sehen zu können, und erschrak. „Vater!“, rief sie viel zu laut. Er legte rasch eine Hand auf ihren Mund. „Vater!“, wiederholte sie flüsternd. „Einer der Comanchen! Am Flussufer! Jetzt ist er wieder verschwunden! Aber ich habe ihn genau gesehen, Vater! Warum tun unsere Krieger nichts?“

Intschu tschuna vergeudete keine Zeit. Er stieg über die Leitern nach unten, gefolgt von seiner Tochter, die ihren verstauchten Fuß jetzt vollkommen vergessen hatte und den Schmerz gar nicht mehr spürte. Am Ende der letzten Leiter blieb sie stehen. Sie wartete geduldig, bis ihr Vater zwei erfahrene Krieger alarmiert und zu den Apachen am Flussufer geschickt hatte. „Der Mond war auf der Seite der Comanchen“, sagte er betrübt, „er hat unsere Krieger geblendet!

Aber jetzt stehen die Geister uns bei! Sie haben dir den feindlichen Krieger gezeigt!"

Narbengesicht und Zwei Bären spürten instinktiv, dass ihnen Gefahr drohte, und flohen in den langen Schatten eines Felsbrockens. Sie kletterten geduckt über die Uferböschung. Unterhalb des Steilufers waren sie für die Apachen nicht zu sehen. Sie huschten wie zwei flüchtige Schatten durch den ausgetrockneten Fluss, verschmolzen mit der Dunkelheit, die nahe der Uferböschung fast noch vollkommen war. Schweigend stapften sie durch den knöcheltiefen Schlamm und das schmutzige Wasser.

Weder die zwei Comanchen noch die Apachen hatten eine Ahnung, wo Büffelkopf und seine beiden Krieger sich befanden. Nur der einsame Bussard, der immer noch über der Wüste kreiste, beobachtete mit scharfen Augen, wie Büffelkopf und seine Begleiter von den Pferden stiegen und die Tiere in einer schmalen Mulde abseits der Schlucht zurückließen. Sie überprüften ihre Waffen und der Anführer gab einige Anweisungen, bevor sie die Mulde verließen und das Dornengestrüpp auf den benachbarten Hügeln als Deckung benutzten. Lautlos schlichen sie zu der schmalen Bodenrinne, die sich abseits des ausgetretenen Weges bis zu der Canyonwand erstreckte. Obwohl der Wächter von der drohenden Gefahr wusste und in der Schlucht zahlreiche Apachen versteckt lagen, entdeckte niemand die feindlichen Krieger. In der Bodenrinne waren sie absolut sicher.

Mit den beiden Männern, die unvermittelt zwischen den Kakteen hervor kamen und arglos auf die Schlucht zuhielten, hatten weder die Comanchen noch die Apachen gerechnet. Winnetou und Klekih-petra waren die ganze Nacht geritten, um am frühen Morgen den heimatlichen Pueblo zu erreichen, und waren so erschöpft, dass sie die Spuren der feindlichen Krieger nicht sahen. Erst das verräterische Schnauben eines Pferdes ließ Winnetou aufhorchen. Das Tier gehörte einem der jüngeren Comanchen, ein unerfahrenes Pony, das noch keinen Kriegszug mitgemacht hatte und bei der Witterung der fremden Reiter nervös wurde.

Winnetou griff nach seinem Gewehr und ließ sich aus dem Sattel gleiten. Mit einer eindringlichen Bewegung signalisierte er seinem weißen Lehrmeister, ihm zu folgen. Zu spät. Ein Schuss bellte auf und Klekihpetra wurde aus dem Sattel geschleudert. Er fiel seufzend zu Boden. Die Kugel hatte seinen linken Oberarm durchschlagen und war im Wüstensand stecken geblieben. „Ich bin in Ordnung!“, meinte er schmerzerfüllt. „Kümmere dich nicht um mich!“ Er wälzte sich hinter ein Gestrüpp und zog sein Messer, um gegen einen weiteren Angriff gewappnet zu sein.

Mit entsicherter Büchse rannte Winnetou aus dem Mondlicht. Ein zweiter Schuss krachte und die Kugel wirbelte Sand zwischen seinen Füßen auf. Er blieb stehen und schoss zurück, hielt genau in das Mündungsfeuer, das vor der dunklen Felswand aufgeblitzt war. Ein verzweifelter Schrei war zu hören. Einer der jungen Begleiter von Büffelkopf fiel getroffen zu Boden. Sein Stammesbruder, ebenfalls ein unerfahrener Krieger, sprang auf und fing sich eine weitere Kugel, die in seinen Kopf drang und seinem Leben ein plötzliches Ende setzte. Büffelkopf hatte längst gemerkt, dass sein Kriegszug fehlgeschlagen war, und floh geduckt zu den Pferden. Manchmal war es besser, einen Angriff abzubrechen und sein Heil in der Flucht zu suchen.

Winnetou hatte die Flucht des Comanchen vorausgesehen, er lud seine Büchse nach und empfing Büffelkopf bei den Pferden. „Lass die Waffen fallen!", befahl er kalt, das eigene Gewehr im Anschlag. „Auch das Messer und den Tomahawk! Du bist ein Gefangener der Mescaleros!"

Büffelkopf wusste genau, dass er keine Chance gegen den Apachen hatte. Bei der geringsten falschen Bewegung würde der Häuptlingssohn abdrücken. Der Comanche gehorchte widerwillig, beobachtete wutschnaubend, wie seine Waffen im Sand landeten, und setzte gehorsam einen Fuß vor den anderen, als Winnetou ihm bedeutete, in die Schlucht zu gehen. „Ich bin Winnetou!", rief er seinen Stammesbrüdern zu, die aufgeregt aus ihrer Deckung gerannt waren. „Ich bringe einen Krieger der Comanchen, der es gewagt hat, in die Jagdgründe der Apachen vorzudringen! Die anderen Krieger sind tot! Vor der Schlucht liegt Klekih-petra! Er ist am Arm verwundet!"

Einige Krieger rannten an dem Häuptlingssohn vorbei und kümmerten sich um den weißen Lehrmeister der Apachen. Als Klekih-petra auf die Beine kam und seinen roten Brüdern bedeutete, dass die Verletzung nicht lebensgefährlich war, wurde Jubel laut. „Winnetou ist zurück! Winnetou ist zurück!", riefen die Apachen. „Winnetou und Klekih-petra!" Erst als sie zu der Feuerstelle vor dem Pueblo kamen, erkannten sie, dass die Gefahr noch nicht vorüber war. „Geht in Deckung!", hörten sie Intschu tschuna rufen. „Hier halten sich noch mehr Comanchen versteckt. Sie haben einen Wächter ermordet!" Nscho-tschi erschien ängstlich neben ihrem Vater. „Zwei Comanchen! Es sind zwei Krieger!"

Winnetou reagierte sofort und lief geradewegs zum Fluss hinunter. Wenn die beiden Krieger durch den anderen Schluchteingang gekommen waren, konnten sie sich nur in dem ausgetrockneten Flussbett verstecken. Er sprang in den Schlamm und rollte sich augenblicklich zur Seite, als ein Schuss krachte. Er wollte zurückschießen, aber der Verschluss seines Gewehres klemmte und die Kugel löste sich nicht aus dem Lauf. Ein weiter Satz brachte ihn in Sicherheit. Er drückte sich mit dem Oberkörper gegen die Uferböschung und sah, wie sich die feindlichen Krieger aus den Schatten lösten.

Im selben Augenblick erschienen die Apachen am Ufer. Über zwanzig Gewehre richteten sich auf Narbengesicht und Zwei Bären, und Winnetou rief: „Nicht schießen! Nehmt ihnen die Waffen ab! Wir wollen am Feuer entscheiden, was mit ihnen geschieht!"

10. Wie Klekih-petra zu den Apachen kam

„Fesselt die Gefangenen und bringt sie ins Pueblo!“, befahl Intschu-tschuna. „In dieser Nacht ist genug geschehen. Wir wollen über die Gefangenen urteilen, wenn die Sonne zweimal untergegangen ist.“ Er nannte die Namen einiger Krieger, die sich um die Comanchen kümmern sollten, und wartete geduldig, bis sie die wütenden Krieger in abseits gelegene Räume des Lehmhauses gebracht hatten. Narbengesicht verfluchte die Apachen mit Ausdrücken, die selbst hart gesottenen Kriegern das Blut ins Gesicht trieben, und wurde unsanft zu Boden gestoßen und bewusstlos geschlagen, als er versuchte seine Bewacher zu überwältigen. Büffelkopf kochte vor Wut, unternahm aber nichts. Zwei Bären warf einen verstohlenen Blick auf Nscho-tschi, während er fortgeführt wurde, und schüttelte verstört den Kopf, als sie ihm ein schüchternes Lächeln zeigte. Beinahe demütig verschwand er aus ihrem Blickwinkel. „Feigling!“, beschimpften einige Apachen den Krieger. „Und das soll ein Comanche sein?“

Intschu tschuna schloss seinen zurückgekehrten Sohn und seine Tochter in die Arme. „Du bist zur rechten Zeit gekommen, Winnetou“, sagte er so laut, dass es auch die umstehenden Apachen verstanden, „aber es war deine Schwester, die uns vor den Comanchen gewarnt hat. Nscho-tschi war bei den feindlichen Kriegern in den Bergen und setzte ihr Leben ein, um ihre Brüder und Schwestern zu retten! Dafür wollen wir ihr danken!“

„Nscho-tschi! Nscho-tschi!“, riefen die Apachen.

„Ich bin stolz auf dich, meine Tochter“, sagte der

Häuptling zufrieden, „und ich bewundere Klekih-petra und meinen Sohn, die gegen heimtückische Comanchen bestanden haben, obwohl sie sehr müde sein müssen!“ Er verbeugte sich dankbar. „Du bist von einer langen Reise zurückgekehrt, Winnetou! Wenn du geschlafen hast, musst du mir erzählen, was der Große Weiße Vater in Washington gesagt hat! Schlaf jetzt! Und du, meine Tochter, versorge Klekih-petra, bevor du dich hinlegst!“

Der weiße Apache lag auf einem Büffelfell, das die Mescaleros bei ihren Brüdern, den Lipans, gegen silbernen Schmuck eingetauscht hatten. Er seufzte leise. Die Kugel hatte einen Knochen gestreift und sein Arm brannte wie Feuer. „Du wirst leben“, sagte Nscho-tschi sanft, während sie einige Kräuter zerkaute und den Brei auf die Wunde schmierte. Sie hatte schon als Kind gelernt, welche Pflanzen eine Blutung stillten und zur Heilung beitrugen. Die Verletzung war nicht so schlimm, dass sie einen ‚di-yin‘, einen Medizinmann, holen musste. Auch die ‚Ganhs‘, als Berggeister verkleidete Apachenkrieger, tanzten nur, wenn jemand von einer lebensgefährlichen Krankheit befallen war oder großes Unglück den Stamm bedrohte. Die Verwundung durfte sich nur nicht entzünden, und dafür würden die Heilkräuter sorgen, die dem weißen Mann neue Kraft verliehen.

„Du bist eine tapfere Frau“, sagte Klekih-petra. Bereits nach wenigen Augenblicken spürte er die schmerzlindernde Wirkung der Kräuter. „Du hast selbst dem Blitz und dem Donner widerstanden und deinen Stamm vor einem großen Verlust bewahrt! Die Comanchen hätten über euch gelacht, wenn der Überfall geglückt wäre!“ Er griff mit der rechten Hand nach ihrem Unterarm und drückte ihn zärtlich. Seine Gefühle für die junge Indianerin waren väterlich. „Winnetou und ich haben oft über dich gesprochen, als wir im Land der weißen Männer waren. Irgendwann musst du dort zur Schule gehen. Nur wer die Weißaugen kennt, kann die neue Welt verstehen. Du bist noch jung und wirst erleben, wie die Apachen in eine neue Zukunft gehen." Er schloss die Augen und schwieg eine Weile. „Ich bin froh, dich zu sehen, Nscho-tschi! Ich freue mich, bei meinem Volk zu sein."

Nscho-tschi wartete, bis Klekih-petra einschlief, und senkte ehrfürchtig den Kopf. Sie hatte großen Respekt vor dem weißen Mann. Er war zu einem Apachen geworden, ohne seine Vergangenheit zu leugnen. Selbstlos gab er seine Erfahrungen an die jungen Männer und Frauen weiter. Er war ein liebevoller Lehrmeister, der keinen Lohn für seine Dienste verlangte und dieselben Pflichten wie jeder andere Krieger auf sich nahm. Die Apachen respektierten ihn, obwohl er kein besonders guter Bogenschütze war und den Tomahawk meist am Ziel vorbeiwarf. Dafür konnte er mit einem Gewehr umgehen. Selbst in seiner alten Heimat hatte er gejagt. Manchmal erzählte er von der Zeit, als er in den Wäldern auf die Pirsch gegangen war und in einem kleinen Dorf gegen seine eigenen Landsleute gekämpft hatte. Eine schwere Zeit, die ihm heute noch zu schaffen machte. Ein böser Traum, der ihn selbst im fernen Amerika nicht losließ.

Nscho-tschi deckte den schlafenden Mann liebevoll zu und blieb vor seinem Lager stehen. Er lag im selben Raum wie vor zehnJahren, als er zu den Mescaleros gekommen war. Auch damals war er verletzt gewesen. Die Comanchen hatten ihn im Llano Estacado erwischt und ihm zwei Pfeile ins Bein geschossen. Ein Medizinmann hatte ihn gepflegt und für seine Genesung gesungen und gebetet. Die Worte ihres Vaters würde sie nie vergessen. „Er ist ein ehrenhafter Mann", hatte Intschu tschuna gesagt, „er hat die Seelen meines Sohnes und meiner Tochter berührt und ich habe die guten Worte gehört, die er über die Apachen gesprochen hat. In seinen Augen ist Wahrheit. Er ist einen weiten Weg gegangen, um uns zu finden, und wir wollen seinen Wunsch erfüllen, so seltsam er im Augenblick erscheinen mag. Er soll ein Mescalero sein. Willkommen, weißer Mann! Lehre die Apachen, wie die Welt des weißen Mannes aussieht. Zeige uns, wie wir überleben können! Sei ein Vater für unsere Kinder! Ich werde dich Klekih-petra nennen. Weißer Lehrmeister!"

Zwischen Nscho-tschi und Klekih-petra war das Verhältnis immer besonders gut gewesen. Sie hatte ihn zu den Apachen gebracht. Sie hatte erkannt, welche Zuneigung der weiße Mann ihrem Volk entgegenbrachte, bevor ihr Vater die denkwürdigen Worte gesprochen hatte. Jener Sommertag, an dem sie ihn vor den Comanchen gerettet hatte, würde für ewige Zeiten in ihrem Gedächtnis bleiben.

Damals stand die Sonne wie ein loderndes Feuer über der Wüste und der heiße Wind berührte die trockenen Äste der dornigen Pflanzen. Sie war in ihrem siebten Winter und zählte zu den übermütigsten Mädchen der Mescaleros. Wenn selbst erfahrene Krieger in ihren Wickyups blieben, ging sie in die Hitze hinaus, um ihren Mut und ihre Ausdauer zu beweisen. An jenem Tag ließ sie sich auf ein wagemutiges Spiel ein. Sie ritt mit Lo-zen um die Wette, einer tapferen Tochter der Chiricahuas, um zu zeigen, wie stark und kräftig ihr Pony war.

„Seid vorsichtig!", warnte Intschu tschuna die Mädchen. „Die Hitze ist groß und kann einem Menschen gefährlich werden! Entfernt euch nicht zu weit von unserem Dorf! Bleibt am Flussufer! Denkt daran, dass auch Ponys in der Sonne schwitzen!"

In ihrem Übermut hielten Nscho-tschi und Lo-zen sich nicht an den Rat des Häuptlings. Kaum waren sie aus der Schlucht, lenkten sie ihre Ponys in die offene Wüste und hielten auf einige Felsen zu, die wie eingefallene Steinhäuser aus dem trockenen Boden ragten. Unterhalb der Felsen breitete sich ein verfilztes Kakteendickicht aus. Einige Ocotillos[1] reckten ihre verzweigten Arme aus dem Buschwerk. „Wer zuerst bei den braunen Felsen ist!", forderte Nscho-tschi ihre Freundin heraus. „Los!"

Beide Mädchen ritten schnelle Ponys, denen selbst die Hitze wenig ausmachte. Wie der Wind sprengten sie über die hügelige Wüste. Die Hufe ließen Geröll zur Seite spritzen. „Hee-aa! Hee-aa!", feuerte Nscho-tschi ihr Pony an. „Lauf, mein Pony, lauf!" Lo-zen lag flach über den Hals ihres Tieres gebeugt und hielt sich an der Mähne fest. Die Mädchen benutzten keine Sättel. „Ich bin schneller!", rief Lo-zen, als sie einen kleinen Vorsprung errungen hatte, aber Nscho-tschi holte auf und die Mädchen kamen gleichzeitig bei den Felsen an. Sie sprangen lachend von den Pferden und blieben schnaufend stehen. „Nächstes Mal werde ich dich besiegen!",

[1] Kakteenart

versprach Nscho-tschi und Lo-zen konterte: „Und ich werde schnell und tapfer wie ein Krieger sein!“

Sie führten die schweißnassen Pferde zwischen die Felsen und versorgten sie. Im Schatten der meterhohen Steinwände war die Hitze erträglicher. Die Mädchen tranken aus ihren Wasserbehältern und kletterten auf einen flachen Felsen, der wie ein steinerner Pfad in die Kakteen ragte. Es machte ihnen Spaß, sich wie erwachsene Krieger zu benehmen und das Land nach möglichen Feinden abzusuchen. Die anderen Mädchen schüttelten verständnislos den Kopf, wenn Nscho-tschi und Lo-zen von ihren Spielen berichteten. „Ihr seid wie Jungen!“, spotteten sie. „Warum kocht ihr kein Fleisch? Warum sammelt ihr keine Beeren?“ Und Nscho-tschi antwortete: „Ich weiß, welche Pflichten auf eine Frau warten, und ich drücke mich nicht davor. Aber habt ihr keine Lust, die Weite unserer Jagdgründe zu erkunden? Wollt ihr nicht den Wind spüren, wenn ihr über die Ebene reitet?“

Nscho-tschi kroch in den Schatten eines mächtigen Felsens und spähte zum fernen Horizont. Die Hitze flimmerte über dem endlosen Land. Dunstige Schleier hingen über den Kakteen, die aus den schroffen Abhängen ragten. Hinter den Felsen begann der Llano Estacado, die gefürchtete Wüste, die schon vielen Menschen zum Verhängnis geworden war. Ein menschenfeindliches Land, noch trockener und trostloser als die Wüste im südlichen New Mexico und die Hölle für jeden Reisenden, der von den wenigen Wegen abkam und sich in der Einsamkeit verirrte. Dürre Stangen markierten die Handelswege nach Santa Fe und San Antonio. Nscho-tschi war nie in dieser Einöde gewesen, wusste aber aus Erzählungen, wie gefährlich der Llano war.

Umso erstaunter war sie, als sie einen einzelnen Reiter bei den Felsen entdeckte, der geradewegs aus den Staked Plains zu kommen schien. So nannten die Amerikaner diese Wüste. Selbst aus dieser großen Entfernung war zu erkennen, dass er gebeugt im Sattel saß und bei jeder Bewegung seines erschöpften Pferdes schwankte. „Ein weißer Mann!", stieß Nscho-tschi hervor. „Er ist verwundet!" Sie hatte noch nie einen Weißen gesehen, kannte die bärtigen Männer nur aus den Geschichten, die am großen Feuer erzählt wurden. Bisher waren nur mexikanische Händler in den Jagdgründen der Apachen gewesen. „Was sollen wir tun, Lo-zen? Wenn wir ihm nicht helfen, stirbt er!"

Lo-zen kniff ihre Augen gegen die sengende Sonne zusammen. „Er ist ein weißer Mann! Ein ‚pindah'! Die ‚pindahs' bedeuten Unglück für unser Volk!" Das hatte sie von Goyatley, dem jungen Krieger der Chiricahua, der gegen alle Weißen und Mexikaner auf den Kriegspfad ziehen wollte. „Vielleicht ist es eine Falle!"

„Du meinst, er will unsere Krieger aus dem Dorf locken? Das glaube ich nicht!" Sie wartete, bis der weiße Mann näher gekommen war, und strengte ihre Augen an. „In seinem rechten Bein stecken zwei Pfeile! Wir müssen ihm helfen, sonst verblutet er!" Noch während sie sprach, fiel der weiße Mann aus dem Sattel und prallte auf den harten Wüstenboden. Er blieb regungslos liegen. Sein Pferd ging ein paar Schritte weiter und verharrte erschöpft neben einem Mesquite-Gestrüpp.

Nscho-tschi lief zu ihrem Pony zurück und sprang in den Sattel. Ohne auf ihre Freundin zu warten, ritt sie los. Sie wusste selbst nicht, warum sie so viel Mitgefühl für den weißen Mann zeigte. Auf irgendeine Weise hatte sein Anblick ihre Seele berührt. Sie lenkte ihr Pony in die Wüste hinaus und galoppierte zu den Verwundeten, der stöhnend auf dem Boden lag. Er war bei Bewusstsein und blickte sie Hilfe suchend an. „Apachen“, hörte sie ihn leise sagen, „ich will... zum Häuptling... der Apachen...“

Sie sprang vom Rücken ihres Ponys und ging zögernd auf ihn zu. Er sah ganz anders aus als die weißen Männer, von denen die Krieger berichteten. Seine Gestalt war klein, beinahe zwergenhaft, und sein Rücken war zu einem Buckel verwachsen, wie ihn die Büffel auf den Prärien trugen. Sein Gesicht war schmal und hager. Die meisten Krieger hätten über ihn gelacht, aber sie brauchte ihn nur anzusehen, um von seiner Ehrlichkeit überzeugt zu sein. Die Sanftheit, die in seinen Augen lag, schien tief aus seiner Seele zu kommen. Sie gab ihm etwas Wasser zu trinken und wartete geduldig. „Bring mich... zu den... Apachen!“, bat er. „Alle Weißen... fürchten sie... Ich will... den Frieden bringen...“

Nscho-tschi brauchte nicht zu fragen, wer die Pfeile auf ihn abgeschossen hatte. „Comanchen!“, flüsterte sie, während sie die hölzernen Schäfte der Pfeile abbrach. Ein leises Wimmern kam über die Lippen des Mannes, als sie die Wunden notdürftig verarztete. Inzwischen war auch Lo-zen nachgekommen und Nscho-tschi sagte: „Der ‚pindah‘ ist ein guter Mann! Ich habe in seinen Augen gesehen, dass er die Wahrheit spricht. Er will zu meinem Vater! Wir müssen ihn auf das Pferd legen und ins Lager bringen! Es dauert zu lange, eine Schleppbahre zu bauen."

Lo-zen war immer noch misstrauisch, half aber dem weißen Mann, sich auf sein Pferd zu ziehen. Während sie ihm in den Sattel halfen, verlor er das Bewusstsein. Sie blickten prüfend in sein Gesicht, bevor sie auf ihre Ponys sprangen und Nscho-tschi das Pferd mit dem weißen Mann hinter sich her zog. Sie ließen die Tiere in einen flotten Trab fallen. Schneller konnten sie nicht reiten, weil der Bewusstlose sonst vom Sattel gerutscht wäre. In ihren Gesichtern brannte die Aufregung, als sie in die Schlucht ritten und vor dem Pueblo von den Pferden glitten. „Vater!", rief Nscho-tschi aufgeregt. „Wir bringen einen weißen Mann! Er ist von den Comanchen verwundet worden!"

Nscho-tschi würde sich immer an diesen bedeutungsvollen Tag erinnern. Noch viele Jahre später sollte sie in ihren Träumen daran denken, wie misstrauisch ihre Stammesbrüder gewesen waren. Sie betrachteten den weißen Mann wie ein seltenes Tier, das aus einem fremden Land gekommen war, und es gab sogar einige Krieger, die Angst vor dem Weißauge bekamen und es ins Feuer oder in einen reißenden Fluss werfen wollten. „Das ist kein Apache!", schimpfte ein Krieger, der schon viele Feinde besiegt hatte. „Und wer kein Apache ist und eine blasse Haut trägt, kann nur unser Feind sein! Wir müssen ihn vernichten, bevor er aufwacht und die bösen Geister weckt!"

Andere Apachen dachten ähnlich und der weiße Mann hatte es nur Nscho-tschi und ihrem Vater zu verdanken, dass er am Leben bleiben durfte. „Er hat gegen die Comanchen gekämpft, also ist er unser Verbündeter“, sagte der Häuptling, nachdem er die abgebrochenen Pfeile untersucht hatte. Er blickte seine Tochter an. „Hat er etwas zu dir gesagt? Hast du irgendetwas gesehen?“

„Er hat zu mir gesprochen“, antwortete Nscho-tschi rasch, „und seine Augen waren ehrlich und aufrichtig. Er hat gesagt, dass er zu den Apachen will! Er will uns den Frieden bringen!“ Sie blickte ihre Freundin an. „Lo-zen hat es auch gehört. Das stimmt doch?“

Das Mädchen nickte widerwillig. „Ja, ich habe es gehört.“

„Dann wollen wir warten, bis er aus seiner Bewusstlosigkeit erwacht“, erklärte Intschu tschuna den aufgebrachten Kriegern. „Ihr habt gehört, was die Mädchen gesagt haben. Er kommt in Frieden. Wir wollen hören, was er zu sagen hat, bevor wir über ihn urteilen. Bringt ihn ins Pueblo und versorgt seine Wunden!“

Der Medizinmann des Stammes kümmerte sich um den verwundeten Klekih-petra und ließ sogar als Berggeister verkleidete Apachen tanzen, als sich eine der beiden Wunden entzündete und er hohes Fieber bekam. Zwei Tage träumte und fantasierte der seltsame Mann. Er stöhnte vor Schmerzen, als der ‚di-yin‘ ein Holzscheit auf den Wunden verbrannte, und blickte mit gänzenden Augen in das Halbdunkel des Raumes, als er am dritten Tag aus seiner Ohnmacht erwachte. „Wasser!“, flüsterte er in einer Sprache, die der Medizinmann nicht verstand, und dann noch einmal auf Spanisch und Englisch: „Wasser! Bitte!“

Nscho-tschi schreckte aus ihrem Halbschlaf und brauchte eine ganze Weile, bis sie erkannte, dass sie in die Gegenwart zurückgekehrt war. Klekih-petra lag auf dem Büffelfell und rief tatsächlich nach Wasser.

„Bring mir Wasser, Nscho-tschi! Bitte!“ Diesmal benutzte der weiße Mann die Sprache der Apachen, die er inzwischen besser beherrschte als Spanisch oder Englisch. Nscho-tschi legte eine Hand auf seine Stirn und atmete auf, als sie merkte, dass ihr weißer Lehrmeister kein Fieber hatte. „Hier hast du Wasser“, sagte sie leise. Sie reichte ihm den Behälter und ließ ihn langsam trinken. „Du wirst wieder gesund, Klekih-petra!“

Nachdem der weiße Mann getrunken hatte, schlief er wieder ein. Nscho-tschi betrachtete ihn eine Weile und lächelte zufrieden, als sie die Wunde untersuchte und merkte, dass sie zu bluten aufgehört hatte. Morgen würde Klekih-petra wieder aufstehen können. Sie löschte die Fackel, die in einem irdenen Krug neben dem Eingang brannte, und legte sich auf das Büffelfell, das in der anderen Ecke des Raumes lag. Sie hatte einen anstrengenden Tag hinter sich und war sehr müde. Beinahe augenblicklich schlief sie ein. Sie träumte nicht mehr und wachte erst kurz vor dem Morgengrauen auf, als ein wütender Schrei durch das Pueblo hallte und sich an den kühlen Steinwänden brach. „Heeeaa!“, schrie Narbengesicht so laut, dass Nscho-tschi erschrocken von ihrem Lager fuhr. „Ihr elenden Hunde! Ihr werdet sterben! Bärenklaue wird kommen und euch alle vernichten! Ihr werdet sterben, habt ihr gehört? Ihr werdet sterben!“

11. Entscheidung am großen Feuer

Die wütende Stimme von Narbengesicht verstummte so plötzlich, dass Nscho-tschi glaubte, man habe ihn erschlagen. Sie erhob sich von ihrer Schlafstatt, überzeugte sich mit einem schnellen Blick davon, dass Klekih-petra noch schlief, und lief aus dem Pueblo. Die Comanchen lagen in den Nachbarräumen. Sie rannte gegen einen ihrer Stammesbrüder, die Wache hielten, und blickte erschrocken über seine Schultern. Narbengesicht lag gefesselt auf dem nackten Boden und rührte sich nicht. „Wir haben ihn nur bewusstlos geschlagen", beantwortete der Apache ihre unausgesprochene Frage. Sein Gesicht war grimmig. „Aber am großen Feuer werde ich dafür sprechen, dass er einen grausamen Tod in der Wüste stirbt! Er ist kein Mann! Er kann nicht schweigen, wie es Häuptlinge und Krieger tun, wenn sie in die Gewalt eines Feindes geraten." Er spuckte auf den Boden und machte deutlich, was er von dem Comanchen hielt.

„Er ist gefährlich", erinnerte Nscho-tschi den Krieger, „er hat unseren Stammesbruder am Eingang der Schlucht getötet!"

„Dafür wird er sterben", sagte der Apache tonlos, „die Comanchen werden alle sterben! Kein Apache will, dass sie leben."

Nscho-tschi ging an den anderen Räumen vorbei, in denen die Gefangenen lagen, beobachtete nicht ohne Furcht, wie Büffelkopf gefesselt an einer Wand lehnte und sie keines Blickes würdigte. Er sang ein leises Lied, das von der Macht des Großen Geistes erzählte und ihm Mut für die bevorstehende Marterung machen sollte. Er ging davon aus, dass kein Apache für eine Freilassung der Gefangenen stimmen würde. „Er ist mit den bösen Geistern im Bunde“, sagte der Wächter zu Nscho-tschi, ein erfahrener Krieger, der vor niemandem Angst hatte. „Wenn wir ihn nicht töten, geht er mit den Ungeheuern auf den Kriegspfad!“

Von dem jungen Zwei Bären, der im Raum nebenan auf einem Fell lag und wimmerte, wurde Nscho-tschi auf magische Weise angezogen. Sie konnte sich selbst nicht erklären, was so faszinierend an dem Comanchen war. Er war ein stattlicher Mann mit langen Haaren und ausdrucksvollen Augen, die im flackernden Schein einer Fackel wie dunkle Edelsteine leuchteten, aber sein Gesicht wirkte viel zu sanft für einen Krieger und sein leises Stöhnen ließ den Apachen, der vor seinem Raum stand, mit Verachtung auf ihn herabblicken. „Er ist ein Feigling!“, meinte er abfällig. Er blickte den Comanchen an und rümpfte die Nase. „Ein feiger Hund, der sich zusammenrollt und den Schwanz einzieht, wenn sein Leben bedroht ist! Nicht mal ein Comanche darf so tief sinken! Wir sollten ihn den Frauen und Kindern vorwerfen!“

„Ich möchte zu ihm“, sagte Nscho-tschi zur großen Verwunderung ihres Stammesbruders. Sie war selbst erstaunt, welche Worte über ihre Lippen kamen. „Ich möchte mit ihm sprechen!“

Der Wächter blickte sie mit unverhohlener Neugier an. „Was willst du von ihm? Er ist ein Comanche! Ein feiger Comanche!“

„Lass mich zu ihm!“, sagte sie in einem ungewöhnlich scharfen Tonfall, der gar nicht zu ihr passte. „Ich habe geholfen, die Comanchen zu überwältigen. Ich habe ein Recht, ihn zu sehen.“

Der Krieger war unsicher, ob er befugt war, Nscho-tschi zu dem Gefangenen zu lassen, und gab nur widerstrebend nach. Sie war die Tochter des Häuptlings und hatte den Stamm tatsächlich vor den feindlichen Kriegern gewarnt. „Wenn du unbedingt willst", meinte er nicht gerade freundlich. „Aber sieh dich vor! Auch ein feiger Comanche ist zu allem fähig! Wenn er nicht gefesselt wäre und eine Waffe hätte, würde er dich kaltblütig töten!"

„Ich habe keine Angst vor ihm", sagte sie kühl. Sie drängte sich an dem Krieger vorbei und betrat den düsteren Raum, der nur durch eine beinahe heruntergebrannte Fackel erhellt wurde. Die Flammen warfen unruhige Schatten auf den Boden. Sie trat vor den jungen Krieger und blickte ihn lange an, fragte sich auf einmal, warum sie zu ihm gegangen war. Am liebsten wäre sie geflohen. Dann hob er den Kopf und sein sanfter Blick hielt sie fest. „Wasser", bat er mit leiser Stimme, „ich möchte Wasser!"

Sie griff nach dem Wasserbehälter, der unerreichbar für Zwei Bären auf dem Boden stand, und setzte ihn an seine Lippen. Er trank gierig, dabei berührten sich ihre Hände. Ein angenehmer Schauer lief über ihren Rücken. „Das ist genug", sagte sie etwas zu barsch. Hinter ihr war der Apache in den Raum gekommen und blickte sie vorwurfsvoll an. Sie beachtete ihn nicht und stellte den Behälter auf den Boden.

Der Wächter verließ den Raum und Nscho-tschi kniete neben dem Gefangenen nieder. Seine Fesseln erlaubten ihm kaum eine Bewegung, nur sein Kopf drehte sich und sie erkannte die Verwirrung in seinen dunklen Augen. „Was willst du?", fragte er.

„Ich wollte sehen, wie es dir geht“, antwortete sie ehrlich. Eine bessere Antwort fiel ihr nicht ein. „Wir kümmern uns um unsere Gefangenen, bevor die Krieger am großen Feuer entscheiden.“

„Ich habe keine Angst vor dem Tod“, log er.

Sie schwiegen eine Weile, bis die Stille unerträglich wurde und beide den Blick senkten. Sie sagte: „Du heißt Zwei Bären, nicht wahr? Du bist anders als die Comanchen, die ich kenne.“

„Kein Comanche ist wie der andere.“

„Du bist... kein Krieger.“

„Du willst mich einen Feigling nennen? So wie deine Stammesbrüder, die mich wie einen bösen Geist bespuckt haben?“ Er blickte sie verächtlich an. „Willst du, dass ich euch beschimpfe wie Narbengesicht? Willst du, dass ich euch meine Verachtung ins Gesicht schleudere wie Büffelkopf? Du hast Recht, ich bin kein Krieger. Ich trage keine einzige Adlerfeder in meinem Haar und die einzigen Feinde, die ich angesehen habe, waren die Apachen, die mich überwältigt haben. Bin ich deswegen weniger wert? Der Große Geist mag Händler, die mit allen Stämmen auskommen, und er bewundert Geschichtenerzähler, die von einem Feuer zum nächsten ziehen und die Leute zum Lachen und zum Weinen bringen. Warum soll ich zum Tomahawk greifen wie Narbengesicht? Warum soll ich andere Krieger töten, nur weil sie eine andere Mutter haben?“ Er stöhnte leise, als die Fesseln in seine Gelenke schnitten, und versank in Gleichgültigkeit. „Mag sein, dass ich ein Feigling bin. Vielleicht haben deine Brüder Recht, wenn sie mich bespucken. Ich habe versucht, ein tapferer Krieger zu sein, und habe kläglich versagt.“

„Manchmal ist es tapferer, sich für den Frieden einzusetzen als auf den Kriegspfad zu ziehen." Sie hatte den Satz von Klekih-petra gelernt. „Du bist nicht feige. Du bist ein besserer Mann als die beiden Krieger, die mit dir gekommen sind." Sie wurde verlegen und gab vor, eine Stelle ihres Kleides zu säubern. „Woher hast du deinen Namen?", fragte sie, nur um etwas zu sagen.

Der sanfte Glanz kehrte in seine Augen zurück. „Ich hatte einen Traum", berichtete er, „einen seltsamen Traum. Ich sah zwei Bären, die auf einem Hügel kämpften. Mächtige Tiere mit feurigem Atem und scharfen Klauen. Sie hieben wütend aufeinander ein und brachten sich blutige Wunden bei. Dann geschah etwas Seltsames. Als die Anstrengung zu groß wurde und sie erschöpft ins Gras sanken, begannen sie sich gegenseitig die Wunden zu lecken. Sie verließen zusammen den Hügel und ich hatte den Eindruck, dass sie gute Freunde geworden waren."

„Sie wollten Frieden", erkannte Nscho-tschi, „wenn alle Bären wie sie wären, gäbe es keine Kämpfe mehr." Sie blickte den Gefangenen an. „Die Apachen haben große Angst vor Bären."

„Und vor Schlangen. Ich habe davon gehört."

„Der Große Geist will es so. In den Bären und Schlangen ist das Böse lebendig. Sie sind wie die Ungeheuer, die vor langer Zeit unsere Erde bevölkerten. Wir dürfen ihr Fleisch nicht essen, sonst bekommen die bösen Geister neue Macht über uns."

„Auch die Comanchen leben nach bestimmten Regeln. Immer wenn der volle Mond am Himmel erscheint, ziehen wir auf den Kriegspfad. Wir versehen unsere Schilde mit magischen Zeichen und bemalen unsere Gesichter mit schwarzer Farbe.“ Er blickte ihr direkt in die Augen. „Warum verachtest du mich nicht?“

Sie wusste es selber nicht. Ohne ihm eine Antwort zu geben, stützte sie sich vom Boden hoch. „Ich muss gehen“, sagte sie, „es schickt sich nicht, lange bei einem Gefangenen zu bleiben.“

„Wie heißt du?“, fragte er, während sie ging.

„Nscho-tschi“, antwortete sie.

Die Häuptlingstochter verließ den Raum und trat an dem verdutzten Wächter vorbei ins Freie. Sie ging zum Flussufer hinunter und blieb nachdenklich stehen. „Du warst bei einem Gefangenen“, hörte sie ihren Bruder. Seine Stimme klang nüchtern, aber nicht vorwurfsvoll. Sie drehte sich um und sah Winnetou von seinem Rappen steigen. „Seit wann kümmert sich eine Häuptlingstochter der Apachen um einen gefangenen Comanchen?“

„Ich habe ihm Wasser gegeben“, wich Nscho-tschi aus.

„Warum?“

„Weil er durstig war“, antwortete sie ärgerlich. „Er mag ein Comanche sein, aber er ist auch ein Mensch. Soll ich ihn verachten, nur weil er dasselbe tut, was unsere Krieger tun, wenn sie gegen die Comanchen auf den Kriegspfad gehen?“ Sie ging wütend an ihrem Bruder vorbei und drehte sich noch einmal um, bevor sie ins Pueblo zurückkehrte. „Er ist kein Feigling, auch wenn ihn manche Krieger so nennen! Er kämpft für den Frieden!“

Winnetou lächelte still in sich hinein, aber das sah Nscho-tschi nicht mehr. Sie war in den Raum gegangen, in dem Klekih-petra lag, und trat erleichtert an sein Lager, als sie sah, dass er sich von seiner Verletzung erholt hatte. „Klekih-petra!“, vertrieb sie ihren Ärger. „Ich wusste, dass du schnell wieder gesund wirst.“

„Das waren die geheimnisvollen Kräuter“, erwiderte er.

Sie hockte sich auf das Büffelfell und untersuchte seine Wunde. Das Schlimmste war überstanden. Er hatte kein Fieber bekommen und die Kräuter hatten die Blutung rechtzeitig zum Stillstand gebracht und alles Gift aus seinem Körper gezogen. In ein paar Tagen würde die Wunde vollkommen verheilt sein. Sie reichte ihm den Wasserbehälter und beobachtete, wie er trank.

„Du magst ihn, nicht wahr?“, fragte er nach einiger Zeit.

„Wen?“

„Den jungen Comanchen.“

Nscho-tschi spürte, wie das Blut in ihr Gesicht schoss, und blickte verlegen zur Seite. Sie hatte nicht gewusst, dass Klekih-petra mitbekommen hatte, wie sie zu Zwei Bären gegangen war.

„Ich habe gehört, wie du mit dem Wächter gestritten hast“, meinte er. „Und ich habe den jungen Comanchen gesehen. Er ist kein Feigling. In seinen Augen habe ich den Wunsch nach Frieden gesehen. Ich kann mich täuschen, aber mein Gefühl sagt mir, dass er Winnetou mehr ähnelt, als viele annehmen.“

„Er ist ein Comanche“, wiederholte Nscho-tschi den Einwand ihres Bruders. „Wie kann ich Gefühle für einen Comanchen haben? Die Comanchen sind unsere Feinde!“ Sie blickte ihrem weißen Lehrmeister in die Augen und brach plötzlich in Tränen aus.

„Was soll ich tun, Klekih-petra? Ich will nicht, dass er stirbt!“

„Er wird leben“, tröstete er sie, „ich verspreche es dir.“

„Und dann? Was geschieht dann?“

„Ich weiß es nicht“, antwortete er aufrichtig.

Sie ließ ihn allein und kehrte zum Flussufer zurück. Diesmal störte sie niemand, als sie ein leises Gebet sprach und Yusn um Beistand bat. Sie überquerte den ausgetrockneten Fluss und tauchte im kniehohen Gras am anderen Ufer unter, bis die Dämmerung kam und der Rauch eines frischen Feuers über den Fluss wehte. Es war so weit. Das große Ratsfeuer wurde entzündet und die weisen Männer des Stammes würden zusammenkommen, um über das Schicksal der gefangenen Comanchen zu beraten.

Langsam kehrte sie auf die andere Seite zurück. Frauen und Kindern wurde selten erlaubt, ihre Stimme am Feuer zu erheben, aber sie durften aus angemessener Entfernung verfolgen, was im Schein der Flammen gesprochen wurde. Als die Sonne unterging und das Feuer in der Dunkelheit loderte, mischte sie sich mit klopfendem Herzen unter die wartenden Zuschauer. Die ältesten und tapfersten Krieger saßen um das Feuer herum, auch Winnetou war dabei und ein aufgeregtes Raunen ging durch die versammelten Apachen, als Intschu tschuna und Klekih-petra aus dem Pueblo kamen und sich am Feuer niederließen. Der weiße Lehrmeister des Stammes ließ sich nicht anmerken, dass seine Wunde noch schmerzte. Er trug einen anderen Jagdrock und man sah den Verband nicht.

„Meine Brüder und Schwestern“, begann Intschu tschuna, nachdem sie geraucht und geschwiegen hatten, „wir trauern um einen unserer Krieger, der heute in den Bergen begraben wurde.“ Er schwieg wieder, um dem toten Wächter den nötigen Respekt zu erweisen, dann fuhr er fort: „Und wir freuen uns über die Rückkehr von Winnetou und Klekih-petra, die im Land der weißen Männer waren, um mit dem Großen Weißen Vater zu sprechen. Wir wollen hören, was sie uns zu berichten haben.“

Klekih-petra erhob sich und begrüßte seine Stammesbrüder der Bedeutung nach, wie es bei den Apachen üblich war. In der blumigen Ausdrucksweise, die er sich bei den Indianern angewöhnt hatte, berichtete er von ihrem Treffen mit dem Präsidenten und der Hoffnung, dass zwischen den Weißaugen und den Apachen ewiger Frieden herrschen möge. „Ich habe oft davon gesprochen, wie zahlreich die Weißen sind“, schloss er, „und die meisten von euch haben mir nicht geglaubt, wenn ich sagte, dass sie so viele sind, wie Sterne am Himmel stehen. Winnetou hat die große Stadt der Weißaugen gesehen und wird euch bestätigen, dass ich Recht habe. Ihr müsst lernen, mit allen Weißen zu leben, wenn es eine Zukunft für eure Kinder geben soll.“

„Mein weißer Lehrmeister sagt die Wahrheit“, meldete Winnetou sich zu Wort. „Ich habe mit eigenen Augen gesehen, wie mächtig die Weißaugen sind. Einen Krieg gegen sie können wir niemals gewinnen! Wir müssen Frieden halten, meine Brüder!“

„Und wenn sie uns das Land wegnehmen?“, gab ein Krieger zu bedenken. „Wenn sie in unsere Jagdgründe strömen, um nach dem gelben Metall zu graben? Ihr wisst, was die Lakota uns berichtet haben, als wir gemeinsam mit ihnen an einem Feuer saßen. Das gelbe Metall macht die Weißaugen verrückt."

„Das ist wahr", räumte Winnetou ein. Er verschwieg seinen Zusammenstoß mit den weißen Banditen, um seine Stammesbrüder nicht unnötig zu beunruhigen. „Deshalb darf kein Weißer jemals erfahren, wo wir unser gelbes Metall holen! Die Fundstelle muss unser Geheimnis bleiben! Denkt immer daran! Ich würde eher sterben, als einem Weißen den Fundort zu nennen."

Die Apachen redeten oft über die Weißen und ihre Gier nach dem Gold, so wie sie über die Mexikaner und ihre viel befahrenen Handelswege geredet hatten, bevor die Planwagen durch das Land der Apachen gerollt waren. Auch an diesem Abend wurde lange palavert. Erst weit nach Mitternacht wurde über die gefangenen Comanchen entschieden. Nscho-tschi war beinahe eingeschlafen, als Del-shay, einer der hitzigsten Krieger des Stammes, aufsprang und wütend seine Stimme erhob: „Hört mich an, meine Brüder! Diese feigen Hunde haben sich wie Kojoten in unser Dorf geschlichen! Sie haben einen unserer Krieger getötet, und wenn Nscho-tschi, Winnetou und Klekih-petra nicht gewesen wären, hätten sie noch andere Männer, Frauen und Kinder umgebracht! Sie sind niederträchtig, diese Comanchen, und ich sage: Bringt sie in die Wüste hinaus und bindet sie mit nassen Lederriemen an einen Pfahl! Wartet, bis die Mittagshitze das Leder trocknet und die Riemen zusammenzieht, und weidet euch an den Schmerzensschreien dieser Kojoten! Tötet sie! Tötet die Feiglinge, denn sie haben es verdient!"

Del-shay erntete viel Zustimmung und ihm folgten andere Redner, die ähnliche Forderungen erhoben. Ein Krieger verlangte, die Gefangenen von Pferden auseinander reißen zu lassen, ein anderer wollte, dass man sie gefesselt in die Sonne legen und mit Honig bestreichen solle, bis die Ameisen kamen. An fantasievollen Möglichkeiten, einen Menschen möglichst qualvoll sterben zu lassen, mangelte es ihnen nicht. Umso erstaunter waren die Zuhörer, als Klekih-petra sich erhob und folgende Worte sprach: „Ich verstehe euren Zorn, meine Brüder, und ich kann euch nachfühlen, wie wütend ihr auf die Comanchen seid! Der Krieger mit der Narbe im Gesicht hat einen eurer Männer getötet und die Mescaleros übel beschimpft! Dafür hätte er den Tod verdient! Aber ist es nicht viel wirkungsvoller, die Comanchen zu demütigen? Stellt euch vor, was geschieht, wenn ihr die Gefangenen in ihre Jagdgründe zurückschickt! Wie wird ihr Häuptling reagieren, wenn drei seiner Krieger ohne Pferde und Waffen nach Hause kommen? Wird seine Niederlage nicht schlimmer sein, als wenn ihr die Krieger zu Tode martert? Lasst sie gehen, meine Brüder! Zeigt den Comanchen, dass sie es nicht wert sind, ein Opfer eurer Rache zu werden! Schickt sie nach Hause wie armselige Hunde, die sich verlaufen haben!“

Die älteren Krieger nickten zustimmend und auch den meisten jüngeren Männern gefiel, was Klekih-petra gesagt hatte. Er war ein weiser Mann und verstand es, einen Feind zu schlagen, ohne seine Waffen zu benutzen. Nur Del-Shay blieb bei seiner Forderung, die Comanchen zu töten, musste aber klein beigeben, als die Mehrheit für Klekih-petras Vorschlag stimmte. „Die Comanchen sollen leben“, entschied Intschu tschuna nach eingehender Beratung. „Wenn der Morgen graut, schicken wir sie ohne Pferde und ohne Waffen in ihre Jagdgründe zurück. Winnetou und zwei andere Krieger werden sie bis zum Llano Estacado begleiten und wieder umkehren. Enju[1], ich habe gesprochen."

Nscho-tschi atmete erleichtert auf. Sie wechselte einen Blick mit Klekih-petra und glaubte ein sanftes Lächeln in seinen Augen zu sehen. „Ich danke dir, Klekih-petra", flüsterte sie sanft.

[1] Apachenwort für ‚Gut'

12. Spuren in der Wüste

Kurz nach Sonnenaufgang wurden die Gefangenen von ihren Fesseln befreit. Winnetou und fünf erfahrene Krieger trieben sie am niedergebrannten Feuer vorbei durch die Schlucht und achteten mit entsicherten Gewehren darauf, dass keiner der Comanchen eine falsche Bewegung machte. Man hatte ihnen nicht einmal die Messer gelassen und ihnen die Handfesseln nur abgenommen, weil Intschu tschuna darauf bestanden hatte. Selbst ein Hitzkopf wie Narbengesicht versuchte keinen Angriff, wenn über hundert Gewehre auf ihn gerichtet waren, denn viele Krieger lagen auf den Dächern des Pueblos und hielten die Gefangenen ebenfalls in Schach. Der Häuptling wollte kein Risiko eingehen. Unter den Schmährufen der Apachen, die alle schon auf den Beinen waren, um den Abmarsch der verhassten Gefangenen nicht zu verpassen, stolperten die Comanchen aus dem Canyon. „Sind über hundert Apachen nötig, um drei Comanchen zu bewachen?“, forderte Narbengesicht seine Feinde heraus. „Gibt es keinen Krieger unter euch, der mutig genug ist, um in einem fairen Zweikampf gegen mich anzutreten? Seid ihr feige?“

Intschu tschuna ließ sich nicht provozieren. Die weisen Männer seines Stammes hatten entschieden, die Comanchen aus den Jagdgründen der Apachen zu vertreiben, und so würde es geschehen. Eine bloße Handbewegung warnte seine Stammesbrüder vor einer unüberlegten Handlung. Die Gewehre blieben stumm und kein einziger Pfeil wurde aus den Köchern gezogen. Sogar Del-shay, der am wenigsten damit einverstanden war, wie die Gefangenen behandelt wurden, beließ es bei einem verächtlichen Schimpfwort, das leise über seine Lippen kam. Mit knirschenden Zähnen beobachtete er, wie die Comanchen aus seinem Blickfeld verschwanden und im Hitzedunst untertauchten.

Winnetou und seine Begleiter gingen kein Risiko ein. Sie hielten einen größeren Abstand zu den Gefangenen, um zu vermeiden, dass diese mit Steinen oder Sand nach ihnen warfen oder sich auf die Pferde stürzten. „Vorwärts, ihr räudigen Hunde!“, trieb einer der Apachen die Comanchen an. „Wenn ihr nicht lauft, lassen wir euch gefesselt im Llano Estacado liegen! Ich weiß nicht, ob die Geier sich an eurem faulenden Fleisch vergreifen, aber ich bin sicher, die Kojoten stürzen sich darauf!“ Er galoppierte zu Narbengesicht und schlug ihm mit dem Gewehrlauf auf den Rücken. Der Comanche schrie einen zornigen Fluch.

„Lass das, Naiche!“, wies Winnetou den jungen Krieger zurecht. „Intschu tschuna hat mir aufgetragen, die Gefangenen nicht zu quälen. Sie sollen unversehrt ihre Heimat erreichen!“

„Sie sind Comanchen!“, meinte Naiche verächtlich. Einer seiner Onkel war bei einem Überfall der Kwahadis ums Leben gekommen. „Die verdammten Hunde haben den Tod verdient!“

„Lass sie in Ruhe!“

Die Krieger bekämpften ihren Rachedurst und beschränkten sich darauf, die Gefangenen mit Worten zu verhöhnen. Winnetou ließ sie gewähren. Besonders Naiche hatte allen Grund, die Comanchen zu hassen, und wäre an seiner Mordlust erstickt, wenn man ihm den Mund verboten hätte. Die anderen Apachen waren eher daran interessiert, so schnell wie möglich den Llano Estacado zu erreichen und wieder zu ihren Verwandten am Rio Pecos zurückzukehren. Aber sie blieben wachsam und waren bereit, beim geringsten Anzeichen einer Gefahr auf die Gefangenen zu schießen. Sie hatten die schussbereiten Gewehre quer über dem Rücken ihrer Pferde liegen.

Den Comanchen blieb nichts anderes übrig, als sich in ihr Schicksal zu ergeben. Jeder Fluchtversuch hätte den sofortigen Tod bedeutet und sie waren sicher, dass dieser Naiche ihre leblosen Körper verstümmeln würde, damit ihnen der Zugang zu dem Schattenreich jenseits der Sonne verweigert wurde und sie für alle Ewigkeit in endloser Dunkelheit bleiben mussten. Mit grimmiger Miene nahmen sie das Schicksal an, das der Große Geist ihnen zugedacht hatte. Es war immer noch besser, von Bärenklaue und ihren Stammesbrüdern beschimpft und verachtet zu werden, als in die Kugel eines Apachen zu laufen. Beim nächsten Kriegszug würden sie die Schmach von sich waschen.

So dachte Büffelkopf, während er scheinbar gleichgültig dem alten Indianerpfad folgte, den die Apachen eingeschlagen hatten. Sein Blick war kalt und starr, aber in seinem Inneren brodelte es. Er sehnte sich danach, auf ein Pferd zu springen und die verhassten Apachen reihenweise in den Tod zu schicken. Sobald sie das heimatliche Lager erreicht hatten, würde er sich ein Pferd nehmen und erneut in den Krieg ziehen. Allein. Er brauchte keine unerfahrenen Krieger, die sich willenlos abschießen ließen, und ein Feigling wie Zwei Bären behinderte ihn nur. Vielleicht würde er sich mit Narbengesicht zusammentun. Der hässliche Comanche war ein tollkühner Krieger und ein erstklassiger Schütze und lediglich sein Jähzorn und seine Geschwätzigkeit missfielen Büffelkopf. Aber es war besser, einen solchen Mann dabei zu haben, wenn man blutige Rache an den Apachen nehmen wollte. Wenn die räudigen Hunde ihn noch einmal erwischten, wurde er bestimmt getötet.

Winnetou erriet die Gedanken des Anführers, machte sich aber nichts daraus. Er lebte seit seiner Jugend mit dem Hass der Comanchen. Seit den längst vergangenen Zeiten, als die Apachen von den Comanchen nach Westen abgedrängt wurden, standen beide Völker im Krieg. Es gab nicht die geringste Chance für einen dauerhaften Frieden. Intschu tschuna hatte sich als junger Häuptling um Frieden bemüht und war allein in ein Lager der Comanchen geritten, um mit dem Häuptling zu palavern. Die Krieger hatten ihn ausgelacht. Er war an einen Pfahl gebunden worden und der Kriegshäuptling hatte versprochen, ihm die Augenlider abzureißen und die Fußsohlen zu verbrennen und seinen verstümmelten Körper den Frauen und Kindern vorzuwerfen, und genauso wäre es geschehen, hätte nicht ein gewaltiges Gewitter die Comanchen vertrieben. Der Regen hatte die Erde um den Pfahl gelockert und Intschu tschuna konnte fliehen. Danach hatte es niemals mehr einen Apachen gegeben, der alleine in ein Comanchendorf ritt.

Zwei Bären war kein typischer Comanche. Das war Winnetou schnell klar, als er den jungen Krieger besonders in Augenschein nahm. Er ahnte, dass Nscho-tschi sich in den Mann verliebt hatte, eine flüchtige Zuneigung vielleicht, die nach wenigen Tagen wieder verschwand, aber man konnte bei seiner Schwester nie wissen. Sie hatte einen festen Willen und konnte sehr stur sein. Er lächelte bei dem

Gedanken. Warum übte der seltsame Krieger, den selbst die Comanchen einen Feigling nannten, eine solche Wirkung auf sie aus? Er war nicht besonders stark und auch nicht sehr ausdauernd, das erkannte man schon jetzt, nachdem sie erst einen halben Tagesritt vom Pueblo der Mescaleros entfernt waren. Er schwitzte mehr als die anderen und stolperte öfter. In seinem Haar steckte keine Adlerfeder und der alte Vorderlader, den man ihm abgenommen hatte, ließ nicht darauf schließen, dass er ein besonders guter Schütze war. Die besten Schützen bekamen die besten Gewehre, das war auch bei den Comanchen so. Es musste an seinen Augen liegen. Sie wirkten ungewöhnlich sanft und wenn man ihn aufmerksam betrachtete, sah man den sehnsüchtigen Wunsch nach Frieden darin. Er war kein Krieger. Vielleicht hatte der Große Geist sich entschieden, ihn zu einem Künstler oder Geschichtenerzähler zu machen.

Winnetou trieb seinen Rappen neben den Comanchen, als der wieder einmal zurückgeblieben war. Er musterte ihn aufmerksam und glaubte zu erkennen, warum Nscho-tschi der junge Mann gefiel. Sein Blick war unergründlich und geheimnisvoll und erinnerte ihn an einen alten Medizinmann der Cheyenne, den er auf einem langen Ritt nach Norden kennen gelernt hatte. „Du magst meine Schwester, nicht wahr?“, fragte er Zwei Bären.

Der Comanche blickte ihn verwirrt an und lief schweigend weiter. „Nscho-tschi ist eine ungewöhnliche Frau“, antwortete er nach einer ganzen Weile. „Bei den Kwahadis habe ich eine solche Frau nie gesehen. Ich bin sicher, alle Apachen verehren sie.“

„Das ist wahr“, erwiderte Winnetou, „ihr habt es dieser Frau zu verdanken, dass ihr noch am Leben seid! Klekih-petra wusste von Nscho-tschis Zuneigung und wollte nicht, dass ihr getötet werdet.“

„Dafür bin ich ihm dankbar“, sagte Zwei Bären.

Winnetou gab den anderen Apachen ein Zeichen, nicht auf ihn zu warten, und zügelte seinen Rappen. Er beugte sich aus dem Sattel und reichte dem Comanchen seinen Wasserbehälter.

„Nimm einen Schluck“, sagte er milde. „Du bist sicher durstig.“

Zwei Bären griff nach dem Schlauch und trank gierig. „Warum tust du das?“, fragte er verwirrt. „Du bist ein Apache! Ich bin ein Comanche! Warum behandelst du mich wie einen Bruder?“

„Meine Schwester mag dich“, erwiderte Winnetou, als wäre eine solche Erklärung ausreichend. „Du wirst zu deinem Volk zurückgehen und sie niemals wieder sehen, aber sie wird dich immer in ihrer Erinnerung bewahren. Denke daran, Zwei Bären!“

Es kam selten vor, dass ein Apache einen Comanchen mit seinem Namen anredete und dabei lächelte, aber diesmal war es so und Zwei Bären nickte dankbar. Er trottete weiter, ohne sich noch einmal umzusehen, und wirkte stärker und gefestigter, als sie die anderen Krieger einholten. Sie liefen bis zum frühen Abend. Am Rande des Llano Estacado, der sich wie ein endloses Meer aus trockener Steppe bis zum Horizont erstreckte, ließ Winnetou anhalten. Er warf den Comanchen zwei Wasserbehälter zu und sagte: „Hier lassen wir euch frei! Sagt eurem Häuptling, dass nicht einmal unsere Frauen und Kinder einen Gefallen daran fanden, hilflose Krieger zu quälen und zu töten!“

Narbengesicht funkelte den Häuptlingssohn wütend an. „Ihr habt uns die Pferde und die Waffen genommen!“, erwiderte er aufgebracht. „Wie sollen wir in der tödlichen Wüste überleben?“

„Ihr habt Wasser, das genügt“, sagte Winnetou kalt.

„Wir brauchen Waffen!“

Der Apache zog ein Messer und warf es dem Comanchen vor die Füße. Die Klinge blieb federnd in dem trockenen Boden stecken. „Hier“, sagte er, „das muss genügen! Lasst euch niemals wieder in den Jagdgründen der Apachen blicken! Wenn wir euch noch einmal erwischen, werfen wir euch den Kojoten vor!“

„Wir werden sehen, Apache!“, meinte Narbengesicht grimmig.

Winnetou warf einen letzten Blick auf Zwei Bären und ein kaum sichtbares Lächeln huschte über sein Gesicht. Dann wendete er seinen Rappen. Die Apachen folgten ihm. Sie ließen die Comanchen am Rande der Wüste stehen und ritten im gestreckten Galopp, bis sie etliche Meilen zwischen sich und die feindlichen Krieger gebracht hatten. Erst dann fiel die Anspannung von ihnen ab. Einige Krieger ergingen sich in wütenden Flüchen, aber niemand hörte ihnen zu, und als sie am Ufer eines schmalen Flusses lagerten, der kaum Wasser führte, schwiegen auch sie.

„Hier trennen sich unsere Wege“, überraschte Winnetou seine Begleiter. „Ich will noch etwas in den Bergen jagen, bevor ich ins Dorf zurückkehre. Unsere Fleischvorräte sind knapp geworden.“

Tatsächlich war noch genügend Trockenfleisch in den Ledertaschen und es bedurfte keiner neuen Vorräte. Die Verliebtheit seiner Schwester und die Begegnung mit dem seltsamen Comanchen hatten Winnetou verwirrt und er wollte allein in die Berge reiten und nachdenken, bevor er zu seinen Stammesbrüdern zurückkehrte. Manchmal half die Einsamkeit den Blick für die Dinge zu schärfen. In den Bergen war man dem Großen Geist am nächsten, und wenn der Wind in den Bäumen wisperte und das Gras bewegte, hörte man die Stimme von Yusn, der alles Leben auf der Erde geschaffen hatte. Winnetou hatte nie verstanden, warum die Weißaugen große Kirchen bauten, um mit ihrem Gott zu sprechen. Auch wenn er einen anderen Namen trug, war er derselbe Gott, eine unsichtbare Macht, die in allen Tieren und Pflanzen wohnte und besonders in der Natur sichtbar wurde, wenn man Augen und Ohren öffnete.

Die Apachen kannten Winnetou und stellten keine Fragen. Die meisten Krieger glaubten, dass er über die geheimnisvolle Kraft verfügte, die nur ein ‚di-yin' erreichen konnte, der im ständigen Kontakt mit Yusn und den Geistern stand. Wenn Intschu tschuna starb, würde er die Apachen mit seiner Macht und seiner Weisheit führen und deshalb war ihr Blick voller Hoffnung und Ehrfurcht, als er durch das ausgetrocknete Flussbett ritt und auf die fernen Berge zuhielt. Ein Krieger oder Medizinmann, der mit den Geistern sprechen konnte, folgte niemals den Spuren gewöhnlicher Krieger. Er suchte die unsichtbaren Abdrücke der Geister.

Winnetou lenkte seinen Rappen nach Nordwesten. Die Nacht kroch mit ihren dunklen Schatten über das Land und der abnehmende Mond zeigte sich am leicht bewölkten Himmel und schüttete blasses Licht auf die Kakteen und den Mesquite. Die Wüste wurde zu einer unheimlichen Geisterlandschaft, die kaum noch etwas mit der lodernden Hölle gemein hatte, die sie tagsüber war, wenn die Sonne vom Himmel brannte. Dabei erwachte sie erst in der Dunkelheit zum Leben. Wenn die Temperaturen sanken, wagten sich die Tiere aus ihren unterirdischen Bauten und im Gestrüpp waren die Schatten von Wölfen und Kojoten zu sehen. Winnetou ritt über einen schmalen Pfad, der sich kaum sichtbar durch den mannshohen Chaparral[1] schlängelte, und griff Iltschi erst in die Zügel, als er einen Hügelkamm erreicht hatte.

Vor ihm erstreckte sich ein schmales Tal, das im Westen und im Norden von Felsen begrenzt wurde. Im Osten war das seichte Wasser eines Flusses zu erkennen. Zwischen den Felstürmen, die mitten im Tal aus dem Boden ragten, lag eine ausgetrocknete Quelle, die schon seit vielen Jahren kein Wasser mehr führte. Umso erstaunlicher war, dass die Mexikaner eine Farm in dem Tal errichtet hatten. Vielleicht waren sie mit dem Wasser aus dem Fluss ausgekommen. Oder sie hatten eine neue Quelle gefunden. Der Handelsweg nach Santa Fe lag einen Tagesritt entfernt, jenseits der geröllübersäten Hügel im Norden.

Winnetou lenkte seinen Rappen zwischen einige Kakteen, um sich nicht gegen den mondhellen Himmel abzuzeichnen, und blickte neugierig auf den verlassenen Rancho hinab. Ein flaches Haus aus Adobe-Lehm, eine Ramada[2], die wohl als Stall gedient hatte, und eine kleine Koppel. Einige Schweine grunzten vor dem Corral. Zwischen den Sträuchern hinter dem Haus gackerten Hühner. Es waren keine Pferde in der Koppel. Alle Türen standen offen. Als hätten die Bewohner die Farm fluchtartig verlassen und ihre

[1] Kakteengestrüpp [2] Strauchdach

Pferde mitgenommen. Aber viel wahrscheinlicher war, dass der Rancho überfallen worden war. Winnetou ritt ins Tal hinab und stieg vor dem niedrigen Haus aus dem Sattel. Neben dem Gebäude waren zwei Holzkreuze in die aufgeworfene Erde gerammt worden. So bestatteten auch die Mexikaner ihre Toten. Zwei Menschen waren vor kurzer Zeit gestorben und der Mexikaner, der sie begraben hatte, konnte nicht weit sein.

Mit entsicherter Büchse betrat er das Gebäude. Helles Mondlicht schien durch das offene Fenster herein und fiel auf den umgekippten Tisch und die zerschlagenen Stühle. Geschirr war auf dem Boden zersplittert. Die Decken der beiden Schlafpritschen, die hinter einem Vorhang standen, waren achtlos auf den Boden geworfen worden. Es roch nach dem Bohneneintopf, der immer noch auf dem warmen Herd stand, und nach Zigarrenrauch. Nach einigem Suchen entdeckte Winnetou einen Zigarrenstummel, der in einer Waschschüssel zerdrückt worden war. Er nahm ihn heraus, roch daran und ahnte, wer für den Überfall verantwortlich war. Keine Comanchen und keine Kiowas. Weiße Banditen waren hier gewesen. Ben Chadwick, Nat Berryman und Jesse Calhoun. Die Schurken, die Klekih-petra gefangen hatten und nach dem Gold seines Stammes suchten.

Winnetou blickte sich gründlich auf dem Rancho um. Dem hellen Mondlicht hatte er es zu verdanken, dass er mit der Spurensuche nicht bis zum nächsten Morgen zu warten brauchte. Er fand die Stelle, wo zwei Menschen getötet worden waren, nach den Abdrücken zu urteilen die Besitzer des Ranchos. Der Sand war blutgetränkt. Ein junger Mensch hatte die

Toten über den Hof geschleift und die Gräber ausgehoben. Die Abdrücke stammten von Schuhen, wie die jungen Mexikanerinnen sie gerne trugen. Winnetou hatte sie bei der Tochter eines mexikanischen Händlers gesehen, den Klekih-petra und er in Santa Fe getroffen hatten. Er folgte den Spuren und stellte fest, dass sie aus dem Hof führten. Er beschloss, später nach der jungen Mexikanerin zu suchen. Sie hatte kein Pferd und musste in der Nähe sein.

Auch die Banditen hatten sich keine Mühe gegeben, ihre Fährte zu vertuschen. Selbst ein schlechterer Spurenleser als Winnetou hätte herausgefunden, dass sie mit den Pferden der Mexikaner verschwunden waren. Drei ausdauernde Tiere, das erkannte der Apache an der Art, wie sie ihre Hufe gesetzt hatten. Der Vorsprung der Schurken betrug höchstens drei Stunden. Eines der Pferde trug eine leichte Last. Winnetou ging ins Haus zurück und fand eine Hose. Sie gehörte einem Jungen, der höchstens acht oder neun Jahre alt sein konnte. Hatten die Banditen den Jungen entführt? Es sah ganz danach aus. Der Apache kehrte nach draußen zurück und suchte nach der jungen Mexikanerin. Warum hatten die Banditen sie nicht mitgenommen? War sie ihnen entkommen? Er folgte den Spuren einen Hügel hinauf und ahnte, wohin sie gelaufen war. Jenseits des Hügels, in den felsigen Bergen, waren die dunklen Öffnungen einiger Minenschächte zu erkennen. Wenn sie in einen dieser Schächte geflohen war und ein Gewehr und Munition besaß, konnte ihr niemand etwas anhaben. Es war unmöglich, zu einem dieser Schächte zu gelangen, ohne getroffen zu werden. Wahrscheinlich hatten die Banditen aufgegeben und waren mit dem Jungen und den Pferden davongeritten. „Comancheros“, flüsterte Winnetou, „die Männer arbeiten mit den Comancheros zusammen!“

Er blickte zu den Schächten empor und bemerkte ein verräterisches Glitzern in der Dunkelheit. Das Mondlicht wurde vom Schloss eines Gewehres reflektiert. Winnetou ließ sich in dem Augenblick fallen, als der Schuss fiel, und blieb regungslos wie ein Toter in dem Geröll liegen. Er wartete geduldig, bis sich eine schlanke Gestalt aus der Dunkelheit eines Schachtes löste und langsam näher kam.

13. Geronimo kommt!

Winnetou wartete, bis die junge Mexikanerin neben ihm stand. Er spürte, wie sie verwirrt auf ihn herabblickte. Der Überfall und die Entführung des Jungen hatten sie in einen Schockzustand versetzt und nervös gemacht. Er öffnete vorsichtig die Augen und sah ihre Beine und den Lauf eines Gewehrs. Wenn sie die Nerven verlor, würde sie noch einmal auf ihn schießen. Er ließ es nicht so weit kommen. Mit einer plötzlichen Bewegung holte er sie von den Beinen und drückte ihre Arme auf den Boden. Ihr Gewehr polterte in den Sand. Sie starrte ihn aus großen Augen an und war unfähig zu schreien. Auf ihren Wangen waren Tränen. „Ich komme in Frieden!", sagte Winnetou eindringlich. Er bediente sich der spanischen Sprache, die er ebenso gut beherrschte wie Englisch. „Du brauchst keine Angst zu haben! Hast du gehört, Mädchen? Ich bin ein Freund!"

Die Panik löste sich aus ihren Augen und ihre Anspannung entlud sich in einem verzweifelten Schluchzen. Winnetou erhob sich und ließ sie gewähren. Es dauerte einige Zeit, bis sie wieder klar denken konnte. Sie rieb die Tränen aus ihren Augen und jammerte: „Sie haben meine Eltern getötet! Einfach so! Sie haben sie wie wilde Tiere abgeknallt!" Sie schluchzte noch heftiger. „Und dann haben sie Manuel entführt! Meinen kleinen Bruder! Die Americanos haben ihn mitgenommen!" Sie war etwa so alt wie Nscho-tschi und eigentlich noch ein Kind, das während der vergangenen Stunden zu viel erlebt hatte. In ihren Augen war zu sehen, was sie durchmachen musste. Selbst ohne die Schrammen auf ihren Schultern und die zerrissene Bluse hätte Winnetou gewusst, wie hart und unnachgiebig die weißen Banditen sie behandelt hatten. „Bist du verletzt?“, fragte er sanft.

„Das siehst du doch“, antwortete sie, immer noch schniefend. Jetzt klang sie sehr erwachsen. „Der Mann, den sie Berryman nannten, hat mich geschlagen! Wenn der junge Bandit nicht gewesen wäre, hätte er mich umgebracht! Es war so furchtbar! Dieser Jesse, oder wie er hieß, hat den miesen Gringo, der mich gequält hat, mit der Pistole bedroht! Dann kam der Anführer mit meinem Bruder unter dem Arm. Er sagte, dass sie keine Zeit hätten und dass die Comanchen am meisten für Jungen bezahlen würden.“ Sie schluchzte wieder, aber es kamen keine Tränen mehr. „Der Kerl hat mich bewusstlos geschlagen! Ich wollte zu meinem Bruder und er hat mich mit dem Gewehrkolben geprügelt! Meinst du, sonst hätte ich sie reiten lassen? Mit Manuel?“

„Du bist ein tapferes Mädchen“, sagte Winnetou, verwundert darüber, dass sie keine Angst vor ihm zu haben schien. Die meisten Mexikaner fürchteten sich vor Indianern, auch wenn das Kriegsbeil nicht ausgegraben war. Er half ihr vom Boden hoch und blickte sie offen an. Sie war sehr schön, daran änderten auch die Kratzspuren und die zerrissene Kleidung nichts. Ihr zerzaustes Haar, das sich während der Auseinandersetzung mit dem Banditen gelöst hatte, ließ sie wild und verwegen aussehen. Auch die ausdrucksstarken Augen erinnerten ihn an Nscho-tschi. Ihr kupferfarbenes Gesicht strahlte Stärke aus. Sie trug einen einfachen Baumwollrock und eine Bluse. „Ich bin Teresa Martinez“, stellte sie sich vor. Ihr entschlossener Blick ließ einen festen Willen vermuten, darüber täuschte auch ihre anmutige Gestalt nicht hinweg. Dieses Mädchen konnte kämpfen, wenn es gefordert war. „Wer bist du?“, fragte sie.

„Ich bin Winnetou, ein Krieger der Apachen“, antwortete er. „Mein Vater ist Intschu tschuna, der Häuptling der Mescaleros.“ Er deutete nach hinten. „Ich war im Haus und habe gesehen, was passiert ist. Es waren drei Männer, nicht wahr? Ben Chadwick, Nat Berryman und Jesse Calhoun.“ Ohne ihre Bestätigung abzuwarten, fragte er: „Die Männer haben dich liegen lassen?“

Die Mexikanerin nickte. „Wie einen Hund, mit dem man nichts zu tun haben will.“ Ihr Blick wurde hart. „Zum Glück haben sie das Gewehr nicht gefunden! Ich hab’ mir die Waffe geholt und wollte gerade hinter den Männern her, als ich Hufschlag hörte. Ich dachte, die Americanos kommen zurück, deshalb verkroch ich mich in dem alten Stollen. Aber sie haben mich wohl schon vergessen. Was kann eine Senorita wie ich schon gegen diese Bandidos ausrichten? Sie dachten wohl, dass ich ohne Pferde in der Wüste eingehe oder dass mich die Indianer umbringen!“ Sie merkte, dass sie etwas Falsches gesagt hatte, und fügte rasch hinzu: „Wir sind immer gut mit den Apachen ausgekommen! Wir haben nichts gegen Indianer! Wir hatten nie Ärger!“

Winnetou zeigte ein flüchtiges Lächeln. „Du brauchst Ruhe“, sagte er, „es ist besser, wenn ich dich ins Haus bringe. Du kannst nichts tun! Du bist zu jung, um die Banditen zu verfolgen.“

„Aber ich muss hinter ihnen her! Sie haben meinen Bruder!“

„Ihr Vorsprung beträgt ungefähr drei Stunden und du hast kein Pferd. Die Banditen haben sechs Pferde! Ihre eigenen und die Tiere, die sie aus eurer Koppel gestohlen haben! Ausdauernde Pferde, wie Indianer sie reiten. Du würdest sie niemals einholen! Du bist zu schwach für einen harten Ritt! Melde den Überfall bei der Armee, die hilft dir bestimmt, deinen Bruder zu befreien.“

„Einer Mexikanerin? Dass ich nicht lache!“, erwiderte Teresa Martinez bitter. „Was kümmert es die amerikanischen Soldados, was mit meinem Bruder geschieht? Ich muss mich schon allein darum bemühen!“ Ihre Augen wurden kalt und entschlossen. „Uns wurde nie etwas geschenkt, Winnetou! In Kalifornien stritten wir uns mit einem Großgrundbesitzer, bis der Haciendero[1] die Miliz einschaltete und alle Farmer vertreiben ließ. Deshalb kamen wir hierher. Wir werden geduldet, das ist wahr, aber ich weiß auch, was die Gringos[2] mit uns anstellen werden, wenn sie wieder Gold und Silber in den Bergen finden. Sie werden uns vertreiben! So wie die Indianer, wenn sie sich nicht ergeben!“

Winnetou hob das Gewehr der Mexikanerin auf und reichte es ihr. Zusammen gingen sie ins Haus. Er verstand ihre verbitterten Gedanken. Sie war leidgeprüft, hatte immer zu den Unterdrückten gehört, so wie viele Mexikaner, von denen er gehört hatte. Manche Mexikaner, so erzählten die Apachen, waren noch schlechter dran als die Indianer. Sie wurden wie Skla-

[1] Besitzer einer Hacienda

[2] Mexikanisches Schimpfwort für Amerikaner

ven ausgebeutet und von ihren eigenen Leuten und den Weißen unterdrückt. Auch bei den Apachen waren die Mexikaner nicht besonders angesehen. Die Chiricahuas und die Mimbrenos hatten sich blutige Gefechte mit ihnen geliefert und auch unter den Mescaleros gab es einige Krieger, die mit ihnen aneinander geraten waren. In letzter Zeit hatte man sie in Ruhe gelassen, ein Verdienst von Intschu tschuna, der keine Unterschiede zwischen den Rassen machte und nur gute oder schlechte Menschen kannte. Geronimo, der hitzköpfige Krieger der Chiricahuas, hatte am großen Feuer auf Intschu tschuna geschimpft und auch der junge Victorio war nicht damit einverstanden gewesen. „Die Mexikaner sind wie die Weißaugen!", sagten sie.

Vor dem Haus blieb Teresa Martinez betrübt stehen. Ihr kam wieder in den Sinn, wie kaltblütig die Banditen ihre Eltern ermordet hatten, und heftiges Schluchzen erschütterte ihren Körper. Die Männer hatten ihnen keine Chance gelassen! Nur weil das aufgeregte Wiehern der Pferde sie aus dem Haus gelockt hatte! „Warum?", fragte sie verstört. „Warum haben sie geschossen? Warum wollen sie meinen Bruder an die Comanchen verkaufen? Warum haben sie mich am Leben gelassen?"

Viel später, wenn sie zusammen durch die Wüste ritten, würde Winnetou ihr antworten: „Bei solchen Männern weiß man nie! Den einen töten sie, einen anderen lassen sie am Leben. Eigentlich wollen sie nur das gelbe Metall und das bekommen sie von den Comanchen, wenn sie ihnen neue Krieger und frische Pferde bringen."

Teresa hielt sich am Türrahmen fest und blickte auf

die zerstörten Möbel. Sie dachte daran, wie die Banditen ihren Bruder gepackt und zu den Pferden geschleppt hatten. Er war mit einem Küchenmesser auf sie losgegangen, aber sie hatten ihm die Waffe aus der Hand geschlagen und nur gelacht. „Nun komm schon her, du kleiner Bastard!“, sagte Ben Chadwick kalt. „Oder muss ich dir erst den Hals umdrehen?“ Er rannte um den Tisch herum und bekam den Jungen am Kragen zu fassen, stieß sie unwirsch zur Seite und zerrte ihren schreienden Bruder nach draußen. „Nein! Das dürfen Sie nicht tun!“, schrie das Mädchen verzweifelt hinter ihm her. „Manuel hat Ihnen doch nichts getan!“

Nat Berryman trat den Tisch gegen die Wand und packte sie grob. Er zerriss ihr die Bluse und den Rock und dann spürte sie seine schmutzigen Finger auf ihren Schultern. „Dir werde ich's zeigen, du kleine Wildkatze!“, rief er lachend. „Komm schon her oder ich schlage dir den verdammten Schädel ein!“ Sie begann zu schreien und draußen schrie ihr Bruder und dann stand plötzlich der junge Bandit in der Tür und richtete eine Pistole auf seinen Kumpan. „Lass das Mädchen in Ruhe!“, sagte er und irgendetwas in seinem Blick hielt Nat Berryman davon ab, sie weiter zu bedrängen. Hinter Calhoun erschien Chadwick, den schreienden Jungen unter dem Arm. „Hör auf damit!“, fuhr er Berryman an. „Wir haben keine Zeit für solchen Blödsinn. Lass das Mädchen liegen und komm! Die Comanchen brauchen keine Frauen, die wollen Nachwuchs für ihre Krieger!! Hilf mir lieber, den Jungen zu bändigen! Der Bastard ist bares Geld wert oder hast du das vergessen? Die Comanchen zahlen gut! Sie machen Krieger aus den Bengeln, hast du das gewusst? Nach dem buckligen Zwerg und dem Gold können wir immer noch suchen! Komm endlich!" Der Mann, den sie Berryman nannten, hatte sie bewusstlos geschlagen. Als sie wieder erwacht war, hatte sie zwei Gräber ausgehoben und ihre Eltern beerdigt. Benommen hatte sie die Augen geschlossen. Erst als sie den Hufschlag eines Pferdes gehört hatte, war sie zu der verlassenen Mine gerannt. Dann war Winnetou gekommen.

„Leg dich hin", sagte der Häuptlingssohn. „Du brauchst viel Ruhe! Ich hole frisches Wasser vom Fluss und versorge deine Wunden." Er half ihr sich auf eine der Pritschen zu legen und nickte ihr aufmunternd zu. „Du brauchst keine Angst mehr zu haben, Teresa. Ich bleibe bei dir, bis du gesund bist."

Winnetou sah eine Kerze und Streichhölzer im Mondlicht liegen. Er zündete die Kerze an und stellte sie neben die Mexikanerin auf den Boden. Mit einem Eimer ging er zum Fluss hinunter. Er kam sich seltsam dabei vor, die Arbeit einer Frau zu verrichten, schämte sich aber nicht dafür. Die verletzte Mexikanerin brauchte Hilfe und er war der Einzige, der ihr helfen konnte. „Winnetou hat ein großes Herz", hatte Klekihpetra einmal über ihn gesagt. Wenn jemand Hilfe brauchte, war er da. Er folgte beinahe einem inneren Zwang, wenn es darum ging, einem Schwächeren zu helfen. Aber diesmal gab es noch einen anderen Beweggrund. Das Mädchen hatte seine Seele berührt. Vielleicht, weil sie Nscho-tschi so ähnlich war. Ihre jugendliche Energie und ihre große Tapferkeit hatten ihn tief beeindruckt.

Der Apache schöpfte Wasser aus dem Fluss und blieb stehen. Ein leises Geräusch hatte seine Sinne erregt. Er lauschte angestrengt in die Nacht und hörte es wieder. Das sanfte Rascheln der Mesquite-Zweige, wenn der Wind sie berührt. Oder ein Reiter, der sich keine große Mühe gab, seine Anwesenheit zu vertuschen. Nur ein Indianer hörte ein solches Geräusch, vielleicht noch eine Hand voll ausgesuchter Westmänner, die bei den Indianern gelebt hatten. Winnetou ging langsam weiter. Wahrscheinlich hatte er sich getäuscht und spürte schon Bedrohungen, die es gar nicht gab. Dennoch blieb er wachsam. Das Gewehr in seiner rechten Hand war entsichert, während er den vollen Eimer in der linken hielt und zum Haus ging.

Vor der offenen Tür blieb er noch einmal stehen. Sein Blick schweifte über die schroffen Felshänge und den Fluss, der silbrig glänzend unter dem beinahe vollen Mond lag. Außer dem Wispern des Windes war nichts zu hören. Er betrat das Haus und sah, dass Teresa Martinez eingeschlafen war. Die Erschöpfung hatte sie übermannt. Er stellte den Eimer neben den Herd und sicherte sein Gewehr. Zwischen den umgestürzten Stühlen fand er eine Decke, die er über ihren geschundenen Körper breitete. Nat Berryman hatte sie hart angefasst und auch die Flucht in die verlassene Mine war nicht ohne Spuren geblieben. Dornensträucher hatten blutige Striemen auf ihren Beinen hinterlassen. Sobald sie aufwachte, würde er sich um ihre Wunden kümmern. Die Verletzungen waren nicht schlimm, aber es war besser, sie zu behandeln, damit sie kein Fieber bekam.

Er blickte auf die schlafende Mexikanerin hinab. Ihr Gesicht glänzte im schwachen Mondlicht, das durch die bestickten Vorhänge zum Fenster hereinfiel. Er musste an Ribanna denken, die junge Häuptlingstochter der Assiniboins, das einzige Mädchen, das er jemals begehrt hatte. Winnetou hatte sie geliebt und nur verzichtet, weil sie sich Old Firehand zugewandt hatte, einem weißen Westmann, den er kennen und schätzen gelernt hatte. Teresa war ebenso schön wie Ribanna und von ähnlicher Anmut. Und dennoch hegte er nur brüderliche Gefühle für sie. Seine Liebe zu Ribanna war so tief gewesen, dass es noch viele Jahre dauern würde, bis er seine Enttäuschung überwunden hatte. Der Große Geist wollte, dass er sich für das Wohl seines Volkes einsetzte, das war seine Aufgabe und in einem solchen Leben war nur wenig Platz für die wahre Liebe.

Vor dem Haus wurde gedämpfter Hufschlag laut. Ein Reiter näherte sich dem Rancho und gab sich keine Mühe, seine Anwesenheit zu verbergen. Winnetou verdrängte die Erinnerungen und schlich zur Tür. Er blickte nach draußen und beobachtete einen untersetzten Indianer, der so gelassen von seinem Pferd stieg, als gäbe es im weiten Umkreis keinen anderen Menschen. Ein Apache vom Stamm der Chiricahuas. Der Mond beleuchtete einen stämmigen Krieger, der nur mit einem Lendenschurz, einem Baumwollhemd der Weißaugen und den hochschäftigen Mokassins der Chiricahuas bekleidet war. Sein schulterlanges Haar wurde von einem dunklen Stofftuch zusammengehalten. In seinem grimmigen Gesicht, das einem wesentlich älteren Mann zu gehören schien, funkelten die Augen wie glühende Kohlen.

„Geronimo!“, stieß Winnetou überrascht hervor.

„Ich habe dein Pferd erkannt“, sagte der Chiricahua mit einem leisen Anflug von Humor. „Sind die Mescaleros so unvorsichtig geworden, dass sie ihre Pferde im Mondlicht anbinden?“ Er deutete mit dem Gewehrlauf ins Haus. „Oder hat die mexikanische Frau dir den Kopf verdreht? Sie ist sehr schön, nicht wahr?“

Winnetou hörte den gefährlichen Unterton in Geronimos Stimme und wunderte sich nicht. Es war bekannt, dass der ‚di-yin‘ der Chiricahuas die Mexikaner hasste. Vor einigen Monden waren seine Mutter, seine Frau und seine drei Kinder von den Mexikanern umgebracht worden und er hatte dem Volk ewige Rache geschworen. Er würde sein Leben für diesen Rachefeldzug opfern und viele Chiricahuas folgten ihm, denn er war ein tapferer Krieger und ein angesehener Medizinmann. Der Große Geist hatte ihm eine besondere Macht verliehen: „Keine Kugel kann dich jemals töten“, hatte eine Stimme zu ihm gesagt, „ich werde die Kugeln aus den Gewehren der Mexikaner nehmen! Sie werden nur noch Pulver haben! Und ich werde deine Kugeln und Pfeile leiten, wenn du auf die Mexikaner schießt!“ Diese Weissagung machte Geronimo zu einem gefährlichen Mann, der sogar Häuptlinge wie Mangas Coloradas und Cochise erschreckte.

„Die Mexikanerin wird leben“, stellte Winnetou klar, „ich habe sie gefunden und ich entscheide über ihr Schicksal!“ Er wunderte sich nicht, dass Geronimo wusste, was auf der Farm passiert war. Jeder Krieger der Apachen hätte das herausbekommen. Die weißen Banditen hatten ihre Spuren nicht verwischt, rechneten wohl nicht damit, dass sich jemand um das Schicksal einer Mexikanerfamilie kümmerte. Es gab wenige weiße Richter, die einen Weißen wegen eines Mordes an einem Mexikaner verurteilten. Oder an einem Apachen. „Du bist eingeladen, von meinem Wasser und meinen Vorräten zu nehmen, aber du wirst diese Frau nicht berühren! Du weißt, dass ich es nicht zulasse."

Geronimo schien sich zu amüsieren, aber das Gewehr in seinen Händen war schussbereit. Er ging wortlos an Winnetou vorbei und blickte auf die schlafende Mexikanerin hinab. „Sie ist schön", bestätigte er, „aber sie ist zu jung für dich. Sie könnte meine Tochter sein." Er wandte sich ab und blickte Winnetou lächelnd an. „Ich bezahle dir zwei Pferde für die Mexikanerin!"

„Du würdest sie umbringen, Geronimo! Du bringst alle Mexikaner um! Jeder weiß, wie sehr du gelitten hast, und ich verstehe deinen Schmerz, aber dieser Schmerz gibt dir nicht das Recht, unschuldige Menschen zu ermorden! Das lasse ich nicht zu!"

Geronimo wirbelte herum und funkelte den jungen Apachen aus zornigen Augen an. „Warst du dabei, als ich die Leichen meiner Familie fand? Weißt du, wie sehr mein Herz weinte, als ich die zerstückelten Körper meiner Mutter und meiner Frau fand? Wo warst du, als ich meine Kinder begrub? Sie waren unschuldig! Sie hatten den Mexikanern nichts getan! Und ich war ein Mann, der zum Frieden bereit war! Auch mit den Mexikanern! Ihre Soldaten haben mich zu einem Krieger gemacht! Ich werde überall Mexikaner jagen und ich werde sie töten, wann immer ich sie treffe! So will es Yusn, der mir die Kraft zum Überleben gegeben hat! Ich werde auch dieses Mädchen töten, Winnetou!"

„Das wirst du nicht tun, Geronimo!", fuhr Winnetou den ‚di-yin' der Chiricahuas an. „Oder willst du das Gesetz unseres Volkes brechen und diese Frau vor meinen Augen töten? Sie gehört mir, vergiss das nicht!

Soll ein Apache gegen einen Apachen kämpfen? Die Häuptlinge würden uns in die Verbannung schicken!"

Geronimo nahm zähneknirschend sein Gewehr herunter. „Das weiß ich, Winnetou! Ich bin ein Apache und werde niemals gegen einen Bruder antreten! Auch nicht wegen dieser Mexikanerin! Sie gehört dir! Aber du machst einen Fehler, wenn du sie vor meiner Rache rettest! Du spielst unseren Feinden in die Hände!"

„Die Häuptlinge wollen den Frieden", erwiderte Winnetou. „Cochise, Mangas Coloradas und Intschu tschuna. Du gefährdest unsere Zukunft, wenn du dich von deinem Hass treiben lässt! Vergiss, was geschehen ist! Denke immer daran, wie gut es deine Frau und deine Kinder in den Ewigen Jagdgründen haben! Alle Apachen beten für dich! Auch ich werde zum Großen Geist beten und ihn bitten, dich von deinem Hass abzubringen."

Geronimo kehrte missmutig zu seinem Schecken zurück und sprang in den Sattel. „Bete für den Frieden, Winnetou!", rief er sarkastisch. „Und denke an meine Worte, wenn die Mexikaner oder die Weißaugen dein Dorf überfallen! Es wird Krieg geben und wir werden kämpfen müssen! Leb wohl, Winnetou! Pass gut auf die Mexikanerin auf, denn kein Gesetz der Apachen kann mich davon abhalten, sie zu stehlen, wenn du mit ihr über die Berge reitest!" Er zog sein Pferd herum und ritt wütend davon.

14. Jagd in den Bergen

Winnetou hüllte sich in eine Wolldecke, die er im Rancho gefunden hatte, und ging nach draußen, um Wache zu halten. Er durfte nicht schlafen, solange Geronimo in der Nähe war. Dem Krieger der Chiricahuas war alles zuzutrauen! Sein Hass gegen die Mexikaner war grenzenlos und es war anzunehmen, dass er das Mädchen nicht kampflos aufgeben würde. Auch Geronimo hielt sich an die ungeschriebenen Gesetze seines Volkes, die ihm verboten, eine Waffe gegen einen Stammesbruder zu erheben, aber es war durchaus möglich, dass er nur weggeritten war, um wiederzukommen, wenn der Mond hinter einigen Wolken verschwunden war. Er konnte sich in der Nähe verstecken und die Mexikanerin erschießen, sobald sie aus dem Haus trat. Aber Winnetou war darauf vorbereitet und kauerte im Schatten des Hauses, abseits der geschlossenen Tür und mit der Büchse über den Knien, immer darauf vorbereitet, einen möglichen Angreifer davon abzuhalten, die Mexikanerin zu töten.

Obwohl er seit vielen Stunden auf den Beinen war und die Müdigkeit ihn zu überwältigen drohte, schlief er nicht ein. Ein Krieger wie er schaffte es durch bloße Willensanstrengung wach zu bleiben. Nicht einmal gegen Morgen, als der orangefarbene Schimmer der Morgenröte über den Felswänden glühte, schloss er die Augen. Er konnte nicht sehen, wie Teresa Martinez aufstand, ihre Schürfwunden mit Salbe bestrich und ein strapazierfähiges Reisekleid aus dem umgestürzten Schrank zog. Aber er beobachtete, wie sie das Haus durch die Hintertür verließ, ihr Gewehr und das wenige Geld, das sie unter der Matratze versteckt hatte, in den Händen, und zu Winnetous Rappen schlich. Sie mochte den Apachen. Er hatte ihr das Leben gerettet und würde ihr vielleicht sogar helfen, ihren Bruder zu finden. Aber sie ahnte auch, dass er zu sehr um ihr Leben besorgt sein würde. Er würde niemals zulassen, dass sie die Bandidos allein verfolgte. Aber sie hatte keine andere Wahl. Sie war es ihren toten Eltern schuldig, die Banditen zur Rechenschaft zu ziehen. Sie war alt genug, um ein Gewehr zu halten, und sie war eine gute Schützin, das hatte sie oft genug bewiesen. Sie legte dem Rappen den indianischen Ledersattel auf und griff nach den Zügeln.

Kaum war sie aufgestiegen, begann der Rappe zu bocken. Er stieg wiehernd mit der Hinterhand hoch und warf die Mexikanerin in den Sand. Winnetou stand langsam auf. Er ging zu dem Mädchen und blickte mitleidig auf sie hinab. In seinen Mundwinkeln stand ein leichtes Lächeln. „Iltschi duldet keine anderen Reiter“, meinte er. „Du hättest mich fragen sollen, bevor du aufsteigst.“

Teresa blickte den Apachen schuldbewusst an. Sie saß wie ein kleines Mädchen auf dem Boden, das gegen ein Verbot seiner Eltern gehandelt hatte und von der Schaukel gefallen war. „Ich wollte das Pferd nicht stehlen!“, beteuerte sie. „Ich wollte es mir nur ausleihen! Caramba, was sollte ich denn tun? Du hättest mich bestimmt nicht reiten lassen!“ Sie war wütend. „Ich will meinen Bruder zurück! Ich muss diese Bandidos einholen!“

„Allein?“ Winnetou half der Mexikanerin vom Boden hoch und beobachtete, wie sie den Staub aus ihrem Kleid schlug. „Allein hast du keine Chance gegen die Schurken. Ihr Vorsprung ist viel zu groß! Sie können ständig die Pferde wechseln! Und was willst du tun, wenn du den Banditen gegenüber stehst? Sie sind zu dritt und es macht ihnen nichts aus, ein Mädchen zu ermorden!"

„Ich weiß nur, dass ich meinen Bruder zurückholen werde!", erwiderte sie trotzig. „Und wenn ich zu Fuß gehen muss! Ich werde niemals aufgeben! Nicht einmal die Apachen werden mich daran hindern!" Sie hob ihr Gewehr auf und stapfte davon.

Winnetou sprang in den Sattel seines Rappen und folgte ihr. Er ritt neben ihr her und sagte: „Heute Nacht hatten wir Besuch. Geronimo war hier, einer der gefährlichsten Krieger der Chiricahuas! Er hasst alle Mexikaner und wollte dich töten!" Sie blieb stehen und blickte ihn verwirrt an. „Ich habe ihm gesagt, dass du unter meinem Schutz stehst. Aber wenn du allein weitergehst, braucht er keine Rücksicht mehr zu nehmen. Dann tötet er dich!"

„Willst du mir Angst machen?", raffte Teresa ihren Mut zusammen. „Wir sind immer gut mit den Apachen ausgekommen, das habe ich dir doch gesagt. Warum sollte dieser Geronimo mich umbringen? Du hast mich nicht getötet! Und die anderen Apachen, die zu unserem Rancho geritten kamen, auch nicht!"

„Geronimo ist anders", erklärte Winnetou ruhig. „Seine Mutter, seine Frau und seine Kinder wurden von Mexikanern ermordet!"

Ihr Blick veränderte sich. „Das wusste ich nicht."

„Spring hinter mir auf den Pferderücken!", forderte er sie lächelnd auf. „Wir reiten in das Dorf meines Stammes. Die besten Krieger der Mescaleros werden deinen Bruder zurückholen!"

„Aber bis dahin sind die Spuren längst verwischt!"

„Wir wissen, dass sie zu den Comanchen wollen", erinnerte Winnetou die Mexikanerin, „und die Krieger, die den Banditen folgen, können eine Spur auch nach vielen Wochen erkennen."

Sie hielt sich an ihm fest. „Wirst du dabei sein?"

„Ich würde gegen Bärenklaue, den gefürchteten Häuptling der Comanchen, im Zweikampf antreten, um deinen Bruder zu bekommen", sagte Winnetou. Es klang wie ein Versprechen.

Zusammen ritten sie aus dem Tal. Der Rancho blieb wie ein Geisterhaus hinter ihnen zurück. Sie füllten ihre Wasserbehälter im Fluss auf und folgten den Spuren, die sich tief in den feuchten Uferboden gegraben hatten. Auf dem Hügelkamm wandten sie sich nach Südwesten. Die Sonne war hinter den Bergen hervorgekrochen und schleuderte die ersten Strahlen vom Himmel. Abseits des Flusses wurde es trockener und das fruchtbare Land ging in die karge Wüste über, die sich bis zur mexikanischen Grenze zog. Alles Leben schien erstarrt zu sein, nicht einmal die Eidechsen waren auf dem sandigen Boden zu sehen. Vereinzelte Dornensträucher bewegten sich im heißen Wind. „Warum wohnt ihr in diesem trockenen Land?", fragte sie. „Warum zieht ihr nicht in die Berge, wo es grün ist?"

„Auch dort sind wir zu Hause", antwortete Winnetou, „aber meine Heimat ist die Wüste. Wer lange genug in der Wüste lebt, entdeckt auch dort Leben. Sie ist nicht so tot, wie viele Weißaugen und Mexikaner glauben. Hast du gesehen, wie schön es am Abend sein kann, wenn die Sonne untergeht und rotes Licht über die Felsen fließt? Wenn der Himmel wie das gelbe Metall glänzt, nach dem sich die Weißen so sehnen? Abends kann ich mir keinen schöneren Ort vorstellen. Die Wüste wird nur gefährlich, wenn man sie nicht kennt. Wenn man sie nicht respektiert. Der Große Geist hat sie erschaffen, damit wir wachsam bleiben und nicht wie viele Weißaugen werden."

Um die Mittagszeit rasteten sie an einer ‚tinaja', einer unterirdischen Quelle, die versteckt zwischen einigen Felsen lag und nur den Apachen bekannt war. Sie tranken von dem brackigen Wasser, das sich in einer Felsenpfanne gesammelt hatte, und aßen von dem Trockenfleisch aus Winnetous Satteltasche. Einige Sträucher spendeten etwas Schutz vor der sengenden Hitze.

„Warum habt ihr in diesem Land gelebt?", fragte Winnetou, nachdem sie gegessen und getrunken hatten. „Gibt es in deiner Heimat keine grünen Täler? Warum lebst du nicht in Mexiko?"

„Der Teil von Kalifornien, in dem wir gelebt haben, gehörte mal zu Mexiko", antwortete Teresa, „und auch Tucson war mexikanisches Gebiet. Wir wurden in Mexiko geboren und leben jetzt in einem Territorium der Vereinigten Staaten, ohne dass wir eine Grenze überquert hätten. Die Amerikaner haben das Land gestohlen."

„Und die Mexikaner haben es den Indianern genommen", ergänzte Winnetou. In seiner Stimme war kein Vorwurf. Er hatte längst erkannt, wie wichtig Landbesitz den Weißaugen und Mexikanern war. Verstanden hatte er es nie. Yusn hatte das Land für alle Menschen, Tiere und Pflanzen erschaffen. Saguaros und Eidechsen lebten auf dieser und auf jener Seite des Flusses, den die Weißen Rio Grande nannten. Wie konnte man dieses Land besitzen? Nur der Große

Geist konnte darüber entscheiden. Wasserkind, der erste Krieger seines Volkes, hatte sogar den gierigen Ungeheuern klar gemacht, dass dieses Land nicht ihr Eigentum war. „Dieses Land gehört niemandem“, sagte er.

Er füllte seinen Wasserbehälter und zögerte einen Augenblick, als er den Ruf eines seltenen Vogels hörte. Lautlos und ohne den Blick von den Felsen zu nehmen, band er den Schlauch an seinen Sattel. Er blickte sich aufmerksam nach allen Seiten um und schüttelte den Kopf. Hatte er sich getäuscht? Der Schatten, der so lange wie ein Augenaufschlag zwischen den Felsen gewesen war, gehörte wohl zu dem Vogel, der gerufen hatte. Oder zu der kleinen Wolke, die einsam über den Himmel trieb und als unheilvoller Schatten über die Hügel wanderte.

„Geronimo?“, fragte Teresa leise.

„Ich weiß nicht“, antwortete er.

Er zog sie hinter sich in den Sattel und trieb den Rappen mit einem leisen Schnalzen an. Sie ritten aus den Felsen hinaus und folgten einem Pfad, den spanische Eroberer vor drei Jahrhunderten in die Erde getreten hatten. Rotbraune Felsen wuchsen aus dem Boden und vereinigten sich zu seltsamen Gebilden, die fantastischen Tieren und Pflanzen ähnelten. Das bedrückende Gefühl, von einem unsichtbaren Schatten verfolgt zu werden, blieb auch hier. Obwohl Winnetou wusste, dass Geronimo niemals auf einen Apachen anlegen würde, zog er sein Gewehr aus der Schlinge und legte es über den Pferderücken. „Hab keine Angst!“, sagte er zu Teresa. „Der Große Geist begleitet uns.“

Sie ritten schweigend nach Südwesten, folgten

dem Ruf des Großen Geistes, der die Mexikanerin im Dorf der Mescaleros sehen wollte. So deutete Winnetou den Ruf des seltenen Vogels. Sobald sie am Rio Pecos waren, würde er seinen Vater bitten, einen Kriegertrupp in die Jagdgründe der Comanchen führen zu dürfen. Er wollte keinen Krieg mit den Comanchen. Er würde versuchen, die Banditen abzufangen, bevor sie das Dorf von Bärenklaue erreichten. Ben Chadwick und seine Kumpane waren Comancheros, sie würden erst einmal mit den Kriegern palavern und einen Preis ausmachen, bevor sie den Jungen hergaben. Die Comanchen hatten viele Männer im Kampf gegen die Weißen und Mexikaner verloren und brauchten dringend Krieger.

„Warum hilfst du mir?“, fragte die Mexikanerin, als sie durch ein ausgetrocknetes Bachbett ritten. Sie saß dicht hinter Winnetou im Sattel und hatte ihre Arme um seine Hüften geschlungen.

„Ich weiß, was mit deinem Bruder geschieht, wenn er zu den Comanchen kommt“, antwortete er nach einigem Überlegen. „Ich weiß, wie sehr du ihn liebst, aber dann wäre er nicht mehr dein Bruder. Ich möchte, dass du ihn in deine Arme schließt.“

„Und deswegen hilfst du mir?“

„Du erinnerst mich an meine Schwester.“

Winnetou ließ den Rappen in einen leichten Trab fallen und lenkte ihn zu einer Oase hinab, die von einem unterirdischen Bach gebildet wurde, der an dieser Stelle aus den Felsen trat. Am Ufer des Baches wollte er die Nacht verbringen. Solange sie zu zweit auf einem Pferd saßen, kamen sie nur langsam voran und mussten noch mindestens einmal lagern, bevor sie die Jagdgründe seines Stammes erreichten. „Wir zünden kein Feuer an", sagte er, nachdem er neben einigen Bäumen abgestiegen war und ihr vom Pferd geholfen hatte. „Er ist noch in der Nähe."

„Geronimo? Woher willst du das wissen?"

„Ich spüre es."

Sie begnügten sich mit Trockenfleisch und kaltem Wasser und Teresa kroch unter das Fell, das Winnetou von seinem Sattel gebunden hatte. „Du bist anders als die Indianer, die ich bisher getroffen habe", sagte sie zu Winnetou, bevor sie einschlief.

Die Dunkelheit kam plötzlich in diesem Teil des Landes und mit ihr kam die Ungewissheit, von wilden Tieren und Feinden auf dem Kriegspfad bedroht zu werden. Winnetou setzte sich auf einen Felsbrocken am Bachufer und hielt Wache. Sein schussbereites Gewehr lag über seinen Knien. Er blickte über die weite Ebene, die unter einem sternenübersäten Himmel lag, und stellte sich vor, dass jeder der silbernen Punkte zu einem Krieger gehörte, der in die Ewigen Jagdgründe gegangen war. Er dachte an seinen Großvater, den er nie gekannt hatte, und er erinnerte sich an die Frauen und Kinder, die bei einem Überfall der Comanchen gestorben waren. Sein Blick blieb wachsam und seine Sinne waren auf das Land gerichtet, das im matten Mondlicht silbern glänzte. Die Mexikanerin schlief wie ein Murmeltier. Sie war todmüde und er hatte längst beschlossen, sie nicht zu wecken und die ganze Nacht hindurch Wache zu halten.

Selbst für einen Apachen war es schwer, zwei Nächte hintereinander wachsam zu bleiben. Winnetou verfiel in einen leichten Halbschlaf, der seine Sinne vernebelte und ihn nicht erkennen ließ, dass sich eine

Gestalt dem Lagerplatz näherte. Als der Häuptlingssohn erschrocken die Augen öffnete, stand Geronimo vor ihm, sein Gewehr und die Zügel seines Schecken in den Händen. „Ich komme in Frieden“, sagte der Chiricahua heiser.

Winnetou war wieder hellwach und erhob sich langsam. Er blieb misstrauisch. Geronimo galt als launisch und unberechenbar, er musste mit einer Hinterlist rechnen. „Was willst du?“, fragte er den Chiricahua. „Bist du gekommen, um die Mexikanerin zu töten?“

„Nein“, antwortete Geronimo, „ich werde sie nicht töten! Sie gehört zu den Mexikanern, aber sie ist eine gute Frau. Ich habe gesehen, wie sich die Sonne in ihren Augen gespiegelt hat! Das ist ein gutes Zeichen! Auch in den Augen meiner Frau habe ich die Sonne gesehen. Ich denke oft an Alope und werde sie niemals vergessen!“ Er sprang in den Sattel und legte die flache Hand auf sein Herz, bevor er davonritt. „Enju! Leb wohl, mein Freund!“

Teresa hatte die letzten Worte des Chiricahua mitbekommen und stand zögernd auf. „Geronimo? Das war Geronimo?“, fragte sie. Sie blickte dem Chiricahua nach, der längst in der Ferne verschwunden war, und schien erst jetzt zu verstehen, was Winnetou über den Krieger gesagt hatte. „Er ist ein tapferer Mann“, sagte sie, nur um etwas zu sagen. „Er hat viel durchgemacht!“

„Dieses Land ist hart zu den Menschen“, erwiderte der Häuptlingssohn, „und der Große Geist verlangt viel von den Apachen!“

„Und von den Mexikanern“, antwortete Teresa nach einigem Nachdenken. „Habe ich dir erzählt, wie mein Onkel gestorben ist? Er lebte auf unserem

Rancho und war mein bester Freund!“ Sie blickte ihn an. „Ich war auf dem Kutschbock unseres Wagens, als er in die Cantina[1] ging. ‚Auf einen Drink‘, versprach er uns, ‚nur auf einen Drink!‘ Manuel spielte auf der Straße und ich ging mit meinen Eltern in den Eisenwarenladen gegenüber. Als wir die Straße überquerte, hörten wir den betrunkenen Gringo. Er beschimpfte meinen Onkel. ‚Verdammter Greaser[2]!‘, schrie er ihn an. ‚Mach, dass du rauskommst! Ich hab keine Lust, meinen Whisky mit einem stinkenden Bauern wie dir zu trinken!‘ Es war schrecklich, que terrible[3]! Mein Onkel sagte etwas, das ich nicht verstand, und dann krachte plötzlich ein Schuss! Er torkelte aus der Cantina und fiel blutend auf den Gehsteig! Meine Mutter rannte zu ihm und beugte sich über ihn, sie wollte ihn ins Leben zurückholen, aber er atmete nicht mehr und dieser Gringo jagte uns wie räudige Hunde davon! Que terrible! Es war schrecklich!“

Die Worte waren aus ihrem Mund gesprudelt und Winnetou hatte nicht alles verstanden, aber der Sinn ihrer Worte war ihm klar geworden. Er legte beruhigend eine Hand auf ihre Schultern. Sie weinte leise und zitterte wie ein junges Reh in der Kälte. „Ich werde dich beschützen“, versprach der Apache, „und ich werde nicht zulassen, dass deinem Bruder etwas Ähnliches passiert!“

„Ich werde diese Bandidos töten“, verkündete sie entschlossen. „Der Mörder meines Onkels ist seiner gerechten Strafe entgangen, aber diese Männer werde ich töten! Ich schwöre es!“

[1] Schenke
[2] Schimpfwort für Mexikaner
[3] ‚Wie schrecklich‘

Einen halben Tag später war sie verschwunden. Es geschah auf der weiten Ebene, die sich zwischen dem Llano Estacado und dem Rio Pecos erstreckte. Sie begegneten einem mexikanischen Händler, der mit einem Planwagen nach Santa Fe unterwegs war und beinahe in Panik geriet, als er den Apachen sah. Erst als Teresa ihn auf Spanisch beruhigte, hielt er sein Fuhrwerk an. An den Wagen waren zwei Pferde gebunden und die Mexikanerin bot ihm an eines der Pferde zu kaufen. Sie feilschte nicht lange um den Preis, gab ihm einen Teil ihrer Ersparnisse, die sie in ihrem Gürtel verstaut hatte, und bekam sogar noch einen alten Sattel dazu. Sie stieg auf die braune Stute und blickte Winnetou lange an. „Es tut mir leid, mein Freund", sagte sie, „ich muss allein reiten. Diese Sache geht nur mich etwas an! Ich will nicht, dass die Krieger der Apachen auf den Kriegspfad ziehen, nur um meinen Bruder zu retten. Gracias, amigo! Ich werde dich immer in meinen Gedanken bewahren!"

Bevor Winnetou sie zurückhalten konnte, war sie verschwunden. Sie trieb ihren Braunen in die glühende Sonne hinein und galoppierte aus seinem Leben. „Vaya con dios!", sagte er leise.

15. Nscho-tschi wird entführt

Nscho-tschi wollte allein sein. Sie hatte kaum geschlafen, nachdem ihr Bruder mit den Gefangenen aus der Schlucht geritten war, und lange darüber nachgedacht, wie es Zwei Bären wohl ergehen würde, wenn er sein Lager erreichte. Die Vorstellung, seine Stammesbrüder könnten ihn als Feigling beschimpfen und in die Verbannung schicken, bereitete ihr Unbehagen. Ihr Herz schlug für den jungen Comanchen und sie wollte nicht, dass ihm Leid zugefügt wurde. Er war nicht dazu geboren, als tollkühner Krieger gegen seine Feinde zu reiten, und wenn sie die Augen schloss und träumte, sah sie ihn als fröhlichen Geschichtenerzähler, wie er die Kinder um sich scharte und vom hinterlistigen Kojoten berichtete, der durch die Wüste zog und den Menschen gemeine Streiche spielte. Er würde die schönsten Geschichten mit bunten Bildern ausschmücken, die er auf eine gegerbte Büffelhaut malte und den Zuhörern zeigte.

Ob Zwei Bären wirklich dazu auserkoren war, als Erzähler von einem Stamm zum anderen zu ziehen, wusste sie nicht. Vielleicht erlangte er eine geheimnisvolle Kraft und sprach mit den Geistern, dann würden die Comanchen ihn als Medizinmann verehren und jeder Krieger, der ihn einen Feigling genannt hatte, würde vier Tage in der Schwitzhütte schmoren müssen, bis der Große Geist ihm vergeben hatte. Sie lächelte bei der Vorstellung. Oder war der junge Comanche ein Friedensstifter? Setzte er sich am großen Feuer dafür ein, endlich das Kriegsbeil zu begraben? Das konnte sie sich nicht vorstellen. Die Comanchen lebten vom Krieg. Immer wenn der volle Mond am Himmel stand, zogen sie bis nach Mexiko und hinterließen eine blutige Spur der Verwüstung. Der Krieg war ihr Leben und ein Krieger war besonders angesehen, wenn er viele Skalpe erbeutet hatte.

Nscho-tschi ritt am ausgetrockneten Rio Pecos entlang und überquerte ihn an der Stelle, die sie auch im Frühjahr benutzte, wenn der Fluss viel Wasser führte. Einige Cottonwood-Bäume säumten das Ufer. Sie trieb ihren Schecken, den zwei junge Krieger aus dem Felsversteck in den Heiligen Bergen zurückgebracht hatten, nach Osten und folgte einem Handelsweg der prähistorischen Indianer, die einige hunderte Jahre vor den Apachen in diesem Land gelebt hatten. In den Schluchten standen noch manche ihrer Felsenhäuser. Ihre Gedanken kreisten weiter um den jungen Comanchen, der Zwei Bären genannt wurde, und sie achtete nicht auf die Bussarde, die mit ausgebreiteten Schwingen über dem hügeligen Grasland schwebten, ungefähr einen halben Tagesritt entfernt. Sie hatte niemandem erzählt, dass sie das Dorf verließ, war einer Eingebung gefolgt, die ihr sagte, dass sie allein sein musste, um einen klaren Gedanken fassen zu können.

Doch in ihrem Kopf überschlugen sich die Bilder noch immer und trübten ihre Sicht für die Gefahr, die weiter im Osten zwischen den Felsen lauerte. Sie sah den Comanchen, wie er gefesselt in einem Raum des Pueblos lag, wie ein hilfloses Tier, das über dem Feuer geröstet werden sollte. Sie hörte, wie er von seinen Stammesbrüdern verspottet wurde und sich kleinlaut in den Schatten des großen Feuers zurückzog. Sie beobachtete ihn, wie er aus dem flimmernden Hitzedunst tauchte und ihr fröhlich zuwinkte. „Nscho-tschi“, rief er in ihrer Fantasie, „ich bin zurückgekommen, um bei den Apachen zu bleiben! Ich möchte im selben Pueblo wie die schönste Blume des Westens leben!"

Ihr Lächeln blieb, während sie über das offene Grasland ritt und die Spuren eines Wagens kreuzte, der in nördlicher Richtung gefahren war. Ein mexikanischer Händler, nahm sie an. Sie durchquerte einen zerklüfteten Graben, der von Wind und Wetter in den weichen Boden gegraben worden war, und hörte nicht auf den Wind, der von sieben Reitern erzählte, die gerade aus einem Wäldchen ritten und sich unter den krächzenden Bussarden nach Westen wandten. Die scheinbar endlose Weite gaukelte ihr eine Einsamkeit vor, die es nicht gab, und die flimmernde Hitze trübte ihre Sicht für die große Gefahr, die auf sie lauerte.

Um die Mittagszeit erreichte sie einige Felsen, die wie versteinerte Riesen aus der Ebene ragten und eine Quelle beschützten, die viele Kriegstrupps der Apachen aufsuchten, wenn sie in die Jagdgründe der Comanchen und Kiowas unterwegs waren. Auch den Feinden war die ‚tinaja' bekannt. Nscho-tschi ruhte sich im Schatten der Felsen aus und füllte ihre Wasserflasche auf, bevor sie daran dachte, in ihr Dorf zurückzureiten. Erst jetzt wurde ihr bewusst, dass sie jederzeit einem feindlichen Krieger in die Arme laufen konnte. Sie war viel zu nachlässig gewesen. Vor lauter Nachdenken hatte sie nicht daran gedacht, wie gefährlich ein Ausritt in östlicher Richtung sein konnte. Sie sprang in den Sattel und trieb den Schecken auf das offene Grasland zurück.

Die Kiowas schienen aus dem Boden zu wachsen. Sie kamen so plötzlich, dass ihr keine Möglichkeit zur Gegenwehr blieb. Sieben erwachsene Männer, die

Kriegsfarben ihres Stammes auf den grimmigen Gesichtern. Sie hatten die junge Frau schon seit einiger Zeit beobachtet und sich gewundert, wie leichtsinnig sie sich in einem Land bewegte, das schon zahlreiche blutige Auseinandersetzungen zwischen den Kiowas und Apachen gesehen hatte. Wo war sie mit ihren Gedanken? Legte sie es darauf an, im Tipi eines Kiowa oder Comanchen zu landen? Sie warteten geduldig, bis sie zwischen den Felsen untergetaucht war, und überraschten sie mit höhnisch grinsenden Gesichtern.

Die Häuptlingstochter erkannte sofort, dass sie keine Chance gegen die Krieger hatte. Sie waren mit modernen Gewehren bewaffnet und brauchten nur abzudrücken, wenn sie ihren Tod wollten. Nscho-tschi kam sich wie ein angeschossenes Wild vor, das von Jägern umringt war. Sie machte nicht einmal den Versuch, sich zu wehren. Jede falsche Bewegung hätte den sicheren Tod bedeutet. Die Männer waren auf dem Kriegspfad und würden auch eine Frau nicht verschonen. „Müssen die Kiowas ihre besten Männer in den Krieg schicken, wenn sie eine Frau fangen wollen?“, packte sie die Männer bei ihrer Ehre. „Haben sie so viel Angst vor den Apachen, dass sie sogar ihre Frauen fürchten?“

Der Anführer der Kiowas verstand keinen Spaß. „Die räudige Hündin möge schweigen!“, befahl er in der Sprache seines Volkes. „Ich bin Einsamer Wolf, der tapferste Krieger der Kiowas, und dulde es nicht, wenn eine Frau mich auslacht!“ Er nahm eine schwarze Peitsche von seinem Sattel und unterstrich seine Worte mit einer herrischen Bewegung. Einsamer Wolf war ein Peitschenträger der Koisenko, ein Häuptling der ‚Verrückten Hunde‘, wie der angesehenste

Kriegerbund der Kiowas genannt wurde. Nur die tapfersten Männer wurden in diesen Bund aufgenommen. Sein nackter Oberkörper und sein kantiges Gesicht waren mit zahlreichen Narben bedeckt und in seinen langen Haaren steckte ein Kopfschmuck aus Adlerfedern und gefärbten Stachelschweinborsten. Von dem Kiowa wurde erzählt, dass er allein gegen eine zehnfache Übermacht von Cheyenne angetreten war und alle feindlichen Krieger getötet hatte, um die Frauen und Kinder in einem verlassenen Dorf zu schützen. „Was willst du in den Jagdgründen der Kiowas?“, fragte er Nscho-tschi vorwurfsvoll.

„Ich habe nachgedacht“, antwortete sie wahrheitsgemäß. „Ich habe mich gefragt, warum Apachen und Kiowas nicht in Frieden leben können. Warum graben wir ständig das Kriegsbeil aus?“

Einsamer Wolf schüttelte unwirsch den Kopf. Er lebte für den Krieg und konnte sich ein Leben ohne bewaffnete Auseinandersetzungen nicht vorstellen. Nur wer sich in blutigen Schlachten bewährte, hatte eine Chance, auch in den Ewigen Jagdgründen zu den Verrückten Hunden zu gehören. „Schweig!“, sagte er wieder. „Ich will nichts von Frieden hören! Solange es Apachen gibt, werden wir sie bekämpfen!“ Sein Mund verzog sich zu einem höhnischen Grinsen, als er seinen Schecken überraschend nach vorn trieb und Nscho-tschi mit seiner Peitsche aus dem Sattel warf. Sie schlug unsanft auf den Boden. „Nehmt ihr das Messer ab!“, befahl er. „Und seht nach, was sie sonst noch für Waffen hat! Sie soll rein sein, wenn sie sich in mein Tipi legt!“

„Ich habe sie zuerst gesehen!“, brauste einer seiner Begleiter auf, ein stämmiger Krieger, der ebenfalls nackt bis auf seinen Lendenschurz war und drei Eulenfedern im Haar trug. Vor den Federn hatte Nscho-tschi besondere Angst. Bu-u, die Eule, stand bei den Apachen für den Tod oder eine schlimme Nachricht. Der Krieger wurde Wohaw genannt. „Sie gehört mir! Sie wird in meinem Tipi schlafen, und wenn ich sie leid bin, werde ich sie an einen anderen Krieger oder die Comancheros verkaufen! Dann bin ich ein wohlhabender Mann und trete den Verrückten Hunden bei!" Die Kiowas unterschieden zwischen Kriegern, die über einen großen Besitz verfügten, und solchen, die nur zwei oder drei Pferde besaßen. Nur wenige Krieger wurden in die Verrückten Hunde aufgenommen. Wohaw hatte seine Tapferkeit in zahlreichen Schlachten bewiesen und nahm an, dass ihn nur der mangelnde Besitz daran hinderte, die weniger angesehenen ‚Schwarzen Beine' zu verlassen und ein Mitglied der Verrückten Hunde zu werden. „Ich werde sie berühren und wie eine Hündin in unser Dorf treiben!"

„Pah", meinte Einsamer Wolf abfällig. „Ich bin ein Peitschenträger der Verrückten Hunde und werde nicht zulassen, dass sich ein mittelloser Krieger an meiner Gefangenen vergreift!"

„Ich habe sie zuerst gesehen und ich habe ein Recht darauf, sie in mein Tipi zu entführen. Sie wird das tun, was ich sage! Es kann ihr egal sein, wie viele Pferde ich besitze! Oder etwa nicht?"

Einsamer Wolf hantierte lachend mit seiner Peitsche. „Selbst eine Sklavin bleibt nicht bei einem Mann, der ihr nichts bieten kann! Womit willst du der räudigen Hündin imponieren? Soll sie dein leeres Tipi säubern, wenn du dein einziges Pferd reitest?"

Wohaw lenkte sein nervöses Pferd neben den

Anführer und blitzte ihn aus wütenden Augen an. „Du weißt genau, dass ich mehr als ein Pferd besitze! Und du hast bestimmt erfahren, dass ich bei unserem Überfall auf die Cheyenne viele Pferde erbeutet habe! Bald werde ich genauso reich wie unser Häuptling sein!"

„Du nennst die paar Pferde, die du den Cheyenne abgenommen hast, einen großen Besitz? Du wirst zu den Apachen reiten und eine Pferdeherde stehlen müssen, bevor du dich mit mir anlegst! Oder hast du vor, deine Hand gegen einen Kiowa zu erheben? Willst du dich wie ein Hund um eine Sklavin prügeln?"

Der jüngere Kiowa knirschte mit den Zähnen vor Wut. Er bekam seine Gefühle nur schwer unter Kontrolle. Er war eifersüchtig auf Einsamer Wolf, seit vielen Monden schon, denn der Hundekrieger hatte ihm vor einigen Jahren die Braut weggenommen. Das war nichts Ungewöhnliches bei den Kiowas, die ihre Töchter nur an ältere Männer verkauften, die erfolgreich genug waren, um die Versorgung einer Frau gewährleisten zu können. Die Prärie nördlich vom Canadian River war ein karges Land und die Büffel waren nicht mehr so zahlreich wie vor einigen Monden, als es noch keine Weißen in diesem Land gegeben hatte. Ohne einen wohlhabenden Mann verhungerte eine Frau.

Einsamer Wolf merkte, dass sich die anderen Kiowas über ihren Wortwechsel amüsierten, und reagierte aufgebracht: „Hab' ich euch nicht gesagt, ihr sollt der Frau das Messer abnehmen? Fesselt die Hündin auf ihr Pferd oder ich nehme die Peitsche!"

Die Krieger, junge Männer, die zum ersten Mal mit einem Anführer der Verrückten Hunde auf den Kriegspfad ritten, gehorchten eilig und sprangen von ihren

Pferden. Nscho-tschi erwachte aus ihrer Benommenheit und wehrte sich verzweifelt, als ein Kiowa sich über sie beugte und ihr das Messer abnahm. Sie schlug wie eine Wildkatze um sich und hinterließ tiefe Kratzspuren in der Haut des Mannes. Ein anderer Krieger versetzte ihr einen heftigen Fußtritt. „Halte still oder wir bringen dich um!"

Nscho-tschi wälzte sich schmerzerfüllt über den Boden und unterdrückte mühsam einen Schrei. Sie wollte den Feinden keinen Gefallen tun und wie eine geschundene Sklavin jammern. Sie war eine Häuptlingstochter der Apachen und würde die Quälereien der Kiowas lautlos ertragen und nicht um Hilfe rufen. Ihre Miene blieb ausdruckslos, als die Krieger ihre Hände auf den Rücken fesselten und ihre Füße unter dem Bauch des Schecken zusammenbanden. Wie eine Geist-Frau saß sie im Sattel, ohne einen Blick für die niederen Wesen, die sich Kiowas nannten, und unempfindlich gegen den Schmerz. So schien es jedenfalls. Tief in ihrer Seele bohrte die Angst, von diesen Männern verschleppt und missbraucht zu werden, für den Rest ihres Lebens in einem Tipi ihrer Feinde zu verschwinden.

Aber so weit würden Intschu tschuna und Winnetou es nicht kommen lassen. Sie merkten sicher bald, dass sie aus dem Lager geritten war, und folgten dann ihren Spuren. Ihr Bruder würde einen Kriegstrupp zusammenstellen und sie retten. Niemals würde sie zu einer Sklavin dieser grausamen Krieger werden! „Vorwärts! Kommt endlich!", hörte sie den Anführer rufen. Einsamer Wolf – auch an den Feuern der Apachen wurde dieser Name genannt. Die Verrückten Hunde waren die gefährlichsten Krieger der Kiowas und es war schwer, sie in einem Kampf zu besiegen. Von Wohaw hatte sie noch nie etwas gehört, aber auch er war anscheinend ein erfahrener Kämpfer. Vielleicht konnte sie davon profitieren, dass die beiden Männer sich nicht vertrugen. Wenn sie Einsamer Wolf und Wohaw gegeneinander aufhetzte, wurden sie vielleicht nervös und machten einen Fehler. Die anderen fünf Krieger waren jung und unerfahren und konnten niemals gegen Winnetou und seine Apachen-Krieger ankommen.

Sie ritten weiter nach Osten, hielten auf einige Cottonwoods zu, die am Ufer eines schmalen Baches wuchsen. Das Land war hügelig und grenzenlos. Wohaw blieb dicht neben ihr, wollte seinem Anführer anscheinend klar machen, dass sie in seinem Tipi landen würde. Er bedachte sie mit gierigen Blicken, wie ein Hengst, der es auf eine bestimmte Stute abgesehen hatte. Sein hektischer Blick tastete jede Rundung ihres Körpers ab. „Du wirst dem Großen Geist noch danken, dass ich dich zuerst gesehen habe“, sagte er. „Die Frauen, die in meinem Tipi lagen, gingen alle mit einem Lächeln! Du wirst bei den Comancheros landen, wenn ich mit dir fertig bin, und dein Lager mit einem dieser Mexikaner teilen oder an die Comanchen verkauft werden, aber vorher wirst du die Wonnen des Lebens kennen lernen!“

„Ich glaube nicht, dass Einsamer Wolf das zulässt“, antwortete Nscho-tschi in der Sprache der Kiowas. „Er gehört zu den Verrückten Hunden! Sein Name wird sogar an den Lagerfeuern der Apachen mit Ehrfurcht ausgesprochen. Von einem Krieger, der sich Wohaw nennt, haben wir noch nie etwas gehört! Einsamer

Wolf ist mächtiger als du! Er wird mich in sein Tipi entführen."

„Das ist nicht wahr!", brauste Wohaw auf. Das Gelächter seiner Stammesbrüder machte ihn nur noch wütender. „Du wirst mir gehören und kein Verrückter Hund wird mich daran hindern!"

„Schweig!", fuhr Einsamer Wolf ihn an. „Merkst du nicht, dass sie uns auseinander bringen will? Sie ist schlauer, als du denkst!" Er versetzte Nscho-tschi einen kräftigen Hieb mit seiner Peitsche und verzog keine Miene, als ihre Haut aufplatzte und Blut über ihre Wange lief. Kein Laut kam über ihre Lippen. „Du bist tapfer", sagte der Anführer, „aber das wird dir nichts nützen!"

Sie ritten den ganzen Nachmittag, ohne dass Nscho-tschi einen Schluck Wasser bekam oder ihre Wunde versorgen durfte, und keiner der Kiowas wagte sie anzusehen oder etwas zu sagen. Einsamer Wolf war bekannt dafür, auch seine Stammesbrüder unnachgiebig zu behandeln. Er duldete keinen Widerspruch und gebrauchte seine Peitsche, wenn ein junger Krieger sich zu viel herausnahm oder ein Mann wie Wohaw ihm das Recht des mächtigen Kriegers streitig machen wollte. Als tapferster Anführer der Verrückten Hunde war er kaum Widerspruch gewöhnt. Sein Name wurde in den meisten Lagern der südlichen Prärie mit Respekt ausgesprochen und wenn er aus seinem Tipi kam, verbeugten sich selbst angesehene Häuptlinge.

In einer weiten Mulde, die gegen den heißen Wind geschützt war, der auch am Abend über die Ebene fegte, schlugen sie ihr Nachtlager auf. Obwohl sie sich bereits in den Jagdgründen der Comanchen befanden, zündeten sie nur ein kleines Feuer aus getrocknetem

Büffeldung an. Die Comanchen waren seit vielen Monden mit den Kiowas verbündet. Einer der jüngeren Krieger hatte eine Antilope erlegt und sie brieten die besten Teile des Tieres über den Flammen. Vor lauter Hunger verzehrten sie die meisten Stücke halbroh. Nscho-tschi lag gefesselt neben einem gebleichten Büffelskelett und bemühte sich, eine gleichmütige Miene zur Schau zu tragen. Ihr Stolz verbot es, ihren Hunger und ihren Durst zu zeigen. „Die Kiowas sind feige Hunde", sagte sie.

Das fette Fleisch schien den Anführer milde gestimmt zu haben. Er zeigte seine Zähne. „Und warum zittern die Apachen dann vor lauter Angst? Warum fürchten sich die Cheyenne?"

„Nur die Kiowas vergreifen sich an einer Frau!"

Einsamer Wolf stand lachend auf und schob ein Fleischstück zwischen ihre Lippen. Obwohl sie riesigen Hunger hatte, spuckte sie es aus. Er hielt ihr seinen Wasserbehälter vor den Mund und sie spuckte darauf. „Die Apachenfrauen sind stolz", meinte er mit einem überheblichen Grinsen, „aber ich werde dir deinen Stolz austreiben!" Er versetzte ihr einen Fußtritt und kehrte lachend ans Feuer zurück. Er sagte etwas, das Nscho-tschi nicht verstand, und die Krieger fielen in sein Lachen ein. „Morgen wirst du anders reden, räudige Hündin!", versprach Einsamer Wolf.

16. In der Gewalt der Kiowas

Nscho-tschi schlief in dieser Nacht nur wenige Stunden. Sie dachte verzweifelt darüber nach, wie sie den Kiowas entfliehen konnte, und kam zu keinem Ergebnis, so sehr sie ihren Kopf auch anstrengte. Einsamer Wolf und Wohaw hatten noch vor der ersten Wache damit geprahlt, dass ihnen noch niemals ein Gefangener entkommen war. Nicht einmal der tollkühne Hundekrieger der Cheyenne, der ihnen im letzten Sommer in die Hände gefallen war und bereits sein Todeslied gesungen hatte, als sie ihn ins Lager getrieben hatten. Die Häuptlingstochter war unter ständiger Beobachtung und würde es niemals schaffen, ihre Fesseln zu durchschneiden. Sie musste auf Winnetou vertrauen, der sicher schon unterwegs war und irgendwo in den Hügeln darauf wartete, sich in das Lager der Kiowas zu schleichen. Nscho-tschi betete zum Großen Geist und schlief mit der leisen Hoffnung ein, er möge sie noch in dieser Nacht befreien.

Zwei Stunden nach Mitternacht machte sich tatsächlich jemand an ihren Fesseln zu schaffen. Sie spürte die Hände ihres unsichtbaren Helfers bereits in dem Traum, der sie umfangen hielt, und wachte erst auf, als die Fußfesseln von einem scharfen Messer durchtrennt wurden. Sie war erfahren genug, um keinen Ton von sich zu geben. ‚Winnetou', flüsterte sie in Gedanken, obwohl ein Blick zum Feuer genügt hätte, um ihr die Wahrheit vor Augen zu führen. Sechs Männer schliefen in ihren Fellen. Der Krieger, der Wache halten sollte, war nirgendwo zu sehen. Sie wunderte sich, dass ihr geheimnisvoller Befreier nur die Fußfesseln durchschnitten hatte, und folgte ihm wortlos in die Nacht.

Bei den Pferden erkannte sie ihren Irrtum. Sie sah Wohaw und wollte schreien, aber der Kiowa war darauf gefasst und presste ihr schnell eine Hand auf den Mund. Mit dem anderen Arm umklammerte er ihre Taille. Sein heißer Atem streifte ihr Ohr. „Ein Laut und ich töte dich!“, flüsterte er eindringlich. „In den Sattel!“

Sie zog sich auf den Rücken des Schecken, den Wohaw gebracht hatte. „Wenn du fliehst, töte ich dich!“, warnte er sie leise. Er glitt auf sein eigenes Pferd, griff nach den Zügeln von Nscho-tschis Schecken und führte ihn aus den Felsen heraus. Die Tiere waren trainierte Kriegspferde und verursachten kaum einen Laut. Wohaw schwieg, bis die Felsen hinter ihnen in der Dunkelheit verschwanden, und selbst dann wagte er noch nicht, einen triumphierenden Schrei auszustoßen. Er beließ es bei einem siegesgewissen Lächeln und der Bemerkung: „Du gehörst mir, Frau! Du wirst meine Sklavin sein!“

Nscho-tschi hielt sich mit den gefesselten Händen am Sattel fest und ergab sich in ihr Schicksal. Bei einem Fluchtversuch würde sie keine zehn Schritte weit kommen, selbst wenn es ihr gelang, dem Kiowa die Zügel zu entreißen. Ihre Stunde würde erst kommen, wenn Winnetou mit seinen Kriegern erschien. Sie musste Geduld haben, auch dann, wenn Wohaw sie berührte oder quälte. Es galt, den richtigen Augenblick abzuwarten. Der Gedanke, dass Winnetou sie nicht finden würde, kam ihr gar nicht in den Sinn. Er liebte seine Schwester und würde nicht eher ruhen, bis er sie befreit und nach Hause gebracht hatte. Entscheidend war nur, ob er die Entführer rechtzeitig einholte. Sie betete wieder, sang ein leises Lied, das die Geister versöhnen und Winnetou helfen sollte, sie zu finden. „Schweig!“, unterbrach Wohaw ihren Gesang. „Oder ich töte dich!“ Ihr blieb nichts anderes übrig, als ihm zu gehorchen, aber sie sang das Lied in Gedanken weiter. Der Große Geist würde sie verstehen. ‚Ich bete zu dir, Yusn! Du hast die Welt erschaffen, du bist der Schöpfer aller Dinge! Lass nicht zu, dass die Krieger der Kiowas mir Schmerz zufügen oder mich töten! Hilf Winnetou und seinen Apachen, meine Spur zu finden! Bestrafe die Kiowas für ihre Feigheit, eine Frau zu entführen! Hindere sie daran, einen Sieg über die Apachen zu erringen!‘

Wohaw verschärfte das Tempo. Anscheinend rechnete er damit, dass Einsamer Wolf und die anderen Krieger seine Flucht bald bemerkten. Der Häuptling der Verrückten Hunde würde vor Wut toben und sich sofort an die Verfolgung machen. Wie Wohaw seinen Verfolgern entkommen wollte, war Nscho-tschi rätselhaft. Mit einer Gefangenen kam er niemals so schnell voran wie Einsamer Wolf, und selbst wenn er seinen Stammesbrüdern entkam, musste er sich ihnen im Lager stellen. Es sei denn, er wollte als einsamer Verbannter über die Ebenen ziehen. Sie bezweifelte, dass der Krieger ausreichend über die Konsequenzen seiner Tat nachgedacht hatte. Er hatte wohl nur im Sinn gehabt, seinem Widersacher die Sklavin wegzunehmen.

Nscho-tschi konnte es egal sein. Beide Krieger waren gefährlich und würden sie töten, falls sie in Rage gerieten oder sie allein einen Fluchtversuch unternahm. Sie trieb ihren Schecken an, um mit dem nervösen Wohaw mithalten zu können, und umklammerte den Sattel mit beiden Händen, als der Kiowa die Pferde in ein ausgetrocknetes Flussbett lenkte und unterhalb des zerklüfteten Steilufers blieb. Er gönnte ihnen keine Pause, trieb sein Tier erbarmungslos an, wenn er vor einem Felsbrocken oder einer Bodenrinne scheute. „Ich werde Tangua berichten, dass ich dich zuerst gesehen habe“, sagte er zu sich selbst. „Er wird anerkennen, dass du meine Gefangene bist!“

Am Klang seiner Stimme glaubte Nscho-tschi zu erkennen, dass Wohaw sich fürchtete und wohl schon bereute, sie entführt zu haben. Nur ein Narr legte sich mit einem Anführer der Verrückten Hunde an und es war sehr zweifelhaft, ob Tangua damit einverstanden war. Ihr lief ein kalter Schauder über den Rücken, als sie an den gefürchteten Häuptling der Kiowas dachte. Tangua galt als hinterlistiger und grausamer Anführer, der kaum einen Gefangenen verschonte und einen tödlichen Hass auf die Apachen hegte. Sie hatte ihn nie gesehen, wusste aber, dass er ein großer Mann mit finsteren Gesichtszügen und dem stechenden Blick eines Raubvogels war. Sobald sie im Lager dieses grausamen Mannes war, würden Winnetou und seine Krieger es schwerer haben, sie aus den Händen der Kiowas zu befreien.

Sie ritten immer noch durch den ausgetrockneten Fluss, hielten sich dicht am Ufer, damit sie nicht gesehen werden konnten. Über den Hügeln ging die Sonne auf. Die endlose Ebene verwandelte sich in ein glühendes Meer und der frische Morgenwind vertrieb den Dunst, der über dem Gras gelegen hatte. Schon jetzt war die Hitze zu spüren, die mit der lodernden

Sonne über das Land wandern würde. Nscho-tschi hatte Durst, wagte aber nicht, den Krieger nach seinem Wasserbehälter zu fragen. Ihr Stolz ließ es nicht zu. Noch nicht. Hunger konnte sie tagelang ertragen, aber der quälende Durst war lebensgefährlich und sie wusste nicht, wie lange sie es ohne Wasser aushalten würde.

Nscho-tschi hob den Blick und sah einige Schatten über dem Steilufer auftauchen. Wohaw bemerkte sie im selben Augenblick. Er riss seinen Schecken herum und wollte fliehen, dann überlegte er es sich anders und blickte seinen Stammesbrüdern furchtlos entgegen. Er verzog keine Miene, als Einsamer Wolf in das ausgetrocknete Flussbett ritt und mit finsterer Miene nach seiner Peitsche griff. Der schwere Stiel traf Wohaw an der rechten Schulter und warf ihn aus dem Sattel. Der Krieger prallte ohne einen Laut auf den harten Boden, griff nach seinem Messer und sprang wutschnaubend auf. „Du wagst es, einen Mann deines Volkes anzugreifen?“, schleuderte er dem Anführer der Verrückten Hunde entgegen. „Diese Gefangene gehört mir! Ich habe sie zuerst gesehen und ich werde sie in mein Tipi entführen!“

„Steck das Messer weg!“, erwiderte Einsamer Wolf kalt. Er ritt ohne Furcht an Wohaw vorbei und griff nach den Zügeln von Nscho-tschis Schecken. „Tangua soll entscheiden, wem die räudige Hündin der Apachen gehört! Ich habe keine Lust, wegen einer Apachin gegen einen Stammesbruder zu kämpfen!“ Er trieb sein Pferd das gegenüber liegende Steilufer hinauf, zog den Schecken mit Nscho-tschi hinter sich her und blickte sich nicht einmal um, als er rief: „Folgt mir, meine Brüder! Wir wollen vor dem

Abend im Lager sein! Hokahey, treibt eure Pferde an!“

Wohaw blieb nichts anderes übrig, als dem Anführer zu folgen. Er steckte sein Messer hinter den Gürtel zurück und sprang wutentbrannt in den Sattel. Mit dem Kriegsruf der Kiowas auf den Lippen sprengte er zum anderen Ufer. Im Augenblick hatte er verloren. Er hatte sein Ansehen bei den jungen Kriegern eingebüßt, die mit ihnen ritten, aber der Tag würde kommen, an dem er es zurückgewinnen würde. Er war fest entschlossen, sich von Einsamer Wolf nicht in die Enge treiben zu lassen. Auch der Anführer der Verrückten Hunde konnte ihm keine Vorschriften machen. Er war ein freier Mann und würde das tun, was ihm gefiel.

Sie ritten der aufgehenden Sonne entgegen. Die wachsende Hitze trieb den Ärger und die Kampfeslust aus ihren Körpern und machte ihnen klar, dass sie nur ein Teil dieser mächtigen Natur waren. Sie lebten seit einigen Jahrzehnten in diesem Land und hatten sich noch immer nicht daran gewöhnt. Es wurde zum Paradies, wenn die Büffel aus dem Norden kamen und der Geruch von gebratenem Fleisch über den Lagern hing; aber die Weißen hatten viele Büffel abgeschossen und die Kiowas waren auf ausgedehnte Raubzüge angewiesen, um Nahrung zu bekommen. Im Sommer erstickten die Ebenen unter der drückenden Hitze, im Winter tobten eisige Stürme, und wenn die Geister zürnten, schickten sie ein wildes Pferd, ein Monster, das Blitze spuckte und die gefährlichen Wirbelstürme über das Land jagte.

Sie hielten sich abseits der Handelsstraßen, die von den Weißen und Mexikanern angelegt worden waren, und wählten eine Route durch das schroffe und weniger gangbare Hinterland am Yellowhorse River. Dort gab es fruchtbare Täler und unterirdische Quellen, die auch einige Weiße angelockt hatten. Die Comanchen und Kiowas, die sich in jene Gegend verirrten, mieden eine Begegnung mit diesen tapferen Familien, hielten sich an die Rancher und Farmer im Süden. In dem zerklüfteten Grenzland am Rio Grande gab es bessere Unterschlupfe und man konnte sich leichter vor den feindlichen Truppen verstecken. Die Indianer brauchten Rinder, wenn die Büffel ausblieben, und ausdauernde Pferde für die jungen Krieger, und die gab es vornehmlich an der mexikanischen Grenze. Die Familien, die sich am Yellowhorse River niedergelassen hatten, führten ein karges Leben und hatten kaum Besitz. Die Weiden reichten nur für wenige Rinder und dafür lohnte es nicht, einen Krieger zu gefährden. Ganz in der Nähe lag ein Stützpunkt der Armee und auch die kriegerischen Comanchen verspürten keine Lust auf einen langen Krieg gegen die Soldaten mit ihren überlegenen Waffen.

Aber Einsamer Wolf und Wohaw hatten schlechte Laune und brannten darauf, ihren Ärger an den ahnungslosen Weißen abzureagieren. Zum ersten Mal an diesem Tag waren sie einer Meinung und sie brauchten kein einziges Wort zu wechseln, um sich zu verständigen. Ein bedeutungsvoller Blick genügte. Nscho-tschi ahnte nicht, was die Kiowas vorhatten, bis sie am Rand eines weiten Tales in Deckung gingen und im Schatten einiger Cottonwoods anhielten. Unter ihnen glitzerte das wenige Wasser des Yellowhorse Rivers im grellen Sonnenlicht. Ungefähr hundert Schritte vom Ufer entfernt lag eine winzige

Farm, die lediglich aus einem Blockhaus und einem Schweinestall bestand. Die Wände des Hauses sahen nicht besonders stabil aus. Zwei halbwüchsige Kinder, ein Junge und ein Mädchen, spielten vor dem Haus und gelegentlich war das Gesicht einer verhärmten Frau zu sehen, die mit den Kindern sprach. Einen Mann gab es nicht. Die Schweine grunzten lautstark. „Warum willst du die Farm überfallen?“, fragte einer der jüngeren Krieger neugierig. „Die Leute haben nichts, was wir brauchen könnten.“

Einsamer Wolf machte sich nicht einmal die Mühe, seinen jungen Stammesbruder anzublicken. Er antwortete: „Wir schlagen Coups und holen uns die Skalpe der blassen Leute! Ist das nicht genug? Ihr müsst kämpfen, wenn ihr Männer werden wollt!“

„Ich werde die Frau wie eine Sklavin gebrauchen und ihre Überreste den Geiern vorwerfen!“, tönte Wohaw. Die Vorfreude auf den bevorstehenden Überfall hatte seinen Ärger vertrieben und ihn stark gemacht. Die jungen Krieger sollten sehen, dass er seine Eulenfedern nicht umsonst trug. „Ich werde die Kinder wie wehrlose Hunde an der Wand des Hauses zerschmettern!“

Einsamer Wolf grinste ihn an. „Du willst die blassen Leute allein töten? Was sollen wir tun, wenn du die weiße Frau berührst? Sollen wir zusehen, wie du dein Vergnügen mit ihr hast?“

„Ihr könntet eine Menge lernen“, erwiderte Wohaw.

„Das bezweifle ich“, widersprach der Anführer der Verrückten Hunde, „ich glaube nicht, dass du uns etwas beibringen kannst! Oder hast du deine Eulenfedern von Frauen bekommen? Im Lager der

Cheyenne hast du dich nur um die Männer gekümmert!“

„Ich habe sie bekämpft!“, erhob Wohaw seine Stimme. „Während du kleine Mädchen berührt hast, habe ich das Kriegsbeil geschwungen! Ich habe viele Coups geschlagen und viele Skalpe erbeutet! Die Krieger erzählen noch heute von dem Überfall!“

„Willst du sagen, dass ich feige war?“, brauste Einsamer Wolf auf. „Willst du den Anführer der Verrückten Hunde beschimpfen? Kein Krieger der Kiowas hat so viele Skalpe erbeutet wie ich!“

„Das ist nicht schwer“, lästerte Wohaw. „Du bist älter als ich!“

Einsamer Wolf griff nach seiner Peitsche, unterließ es aber, seinen Stammesbruder erneut zu demütigen. Seine Aufmerksamkeit wurde von der blassen Frau abgelenkt, die aus dem Blockhaus getreten war und ihre Augen mit einer Hand beschattete. Anscheinend war sie misstrauisch geworden. Die Kiowas hatten sich keine Mühe gegeben, ihre Anwesenheit zu verheimlichen, und es war nur noch eine Frage der Zeit, bis sie die Krieger entdeckte. Es wäre unter der Würde eines Verrückten Hundes gewesen, sich vor einer blassen Frau und ihren Kindern zu verstecken. „Haltet eure Gewehre bereit!“, sagte Einsamer Wolf zu den jungen Kriegern.

Wohaw hielt seine Waffe längst in der Hand. „Hokahey!“, stieß er den Kriegsruf der Kiowas aus.

Niemand kümmerte sich um Nscho-tschi, die bekümmert zugehört hatte, wie die Kiowas darüber gesprochen hatten, eine wehrlose Frau und ihre Kinder zu töten. Für sie spielte es keine Rolle, dass die Menschen im Tal eine weiße Hautfarbe hatten. Es war feige, wehrlose Frauen und Kinder zu töten, und Intschu tschuna oder Winnetou, nicht einmal der gefürchtete Geronimo, hätten sich dafür hergegeben. Sie kämpften nur gegen gleichwertige Gegner. Wie würden die weißen Soldaten reagieren, wenn die Kiowas eine Frau und zwei Kinder auf grausame Weise umbrachten? Würden sie nicht voller Zorn das Kriegsbeil ausgraben? Würden sie nicht ein beliebiges Indianerlager überfallen und die Frauen und Kinder auf ebenso grausame Weise umbringen? Die Weißaugen machten kaum einen Unterschied zwischen den Stämmen. Ihnen war es gleichgültig, ob Kiowas oder Comanchen die Weißen getötet hatten. Sie rächten sich an den Indianern, die ihnen zuerst über den Weg liefen.

Nscho-tschi beobachtete, wie die weiße Frau die Kiowas entdeckte und in panischer Angst ihre Kinder ins Haus holte. Die Tür wurde zugeschlagen und verriegelt. Auch die Fensterläden klappten zu. Einsamer Wolf war verwirrt. Er hatte nicht damit gerechnet, dass die Frau so schnell reagierte. Er schob die Schuld auf Wohaw: „Warum stößt du den Kriegsschrei aus, wenn wir so weit vom Haus entfernt sind? Warum verrätst du uns?“ Er hielt sein nervöses Pferd zurück und überlegte angestrengt. „Wir werden sie ausräuchern!“, beschloss er. „Wir werden sie mit Feuer aus dem Haus treiben und sie umbringen!“ Er nannte die Namen von drei jungen Kriegern und schickte sie los. Sie sollten zum Blockhaus schleichen und Feuer legen. Das Holz war alt und brüchig und würde den Flammen nicht lange standhalten.

Diesen Augenblick nützte Nscho-tschi, um einen Fluchtversuch zu wagen. Die Gegenwehr der weißen

Frau und die plötzliche Nervosität der Kiowas ermöglichten ihr diese einmalige Chance. Mit einem heiseren Schrei trieb sie den Schecken an. Sie sprengte über den Hügelkamm, den Kriegsschrei der Apachen auf den Lippen, und war bereits hundert Schritte entfernt, als die Kiowas reagierten. Ein schneller Blick nach hinten zeigte ihr, dass Einsamer Wolf die Verfolgung aufgenommen hatte. Die Wut über seine Nachlässigkeit machte ihn unaufmerksam und verwundbar, trieb ihn zu weit in die Talmulde hinein und vor den Gewehrlauf der weißen Frau. Susan Bidwell war eine gute Schützin und ihr Gewehr eine brandneue Sharps Rifle, mit der man Büffel auf große Entfernung erlegen konnte. Ihr Mann hatte sie gelehrt, damit umzugehen, und die Angst um ihre Kinder vertrieb alle Hemmungen. Sie zielte auf den Krieger mit dem bunten Kopfschmuck, bestimmt ein Anführer, und drückte ab.

Die Kugel tötete Einsamer Wolf auf der Stelle. Der Anführer der Verrückten Hunde wurde von einer unsichtbaren Macht aus dem Sattel gerissen und überschlug sich mehrmals auf dem Boden. Sein Körper blieb verkrümmt im Gras liegen. Die Kugel hatte eine wichtige Ader getroffen und das Blut strömte aus seinem Körper. Ihm war nicht einmal die Zeit geblieben, sein Todeslied zu singen: „Ich lebe, aber ich werde nicht ewig leben! Geheimnisvoller Mond, nur du bleibst! Mächtige Sonne, du allein überlebst! Wundervolle Erde, du bleibst für immer!" Einer der jungen Krieger sang das Lied für ihn und schnitt seine langen Haare ab.

Nscho-tschi blickte sich nicht mehr um. Sie klammerte sich mit ihren gefesselten Händen an den Sattel und floh vor den entsetzten Kiowas. Sie sah nicht mehr, wie die Krieger ihren toten Anführer über sein Pferd legten und trauernd das Tal verließen.

17. Winnetou auf heißer Spur

Winnetou zog in die heiligen Berge der Mescaleros, um mit dem Schöpfer aller Dinge allein zu sein. Er wollte mit dem Großen Geist sprechen, bevor er ins Dorf seines Stammes zurückritt und einen Kriegertrupp zusammenstellte. Kein Apache zog auf den Kriegspfad, ohne seine Seele gereinigt zu haben, selbst wenn er dadurch viel Zeit verlor. Nur wer im Einklang mit den übernatürlichen Kräften gegen die Feinde ritt, würde stark genug sein, um sie zu besiegen. Die Begegnung mit der jungen Mexikanerin hatte sein Herz berührt. Ihre Ähnlichkeit mit Nscho-tschi und die Sorge um sie und ihren kleinen Bruder schufen eine große Nähe zu ihr. Sie war ein starkes Mädchen, widerstandsfähig und viel selbstbewusster als die meisten Apachenfrauen, und würde nicht eher ruhen, bis sie ihren Bruder gefunden hatte oder bei dem Versuch gestorben war. Nur deshalb war sie davongeritten. Selbst der heimtückische Überfall der weißen Banditen hatte ihren Willen nicht gebrochen. Winnetou durfte sie nicht allein lassen. Der Große Geist hatte ihn nicht umsonst auf die Farm der mexikanischen Familie geführt und ihm das Leid gezeigt, das Teresa Martinez und ihrem Bruder widerfahren war. Es gab einen Grund dafür. Er sollte den Jungen aus den Händen der Comancheros befreien.

„Großer Geist“, betete der Häuptlingssohn, „ich weiß, dass es bei den Apachen Krieger gibt, die sich nicht für einen ‚pindah‘ einsetzen würden. Teresa ist Mexikanerin und einige meiner Brüder kämpfen seit vielen Monden gegen die Männer aus dem Süden. Nicht nur Geronimo, auch Naiche und viele andere.

Bei den Mescaleros warten Aufgaben auf mich, die keinen Platz für eine solche Verfolgungsjagd lassen. Meine Gedanken sind verwirrt. Ich bin der Sohn des großen Häuptlings. Ich lebe, um mein Volk in eine bessere Zukunft zu führen. Warum soll ich das Kriegsbeil gegen die Comanchen ausgraben, nur um einen Mexikanerjungen zu retten?" Er senkte den Kopf und betrachtete den Sand zwischen seinen Füßen. „Verrate mir, wie ich diesem Mädchen, das Nscho-tschi so sehr ähnelt, helfen kann, ohne meine Aufgaben zu vernachlässigen! Ich brauche alle Kraft für mein Volk!"

Yusn ließ den Häuptlingssohn im Ungewissen. Nur das leise Rauschen des Windes war zwischen den Felsen zu hören. Eine Eidechse huschte über den Boden und verschwand unter einem Dornenstrauch. Die Hitze hing in gläsernen Schleiern über dem Land und machte seine Gedanken schwer. Er setzte sich auf den Boden und lehnte seinen Kopf gegen den schattigen Fels. Er würde auf Nahrung und Wasser verzichten, bis sein Kopf wieder frei von allen störenden Gedanken war. So schrieben es die Gesetze seines Volkes vor. Nur ein Krieger, der klar denken und eine Situation nüchtern beurteilen konnte, durfte auf die Jagd und in den Krieg reiten. Die Apachen lebten gefährlich, waren von der tödlichen Wüste und gefährlichen Feinden umgeben. Eine einzige Unachtsamkeit konnte selbst in Friedenszeiten den Tod bedeuten. Nur wer seine Sinne beisammen hatte, durfte hoffen, in den Sonnenaufgang des nächsten Tages zu reiten.

Winnetou sang und betete, wie der Medizinmann und sein Vater es ihn gelehrt hatten, und beobachtete, wie die Schatten der Felsen immer länger wurden und sich wie eine Decke über die heiligen Berge legten. Als es dunkel wurde, schlief der Apache ein. Sein Kopf sank zur Seite und mit dem Mond, der wie trüber Lichtschein über sein Gesicht wanderte, kamen die Träume. Es waren quälende Bilder, die sich in ihm ausbreiteten und ein erschöpftes Seufzen über seine Lippen brachten. Da war Bu-u, die Eule, die sich mit schlagenden Flügeln aus einem Baumwipfel erhob und ihren unheilvollen Ruf ausstieß. Da war Nscho-tschi, die allein durch einen dunklen Wald irrte und seinen Namen rief. Die Eule flatterte über ihrem Kopf und stieß mit dem Schnabel nach ihr. Sie stolperte und prallte gegen einen abgestorbenen Baumstamm, wurde bewusstlos und war den Angriffen des bösen Vogels hilflos ausgeliefert. Winnetou wollte ihr helfen, die Eule vertreiben, aber sein Körper war wie gelähmt und es gelang ihm nicht, sein Gewehr aus der Schlinge zu ziehen. „Nscho-tschi! Nscho-tschi!“, stieß er verzweifelt hervor, aber seine Stimme blieb ein Flüstern und wurde stumm.

Der Apache schreckte aus seinem quälenden Traum und blinzelte in die aufgehende Sonne. Er wärmte seinen Körper in ihren ersten Strahlen und sprach ein Gebet, das die Geister versöhnen und sie bitten sollte, ihm bei seiner schweren Aufgabe zu helfen. Auch Träume waren wahr, das wussten alle Apachen. Die Weißaugen lachten darüber, hielten einen Traum für etwas, das sich nur in den Gedanken eines Menschen abspielte. Die Indianer wussten, dass die Bilder etwas ganz Bestimmtes bedeuteten. Meist zeigten sie die Wahrheit verschlüsselt, aber Winnetou hatte die Bilder verstanden und spürte, dass seine

Schwester tatsächlich in Gefahr war. Die bösen Geister hatten sie in ihrer Gewalt und die Eule hatte ihn herausgefordert. Was war mit Nscho-tschi geschehen? Wurde ihr Leben bedroht? Wie konnte er helfen? Und was sollte derweil mit dem Bruder des mexikanischen Mädchens geschehen? War es nicht Yusns Wille, dass er ihn zu retten versuchte?

Er beendete die kurze Fastenzeit und trank einen Schluck aus seinem Wasserschlauch, bevor er auf Iltschis Rücken sprang. Der Hengst war froh, endlich aus den Bergen zu kommen. Freudig schnaubend trabte er unter den leichten Zügelbewegungen seines Herrn über den schmalen Pfad, den Nscho-tschi vor wenigen Tagen gegangen war. Irgendwie spürte er, dass Winnetou erregt war und mit ihm auf eine längere Reise gehen würde. Der Blick des Häuptlingssohns war ernst und konzentriert. War dies die Antwort des Großen Geistes gewesen? Wollte er ihn daran erinnern, an sein Volk zu denken? Dazu hätte es keines Traumes bedurft. Auch ein viertägiger Aufenthalt in den Bergen hätte ihn dazu gebracht, das Wohl der Apachen über die Sorge um Manuel zu stellen. Jetzt saß er schon nach einer Nacht wieder im Sattel und das musste einen besonderen Grund haben. Nscho-tschi war in höchster Gefahr!

Winnetou liebte seine Schwester. Ihr Name, der in der Sprache der Apachen ‚Schöner Tag‘ bedeutete, beschrieb ihr Wesen auf vortreffliche Weise: Sie war schön wie der morgendliche Tau auf dem Gras der Prärie und ihre Augen leuchteten wie der erste Sommertag nach einem langen und harten Winter. Wenn sie fröhlich war, verzauberte ihr Lachen den ganzen Stamm, und wenn sie sich nachdenklich zeigte, spürte man ihr empfindsames Wesen, das ihre Schönheit auch von innen kommen ließ. Nur wenn einem anderen Menschen Unrecht geschah, konnte sich ihr sanfter Charakter in eine Entschlossenheit wandeln, die einem Krieger Ehre gemacht hätte. Auch Nscho-tschi konnte mit einem Gewehr umgehen!

Abseits der heiligen Berge begegnete Winnetou seinem weißen Lehrmeister. Klekih-petra kam auf seinem Braunen über das dornige Buschland geritten, ausreichend Verpflegung und Munition in den Satteltaschen und zwei Ersatzpferde an den Zügeln. „Mein Bruder!“, begrüßte der weiße Mann seinen roten Freund. „Ich sehe an deiner bitteren Miene, dass du von großer Sorge geplagt wirst! Deine Träume müssen dir die Wahrheit erzählt haben! Nscho-tschi ist entführt worden! Die Blume der Apachen befindet sich in der Gewalt der Kiowas! Einige unserer Krieger haben Spuren gefunden. Aber sie haben die niederträchtigen Schurken nicht verfolgt, denn auch Intschu tschuna hatte einen Traum. Er will, dass wir beide nach Nscho-tschi suchen. So verlangt es der Große Geist. Wir werden Nscho-tschi suchen und aus den Händen der gemeinen Kiowas befreien!“

Winnetou blickte den weißen Vater der Apachen verwundert an. „Dann habe ich die schreckliche Wahrheit gesehen! Bu-u, die Eule, hat Nscho-tschi in ihrer Gewalt! Die bösen Geister reiten mit den Kriegern, die sie entführt haben! Wo können sie sein?“

„Wir werden es bald wissen“, sagte Klekih-petra grimmig. Er hegte väterliche Gefühle für Nscho-tschi und war fest entschlossen, die junge Frau zu befreien. Er wurde von den Apachen als weiser Lehrmeister verehrt, der es besonders gut verstand, mit den Kindern umzugehen, und er empfand es als große Verantwortung, mit Winnetou auf diesen gefährlichen Ritt zu gehen. „Lass uns reiten! Ich habe die Spuren ihres Pferdes gefunden."

Klekih-petra reichte dem Häuptlingssohn die Zügel eines Ersatzpferdes und trieb seinen Braunen an. Winnetou folgte ihm. Sie überquerten den Rio Pecos und fanden die Spuren des Pferdes, das Nscho-tschi geritten hatte, neben einem Mesquite-Gestrüpp wieder. „Sie war mit ihren Gedanken bei dem jungen Comanchen", sagte der weiße Apache, „sonst hätte sie nicht so deutliche Spuren hinterlassen. Auch die Frauen wissen, dass jenseits des Flusses Comanchen oder Kiowas lauern können."

„Das ist wahr", erwiderte Winnetou. Er brauchte sich nicht einmal aus dem Sattel zu beugen, um die Hufabdrücke zu erkennen. Seine Stimme klang etwas verlegen, als er fortfuhr: „Du meinst, die Zuneigung zu diesem Comanchen hat ihre Sinne verwirrt?"

Klekih-petra gestattete sich ein schwaches Lächeln. „Ich habe die Liebe zwischen Mann und Frau nur selten erfahren. In meinem Leben war wenig Zeit für solche Gefühle. Aber ich weiß von meinen Schülern in der alten Heimat, welche Macht die Liebe hat. Selbst mein bester Student konnte dem Unterricht nicht mehr folgen, als er sich in ein Mädchen verliebte." In seiner Stimme klang Wehmut mit. „Ich weiß, dass Nscho-tschi diesen Comanchen mag."

„Zwei Bären", nannte Winnetou dessen Namen. Sie ritten auf die Felsen zu, bei denen Nscho-tschi überfallen worden war. „Er ist ein guter Mann. Kein Krieger, aber ein guter Mann! Für meine Schwester wünschte ich, er wäre ein Apache!"

Die Spuren vor den Felsen verrieten Winnetou genauso viel, wie er von einem Augenzeugen erfahren hätte. Nachdem er von seinem Rappen gestiegen war und die vielen Abdrücke untersucht hatte, wandte er sich mit sorgenvoller Miene an Klekih-petra. „Nscho-tschi wurde von sieben Kiowas entführt. Sie wurde niedergeschlagen." Er kniete vor den Spuren seiner Schwester und ließ Sand durch seine Finger rieseln. „Aber sie hat sich gewehrt und die Krieger der Kiowa wissen lassen, wie tapfer eine Apachenfrau sein kann. Siehst du diese Linien im Sand? Dort haben die Rohhautschnüre gelegen, mit denen sie gefesselt wurde. Sie haben sie mitgenommen. Ihr Vorsprung ist nicht groß, aber wir müssen uns beeilen, wenn wir sie noch vor ihrem Lager einholen wollen! Auf der offenen Ebene haben wir eine größere Chance, sie zu befreien, als im Lager."

Sie verschärften die Gangart ihrer Pferde und folgten den Spuren der Kiowas, die sich keine Mühe gegeben hatten, die Hufabdrücke zu verwischen. Die Kiowas waren sich wohl sicher, in dieser Gegend nicht von Feinden überrascht zu werden. Bis ein möglicher Verfolgungstrupp kam, wollten sie längst bei ihren Stammesbrüdern sein. Dort mussten die Apachen mit erbitterter Gegenwehr rechnen, falls sie so verwegen waren, das Dorf anzugreifen.

Auch die Feinde der Apachen verstanden zu kämpfen, das wusste Winnetou, seit er zum ersten Mal gegen die Comanchen und Kiowas auf den Kriegspfad gezogen war. Er beging nicht die Dummheit, die Entführer von Nscho-tschi zu unterschätzen. Wenn die Kiowas ihre Verfolger bemerkten, würden sie zwei Krieger zurücklassen, die sich in den Felsen verstecken und von dort aus sicherer Entfernung jeden Gegner erschießen konnten. Die Apachen hätten genauso gehandelt, deshalb waren Winnetou und Klekih-petra besonders vorsichtig und hielten immer wieder an, um die Gegend nach einer verräterischen Bewegung oder dem Blitzen eines Gewehrlaufes abzusuchen.

Vielleicht sahen sie die Frau deshalb so früh. Susan Bidwell hatte sich zwischen einigen Cottonwoods versteckt, als sie das weite Tal des Yellowhorse Rivers erreichten und das Blockhaus am Flussufer entdeckten. Winnetou untersuchte die Hufspuren der Kiowas, die anscheinend vorgehabt hatten, die kleine Farm anzugreifen, aber Klekih-petra sah den Schatten der Frau und hob sein Gewehr. Beinahe lautlos entsicherte er die Büchse.

„Das würde ich nicht tun, Fremder!“, antwortete eine herrische Stimme. Sie gehörte zu einer stämmigen Frau, die einmal sehr hübsch gewesen sein musste, aber schon lange in der Einsamkeit lebte und wie eine wilde Rose verblüht war. Nur in ihren Augen war noch der Glanz, der sie in ihrer Jugend zu einer begehrenswerten Frau gemacht hatte. Sie trug einen Baumwollrock, eine schlichte Bluse und einen formlosen Filzhut auf ihren langen Haaren. „Ein Zittern meines Fingers und Sie landen in den Ewigen Jagdgründen! Diese Sharps reißt große Löcher!“ Sie deutete auf Winnetou. „Das gilt auch für ihren roten Freund!“

„Wir kommen in Frieden, Ma'am!“, erwiderte der kleine Mann rasch. „Ich bin Klekih-petra, der Lehrmeister der Mescalero-Apachen, und das ist Winnetou, einer ihrer tapfersten Krieger!“

„Susan Bidwell“, antwortete die Frau. Sie trat hinter den Bäumen hervor, ohne die Sharps herunterzunehmen. „Sie sind ein Weißer, nicht wahr? Höre ich da einen Akzent heraus, Mister?“

„Ich komme aus Deutschland, Ma'am.“

„Hab' ich's mir doch gedacht, Herr Klekih-petra“, meinte sie lachend, „einen Deutschen kenne ich unter tausend betrunkenen Westmännern heraus! Verzeihen Sie meine Sprache, aber ich lebe schon sehr lange in der Wildnis. Mein seliger Gatte war auch ein Deutscher. Johannes Bittwehl war sein Name, aber das konnte kein gottesfürchtiger Amerikaner aussprechen, also änderte er seinen Namen in John Bidwell. Gott hab ihn selig! Die Comanchen haben ihn erwischt, unten am Rio Grande! Ist schon ein paar Jährchen her.“ Sie ließ das Gewehr sinken und trat näher. „Aber ich stehe hier und rede und biete Ihnen nicht mal meine Gastfreundschaft an! Kommen Sie ins Haus und leisten Sie mir Gesellschaft! Ich koche den besten Kaffee der Welt!“

Winnetou und Klekih-petra folgten der freundlichen Dame ins Blockhaus. Der Mond hatte sich inzwischen hinter einigen Wolken verkrochen und in der Dunkelheit machte es sowieso keinen Sinn mehr, nach Spuren zu suchen. „Ich stamme aus Irland“, erzählte Susan Bidwell weiter, „bin vor der großen Hungersnot geflohen! Unsere Kartoffelernte war zerstört und wir wären alle verhungert, wenn wir nicht auf das Schiff gegangen wären! Dort erging es uns kaum besser, aber es gab eine Zukunft und ich lernte meinen Johannes kennen. Er war ein guter Mann. Er schenkte mir zwei Kinder, bevor er zum Rio Grande ritt und sich von den Comanchen erwischen ließ! Oh, ich bin diesen Wilden nicht böse! Sie verteidigen ihre Jagdgründe, wissen Sie, und mein Johannes hatte das Pech, ihnen genau vor die Gewehre zu laufen! Ich hatte ihn gewarnt! Johannes, sagte ich, wenn der Comanchen-Mond am Himmel steht, bleibt man am besten zu Hause! Aber er hörte nicht auf mich!“ Sie schob ihre beiden Kinder nach vorn, einen Jungen und ein Mädchen, neun und zehn Jahre alt, wie sie gleich darauf erfuhren. „Das sind Klekih-petra und Winnetou. So waren doch die Namen, nicht wahr? Klekih-petra, ein seltsamer Name für einen Weißen. Was hat sie in diese Einöde vertrieben, Mister?“

Der weiße Apache erzählte seine Geschichte und Susan Bidwell hörte aufmerksam zu. Alle paar Minuten schenkte sie Kaffee nach. Ihre Kinder saßen stumm in einer Ecke und starrten Winnetou an. Sie hatten große Angst vor dem Häuptlingssohn. „Ihr braucht keine Angst vor Winnetou zu haben“, unterbrach ihre Mutter den weißen Lehrmeister der Apachen, „er ist kein Comanche und kein Kiowa. Er ist ein Apache. Er ist unser Freund, das stimmt doch?“ Sie blickte den Häuptlingssohn fragend an.

Winnetou lächelte sanft, er hatte Verständnis für die Angst der Kinder. Die Indianer waren immer ihre Feinde gewesen und sie konnten sich nur schwer daran gewöhnen, dass nicht alle Krieger wie die Comanchen und Kiowas waren. „Die Freunde von Klekih-petra sind auch meine Freunde“, sagte er. „Ich freue mich, die Kinder einer so tapferen weißen Frau kennen zu lernen!“ Er legte eine Hand auf sein Herz und verbeugte sich respektvoll.

„Ich will auf der Stelle eine Comanchin sein, wenn das nicht wie ein Kompliment klang!“, erwiderte Susan Bidwell erstaunt. „Habt ihr das gehört, Kinder? Der rote Gentleman hält große Stücke auf uns! Wird höchste Zeit, dass ich was zu essen auf den Tisch bringe, sonst ändert er seine Meinung noch!" Sie stand auf und machte sich am Herd zu schaffen. „Sie haben doch Hunger mitgebracht, oder? Natürlich haben Sie Hunger, so erschöpft wie Sie aussehen! Toby! Abby! Holt das Schweinefleisch und die Kartoffeln aus der Speisekammer! Ich will einen Festbraten für die Gentlemen zubereiten! Klekih-petra! Winnetou! Hinter dem Haus ist ein Brunnen! Ich würde vorschlagen, Sie machen sich ein bisschen frisch vor dem Essen! Und dass Sie mir bloß nicht kneifen! Heute gibt es Schweinebraten mit Klößen, so was mochte mein Johannes am liebsten! Das Rezept stammt von seiner Mutter, die wohnte in Bayern, wissen Sie?"

Winnetou und Klekih-petra widersprachen nicht. In dieser Nacht würden sie den Spuren Nscho-tschis und der Kiowas sowieso nicht folgen können. „Sie bleiben doch heute Nacht hier, oder?", hörten sie Susan Bidwell im Haus rufen.

18. Zweikampf mit Wohaw

Vor dem Essen sprach Klekih-petra ein Gebet, das er in ähnlicher Form schon oft gebetet hatte. „Yusn", wandte er sich an den Gott der Apachen, „du bist auch unser Gott! Wir haben dir nur einen anderen Namen gegeben. Du hast die Welt erschaffen, auf der wir alle wohnen. Du lebst in der unerreichbaren Weite des Himmels und du lebst in den Menschen und Tieren und Pflanzen, die auf dieser Erde einen Platz gefunden haben. Es gab eine Zeit, da habe ich deine Existenz angezweifelt, habe sogar wissenschaftlich zu erklären versucht, dass es dich nicht geben kann. Damals kannte ich meine Brüder, die Apachen, noch nicht. Viele Weißaugen bezeichnen sie als Wilde. Ich aber sage, sie sind gottesfürchtiger als viele Missionare, die gekommen sind, um sie die Last des Kreuzes spüren zu lassen. Die Apachen brauchen keine Kirche. Sie glauben, dass Gott überall lebendig ist. In den Bäumen, in den Steinen und im Wispern des Windes. In der Hauptstadt des weißen Mannes und im Dorf der Apachen. Und in diesem Blockhaus! Wir danken dir für deine Güte und die Gastfreundschaft dieser Familie. Amen!" Und Susan Bidwell fügte hinzu: „Dieser Gentleman hat Recht, Herr. Mag sein, dass die Kiowas, die uns besucht haben, deine Worte nicht gehört haben, aber du bist überall und dafür danke ich dir! Hilf unseren Gästen, das Mädchen zu finden, das von den Kiowas entführt wurde. Amen!"

Vor dem Essen hatten sie über den Überfall gesprochen und Susan Bidwell hatte berichtet, was geschehen war. „Ich habe den Anführer dieser roten Banditen erwischt! Ein großer Krieger mit einer Peitsche! Er verfolgte die junge Frau, als sie sich aus dem Staub machen wollte, und fiel wie ein Stein zu Boden! Die anderen Krieger müssen ihn später geholt haben. Ich glaube nicht, dass sie noch einmal angreifen!“

„Das glaube ich auch nicht“, erwiderte Klekih-petra, „aber ich wäre dennoch vorsichtig. Diese Kiowas sind unberechenbar! Wenn der Krieger eine Peitsche trug, gehörte er zu den Verrückten Hunden. Das ist eine Kriegergesellschaft, der nur die tapfersten Männer angehören! Es könnte sein, dass sie auf den Kriegspfad reiten, um den Tod dieses Mannes zu rächen. Obwohl ich mir nicht vorstellen kann, dass Verrückte Hunde sich an einer Frau und zwei Kindern vergreifen! Weiß der Teufel, warum sie es überhaupt auf Sie abgesehen hatten.“ Er nahm einen Schluck von dem Kaffee und fragte: „Warum leben Sie in dieser Wildnis? Warum sind Sie nicht nach San Antonio oder in irgendeine andere Stadt gezogen? Da wären Sie sicherer, Madam!“

„Lassen Sie das blöde ‚Madam', Klekih-petra! Ich heiße Susan und so möchte ich auch genannt werden! Warum ich in dieser Einöde bleibe? Ich fühle mich wohl hier. Das mag komisch klingen, aber in der alten Heimat habe ich auch weit draußen gelebt, fernab von jeder menschlichen Siedlung. Ich mag große Städte nicht. Ich mag die Einsamkeit, den Wind, die Sonne, den Regen. Ich will den Horizont sehen, wenn ich aus dem Haus trete. Ich will den lieben Gott spüren.“

„Und die Comanchen? Die Kiowas?“

„Mit den roten Halsabschneidern komme ich schon klar“, erwiderte sie selbstbewusst. Sie blickte Winnetou an. „Tut mir leid, aber einen anderen Namen habe ich für diese Burschen nicht! Sie haben meinen Johannes ermordet und ich weiß, dass er selber Schuld war, aber ich falle ihnen deswegen noch lange nicht um den Hals. Die Comanchen sind heimtückisch und die Kiowas kennen kein Erbarmen, seit Tangua ihr Häuptling ist!“

Der Braten war köstlich und so etwas Schmackhaftes wie die Kartoffelklöße hatte selbst Klekih-petra noch nie gegessen. „Sie sind eine bemerkenswerte Frau, Susan“, sagte der Weiße, „und so gute Klöße hat nicht mal meine Mutter gekocht.“

„Freut mich, dass es Ihnen schmeckt, Gentlemen! Aber warten Sie ab, bis Sie meine Nachspeise probiert haben! Am Fluss wachsen wilde Beeren und mein Obstsalat ist weltberühmt!“

Nach dem Essen rollte Klekih-petra sein Fell auf dem Boden aus und Susan Bidwell zog sich mit ihren Kindern in das kleine Schlafgemach zurück. Winnetou zog es vor, im Freien zu schlafen. Er brauchte die freie Natur, um seine Augen schließen zu können. Klekih-petra schnarchte leise vor sich hin, trotz der Sorge, die er für Nscho-tschi empfand, und auch Winnetou hatte einen traumlosen Schlaf, bis er um drei Uhr nachts vom lang gezogenen Heulen eines Kojoten geweckt wurde. Er schreckte von seinem Lager hoch, brauchte nur Augenblicke, um sich zurechtzufinden, und griff nach seinem Gewehr.

Der Kojote heulte noch einmal und Winnetou atmete erleichtert auf. Es handelte sich tatsächlich um ein Tier und nicht um einen Kiowa, der dessen Ruf nachahmte. Der Apache ließ die Hand mit dem Gewehr sinken und blickte angestrengt in die Dunkelheit. Er empfand Sympathie für die weiße Frau und ihre Kinder und wollte nicht, dass sie die Rache der

Kiowas zu spüren bekamen. Sie gehörte zu den Menschen, die für ein besseres Miteinander zwischen Weiß und Rot eintreten würden, wenn Klekih-petras Weissagung sich erfüllte, und die Weißen in die Jagdgründe der Apachen kamen. Nur wenn es aufrichtige Menschen gab, die vermittelten, konnte ein blutiger Krieg verhindert werden.

Winnetou suchte noch einmal die nähere Umgebung ab und versteckte sich neben dem Haus. Die Chancen, dass die Kiowas zurückkehrten, waren sehr gering, aber er wollte es nicht darauf ankommen lassen. Seine Hand lag auf dem Gewehrkolben, während er Wache hielt. Seine Gedanken waren bei Nscho-tschi, die sich immer noch auf der Flucht vor den Kiowas befinden musste, und bei der jungen Mexikanerin, die allein durch die Wüste ritt, um ihren Bruder von den Comanchen zurückzuholen. Ein aussichtsloses Unterfangen für ein junges Mädchen, selbst wenn es so tapfer wie Teresa war. Warum konnte er nicht beiden helfen? Nscho-tschi und dem mexikanischen Jungen? Hatten die weißen Banditen ihn schon an die Comanchen verkauft? Ben Chadwick, Nat Berryman und Jesse Calhoun. Er würde die Namen niemals vergessen und hatte das sichere Gefühl, sie bald wieder zu treffen. Ihre Gier nach dem Gold war nicht gestillt. Sie würden nicht eher ruhen, bis sie das Versteck der Apachen gefunden hatten. Waren sie noch in der Nähe?

Das verrieten ihm auch die Spuren nicht, die sie am nächsten Tag fanden. Nach einem üppigen Frühstück hatten sie sich von Susan Bidwell und ihren Kindern verabschiedet und ihr versprochen, sie wieder zu besuchen. „Darauf können Sie sich verlassen, Susan“, versprach Klekih-petra, „aber nur, wenn es wieder diesen guten Obstsalat gibt!“ Winnetou hatte gesagt: „Ich habe die Gastfreundschaft der weißen Frau sehr genossen! Möge der Große Geist sie beschützen!“ Susan Bidwell winkte und eines der Kinder weinte, als sie aus dem weiten Tal ritten. „Und wehe, ihr kommt nicht wieder, Gentlemen!“, rief die Frau mit Tränen in den Augen. „Ich hetze euch alle Comanchen auf den Hals!“

Auf einem der Hügelkämme fand Winnetou die Spuren wieder. Nun war er sicher, dass Nscho-tschi den Kiowas entkommen sein musste. Er untersuchte die Abdrücke und stellte fest, dass die Kiowas ihren toten Anführer mitgenommen hatten und auf den Llano Estacado zuhielten. Winnetou nahm an, dass sie zu einem größeren Kriegertrupp gehörten, der irgendwo am Yellowhead River sein Sommerlager hatte. Die Kiowas waren ständig unterwegs, folgten den wenigen Büffeln, die von Norden nach Süden zogen, und suchten bei den weißen und mexikanischen Siedlern nach leichter Beute. Der Tod ihres Anführers, der ein Mitglied der gefürchteten Verrückten Hunde gewesen war, hatte sie anscheinend so entsetzt, dass sie die flüchtige Nscho-tschi kaum verfolgt hatten. Sie waren nach Hause geritten, um mit ihren Stammesbrüdern zu trauern. Aber wo war Nscho-tschi? Hielt sie sich allein in den Felsen versteckt?

Winnetou wusste es besser, dazu waren die Bilder in seinem Traum zu düster gewesen. Auch Klekih-petra ahnte, dass der Große Geist seinem roten Bruder die bittere Wahrheit gezeigt hatte, und seine Miene hellte sich kaum auf, als der Häuptlingssohn ihm die einsame Spur von Nscho-tschis Schecken zeigte. „Dies ist nicht das Ende unseres Weges“, meinte er, „ich spüre, dass die bösen Geister noch immer bei deiner Schwester sind!“

Sie folgten den Spuren von Nscho-tschi und brauchten nicht lange zu suchen, um ihre schlimmste Vermutung bestätigt zu finden. Die Abdrücke waren eindeutig. Bu-u, die Eule, ritt mit Ben Chadwick, Nat Berryman und Jesse Calhoun! Es gab keinen Zweifel daran, dass die weißen Banditen auf Nscho-tschi gestoßen waren und sie mitgenommen hatten. Dieselben Banditen, die Klekih-petra gequält und Manuel entführt hatten. Winnetou hätte ihre Spuren unter hundert anderen Abdrücken herausgefunden, dazu brauchte er nicht einmal einen Zigarrenstummel des Anführers aufzuspüren. Alle drei Pferde waren beschlagen, eines der Tiere setzte den linken Vorderhuf nach innen und ein anderes lahmte kaum merklich. Die Spuren des Schecken verrieten Winnetou, dass seine Schwester noch einmal einen Fluchtversuch unternommen hatte, aber schon nach wenigen Schritten eingeholt worden war. Ihre Hände waren immer noch gefesselt, das schloss er aus der Art, wie sie ihre Mokassins gesetzt hatte. Sonst wäre sie den Banditen vielleicht entkommen. Sie war eine erstklassige Reiterin. „Die Spuren sind zwei Tage alt“, sagte Winnetou, nachdem er die Hufabdrücke geprüft hatte, „aber wir haben vier Pferde und kommen schneller voran. Sie sind nach Norden geritten.“

„Haben sie den mexikanischen Jungen bei sich?“, fragte Klekih-petra. Auch er sorgte sich um Manuel, obwohl er ihn nie gesehen hatte. „Was ist mit den Pferden, die sie geraubt haben?“

Winnetou schüttelte betrübt den Kopf. „Er ist nicht

mehr bei ihnen! Keines ihrer Pferde trägt eine zusätzliche Last! Und die überzähligen Tiere sind auch nicht mehr da! Sie waren bei den Comanchen und haben den Jungen und die Pferde verkauft."

„Reiten sie in dieselbe Richtung wie die Kiowas?"

„Das wird sich herausstellen", antwortete der Häuptlingssohn ernst, „ich glaube nicht, dass sie gemeinsame Sache mit den Kiowas machen. Ich habe vielmehr Angst, dass sie unser Goldversteck aus Nscho-tschi herauspressen wollen. Und ich befürchte, dass sie auch meine Schwester zu den Comanchen verschleppen werden! Der Große Geist möge sie verdammen, bevor sie Nscho-tschi an Bärenklaue und seine Krieger verkaufen! Du weißt, welchen Hass der Häuptling der Comanchen in seinem Herzen trägt! In der Hauptstadt des Großen Weißen Vaters wäre ein Unglück geschehen, wenn wir ihn nicht gefesselt hätten! Aber jetzt werden seine Gedanken voller Rachsucht sein und eine gefangene Nscho-tschi wäre das schönste Geschenk für ihn. Er würde alles Gold der Erde dafür hergeben!"

„Wir werden die Banditen einholen, bevor es dazu kommen kann!", hoffte Klekih-petra. „Der Große Geist kann nicht wollen, dass die Blume der Apachen in einem Comanchen-Dorf stirbt!"

„Wir werden es verhindern", sagte Winnetou fest entschlossen.

Bevor sie den Spuren der Banditen nachritten, überzeugte Winnetou sich davon, dass sie nichts mehr von den Kiowas zu befürchten hatten. Die waren nach Norden geritten und nichts deutete darauf hin, dass sie umkehren und erneute Jagd auf Nscho-tschi machen wollten. Der Tod von Einsamer Wolf hatte sie schwer getroffen. Der Häuptlingssohn folgte den Hufabdrücken ihrer Pferde bis zum Ufer eines Baches. Hier waren die Kiowas auf einen großen Jagdtrupp ihrer Stammesbrüder getroffen und mit ihnen zum Lager geritten. Winnetou konnte nicht wissen, dass ein besonders wagemutiger Krieger den Trupp verlassen hatte und durch den Bach nach Süden geritten war. Im Wasser konnte man seine Spuren nicht erkennen. Die Eulenfedern in seinem Haar bedeuteten schlechte Medizin für alle Apachen und selbst ein tapferer Krieger wie Winnetou war nicht gegen die böse Kraft von Bu-u gewappnet. Die Eule war mächtig.

Ahnungslos stiegen Winnetou und Klekih-petra auf die Pferde und folgten den Banditen durch das zerklüftete Land. Sie kamen schnell voran. Doch weder der Apache noch sein weißer Begleiter ahnten etwas von dem Kiowa, der wenige Meilen hinter ihnen über das hügelige Land ritt und aufmerksam die Spuren las. Er hatte seinen Stammesbrüdern versprochen, mit der jungen Apachenfrau zurückzukehren. Sie würde seine Leidenschaft und seinen Zorn zu spüren bekommen, denn ihre Flucht hatte einen Anführer der Verrückten Hunde in den Tod gelockt. Es machte keinen Unterschied, dass Wohaw kein Freund von Einsamer Wolf gewesen war. Sie würde dafür büßen, denn Wohaw war gedemütigt worden und brauchte die Genugtuung, wagemutiger als alle anderen Kiowas zu sein. Er wäre allein in ein Apachenlager geritten, um die Anerkennung zu finden, die ihm von Tangua und den Kriegern verweigert wurde.

Sein Herz frohlockte, als er feststellte, dass die junge Frau von drei weißen Banditen gefangen worden war und zwei Krieger der Apachen auf ihrer

Fährte ritten. Die Apachen erkannte er an den Spuren ihrer Mokassins. Er würde wie ein böser Geist über die Männer herfallen und einen nach dem anderen töten. Die blutigen Skalpe von zwei Apachen und drei weißen Männern sollten seinen Gürtel schmücken, wenn er mit der räudigen Hündin ins Lager der Kiowas zurückkehrte. Die Freude über den bevorstehenden Coup zauberte ein breites Lächeln auf sein Gesicht und er sah sich bereits als neuen Anführer der Verrückten Hunde über die Ebenen reiten. Der Ruhm von Einsamer Wolf würde schnell verblassen und dann müssten alle Kiowas den Namen Wohaw mit großer Ehrfurcht aussprechen, denn er war der Krieger, der drei blasse Männer und zwei Apachen an einem Tag getötet hatte. Eine solche Tat hatte noch kein anderer Krieger vollbracht.

Wohaw entdeckte die beiden Apachen, bevor sie ihn sahen. Ihre Umrisse hoben sich deutlich gegen das grelle Sonnenlicht ab. Sie ritten über einen Hügelkamm und verschwanden in einer Mulde. Selbst aus der großen Entfernung erkannte Wohaw, dass das Gesicht des älteren Apachen erstaunlich blass war, viel zu blass für einen Indianer, und er dachte sofort an den weißen Lehrmeister, der angeblich bei den Apachen leben sollte. Selbst an den Lagerfeuern der Kiowas wurde viel über diesen seltsamen Mann gesprochen. Es kam nicht oft vor, dass sich ein weißer Mann freiwillig entschloss, bei den Indianern zu leben. Und wenn der hellhäutige Mann dieser Lehrmeister war, dann konnte es sich bei dem jungen Apachen nur um Winnetou handeln, den Sohn des Häuptlings der Mescaleros. Wohaw zog sein Gewehr aus der Schlinge. Das war seine große Chance! Wenn er diese beiden

Männer tötete, würden selbst die Comanchen seinen Namen mit großem Respekt aussprechen!

Winnetou entdeckte den Verfolger gerade noch rechtzeitig. In einer fließenden Bewegung griff er nach seiner Büchse und ließ sich aus dem Sattel fallen. „Reite weiter, Klekih-petra!", rief er seinem weißen Bruder zu. „Warte hinter den Felsen auf mich!"

Klekih-petra gehorchte und trieb seinen Braunen hinter einige Felsbrocken. Wie gebannt verharrte er im Sattel und blickte in die Mulde zurück. Winnetou war aufgesprungen und ging jetzt in die Hocke, um den angreifenden Kiowa gebührend zu empfangen. Der Hahn seines Gewehrs war gespannt, als der Krieger heranpreschte. Wohaw beugte sich tief über den Hals des Pferdes, stieß den heiseren Kriegsruf seines Volkes aus und riss den Abzug seiner Waffe durch.

Die Kugel verfehlte ihr Ziel. Winnetou war rechtzeitig zur Seite gesprungen und feuerte seinerseits einen Schuss ab, als Wohaw sein Gewehr wegwarf und nach seinem Tomahawk griff. Genau in diesem Augenblick trat das Pferd in ein Erdloch und stürzte in vollem Lauf. Der Kiowa flog aus dem Sattel, überschlug sich einmal und kam wieder auf die Beine, den Tomahawk noch immer in der rechten Hand. Allein diesem Zufall hatte er es zu verdanken, dass Winnetous Schuss nicht getroffen hatte. „Stirb, Apache!", kam es über seine Lippen.

Winnetou hatte noch eine Kugel in seinem Lauf und hätte nur abzudrücken brauchen, um den Kiowa zu töten, aber er war ein stolzer und ehrenhafter Krieger und duldete es nicht, wenn die Chancen ungleich verteilt waren. Er warf seine Büchse ins Gras und griff ebenfalls nach dem Tomahawk. In einem wilden Zickzack rannte er auf den Kiowa zu. Wohaw erwartete den Apachen, die Hand mit dem Kriegsbeil zum Wurf erhoben. Die schwarze Kriegsfarbe in seinem Gesicht verzerrte sich zu einer Fratze.

Winnetou deutete einen Wurf an, aber Wohaw fiel nicht auf die Finte herein. Sie standen zwanzig Schritte voneinander entfernt und wer seine Waffe verlor, hatte nur noch sein Messer. Zu wenig, um einem entschlossenen Krieger mit einem Tomahawk zu begegnen.

„Ich bin Wohaw, der tapferste Krieger der Kiowas, und werde mir deinen Skalp holen!“, tönte der Mann mit den Eulenfedern. „Zuerst töte ich dich und dann die weißen Männer!“

Der Wurf kam so unvermittelt, dass Winnetou es beinahe versäumt hätte, zur Seite zu springen. Noch während er gesprochen hatte, war der Tomahawk des Kiowa in der Luft gewesen. Er war ein tollkühner Krieger und ein hervorragender Kämpfer, das würden seine Verwandten am abendlichen Feuer erzählen. Aber er hatte das Pech, einen noch besseren Krieger herausgefordert zu haben. Winnetou hechtete zur Seite, schleuderte seinen Tomahawk und beobachtete, wie die scharfe Klinge den Kopf des feindlichen Kriegers spaltete und ihn auf der Stelle tötete.

Erschöpft kam der Häuptlingssohn vom Boden hoch. Er blickte Klekih-petra an, der in die Mulde zurückgeritten war, und sagte: „Ich musste ihn töten, mein Bruder! Er war ein tapferer Krieger!“

„Der Große Geist hat es so gewollt“, sagte der weiße Apache. „Du musst leben, wenn deine Schwester den Banditen entkommen soll!“ Er reichte dem Apachen die Zügel seines Pferdes und wartete, bis er seinen Tomahawk geholt hatte und aufgestiegen war. „Die Spuren führen über den Hügel“, sagte er.

19. In die Enge getrieben

Nscho-tschi hielt sich mit den gefesselten Händen am Sattel fest und galoppierte über das wellige Grasland. Sie konnte den Kiowas nur entkommen, wenn es ihr gelang, die Verwirrung zu nutzen und in dem zerklüfteten Land am östlichen Horizont unterzutauchen. Sie ritt um ihr Leben, trieb den Schecken mit wilden Schreien an und merkte erst nach einer ganzen Weile, dass sie nicht verfolgt wurde. Sie zügelte ihr Pferd auf einem bewaldeten Hügelkamm und blickte verwundert nach Westen. Es waren keine feindlichen Krieger zu sehen. Sie wartete einige Zeit, bis sie sicher sein konnte, dass die Kiowas in eine andere Richtung geritten waren, und stieg aus dem Sattel. „Großer Geist, ich danke dir!", stieß sie erleichtert hervor. Sie tätschelte ihren Schecken und suchte nach einem scharfkantigen Felsbrocken, an dem sie ihre Fesseln durchtrennen konnte. Sobald ihre Hände wieder frei waren, würde sie nach Hause reiten.

Aber der Große Geist war Nscho-tschi nicht wohlgesonnen, zumindest nicht an diesem Nachmittag. Er hielt eine weitere schwere Prüfung für die Häuptlingstochter bereit. Kaum hatte sie begonnen, mit den Fesseln über eine Felskante zu reiben, wurde Hufschlag laut, und drei Reiter tauchten wie aus dem Nichts auf. Weiße Männer. Sie waren ebenso überrascht wie sie und zügelten erschrocken ihre Pferde. Doch bevor Nscho-tschi etwas unternehmen konnte, hatte der Anführer sein Gewehr aus dem Sattelschuh[1] gezogen und den Lauf auf sie gerichtet. Die Zigarre in seinem Mund bewegte sich und sein Gesicht verzog sich zu

[1] Gewehrhülle

einem gemeinen Grinsen, als er sagte: „Na, wenn das keine Überraschung ist! Jetzt schicken sie uns die roten Nigger-Squaws schon verpackt über die Prärie! Ich will verdammt sein, wenn das keine Apachin ist! Seht ihr die bunten Perlen an ihrem Kleid? Das ist eine Apachin!“ Er wandte sich an seine Männer. „Für solche Squaws zahlen die Comanchen ein Vermögen!“

„Warum willst du sie verkaufen?“, tönte Nat Berryman. Er glitt aus dem Sattel, zog seine schmutzige Jacke aus und griff nach dem verängstigten Mädchen. „Warum behalten wir das Vögelchen nicht? Sie könnte uns die Stiefel putzen, oder etwa nicht?“

„Zurück, Berryman!“, meinte Chadwick ärgerlich. Seine Stimme ließ keinen Widerspruch zu. „Wir haben keine Zeit für so was! Oder meinst du, die Comanchen merken nicht, wenn du sie mit deinen schmutzigen Fingern anfasst? Setz sie auf ihren Gaul!“

Berryman griff nach seiner Pistole, hütete sich aber, die Waffe zu ziehen. Seine Augen sprühten Blitze. „Was fällt dir ein, mich so zu beschimpfen? Willst du mir Vorschriften machen, Mann?“

„Es ist nur zu deinem Besten, Nat“, sagte Chadwick ruhig. „Wenn du sie anrührst, schneiden die Comanchen ihr die Kehle durch und wir bekommen keinen Penny. Oder wir landen am Marterpfahl! Willst du dir von diesem Bärenklaue den Bauch aufschlitzen lassen? Der Chief[1] versteht keinen Spaß, das weißt du doch! Warum willst du dir die Hände an dieser roten Nigger-Squaw schmutzig machen? Mit deinem Anteil von dem Gold, das wir für sie bekommen, kannst du dir zwanzig Mädchen kaufen!“

Berrymans Zorn verrauchte und er nahm die Hand

[1] Häuptling

von seiner Pistole. „Na, schön", meinte er bissig, „aber ich mag's nicht, wie du mir Befehle erteilst! Überleg dir, was du sagst, Chadwick, oder unsere Wege trennen sich! Ich komme auch allein zurecht!"

Chadwick stand der Spott ins Gesicht geschrieben. „Wirst wohl empfindlich auf deine alten Tage, was? Hast du vergessen, wie viel wir für den Mexikanerbengel kassiert haben? Allein kannst du einen solchen Job nicht machen! Also lass den Unsinn und brüll nicht rum, wenn ich dir einen Befehl erteile! Bis jetzt bist du immer gut damit gefahren Oder wollen wir uns wegen dieser verdammten Nigger-Squaw in die Haare geraten?" Das Lächeln des Anführers war falsch, aber das merkte Berryman nicht. „Binde sie auf ihren Gaul und dann schnapp dir Jesse und schaut euch ein bisschen die Gegend an! Vielleicht sind noch andere Nigger in der Nähe! Könnte sein, dass uns die Apachen die Squaw wieder abjagen wollen und mit den Kiowas ist auch nicht zu spaßen! Seht euch genau um! Irgendwo muss sie ja herkommen! Ich hab keine Lust, in eine Horde Nigger zu reiten!"

Nscho-tschi hatte beinahe jedes Wort der Banditen verstanden, ließ sich aber nichts anmerken. Die Weißaugen sollten nicht erfahren, dass sie ihre Sprache beherrschte. Sie blickte dem Mann, der von seinem Pferd gesprungen war, ängstlich entgegen und hielt schützend ihre gefesselten Hände nach oben, als er sie an beiden Armen packte und zu ihrem Schecken brachte. Die Berührung mit dem Banditen ekelte sie an. Er war schmutzig, sein Atem stank und in seinen Augen spiegelte sich die Gier, sie auf den Boden zu werfen und ihr wehzutun. „Hab keine Angst, mein Täubchen!", spottete Berryman. „Der Onkel mit der

Zigarre hat mir verboten, dich anzurühren! Aber wenn du willst..."

Das Klicken des Sharps-Karabiners, als Chadwick die Waffe entsicherte, stand wie ein Peitschenknall in der Luft. „Mach ruhig weiter, wenn du von den Geiern da drüben gefressen werden willst!", sagte der Anführer kalt. Er deutete auf die Aasvögel, die sich inmitten einiger Sträucher über einen toten Kojoten hergemacht hatten. „Ich jage dir eine Kugel in den Kopf, verstanden?"

„Was soll das?", meldete Jesse sich nervös. Er hatte die ganze Zeit geschwiegen und mit wachsender Unruhe beobachtet, wie seine Kumpane sich stritten. „Was wollt ihr mit der Squaw? Die hält uns doch nur auf! Warum lasst ihr sie nicht in Ruhe?"

Chadwick gab sich gönnerhaft. „Du bist noch nicht lange im Westen, was? Sonst würdest du nämlich wissen, dass Comanchen und Apachen seit vielen Jahren verfeindet sind. Andere Frauen sind ihnen egal, aber auf Apachenmädchen sind sie scharf! Sie stellen sonst was mit ihnen an, um die Apachen damit zu verhöhnen, aber das kann uns egal sein, solange sie ordentlich bezahlen! Und für dieses Vögelchen bekommen wir eine Menge, darauf kannst du wetten! Willst du auf das viele Gold verzichten?"

Jesse war unschlüssig. Er war mit zwölf Jahren von zu Hause weggelaufen, nachdem seine Mutter an einer geheimnisvollen Krankheit gestorben war und sein Vater ihn dauernd geschlagen hatte, hatte sich mit kleinen Diebstählen und Gelegenheitsjobs über Wasser gehalten und war bei den Soldaten gewesen, bis er aus Fort Randall desertiert war und Ben Chadwick und Nat Berryman getroffen hatte. Sie arbeiteten als

Comancheros und verdienten ein halbes Vermögen. Er bekam ein Viertel von dem Erlös, lange nicht so viel wie die anderen beiden Männer, aber mehr, als er jemals besessen hatte. „Schon gut, Chadwick", meinte er kleinlaut, „ich kneife nicht. Ich bin dabei, das weißt du doch. Aber ich kann nicht leiden, wenn ihr das Mädchen quält!"

„Hast wohl selber ein Auge auf sie geworfen, was?", tönte Berryman, der Nscho-tschi noch immer umklammert hielt. „Aber da hast du dich geschnitten! Wenn ich sie nicht anfassen darf, lässt du sie erst recht in Ruhe!" Er hob die junge Indianerin auf ihren Schecken und schlug ihr auf den Oberschenkel. „Schon gut, Chadwick!", zog er sich mit einem hässlichen Grinsen aus der Affäre. „War nur ein aufmunternder Klaps, damit sie bis zu den Comanchen durchhält! Wenn du willst, rühre ich das Vögelchen nie mehr an!" Er kehrte zu seinem Braunen zurück. „Zufrieden?"

„Halt dich von ihr fern!", maulte Chadwick. „Such lieber die Gegend ab oder willst du, dass ihre Stammesbrüder hier auftauchen und dich an den Marterpfahl binden? Was meinst du, was unser Vögelchen dann mit dir macht? Ich wette, die schneidet dir alles ab, worauf du stolz bist! Hab ich Recht, mein Täubchen?"

Nscho-tschi antwortete nicht. Sie hatte sich von ihrem ersten Schrecken erholt und nutzte den Augenblick der Unachtsamkeit, um einen Fluchtversuch zu wagen. Sie stieß ihrem Schecken die Hacken in die Seite und galoppierte tief über den Hals ihres Pferdes gebeugt davon. Sie kam nur ein paar Meter weit. Chadwick reagierte sofort, riss seinen Sharps-Karabiner hoch und feuerte auf das Pferd der Indianerin. Der

Schecke wurde ihr unter den Beinen weggerissen, wie von einer riesigen Faust getroffen, und sie stürzte kopfüber in ein Gestrüpp. Der Schecke überschlug sich einmal, gab ein letztes verzweifeltes Schnauben von sich und lag dann still. Nscho-tschi begann zu weinen. „Ihr gemeinen Hunde! Ihr Feiglinge!" Sie sprang auf und lief zu dem toten Tier, warf sich auf den leblosen Körper. „Ihr habt ihn umgebracht!" Und in der Sprache der Weißaugen fügte sie grimmig hinzu: „Ihr seid böse Männer! Ich hasse euch! Dafür wird Winnetou euch umbringen!"

„He, was sagt ihr dazu?", rief Berryman verwundert. „Die kann ja sprechen! Jetzt kann ich ihr ein paar süße Worte ins Ohr flüstern! He, Chadwick, hast du was dagegen, wenn ich mich mit ihr unterhalte?" Er lächelte spöttisch. „Ich rühr' sie auch nicht an!"

„Halt die Klappe, Berryman!", fuhr Chadwick seinen Kumpan an, ohne den Blick von Nscho-tschi zu nehmen. „Wenn du ein bisschen Grips im Kopf hättest, wärst du längst darauf gekommen, dass sie eher uns was flüstern kann!" Er wandte sich an die Häuptlingstochter. „Wo kommst du her? Wer hat dich gefesselt?"

Nscho-tschi presste die Lippen aufeinander, war fest entschlossen, keine Antwort zu geben. Nicht einmal die Schmerzen, die sie durch den Sturz erlitten hatte, ließ sie sich anmerken.

Chadwick trieb sein Pferd auf sie zu und stieß ihr den Lauf seines Karabiners in den Magen. „Rede oder ich knalle dir eine Kugel in den Bauch! Du verstehst mich doch, oder?" Er senkte den Karabiner und schoss zwischen ihren Beinen hindurch, verzog keine Miene, als sie nach hinten stolperte und fiel. Nat Berrymann ließ sein schmutziges Lachen hören. „So gefällst du mir schon besser, Chadwick! Gib sie mir, wenn du fertig bist, ja?"

„Du sollst deine Klappe halten!"

Nscho-tschi erkannte, wie gefährlich der Anführer der Banditen war, und verlor ihren Mut. „Die Kiowas hatten mich gefangen", antwortete sie. „Viele Männer! Sie sind auf dem Kriegspfad und werden euch töten, wenn sie euch erwischen! Ich konnte ihnen nur entkommen, weil ihr Anführer starb und niemand auf mich achtete. Die Krieger werden mir folgen und eure Spuren finden!"

„Du lügst!", erkannte Chadwick die List der jungen Indianerin. „Du wärst niemals vom Pferd gestiegen, wenn sie noch in der Nähe wären!" Er hob den Karabiner. „Sag endlich die Wahrheit!"

„Sie sind weg", gab Nscho-tschi zu, „sie bringen ihren toten Anführer ins Lager zurück. Aber Winnetou und seine Apachen suchen nach mir! Mein Bruder kann nicht mehr weit sein! Er wird euch töten, wenn er herausfindet, dass ich in eurer Gewalt bin!"

„Lass sie lieber laufen", schlug Jesse ängstlich vor, „gegen einen Trupp dieser Wilden kommen wir nicht an! Lass uns verschwinden! Was nützt uns das ganze Gold, wenn wir tot sind?"

„Feigling!", schnarrte Berryman verächtlich.

„Haltet die Klappe!", wurde Chadwick ärgerlich. Er blickte die beiden Streithähne wütend an und deutete mit dem Lauf des Karabiners an Nscho-tschi vorbei. „Lasst das blöde Geschwätz und reitet endlich die verdammte Gegend ab! Sucht nach Spuren!"

„Und du?", fragte Berryman misstrauisch. „Sag bloß, du kümmerst dich um unser Täubchen, solange wir weg sind? Die Comanchen mögen es nicht, wenn sie blutet! Schon vergessen?"

„Verschwinde endlich!", fuhr Chadwick seinen Kumpan an. „Du wirst schon früh genug merken, was ich mit ihr anstelle! Diese verdammte Squaw ist Gold wert, verstehst du, und wenn ich nicht auf einen Dummkopf wie dich angewiesen wäre, würde ich mir dieses Gold allein holen, hast du mich verstanden? Und jetzt reite endlich oder ich ziehe dir den Karabiner über den Schädel!"

Die beiden Männer ritten davon und Chadwick dirigierte die verängstigte Nscho-tschi mit seinem Pferd gegen einen Felsen. Sie blieb stehen, beide Arme gegen den heißen Stein gepresst, und blickte ihn aus großen Augen an. Sie hatte Angst vor dem weißen Mann, das ließ sich nicht verleugnen, und sie glaubte nicht, dass es einem tapferen Krieger anders gegangen wäre. Der Mann namens Chadwick war kalt und erbarmungslos und er hasste die Indianer, sonst würde er sie nicht Nigger nennen. Von Klekih-petra wusste Nscho-tschi, dass so die schwarzen Männer am großen Fluss genannt wurden. Auch sie hatten unter der Willkür der Weißaugen zu leiden. Aber was hatte der Bandit vor? Was meinte er damit, dass sie Gold wert sei? Wollte er sie gegen das gelbe Metall eintauschen, das den Weißen so viel wert war? Wollte er auf Winnetou warten und sie verkaufen? Oder glaubte er, dass die Comanchen mehr für sie bezahlten?

Sie brauchte nicht lange auf eine Antwort zu warten. Chadwick stieg von seinem Pferd, den Karabiner schussbereit in der rechten Hand, und musterte sie gefühllos. Seine Augen schienen zu einem Toten zu gehören, der in den Himmel starrte. „Du bist die Schwester von Winnetou?“, fragte er. Sie starrte auf den Lauf des Karabiners, der sich langsam hob, und nickte stumm.

„Das trifft sich gut“, erwiderte Chadwick. Seine Gedanken wanderten zu dem Augenblick zurück, an dem sie den jungen Mexikaner an die Comanchen verschachert hatten. Manuel. Sie waren zu den Kwahadi-Comanchen geritten, wie sie es seit einigen Monaten taten, wenn sie einen jungen Mexikaner zu verkaufen hatten. Die Comanchen brauchten frisches Blut, besonders die Kwahadis, der kriegerischste Stamm dieser Halsabschneider. Sie waren wütend gewesen, weil er keinen Whisky und keine Waffen dabeigehabt hatte, aber sie hatten mit wertvollem Goldstaub für den Jungen bezahlt und dann hatte Bärenklaue gesagt: „Nächstes Mal bringt ihr Feuerwasser und Gewehre! Die Kwahadis sind durstig! Und sie führen Krieg gegen die räudigen Hunde der Apachen!“ Er hatte wütend auf den Boden gespuckt und ihn herausfordernd angesehen. „Winnetou, der Sohn ihres Häuptlings, hat mich beleidigt! Dafür werde ich ihn tausend Tode sterben lassen!“

Chadwick erinnerte sich an den Wutausbruch des gefürchteten Häuptlings der Comanchen und malte sich aus, wie viel Goldstaub Bärenklaue wohl geben würde, wenn er ihm die Schwester des verhassten Winnetou in sein Tipi brachte. Ein Vermögen, stellte er sich vor. Bärenklaue war blind vor Hass und würde jeden Betrag bezahlen, um seine Feinde zu demütigen. Aber bevor Chadwick ihm diesen Gefallen tat, würde er noch eine andere Goldquelle anzapfen. „Wo ist das Gold?“, fragte er ohne Umschweife. „Wo liegt das verdammte Gold, das der bucklige Zwerg, der bei euch untergekrochen ist, in seinen Taschen hatte?"

Als Chadwick seine Frage wiederholte und ihr den Lauf seines Karabiners vor die Augen hielt, fiel es Nscho-tschi wie Schuppen von den Augen. Das mussten die Banditen sein, die Klekih-petra überfallen hatten! Der weiße Lehrmeister hatte keinen Namen genannt, aber sie erinnerte sich, dass die Weißaugen nach dem Goldversteck der Apachen suchten. Wie jeder Apache war auch sie entschlossen, eher zu sterben, als den Namen dieses Verstecks preiszugeben. „Welches Gold?", versuchte sie, Zeit zu gewinnen. „Meinst du das gelbe Metall, das den weißen Männern so heilig ist?"

„Genau das meine ich", erwiderte Chadwick ungeduldig, „und jetzt stell dich nicht dümmer an, als du bist! Sag mir, wo das verdammte Gold liegt, und du bleibst am Leben!" Er drückte ihr den Lauf des Karabiners gegen die Stirn und bewegte den Abzug.

„Nicht schießen", flehte sie den Banditen in scheinbarer Panik an, „ich verrate euch das Versteck!" Sie brauchte ihre Angst nicht vorzutäuschen, fürchtete sich tatsächlich vor Chadwick, übertrieb aber, um ihre Ausrede glaubhafter klingen zu lassen. „Das Gold liegt in den Bergen, einen Tagesritt von der Stadt entfernt, die ihr Santa Fe nennt! Ich sage die Wahrheit, weißer Mann! Aber du wirst den goldenen Berg nicht finden! Nur ein Apache kennt die Spuren der bösen Geister, die unser gelbes Metall bewachen!"

„Willst du mir einen Bären aufbinden?"

„Nein, ich sage die Wahrheit! Der Goldschatz liegt in einer Höhle, oben in den Bergen! Sie wird von einigen unserer besten Krieger bewacht! Wenn ihr allein hinreitet, werdet ihr erschossen! Oder die bösen Geister töten euch!"

„Verschon mich mit deinem faulen Zauber!", erwiderte der Bandit misstrauisch. „Du willst doch nur Zeit gewinnen, weil du glaubst, dass Winnetou uns einholt!" Er gestattete sich ein schwaches Lächeln. „Aber dazu wird es nicht kommen! Niemand wird unsere Spuren finden, denn wir werden einen Weg nehmen, den nicht einmal die Comanchen kennen!" Sein Blick wurde starr. „Du lügst mich doch nicht an, oder? Wenn ich herausfinde, dass du lügst, verkaufe ich dich an die Comanchen, verstanden?" Er verschwieg der Gefangenen, dass er sie auch dann an Bärenklaue verschachern würde, wenn er das Gold bekam. „Wenn wir das gelbe Metall haben, lassen wir dich frei!"

„Ich lüge nicht", hielt Nscho-tschi dagegen. Im Gegensatz zu dem weißen Banditen hatte sie noch keine Ahnung, was sie tun würde, wenn sie ihr Ziel erreichten, ohne dass es ihr gelungen war, unterwegs die Flucht zu ergreifen. Aber das würde sich finden. Zunächst galt es, die weißen Männer in Sicherheit zu wiegen und Zeit zu gewinnen. So hatte sie es von ihrem Vater gelernt. Ein großer Krieger zeichnete sich vor allem dadurch aus, dass er Geduld zeigte. Er schlug erst dann zu, wenn der Feind es am wenigsten erwartete.

Aber welche Chance hatte sie gegen die Weißaugen? Und warum hatte der Große Geist sie aus den Klauen der Kiowas befreit und in die Arme dieser Banditen getrieben? Würde Winnetou ihre Spuren finden und sie in die heimatlichen Jagdgründe zurückholen? Es gab viele Fragen und wenige Antworten.

20. Ritt in den Llano Estacado

Die Banditen vergeudeten keine Zeit. Kaum waren Nat Berryman und Jesse Calhoun von ihrem Erkundungsritt zurückgekehrt, machten sie sich auf den Weg. Nscho-tschi war bei Jesse aufgestiegen. Sie saß vor dem jungen Banditen auf dem Pferderücken, die gefesselten Hände in die Mähne gekrallt, und verzog keine Miene, als sie aus der Mulde ritten und einem ausgetrockneten Bachbett nach Nordosten folgten. Kein Laut kam über ihre Lippen. Sie unterdrückte die Wut darüber, zum zweiten Mal innerhalb kürzester Zeit Feinden in die Hände gelaufen zu sein, und betete zum Großen Geist, ihr noch eine Chance zu geben. Aber wie sollte sie entkommen? Ihr Schecke lag tot in der zerklüfteten Mulde und die Banditen ließen sie nicht aus den Augen. Nicht einmal nachts, als sie im Schutz einiger Cottonwoods schliefen. Einer der Männer hielt immer Wache.

Die Banditen hatten sie an einen der Bäume gebunden und die Lederriemen so straff gezogen, dass ihr das Blut abgeschnürt wurde. Sie gab keinen Laut von sich, als der Anführer die Fesseln überprüfte, und auch Chadwick sagte nichts, blickte sie nicht einmal an. Sie war Abschaum für ihn, lästiges Ungeziefer, das am Leben erhalten werden musste, solange es wertvollen Goldstaub einbrachte. Wäre er nicht davon ausgegangen, dass Nscho-tschi ihm das Versteck des Goldes verriet und er sie für viel Geld an die Comanchen verkaufen konnte, hätte er sie erschossen. Indianer waren ‚rote Nigger‘ für ihn, schlimmer als die Schwarzen.

„Nat, du übernimmst die erste Wache", bestimmte der Anführer, als er sich in seine Decken rollte. „Dann bist du dran, Jesse! Ich nehme die letzte Wache. Rührt die verdammte Squaw nicht an, verstanden? Wer sich an sie ranmacht, bekommt es mit mir zu tun! Wir sind mitten in der Comancheria, aber ich leg' nicht für jeden Comanchen die Hand ins Feuer und hier streunen auch Kiowas und Apachen rum! Die gehen bestimmt nicht zimperlich mit uns um, wenn sie uns mit der Squaw entdecken! Kein Laut, kein Feuer, nicht mal eine Zigarre! Die roten Nigger sehen ein Feuer auf hundert Meilen!" Er hatte seine Zigarre längst ausgedrückt und balancierte den kalten Stummel zwischen den Lippen. „In ein paar Tagen sind wir im Llano, da findet uns keiner!"

Chadwick hatte seinen Kumpanen nicht verraten, welchen Weg sie nach Santa Fe nehmen würden. Sie wussten lediglich, dass nicht einmal die Comanchen den Trail kannten. Sie konnten nicht ahnen, dass Chadwick früher Mitglied einer Bande von Pfahlmännern gewesen war, die ahnungslose Reisende im Llano Estacado auf falsche Fährten gelockt und ausgeraubt hatte. Die Schurken hatten die Orientierungspfähle umgesteckt, die erschöpften Familien getötet und ihre Planwagen mitgenommen. Chadwick kannte die Wüste besser als die meisten Indianer, wusste sogar, wo die wenigen Quellen lagen. Dort wollte er mögliche Verfolger abschütteln, bevor er nach dem Gold suchte.

Nscho-tschi war froh, sich nach dem anstrengenden Ritt ausruhen zu können. Die Banditen hatten keine Rücksicht auf sie genommen und ihre Pferde erbarmungslos angetrieben. Nur der junge Mann, den sie

Jesse nannten, war ihr freundlich gesonnen und hatte versucht, ihr den Ritt angenehmer zu machen; aber auch er konnte nicht verhindern, dass sie in dem felsigen Gebiet, das sie durchquerten, durchgeschüttelt wurde. Einmal hatte er sogar angehalten, um ihr eine Ruhepause zu gönnen, aber Chadwick kannte kein Pardon: „Was ist los? Hast du einen Narren an der Nigger-Squaw gefressen? Oder willst du es darauf anlegen, den Apachen in die Arme zu laufen? Meinst du, sie verschont dich, wenn du sie umgarnst?"

Die Häuptlingstochter legte ihren Kopf gegen den Baum und versuchte zu schlafen. Das war beinahe unmöglich. Ihre Arme schmerzten und die Fesseln schnitten in ihre Gelenke. Immer wenn sie eingenickt war, wachte sie einige Augenblicke später wieder auf, weil ihr Körper zur Seite fiel und sich die Stricke noch tiefer in ihre Haut gruben. Berryman beobachtete sie neugierig. Er hockte auf seiner Decke und rümpfte die Nase, als seine Kumpane leise schnarchten. Er war der hässlichste der weißen Männer. Sein Anzug und der schäbige Hut waren schmutzig und verknittert. Die hagere Gestalt und das zerfurchte Gesicht mit den dunklen Augen und den dichten Brauen erinnerten sie an einen Raubvogel. In den Geschichten der Apachen wäre er ein böser Geist gewesen, der die Menschen sinnlos quälte, unschuldigen Frauen und Mädchen nachstellte und sich, sobald seine Feinde tot auf dem Boden lagen, in einen Geier verwandelte. Er war dumm, aber gefährlich und selbst nach dem langen Ritt war sein Blick noch voller Gier.

Nscho-tschi stellte sich schlafend und öffnete nicht einmal die Augen, als sie hörte, wie der Bandit aufstand und zu ihr herüberkam. Er blieb lange vor ihr stehen und murmelte etwas, das sie nicht verstand, dann kehrte er auf seinen Platz zurück. Alles blieb ruhig, während der Mond über den sternenübersäten Himmel wanderte, und als Berryman den jungen Banditen weckte, sagte er lediglich: „Nichts los. Die Squaw pennt." Jesse Calhoun räkelte sich aus den Decken, rieb sich den Schlaf aus den Augen und griff nach seinem Gewehr. „Wenigstens einen Kaffee hätten wir kochen können", schimpfte er. Auch er erhob sich nach einiger Zeit und lief zwischen den Bäumen umher. Diesmal hielt Nscho-tschi ihre Augen geöffnet. Jesse Calhoun war ein Verbrecher, aber es war ein guter Kern in ihm und er hatte sie nicht gequält. Dafür war sie ihm dankbar. Sie spürte die Unsicherheit des jungen Mannes, als er vor ihr auftauchte und sie anblickte.

„Sie werden dich nicht töten", sagte er so leise, dass die anderen Banditen ihn nicht hörten. Es klang wie ein Versprechen. „Wenn du tust, was wir sagen, brauchst du keine Angst zu haben." Er blickte sie aus seinen dunklen Augen an und es war so viel Sanftheit in seinem Blick, dass sie sich an Zwei Bären erinnert fühlte, den jungen Comanchen, der ihre Seele berührt hatte.

„Warum bist du bei diesen Männern?", fragte sie.

„Ich will leben", antwortete er, „ich durfte immer nur schuften, bei meinen Eltern und bei den Soldaten, und was hab ich dafür bekommen? Mein Vater hat mich geschlagen und die Armee hat mich mit einem Hungerlohn abgespeist! Aber den verdammten Blauröcken hab' ich's gezeigt!" Er erinnerte sich grinsend daran, wie er aus Fort Randall geflohen war. „Jetzt will ich leben! Ich will viel Geld verdienen und endlich leben! Chadwick weiß, wie man Geld macht! Wenn ich genug beisammen habe, gehe ich nach St. Louis oder New York und werde ein erfolgreicher Geschäftsmann!“ Er merkte, dass er zu viel geredet hatte, und winkte ab. „Ach, was weißt du schon? Du bist eine Squaw! Du weißt nicht, wie schön das Leben sein kann! Weißt du, was man mit Geld alles kaufen kann? Schöne Häuser und rassige Pferde, wertvollen Schmuck und prächtige Kleider. Wenn wir dich verkauft...“

„Du meinst, wenn ihr mich an die Comanchen verkauft habt!“, unterbrach ihn Nscho-tschi. „Du bist ein Comanchero, nicht wahr? Du gehörst zu den Männern, die unschuldige Frauen und Kinder an unsere Todfeinde verkaufen und ihnen Whisky und Waffen bringen! Wie kannst du so etwas tun? Wegen des gelben Metalls, das ihr bekommt? Weißt du nicht, dass die schönsten Dinge im Leben nichts kosten? Der Blick über das weite Land, das nirgendwo anfängt und nirgendwo endet, das Rauschen des Windes, wenn er über die Prärie streicht, die Blütenpollen, die auf deinen Körper fallen, wenn du zum Großen Geist betest. Warum willst du Dinge besitzen, die man nicht zum Leben braucht? Warum willst du mich an meine Feinde verkaufen?“

Jesse Calhoun wusste keine Antwort und wandte sich missmutig ab. „Ach, lass mich in Ruhe!“, meinte er abfällig. „Du gehörst zu den Apachen! Ihr habt viele unschuldige Weiße getötet!“

„Unsere Krieger töten nur, wenn sie in die Enge getrieben werden“, erwiderte sie fest, „die Apachen haben es nicht nötig, wehrlose Frauen und Kinder an die Comanchen zu verkaufen!“

Der junge Bandit ging wortlos davon und stieg auf einen Hügel, um nach möglichen Feinden Ausschau zu halten. Zufrieden stellte er fest, dass die Prärie still und einsam im Mondlicht glänzte. Winnetou und seine Apachen, die angeblich ihren Spuren folgten, waren nirgendwo zu sehen. „Alles in Ordnung“, sagte er, als er seinen Anführer weckte, „keine Rothäute in der Nähe!“

Auch während der folgenden Tage blieb es still. Sie begegneten keinem Menschen, nicht mal einem fahrenden Händler, und ritten durch ein scheinbar menschenleeres Land. Nscho-tschi suchte vergeblich nach ihrem Bruder, sah nur die trockenen Ebenen und vereinzelte Cottonwoods, wenn sie sich umdrehte und den Horizont absuchte. An ihre Fesseln hatte sie sich einigermaßen gewöhnt. Sie konnte jetzt schlafen, zumindest für ein paar Stunden, und am dritten Tag berührte der junge Bandit unaufgefordert ihre Fesseln und lockerte sie, ohne dass die anderen Männer etwas merkten. Sie lächelte ihn dankbar an. Sie wusste längst, dass Jesse Calhoun ihre einzige Chance war, den Banditen zu entkommen, und redete mit ihm während des Rittes, wenn er wieder einmal zurückgeblieben war, um ihr das Reiten zu erleichtern, aber Chadwick ließ ihr nicht viel Gelegenheit dazu. „He, Jesse!“, rief er ungeduldig. „Schlaf nicht ein!“

Und Berryman wendete sein Pferd und lästerte: „Wenn du krumme Sachen versuchst, reitet sie bei mir mit!“ Auf seinem Gesicht erschien ein hässliches Grinsen. „Das würde dir gefallen, was?“

Jesse wurde mit jedem Tag unschlüssiger, wie er sich der Indianerin gegenüber verhalten sollte. Der Blick ihrer dunklen Augen machte ihn nervös, und wenn sie etwas sagte und er lange darüber nachdachte, musste er feststellen, dass sie Recht hatte. Chadwick und Berryman waren gemeine Killer, die auch vor einem Mord an Frauen oder Kindern nicht zurückschreckten. Wenn er weiter mit ihnen ritt, würden sie ihn irgendwann an den Galgen bringen. ‚Nur noch dieses eine Mal', sagte er sich. ‚Wir werden die Goldmine der Apachen plündern und die Squaw an die Comanchen verkaufen und ich werde meinen Anteil nehmen und verschwinden! Ich werde ein sorgenfreies Leben führen.' Aber dann kam die nächste Wache und er blieb wieder vor der Apachin stehen, und in seinem Kopf begann sich alles zu drehen. Verdammt, sie brachte ihn ganz durcheinander! Warum dachte er plötzlich darüber nach, sie loszuschneiden und Chadwick und Berryman im Stich zu lassen? Wollte er auf das viele Gold verzichten? Verdammt, was war in ihn gefahren?

In der Nacht, bevor sie den Llano Estacado erreichten, wäre ihm die ständige Grübelei beinahe zum Verhängnis geworden. Ein Kriegertrupp der Apachen zog an ihrem feuerlosen Lager vorbei und er hielt Nscho-tschi gerade noch rechtzeitig den Mund zu, bevor sie ihre Stammesbrüder warnen konnte. Die Häuptlingstochter wehrte sich verzweifelt, aber seine Hand verschloss ihren Mund, bis die Apachen im Dunkel der Nacht verschwunden waren. Ein Jagdtrupp, der bis in die Jagdgründe der Comanchen und Kiowas vorgedrungen war. Sechs Krieger, die sie vielleicht befreit hätten, wenn sie in der Lage gewesen wäre, einen Warnruf auszustoßen. „Sie hätten dich getötet", sagte sie leise zu Jesse Calhoun. „Sie mögen keine Weißaugen, die sich an einer wehrlosen Frau vergreifen.

Warum tötest du mich nicht gleich? Warum wartest du, bis die Comanchen mich martern?"

Jesse ging wortlos davon und weckte Chadwick, um ihm von den Apachen zu erzählen. Der Anführer fluchte leise. „Verdammt, die können wir am wenigsten brauchen! Stopf der Squaw einen Knebel in den Mund, sonst fängt sie doch noch zu schreien an und holt die Nigger mit ihrem Geschrei zurück!"

Jesse Calhoun führte den Befehl aus. Aber Nscho-tschi spürte den Widerwillen, den er dabei empfand. Er war nicht wie seine beiden Kumpane und unter anderen Umständen wäre sicher ein anständiger Mann aus ihm geworden. Sie hoffte, dass er sich schließlich einen Ruck geben und sie befreien würde. Noch war Zeit für ihn, in eine andere Zukunft zu reiten. Er konnte die Banditen verlassen und irgendwo ein neues Leben anfangen. Dieses Land war groß und sie würden ihn niemals finden. „Großer Geist", betete sie leise, „hilf diesem Mann, einen neuen Weg zu gehen! Hilf ihm, mich zu befreien!"

Am nächsten Tag erreichten sie den Llano Estacado und folgten den gesteckten Pfählen in die glutheiße Wüste hinein. Nat Berryman fluchte wie ein Kesselflicker, als die Hitze seinen Körper umfing. „Was willst du in dieser verdammten Wüste, Ben?", schimpfte er. „Ich denke, das Gold liegt in den Bergen!" Chadwick drehte sich nicht einmal um, als er antwortete: „Gestern sind Apachen an unserem Lager vorbeigeritten, hast du das gewusst? Und dieser Winnetou muss auch irgendwo in der Nähe sein! Willst du deinen Skalp an sie verschenken? Ich nehme lieber einen Umweg durch die Wüste und hänge sie ab! Ich kenne den verfluchten Llano Estacado besser als die roten Nigger!"

Das genügte, um Berryman zum Schweigen zu bringen. Auch Jesse Calhoun und Nscho-tschi sagten nichts, als sie in die karge Wüste ritten. Die Sonne hing wie ein loderndes Feuer über den Dornensträuchern, die zwischen den Felsen und dem aufgeplatzten Boden hervorwucherten. Mit Gestrüpp bewachsene Hügel erhoben sich aus der trostlosen Ebene und in der Ferne waren rotbraun schimmernde Felsen zu erkennen. Die Apachen mieden diese Wüste, manche ‚di-yins' glaubten sogar, hier würden noch Ungeheuer wohnen, die es darauf abgesehen hatten, die Krieger in eine Falle zu locken. Auch die Kiowas hielten sich von der tödlichen Wüste fern. Nur die Comanchen waren im Llano Estacado wirklich zu Hause, folgten dem Kriegspfad, der vom Norden des Landes bis zur mexikanischen Grenze führte.

Sie ritten immer tiefer in die Wüste hinein. Die Banditen hatten ihre Hüte tief in die Stirn geschoben und vor allem Berryman litt unter der unmenschlichen Hitze. Er fluchte alle paar Schritte, gebrauchte Schimpfwörter, die Nscho-tschi noch niemals gehört hatte. Sie ertrug die Hitze mit stoischer Ruhe. Als Apachin war sie überzeugt, die Hitze besser aushalten zu können als die weißen Männer. Aber was nützte ihr das? Kurz bevor sie die Felsen erreichten, bog Chadwick nach Westen ab, weg von den gesteckten Pfählen, und führte sie durch eine Bodenrinne in einen Irrgarten aus breiten Gräben, die wie Wunden in dem trockenen Land klafften und sich wie ein Spinnennetz unter dem lodernden Feuerball der Sonne ausbreiteten.

„Du bist verrückt, Chadwick!“, fluchte Berryman. Seine Stimme klang heiserer als sonst. „Willst du uns umbringen? Wo reitest du hin?“

„Keine Bange“, antwortete der Anführer knapp.

Abends lagerten sie an einer versteckten Quelle, die nicht einmal die Comanchen gefunden hatten. Sie lag unter einem flachen Felsen, der wie ein Tisch aus der rotbraunen Erde ragte, und war erst zu erkennen, wenn man mit den Händen oder einem Spaten im Sand wühlte und auf feuchtes Erdreich stieß. In ungefähr zwei Meter Tiefe stieß man auf Wasser. Nicht viel, aber genug, um einen Mann vor dem Verdursten zu retten. „Hier findet uns keiner“, stellte Chadwick nüchtern fest, „hier können wir sogar ein Feuer riskieren.“ Er deutete auf Nscho-tschi. „Nat! Fessele ihr die Füße! Hier gibt es keinen Baum, an den wir sie binden können! Jesse, du kümmerst dich um die Pferde!“ Er selber suchte Brennholz und kehrte mit einigen Dornenzweigen zurück.

Ihr Feuer war ein winziger Punkt, brannte in einer Mulde und war durch die umliegenden Hügel und den flachen Felsen geschützt. Die Nacht legte sich dunkel und schwer auf die Wüste und brachte etwas Linderung nach dem glutheißen Tag, aber der Sand strahlte immer noch genügend Hitze aus und machte ihnen zu schaffen. Sie verzehrten etwas Trockenfleisch und tranken zum ersten Mal seit einigen Tagen wieder heißen Kaffee. Auch Nscho-tschi bekam zu essen und zu trinken. Sie schloss die Augen und genoss den Mond, der sie mit seinem blassen Licht verzauberte und ihr Bilder aus den heimatlichen Jagdgründen vorgaukelte. Sie erkannte Intschu tschuna, die Silberbüchse in der Hand, und sie sah Winnetou und Klekih-petra, die allein den Rio Pecos überquerten und nach ihren Spuren suchten. Sie waren hinter ihr und würden niemals aufgeben, selbst wenn es Jahre dauern sollte, sie zu finden. „Winnetou! Klekih-petra!“, kam es leise über ihre Lippen. „Yusn möge euch beschützen!“

Als der Mond genau über dem flachen Felsen stand, erwachte sie aus ihrem Traum. Sie öffnete die Augen und sah einen weißen Mann über ihr knien. Er hielt ein Messer in der Hand. Sie wollte schreien, aber der Mann hielt ihr eine Hand auf den Mund und flüsterte: „Nicht schreien! Ich bin's, Jesse Calhoun!“ Und dann spürte sie, wie der Mann lautlos ihre Fesseln durchschnitt.

21. Allein im Sandsturm

Nscho-tschi folgte dem jungen Banditen in die Freiheit. Er war kaltblütiger, als sie gedacht hatte, schlich wie ein Apachenkrieger durch die Dunkelheit und hatte sogar die Pferde der anderen Männer mitgebracht. Sie schwang sich auf den Braunen des Anführers und ritt hinter dem weißen Mann her, an dem flachen Felsen vorbei und über den Rand der Mulde in die offene Wüste hinein. Jesse Calhoun führte das Pferd von Nat Berryman an den Zügeln. Das Mondlicht ließ ihre Schatten über den sandigen Boden wandern. Nscho-tschi verkniff sich einen triumphierenden Schrei, als sie das Lager verließen, konnte aber nicht verhindern, dass der Braune des Anführers, der ihren Geruch nicht gewöhnt war, leise schnaubte und die Männer am heruntergebrannten Feuer weckte. Ihre wütenden Schreie trieben einen kalten Schauer über ihren Rücken und sie sah, wie Jesse Calhoun erschrocken zusammenfuhr. „Jesse, du verdammtes Schwein, das wirst du uns büßen!“, hörte sie Chadwick rufen, und Berryman fluchte: „Dafür wirst du bezahlen, du elender Misthund! Ich steche dir die Augen aus, du Dreckskerl!“

Sie ritten in panischer Angst davon, preschten durch ein Kakteengestrüpp und wechselten kein Wort, bis die wütenden Stimmen der Banditen in der Ferne verklungen waren. „Ich hab' ihnen die Feldflaschen dagelassen“, sagte Jesse. Die Anspannung stand ihm ins Gesicht geschrieben. Er hatte die mutigste Tat seines Lebens begangen, aus einem Impuls heraus, den er sich selber nicht erklären konnte, und stand zum ersten Mal auf der Seite des Rechts. Er hatte eine Verantwortung übernommen, der er sich kaum gewachsen fühlte. „Wir reiten nach Nordwesten“, meinte er nervös, „dort müssen die Pfähle sein. Sobald wir die Berge erreicht haben, kannst du gehen, wohin du willst!“

Die junge Indianerin vertraute dem Banditen, der keiner mehr sein wollte, und ritt an seine Seite. Der halbe Mond stand an einem klaren Himmel und spendete genügend Licht. „Ich danke dir, Jesse“, sagte Nscho-tschi aufrichtig, „du bist ein guter Mann! Mein Vater, der Häuptling aller Apachen, und mein Bruder werden dich reich belohnen, wenn du mich in unser Dorf begleitest! Sie schätzen einen Mann, der auf den rechten Weg zurückgefunden und sich gegen das Verbrechen entschieden hat!“

Jesse fühlte sich unbehaglich in seiner neuen Rolle. „Ich wollte nicht, dass Berryman dir etwas antut, das ist alles!“, erwiderte er, während sie in einem flotten Trab durch die Wüste ritten. Nachts waren die Temperaturen auch im Llano Estacado zu ertragen und sie wollten so weit wie möglich kommen, bevor die Sonne am Horizont erschien und ihre erbarmungslose Hitze auf das Land schleuderte. „Sie hätten dich an die Comanchen verkauft und ich weiß, wie diese Indianer mit ihren Gefangenen umgehen. Ich habe es selber gesehen.“ Er schloss für einen Augenblick die Augen und kniff die Lippen zusammen, als er an den Mexikanerjungen dachte, den sie vor einigen Tagen an Bärenklaue verkauft hatten. Die Comanchen würden einen hasserfüllten Krieger aus ihm machen und wenn er erwachsen war, würde er gegen seine früheren Landsleute in den Krieg ziehen. Er hatte von Mexikanern gehört, die bei den Comanchen lebten und ihre eigenen

Verwandten getötet hatten. „Ich weiß nicht, warum ich das mitgemacht habe!"

„Es ist vorbei", sagte Nscho-tschi nur. Sie ahnte, was in Jesse vorging. Er hatte sich aus einem plötzlichen Gefühl heraus entschieden, die Seiten zu wechseln, und wusste noch nicht, welchen Weg er nun einschlagen sollte. „Reite in die Jagdgründe deines Volkes, weit weg von den Comancheros und den Comanchen, und baue dir eine neue Zukunft auf! Der Große Geist wird dich auf deinem neuen Weg begleiten, das weiß ich."

Über den fernen Bergen ging die Sonne auf. Ihre Strahlen wanderten über die trockenen Hügel und ließen die Felsen und den Sand in goldenem Licht erglühen. Innerhalb weniger Augenblicke war die Hitze zu spüren. Der Llano Estacado wurde zu einem wahren Backofen und der leuchtende Ball der Sonne verwandelte sich in eine Fackel, die dicht über ihnen am Himmel zu hängen und immer greller zu werden schien. Die Flammenzungen tropften auf das Land herab und nährten ein Feuer, das alles Leben zu vernichten drohte. Nscho-tschi fürchtete sich, wähnte sich in jener sagenhaften Hölle, die von den ‚di-yins' als karges und trockenes Land beschrieben wurde, in dem die Geister der Hexen tanzten und das den Seelen der Menschen vorbehalten war, die großes Unheil über ihr Volk gebracht hatten.

Sie zügelten die Pferde in einer Bodenwelle und tranken von dem Wasser, das sie mitgenommen hatten. Auch die Tiere freuten sich über die kurze Pause. Jesse jagte das dritte Pferd davon und ließ seinen Blick über das glühende Land schweifen. Die Hitze lag in flimmernden Schleiern über den Felsen. Wohin er auch blickte, war grenzenlose Wüste, eine glutheiße Hölle, die ihren Rachen weit geöffnet hielt, als wolle sie alles verschlingen, was ihr zu nahe kam. Die gesteckten Pfähle, die ihm die Richtung angezeigt hätten, waren nirgendwo zu sehen. „Weit kann es nicht mehr sein", sprach er sich selber Mut zu, „noch eine Meile, höchstens zwei oder drei!" Nscho-tschi spürte seine Unsicherheit, aber sie war noch nie im Llano Estacado gewesen und ihr blieb nichts anderes übrig, als dem Mann zu folgen.

Hinter der nächsten Erhebung erwartete sie ein steiler Geröllhang, der geradewegs in die Jagdgründe der bösen Geister zu führen schien. Heißer Wind rauschte aus dem Norden heran, fegte über die kargen Ebenen und brachte die Pferde zum Scheuen. Nscho-tschi und Jesse Calhoun wurden aus den Sätteln geworfen. Glühender Staub peitschte ihnen entgegen, wurde zu einem aufgewühlten Meer, das in tosenden Wellen über ihnen zusammenschlug. Sie stürzten zu Boden und verloren einander, irrten in dem tosenden Sturm umher. Ihre Schreie wurden vom Wind erstickt. Entwurzeltes Gestrüpp peitschte gegen ihre Körper. Wie Ertrinkende reckten sie ihre Arme nach oben, vergeblich darum bemüht, einen festen Halt zu finden. Der heftige Sturm dröhnte in ihren Ohren und trieb sie immer weiter in den Llano Estacado hinein.

Nscho-tschi prallte gegen einen Felsen und hielt sich verzweifelt daran fest. Obwohl ihre Augen geschlossen waren, glaubte sie den Schatten eines Pferdes zu sehen, das hilflos über einen Hügel taumelte. Sie hatte schon früher Staubstürme erlebt, sogar die Ausläufer eines Wirbelsturms, der auf der anderen Seite des Rio Pecos getobt hatte, aber dies war das schlimmste Unwetter, das ihr jemals begegnet war. Als hätten die bösen Geister die Herrschaft übernommen und die Seelen der Hexen würden sie mit ihrem wilden Tanz verspotten. ‚Großer Geist! Warum tust du mir das an?', rief sie in Gedanken. ‚Warum stellst du mich schon wieder auf die Probe? Was habe ich getan? Was hat der junge Mann getan, der mich gerettet hat? Willst du, dass ich gegen die bösen Geister kämpfe? Muss ich sterben, damit andere Menschen leben können? Lass mich am Leben, Großer Geist! Hilf mir, diesen harten Kampf zu bestehen!'

Diesmal schien Yusn auf ihrer Seite zu sein, denn schon wenig später verstummte der Lärm und die bösen Geister zogen sich zurück. Von einem Augenblick auf den anderen war der Sturm vorbei. Der Wind floh vor der Hitze nach Norden und entwurzeltes Gestrüpp regnete auf den trockenen Boden. Die Sonne erschien am Himmel und übernahm wieder die Herrschaft in ihrem glutheißen Reich. Unheimliche Stille breitete sich aus. Das Klappern eines Steins, der sich in dem Sturm gelöst hatte, war das einzige Geräusch. Eine Eidechse, die sich neben Nscho-tschis Beinen versteckt hatte, verschwand unter einem Felsen.

Die Häuptlingstochter öffnete zögernd die Augen. Die grelle Sonne blendete sie und sie brauchte einige Zeit, bis sie wieder klar sehen konnte. Sie schüttelte den Sand ab und blickte sich verzweifelt um. Jesse Calhoun war verschwunden. Sie lief auf den nächsten Hügel und beschattete ihre Augen, suchte nach einem Zeichen des ehemaligen Banditen, aber er war nirgendwo zu sehen. Auch die Pferde schienen sich in Luft aufgelöst zu haben. Sie war allein. Ohne Pferd, ohne Wasser und ohne die geringste Hoffnung, eine rettende Quelle oder die Markierungspfähle an den Pfaden des Weißen Mannes zu erreichen. Nscho-tschi sank in die Knie und verfluchte das Schicksal, das sie in diese Einöde getrieben hatte. Warum hatte der Große Geist sie nicht gerettet?

Sie blickte wieder auf und erkannte die Umrisse eines Mannes in den Hitzeschleiern. Aufgeregt kam sie vom Boden hoch. Sie lief ein paar Schritte, blieb stehen und kniff ihre Augen zu einem Spalt zusammen, um besser in der flimmernden Hitze sehen zu können. Ein Mann auf einem Pferd! Jesse Calhoun! Sie stieß einen heiseren Freudenruf aus, lief den tanzenden Schatten entgegen und verharrte zögernd. Das war nicht Jesse Calhoun! „Nat Berryman!", stieß sie in panischer Angst hervor. Sie drehte sich um und rannte in eine andere Richtung davon, nur weg von dem Banditen, der sie ebenfalls bemerkt und sein Pferd zu einer schnelleren Gangart angetrieben hatte. Sie griff nach ihrem Gürtel, aber das Messer war längst verschwunden, lief noch schneller und stieß einen verzweifelten Hilfeschrei aus, als der Hufschlag immer lauter wurde und das Schnauben des Pferdes unheilvoll über den Hügel klang. Sie stolperte und fiel auf den Boden, hielt beide Arme vor ihren Körper, als der Bandit abstieg.

„Ich will verdammt sein", hörte sie die heisere Stimme des Verbrechers, „wenn das nicht unser Täubchen ist! Hast wohl gedacht, du könntest dich klammheimlich davonmachen!" Er blickte sich suchend um und lachte kalt. „Wo ist Jesse? Wo ist das gemeine Schwein, das gemeinsame Sache mit einer Rothaut macht? Hat ihn der Sturm geschafft?" Wieder dieses kalte Lachen. „Ich hatte Glück, mein Täubchen! Ich lag zwischen den Felsen, als der verdammte Sturm vorbei war, und Chadwicks Brauner stand genau neben mir! Der Sturm hat ihn mir genau in die Arme getrieben! Da staunst du, was? Manchmal ist das Leben doch gerecht! Weiß der Teufel, wo Chadwick abgeblieben ist, der verdammte Mistkerl kann mir auch gestohlen bleiben!"

Nscho-tschi beobachtete, wie Nat Berryman näher kam und seine Pistole zog. „Was willst du von mir?", fragte sie ängstlich.

„Dreimal darfst du raten, mein Täubchen!", antwortete er. In seinem zerfledderten Anzug, der durch den Sand beinahe grau geworden war, sah er wie ein Gespenst aus. Sein Hut war kaum noch als solcher zu erkennen. „Wir sind allein, hast du das bemerkt? Hier gibt es keinen Chadwick, der das große Wort führt, und der feige Hund, der dich losgeschnitten hat, ist entweder tot oder verschwunden! Wir sind unter uns, mein Täubchen, und wenn du schön nett bist, könnte ich mich dazu überwinden, dich am Leben zu lassen! Kapiert?" Er beugte sich zu der Indianerin hinunter und grinste sie gierig an. Sie schloss die Augen und war auf das Schlimmste gefasst. Aber die einzige Berührung kam vom heißen Lauf seiner Pistole, und als sie vorsichtig die Augen öffnete, lachte er nur und fragte: „Wo liegt das verdammte Gold? Sag mir, wie ich an den Schatz komme, ohne deinen Stammesbrüdern in die Arme zu laufen!"

„Es liegt in einer Höhle", wiederholte sie. Vor Angst versagte ihr beinahe die Stimme. „In den Bergen nördlich von Santa Fe. Sie wird von unseren tapfersten Kriegern bewacht! Es gibt nur einen Eingang! Das habe ich doch alles schon gesagt!“ Sie blickte ihn flehend an. „Ich verspreche dir, ich führe ich dich zu dem Gold!“

Er zog den Pistolenlauf über ihre Wange, riss die Wunde auf, die vor einigen Tagen entstanden war. Sie unterdrückte den pochenden Schmerz. „Verschon mich mit deinem Geschwätz!“, schimpfte Nat Berryman. „Ich hab' keine Lust mehr, dich quer durch den Westen zu schleifen! Du hängst mir doch wie ein Klotz am Bein, und wenn ich Pech habe, ist Chadwick noch am Leben und holt uns ein! Nein, mein Täubchen, du wirst mir hier und jetzt sagen, wie ich an den verdammten Goldschatz komme! Es muss einen Weg geben! Sag ihn mir und du bleibst am Leben!“

Nscho-tschi überlegte angestrengt und entschloss sich zu einer weiteren Lüge. Es blieb ihr keine andere Chance. „Die Höhle liegt einen Tagesritt von Santa Fe entfernt, auf einem Berg, der aus der Ferne wie ein Büffel aussieht. Folge dem Pfad, der zwischen zwei weißen Felsbrocken verschwindet, und du erreichst das Versteck am anderen Ufer eines Baches! Ahme den Ruf eines Adlers nach und die meisten unserer Krieger werden sich zum anderen Ende des Tales begeben, weil sie glauben, dass von dort Gefahr naht! In einem solchen Fall bleiben nur zwei Krieger in der Höhle selbst zurück. Wenn du stark genug bist, kannst du sie besiegen! Und wenn du schnell genug bist, kannst du einen Teil des Goldes stehlen! Aber sei nicht gierig, denn die Krieger kommen zurück!“

Nat Berryman grinste über beide Backen und stand auf. Er war so von sich überzeugt, dass er keinen Zweifel an den Worten der Indianerin hegte. „Gut gesungen, mein Täubchen! Wenn wir Zeit hätten und es nicht so verdammt heiß wäre, würde ich mich ausführlich bei dir bedanken! Aber so..." Er entsicherte seine Pistole und sie hatte schon Angst, er würde sie kaltblütig erschießen, aber er überlegte es sich anders. „Ach, was“, sagte er zu sich selber, während er die Pistole sicherte und hinter seinen Gürtel steckte, „das lohnt sich nicht! Wer weiß, wo Chadwick abgeblieben ist! Der würde den Schuss nur hören! Wird höchste Zeit, dass ich den Kerl abschüttele!“ Er blickte Nscho-tschi an und versetzte ihr einen Tritt gegen den Kopf. „Schönen Gruß an die Geier! Du bist mir doch nicht böse, dass ich weiterreite?“

Nscho-tschi fiel bewusstlos zu Boden und versank in einem quälenden Traum, der von dem Anführer der Banditen erzählte und weiteres Unheil voraussagte.

Chadwick hatte den Sandsturm überlebt und folgte den Spuren seines ehemaligen Kumpans. Er hatte kein Pferd und kam nur langsam voran. Das Schicksal hatte ihm nur seinen Sharps-Karabiner und seine Feldflasche gelassen. Er verfluchte seine Dummheit, sich mit Nat Berryman und Jesse Calhoun eingelassen zu haben, hirnlosen Möchtegern-Banditen, die einfältig genug waren, allein nach dem Goldschatz der Apachen zu suchen. Hatten sie vergessen, dass nur ein Mann raffiniert genug gewesen war, die Pläne zu allen ihren Überfällen und Raubzügen auszuhecken? Wer hatte die Fahrpläne der Kutschen herausbekommen, die wertvolle Geldladungen transportierten? Wer hatte die Bank ausspioniert, die sie in Kansas um einen ordentlichen Betrag erleichterten? Wer hatte den Handel mit den Comanchen in die Wege geleitet?

„Ben Chadwick“, hörte Nscho-tschi den Anführer

sagen und als sie aus ihrem quälenden Albtraum erwachte, sah sie ihn leibhaftig vor sich stehen.

„Du lebst also noch", stieß Chadwick hervor. Er setzte der Indianerin seine Feldflasche an den Mund und ließ sie trinken. Er deutete auf die Spuren von Berryman, denen er gefolgt war. „Was hast du Berryman gesagt? Will er das Gold alleine finden? Und wo ist Jesse, dieser feige Hund? Raus mit der Sprache!"

Der Bandit hatte seine Sharps nicht erhoben, aber Nscho-tschi wusste auch so, dass er nicht zögern würde, sie zu erschießen. In knappen Worten schilderte sie, was geschehen war. „Ich weiß nicht, wo Jesse ist", sagte sie, „vielleicht ist er tot! Ich weiß es wirklich nicht! Der Mann, den ihr Berryman nennt, reitet in die Berge! Er glaubt, dass er die Krieger in der Höhle allein besiegen kann!"

„Das hast du ihm auf die Nase gebunden?", meinte Chadwick verwundert. Sein staubverkrustetes Gesicht zersprang zu einem Lächeln. „Du bist gerissener, als ich dachte! Aber mich kannst du nicht belügen! Ich kenne die Apachen! Ich weiß, dass man sie nur besiegen kann, wenn man sie mit ihren eigenen Waffen schlägt!" Sein Lächeln verschwand und sein Gesicht wurde zu der starren und kalten Maske, die er wie einen Schutz trug. „Du wirst mir dabei helfen! Wir werden zusammen in die Berge reiten und das Gold holen! Was mit Berryman geschieht, ist mir egal!"

Nscho-tschi griff sich an die blutige Schramme, die in der Hitze wieder getrocknet war, und stand vorsichtig auf. „Wir haben keine Pferde", sagte sie heiser, „sie sind im Sturm weggelaufen!"

„Wir brauchen keine Pferde", antwortete Chadwick zu ihrer großen Überraschung, „bis zum nächsten

Trail sind es höchstens zwei Meilen und die schaffen wir auch zu Fuß. Dort gibt es eine Handelsstation und wie ich den Mann kenne, überlässt er uns seine besten Pferde!" Er hob seine Sharps. „Und jetzt vorwärts! Ich hab keine Lust, den ganzen Tag mit dir zu palavern! Wenn wir uns beeilen, sind wir bis heute Abend bei der Station." Er stieß ihr den Karabinerlauf in den Rücken und sie marschierte los.

Es gab wieder eine Zukunft für sie. Zweimal war sie dem Tode nahe gewesen und beide Male hatte der Große Geist sie gerettet. Vielleicht war Yusn doch auf ihrer Seite? Zumindest hatte sie Zeit gewonnen. Zwei Tage, höchstens drei oder vier, dann würden sie die Berge nördlich von Santa Fe erreicht haben. Es gab keinen Felsen dort, der wie ein Büffel aussah, und es gab auch keine Höhle. Das Gold der Apachen lag etliche Tagesritte weiter im Süden. Das würden auch die Banditen herausfinden. Berryman, der allein unterwegs war, und Chadwick, der sie erneut in seiner Gewalt hatte. Ihre Fluchtversuche waren fehlgeschlagen und noch einmal würde sie den gefährlichen Männern nicht entkommen. Wo waren Winnetou und die Apachen? Würde es ihnen gelingen, sie in der Bergwildnis bei Santa Fe aufzuspüren?

22. Schießerei im Handelsposten

Der Llano Estacado glühte unter dem lodernden Feuerball der Sonne. Wie ein erstarrtes Meer lag die Wüste vor ihnen, ein felsiges Land mit staubigen Hügeln und rotbraunen Felsformationen, die wie die Überreste einer mittelalterlichen Burg aus dem Sand ragten. Dornenbüsche und Kakteen wucherten aus den verkrusteten Spalten. Der Boden warf die Hitze zurück und gab Nscho-tschi das Gefühl, durch einen glutheißen Backofen zu laufen. Sie war nicht mehr gefesselt. Chadwick lief hinter ihr, den Sharps-Karabiner in der rechten Hand, und es gab keine Möglichkeit zur Flucht. Der Bandit kannte den Llano Estacado wie kaum ein anderer und wusste, wo der abgesteckte Trail nach Santa Fe lag.

Am späten Nachmittag hatten sie es geschafft. Hinter einer Bodenwelle tauchten die ersten Pfähle auf und vor einer schillernden Felswand waren die Umrisse eines flachen Gebäudes aus Adobe-Lehm zu erkennen: der Handelsposten. Die Sonne leuchtete auf den braunen Mauern und spiegelte sich in den wenigen Fenstern. Hinter dem einstöckigen Haus, bei der ergiebigen Quelle, die versteckt in einem Spalt der Felswand lag, wuchsen einige Cottonwoods. Ihre hellgrünen Blätter raschelten im heißen Wind. „Du gehörst zu mir“, erklang die befehlsgewohnte Stimme des Banditen, „hast du gehört? Ein falsches Wort und ich jage dir eine Kugel in die Beine! In dieser Gegend kräht kein Hahn danach, was ich mit einer Squaw anstelle!“

Sie überquerten den Trail, der mit zahlreichen Wagenspuren bedeckt war, ein sicheres Zeichen dafür, dass nach dem Sandsturm ein Treck durchgekommen war. Vor dem Haus gab es einen Corral mit einigen Pferden und an der Haltestange neben dem Eingang waren ein Brauner und ein Falbe angebunden. Beide Tiere waren gesattelt und sahen abgehetzt aus. Einige Insekten umschwirrten die schwitzenden Tiere. „Denk daran, was ich dir gesagt habe!“, erinnerte Chadwick die Indianerin an seine Warnung. „Wenn du Ärger machst, schieß’ ich dich zum Krüppel!“

Seine Worte klangen kalt und gefühllos und es gab keinen Zweifel daran, dass er sie wahr machen würde. Sie öffnete die Tür und wurde von Chadwick in den Laden gestoßen. Hinter ihr ließ der Bandit die Tür ins Schloss fallen. „Buenos dias[1]“, sagte er zu dem mexikanischen Händler, einem beleibten Mann mit lockigen Haaren und einem schnauzbärtigen Gesicht, das im fahlen Halbdunkel des Ladens glänzte. In seinen großen Augen stand eine Mischung aus Überraschung und Angst und seine Stimme war viel zu hell für einen kräftigen Mann.

„Buenos dias, Senor Chadwick! Ich freue mich, dass Sie wieder mal vorbeischauen!“ Er blickte Nscho-tschi an und konnte sich ein anzügliches Grinsen nicht verkneifen. „Wie ich sehe, haben Sie sich eine Squaw genommen. Muy bien! Ich dachte schon, Sie hätten...“

„Halt die Klappe, Emilio! Gib mir ein Bier!“ Chadwick schob die Indianerin wie eine Puppe durch den Laden und blieb vor dem Tresen stehen, der aus einigen Brettern bestand, die man über leere Fässer gelegt hatte. „Und Wasser!“ Der Bandit behielt den Karabiner

[1] ‚Guten Tag‘ [2] ‚Sehr gut‘

in der Hand und lehnte sich mit dem Rücken gegen den Tresen. Er zog eine Zigarre aus der Brusttasche seines staubigen Anzugs, biss die Spitze ab und zündete sie an. Der Rauch hüllte sein Gesicht ein und stieg langsam zur Decke empor.

Der Laden war angenehm kühl. Die Regale an den Wänden waren mit Lebensmitteln, Werkzeugen und anderen Dingen gefüllt, die man auf dem langen Trail brauchte; an einigen Ständern hingen Kleidungsstücke und in einer abschließbaren Glasvitrine lagen Gewehre, Pistolen und Munition. Hinter der Theke standen Flaschen in einem Regal. Auf dem Gurkenfass saß eine orangefarbene Katze und sah den beiden Männern zu, die an einem von drei runden Tischen saßen und pokerten. Verwegen aussehende Kerle mit schweren Navy-Colts in den Holstern.

„Cerveza? Agua? Naturalmente, amigo[1]!" Emilio beeilte sich, die Bestellung des Banditen auszuführen und reichte auch Nscho-tschi ein Glas Wasser. Chadwick hatte nichts dagegen. Seine Aufmerksamkeit galt den beiden Männern am Pokertisch, die ihre Partie in Ruhe zu Ende spielten und die Neuankömmlinge erst dann zu beachten schienen. Sie standen auf und schlenderten betont lässig zum Tresen. Beide rückten die Gürtel mit den Colts zurecht, als sie an die Bar traten. Sie kannten Chadwick nicht und begingen den Fehler, ihn wegen seiner staubigen und zerschlissenen Kleidung für einen Landstreicher zu halten. Sie fühlten sich überlegen. Der größere der beiden Männer war wie ein Spieler gekleidet, trug sogar in der Wüste einen dunklen Anzug mit einem langen Rock und hatte gewelltes Haar, das ihm bis auf den makellos sau-

[1] ‚Bier? Wasser? Natürlich, mein Freund.'

beren Hemdkragen reichte. Sein breitkrempiger Hut lag auf dem Pokertisch. Der andere Mann wirkte eher gedrungen und sah wie ein Mischling aus. Seine Baumwollhose wurde von dunkelroten Hosenträgern gehalten. Er musterte Nscho-tschi aus seinen dunklen Augen und zeigte seine makellos weißen Zähne. Beide Männer verlangten nach Bier.

Nscho-tschi wich einen Schritt zurück. Sie wagte nicht, von ihrem Wasser zu trinken, obwohl sie sehr durstig war. „Rühr dich nicht vom Fleck!“, zischte Chadwick. Sie hielt sich mit einer Hand am Tresen fest und beobachtete die beiden Spieler, die scheinbar arglos von ihrem Bier tranken. Der Häuptlingstochter entging nicht, dass ihre freien Hände wie zufällig auf den Kolben ihrer Revolver lagen. Man sah den Männern ihre Anspannung nicht an. Auch Chadwick wirkte unbeteiligt, beinahe gelangweilt, und lediglich sein wachsamer Blick verriet, dass er sich auf einen Angriff der beiden Spieler vorbereitete. Er war es gewohnt, das Schlechteste von einem Menschen zu denken, und war meist gut damit gefahren. Nur wer misstrauisch war, blieb am Leben.

Die Atmosphäre in dem Laden trieb einem kritischen Höhepunkt zu. Das merkte auch Emilio, der immer weiter zurückwich, um beim geringsten Anzeichen von Gefahr nach draußen zu laufen. Nscho-tschi war viel zu aufgeregt, um an Flucht zu denken. Sie wusste, dass Chadwick nicht zögern würde, seine Drohung wahr zu machen. Sobald sie losrannte, würde er ihr eine Kugel ins Bein jagen. Daran würden ihn auch die beiden Spieler nicht hindern. Wie gebannt beobachtete sie die weißen Männer, die auf den ersten Blick wie harmlose Gäste wirkten, die den Wüstenstaub mit Bier hinunterspülten. Nur das Funkeln in ihren Augen verriet, wie explosiv die Stimmung war.

„Auf der Durchreise?", fragte der große Spieler mit den langen Haaren. Es klang wie eine höfliche Frage. Sein Lächeln wirkte wie eine der künstlichen Masken, die er beim Pokern einsetzte.

„Schon möglich", antwortete Chadwick. Er hatte den Finger am Abzug und ließ die beiden Männer nicht aus den Augen. „Spieler?"

„Auch", kam die knappe Antwort.

Nach diesem Wortwechsel trat gespannte Stille ein. Selbst die Katze auf dem Gurkenfass bewegte sich nicht. Chadwick paffte an seiner Zigarre und blickte dem Rauch nach. Die Spieler nippten an ihrem Bier. Emilio lehnte an der Tür, die zum Nebenzimmer führte. Nscho-tschi fragte sich, warum die Männer einander belauerten, und fühlte sich an einige Krieger ihres Stammes erinnert, die von einer Begegnung mit einem kleinem Jagdtrupp der Yaquis[1] an der mexikanischen Grenze erzählt hatten. Obwohl es keinen Krieg zwischen den beiden Stämmen gab, hatten sie sich wie sprungbereite Berglöwen gegenüber gestanden. Ein Funke hätte genügt, um das Pulverfass zur Explosion zu bringen, und allein Winnetou war es zu verdanken, dass es zu keinem Kampf gekommen war. Er hatte sie daran erinnert, dass es keinen Sinn machte, ein Leben auszulöschen.

Weiße Männer wie Chadwick oder die beiden Spieler waren anders veranlagt. Sie lebten von ihrem schlechten Ruf und von ihrer Schießkunst. Das hatte sie deutlich gemerkt, als Nat Berryman und Jesse Calhoun noch bei Chadwick gewesen waren. Sie hatten

[1] Indianerstamm

Angst vor ihrem kaltblütigen Anführer gehabt und waren erst geflohen, als er sie nicht mehr zurückhalten konnte. Chadwick war ein gnadenloser Killer, der andere Leben zerstören musste, um sein Ansehen zu bewahren. Wenn er vor Männern wie diesen Spielern zurückwich, war sein Ruf zerstört und die Leute zeigten keinen Respekt mehr vor ihm. Und die Spieler waren anscheinend aus demselben Holz geschnitzt. „Hast dir eine Squaw zur Braut genommen, hä?", hörte sie den großen Spieler sagen. Es klang schnippisch. „Gab's nichts anderes?"

„Sie ist nicht meine Braut", antwortete Chadwick ruhig.

„Das trifft sich gut", meinte der Mann. „Dann macht es dir bestimmt nichts aus, wenn wir sie mitnehmen!" Er lachte heiser. „Kein Grund zur Aufregung! Wir wollen dir nur einen Gefallen tun!" Er deutete auf die Indianerin. „Dabei sieht sie gar nicht mal übel aus, die kleine Rothaut! Was hat sie denn im Gesicht? Ist das Blut? Hast sie wohl geschlagen?" Wieder dieses Lachen. „Wenn das so ist, kannst du sie bestimmt nicht leiden! Du hast doch nichts dagegen, dass wir sie mitnehmen? Eine Gefälligkeit unter Freunden, verstehst du? Wir liefern sie bei den Comanchen ab, kassieren ein bisschen Gold für unsere Mühe und du hast wieder deine Ruhe. Ist doch eine faire Abmachung, oder?"

„Sie gehört mir", erwiderte Chadwick ungerührt. Nscho-tschi sah, wie er den Sharps-Karabiner langsam nach oben nahm. „Wenn ihr sie haben wollt, müsst ihr mich schon erschießen!"

„Das kannst du haben!", sagte der Spieler. Er riss seinen Colt aus dem Halfter und drückte den Abzug durch. Doch er war viel zu langsam für Chadwick. Der Bandit hatte längst seine Sharps hochgerissen und schoss seinem Gegner in den Bauch. Die Kugel des Spielers traf eine Flasche im Regal und ließ unzählige Scherben auf den Boden regnen. Emilio verschwand mit einem Aufschrei im Nebenzimmer. Nscho-tschi duckte sich und seufzte leise, als Chadwick zum zweiten Mal abdrückte und den Mischling mit einer Kugel in die Brust tötete. Entsetzt beobachtete sie, wie die beiden Männer nach vorn wankten und der Länge nach zu Boden fielen. Chadwick ersetzte die verschossenen Patronen. „Spielerpack!", fluchte er unterdrückt. „Dachten wohl, sie hätten es mit einem Satteltramp zu tun!" Er drehte die Toten mit der Stiefelspitze um und nickte zufrieden, als er sah, dass sie nicht mehr atmeten. „Hola, Emilio!", rief er. „Du kannst wieder reinkommen!"

Der Mexikaner kehrte zurück und blieb mit zitterndem Schnurrbart stehen. „Madre de dios[1]!", stieß er hervor. Er bekreuzigte sich zweimal. „Du hast sie erschossen! Warum hast du das getan?"

„Sie haben angefangen", erwiderte Chadwick kühl. „Mach mit ihnen, was du willst! Ihre Sachen kannst du behalten! Nur ihre Pferde nicht, die nehmen wir. Einverstanden?" Und als der Mexikaner eifrig nickte: „Pack uns ein paar Vorräte ein, Emilio! Und Munition für meine Sharps! Verrate niemand, dass ich hier war!"

„Naturalmente, amigo!"

„Pack noch eine Flasche Mescal dazu, verstanden? Ich will in die Berge hinauf, da werden die Nächte schon verdammt kalt!"

„Du willst in die Berge, amigo?"

[1] ‚Mutter Gottes!'

„Beeil dich!“, wich Chadwick aus.

Nscho-tschi war immer noch benommen von der grausamen Schießerei und starrte entsetzt auf die toten Spieler. Sie war den Anblick des Todes gewöhnt, hatte Männer, Frauen und Kinder in ihrem Blut liegen sehen und doch schockierte sie der sinnlose Tod dieser Weißaugen. Sie wusste, dass es sich um kaltblütige Mörder und Taugenichtse handelte. Aber die Schießerei war so sinnlos und brutal gewesen, dass sie jetzt noch zitterte. Chadwick kannte keinerlei Achtung vor dem Leben und benutzte seinen Karabiner wie ein Werkzeug, als machte es keinen Unterschied, ob ein Mensch lebte oder in die Ewigen Jagdgründe einging. Sie konnte sich gut vorstellen, was mit ihr geschehen würde, wenn er sie nicht mehr brauchte oder ihrer überdrüssig war. Er würde sie ohne zu zögern erschießen. Wie ein lästiges Insekt, das man mit den Händen zerdrückte. Nur die Hoffnung auf das gelbe Metall und die Aussicht, von den Comanchen bezahlt zu werden, hielten sie am Leben. Sie nahm einen Schluck von dem Wasser und vertrieb die Übelkeit, die sich in ihrem Körper breit machte.

Chadwick dirigierte sie mit dem Karabiner nach draußen und fesselte ihr die Hände.

„Ich hab keine Lust, wieder von dir hereingelegt zu werden“, erklärte er nüchtern. Er hob sie in den Sattel und sprang auf das andere Pferd. Der Mexikaner war bereits dabei, die Satteltaschen mit Vorräten zu füllen und die Wasserflaschen auszutauschen. „Hat mich gefreut, dich wieder zu sehen, Chadwick“, meinte Emilio nervös. „Vaya con dios!“

„Vaya con dios!“, erwiderte Chadwick und feuerte die beiden Pferde an. Er ritt mit Nscho-tschi auf den

Trail zurück und sie wandten sich nach Westen, der untergehenden Sonne entgegen. Der Himmel war ein blutrotes Meer, das hinter den Hügeln und den fernen Bergen wogte, und der Llano Estacado verwandelte sich ein dunkles Geisterreich, das nur von dem blassen Mond und den Sternen erleuchtet wurde. Der Mesquite und die Dornensträucher wurden zu dunklen Schatten. Der Hufschlag ihrer Pferde klang dumpf auf dem trockenen Boden und die Abdrücke vermischten sich mit den Wagenspuren des Trecks, der während des Sandsturms nach Westen gezogen war. Emilio hatte die Siedler nicht erwähnt und Chadwick nahm an, dass sie ohne zu halten am Handelsposten vorbeigefahren waren.

Nscho-tschi durchschaute die List des Banditen. Sie erkannte, dass er über den abgesteckten Trail ritt, um ihre Spuren zu verwischen. Selbst ein erfahrener Krieger wie Winnetou konnte die Abdrücke ihrer Pferde zwischen den Wagenspuren nicht erkennen. Auf diese Weise gewann Chadwick einen bedeutenden Vorsprung vor den Verfolgern. Sie versuchte das Tempo zu verzögern und täuschte sogar Beschwerden vor, um etwas Zeit zu gewinnen, aber der Bandit durchschaute ihre Absicht. „Wir haben keine Zeit!“, fauchte er sie an. Er schlug ihrem Pferd auf den Rücken und trieb es zu einer schnelleren Gangart an. „Versuch das nicht noch mal, Squaw, sonst schneid’ ich dir die Haare ab!“

Chadwick kannte sich mit Indianern aus. Er wusste, das sie sehr stolz auf ihr langes Haar waren und die langen Zöpfe nur abschnitten, wenn sie um einen toten Verwandten trauerten. Die Androhung verfehlte ihre Wirkung auf Nscho-tschi nicht. Sie nahm die gefesselten Hände vom Sattelhorn, griff erschrocken an ihre schwarzen Zöpfe und murmelte einen Fluch in ihrer Sprache, als sie das höhnische Lachen ihres Entführers bemerkte.

„Du bist ein schlechter Mann", stieß sie wütend hervor.

„Und du bist eine Wildkatze", erwiderte er. „Ich hätte dich den beiden Spielern überlassen sollen, die hätten mir eine Menge Ärger erspart! Hätte dir das gefallen? Oder wärst du lieber bei Berryman geblieben? Der hätte dich so fertig gemacht, dass dich nicht einmal die Comanchen genommen hätten! Ah, ich weiß, du wärst am liebsten mit Jesse Calhoun durchgebrannt, aber du hast ja gesehen, wie weit dich das gebracht hat! Jesse liegt irgendwo im Llano und wird von den Geiern gefressen und du bist wieder bei mir gelandet! Die Welt kann auch gerecht sein!"

Nscho-tschi war anderer Meinung, sagte aber nichts. Sie wollte den Banditen nicht unnötig reizen. Winnetou würde ihre Spuren finden, selbst dann, wenn sie bis nach Santa Fe über den Wagentrail ritten. Er war einer der besten Krieger ihres Volkes und würde seine Schwester nicht im Stich lassen. „Der Große Geist wird dir helfen", flüsterte sie. „Er wird dir zeigen, welchen Weg wir genommen haben!"

Vor ihnen erklang Hufschlag. Ungefähr zehn Reiter kamen über einen Hügelkamm geritten und umzingelten sie, bevor Chadwick an Gegenwehr denken konnte. Nscho-tschi erstarrte vor Angst. Es waren Comanchen. Schwer bewaffnete Krieger der Kwahadis, die ihre Gesichter mit schwarzer Farbe bemalt hatten. Selbst im schwachen Mondlicht konnte sie erkennen, dass ihr Anführer eine tiefe Narbe auf der linken Wange und zwei Adlerfedern in den schulterlangen

Haaren trug. Er war nur mit einem Lendenschurz bekleidet und hatte seinen Oberkörper mit magischen Zeichen verziert. „Narbengesicht!", erschrak Nscho-tschi.

Der junge Krieger hatte seine Drohung wahr gemacht und einige seiner Stammesbrüder um sich geschart, um Rache für die Demütigung im Dorf der Apachen zu nehmen. Er schwang seinen Vorderlader und trieb sein Pferd bis dicht vor die Häuptlingstochter. Den weißen Mann beachtete er kaum. „Meine Macht ist groß, meine ‚puha' ist stark", triumphierte er, „der Große Geist hat die Häuptlingstochter der Apachen vor unsere Gewehre getrieben! Habe ich Recht gehabt, meine Brüder?" Er stieß die Hand mit dem Vorderlader nach oben und stieß den gellenden Kriegsruf seines Volkes aus. Seine Krieger erwiderten ihn. „Sie wird wie eine Hündin in unserem Dorf leben und einen grausamen Tod sterben, wenn wir die Lust verspüren, sie in das dunkle Reich jenseits des Flusses zu schicken!" Er wandte sich an Chadwick und hielt ihm den Lauf seines Vorderladers vor das Gesicht. „Wer bist du, weißer Mann? Ich kenne dein Gesicht!"

„Ich bin ein Comanchero", antwortete Chadwick rasch, „ich war oft in eurem Lager und habe mit Bärenklaue verhandelt, dem mächtigen Häuptling der Kwahadis! Erinnerst du dich an Manuel, den Mexikanerjungen, den ich euch gebracht habe? Ich war in euer Dorf unterwegs, um euch diese Apachin zu bringen! Denke an die Worte, die Bärenklaue zu mir gesprochen hat! Er will sich an Winnetou und allen Apachen rächen! Hast du das vergessen? Hier bringe ich die Häuptlingstochter der Apachen, Winnetous Schwester! Ich will sie Bärenklaue verkaufen, damit er sie vor seinem Tipi anbinden und verhöhnen und demütigen kann. Dann werde ich noch einmal losreiten, um Feuerwasser zu holen."

„Und warum reitest du der untergehenden Sonne entgegen, wenn du genau weißt, dass unser Dorf auf der anderen Seite des Flusses liegt?", konterte Narbengesicht. Er wandte sich an seine Krieger. „Nehmt ihm die Waffen ab! Wir bringen beide ins Lager! Bärenklaue soll entscheiden, was mit ihnen geschieht!"

Die Krieger führten den Befehl aus und wenig später verschwanden die Comanchen mit ihren Gefangenen in der Nacht. Der halbe Mond begleitete sie auf ihrem Weg nach Nordosten.

23. Der Treckführer kennt eine Spur

Die Spur endete in den Ausläufern des Llano Estacado, inmitten der Hügel, die in dem Sturm ein anderes Aussehen angenommen hatten. Überall lag loses Gestrüpp. Es gab keine Hufabdrücke mehr, nur noch körnigen Sand, der heiß und schwer auf dem Boden lag und jegliche Spuren verwischt hatte.

„Wir haben sie verloren", seufzte Winnetou, nachdem sie die nähere Umgebung erkundet hatten, „der Staubsturm hat alle Spuren verwischt!" Er hielt auf einem Hügel abseits der gesteckten Pfähle und blickte angestrengt in die flirrenden Hitzeschleier. Außer den dunklen Schatten der Felsen und Sträucher und der endlosen Kette der Markierungspfähle war nichts zu sehen. „Uns bleibt nichts anderes übrig, als den Pfählen zu folgen. Ich glaube, dass sie Nscho-tschi an die Comanchen verkaufen wollen."

Klekih-petra hielt die beiden Ersatzpferde an den Zügeln und folgte dem Blick seines roten Bruders. „Aber warum sind sie dann durch den Llano Estacado geritten? Das größte Lager der Comanchen soll am südlichen Canadian River liegen, östlich der Staked Plains! Wenn die Banditen zu Bärenklaue wollen, hätten sie die Wüste leicht umgehen können! Warum sollten sie sich unnötig einer Gefahr aussetzen? Sie konnten doch nicht wissen, dass ein Staubsturm ihre Spuren verwischt!"

Winnetou schüttelte nachdenklich den Kopf. „Ich glaube, dass sie uns in die Irre führen wollten. Vielleicht gehört einer der Banditen zu den Pfahlmännern, dann kennt er diese Wüste besser als die Comanchen und die Kiowas!" Der Häuptlingssohn tätschelte seinen Rappen und flüsterte ihm ein paar Worte ins Ohr. „Wir sollten den Pfählen folgen“, fuhr er fort. „Wir haben genug Wasser dabei und die Pferde sind bereit für den langen Ritt.“

Klekih-petra war einverstanden und sie ritten in den Llano Estacado hinein. Winnetou übernahm die Führung. Er kannte die geheimnisvolle Wüste besser als sein weißer Lehrmeister, der die Jagdgründe der Comanchen immer gemieden hatte. Er war ein Mann des Friedens und es war ihm vorbehalten, im Dorf der Apachen zu bleiben und die Kinder zu unterrichten. Nur weil Nscho-tschi, seine Lieblingsschülerin, für die er wie ein Vater fühlte, entführt worden war, hatte er sich auf den Kriegspfad begeben. Auch er konnte mit einem Gewehr umgehen, und was noch viel wichtiger war, er konnte sich mit den Behörden der weißen Männer auseinander setzen, falls die Spuren in eine Stadt führten oder sie es mit den Pferdesoldaten oder einem Gesetzesbeamten zu tun bekamen.

Trotz der mörderischen Hitze kamen die beiden Männer flott voran. Sie wechselten alle paar Meilen die Pferde und lagerten an der Quelle, die auch Nscho-tschi und ihre Entführer gesehen hatten. Sie wollten drei oder vier Stunden im Schatten der Bäume schlafen, bis es dunkel wurde und sie die kühleren Temperaturen der Nacht ausnutzen konnten. Winnetou übernahm die zweite Wache und blieb kauernd neben einem Gestrüpp sitzen, während er eine Hand über seine Augen legte und forschend in die Ferne blickte. Ein Geräusch war an seine Ohren gedrungen.

Er griff nach seinem Gewehr und stand auf, alle

Muskeln angespannt, um sich jederzeit gegen einen plötzlich auftauchenden Gegner wehren zu können. Der Kriegspfad der Comanchen führte mitten durch den Llano Estacado und obwohl der Mond nur halb am Himmel stand, war es immer möglich, dass feindliche Krieger an der Quelle vorbeikamen. Winnetou schlich zu seinem weißen Freund und weckte ihn. Klekih-petra wachte auf und sah, wie der Indianer warnend einen Finger auf seine Lippen legte. Sie führten ihre Pferde zu den Felsen abseits der Quelle und warteten mit entsicherten Gewehren auf die Ankunft der vermeintlichen Feinde. Es war keine Zeit mehr geblieben die Spuren zu verwischen und es drohte ihnen höchste Gefahr.

Doch ihre Vorsicht war unbegründet. Ein herrenloses Pferd kam aus der Wüste, blieb schnaubend vor der Quelle stehen und steckte seine Schnauze in den nassen Sand. Winnetou verließ erleichtert sein Versteck, gefolgt von Klekih-petra, und betrachtete neugierig das fremde Pferd. Schon nach kurzer Zeit hatte er herausgefunden, dass es kaum merklich auf einem Hinterhuf lahmte. „Es gehört einem der Banditen", sagte der junge Krieger, „er muss es in dem Sturm verloren haben!"

„Du meinst, er ist tot?", fragte Klekih-petra besorgt. „Aber dann ist Nscho-tschi...?" Er wagte nicht, den Gedanken zu Ende zu führen, und blickte in die Richtung, aus der das Pferd gekommen war. Es gab viele Möglichkeiten, beruhigte er sich. Es konnte sogar sein, dass nur die Indianerin überlebt hatte und irgendwo auf sie wartete. „Wir müssen den Spuren des Pferdes folgen", sagte er, „auch wenn sie von den Pfählen wegführen! Wir müssen Nscho-tschi suchen!"

Sie hatten beide dieselben Gedanken, sahen die Häuptlingstochter hilflos im Sand liegen, das Gesicht von der Hitze verbrannt, die Lippen aufgesprungen. Ohne Wasser hielt man es im Llano Estacado nur wenige Stunden aus, und wenn sie ohne Vorräte war und die Banditen umgekommen waren oder sie im Augenblick der Gefahr im Stich gelassen hatten, gab es keine Rettung mehr für sie. Die Angst um die junge Indianerin trieb die Männer immer schneller voran. Aber ihre Eile war vergebens. Die Hufabdrücke endeten im Nichts und im weiten Umkreis waren keine Spuren eines Todeskampfes zu entdecken.

„Ich kenne diesen Weg“, beruhigte Winnetou seinen weißen Bruder, „hier haben wir die Pfahlmänner gejagt. Also gehört einer der Banditen tatsächlich zu ihnen.“ Er drehte sich im Sattel und deutete nach Nordwesten. „Wenn wir der Sonne folgen, erreichen wir den Weg nach Santa Fe. Wir fragen die Weißaugen nach Nscho-tschi und den Banditen. Wenn sie nichts wissen, versuchen wir herauszubekommen, ob sie bei den Comanchen sind. Die Comancheros sind geschwätzig! Wenn wir ihnen Gold geben, verraten sie uns bestimmt, wo Nscho-tschi sich aufhält.“

Sie nahmen das herrenlose Banditenpferd mit und ritten bis in den Morgen hinein. Der bleiche Mond wies ihnen den Weg. Am Morgen schlug ihnen die Hitze ins Gesicht und wollte sie in die Knie zwingen, aber sie ließen sich nicht unterkriegen und ritten weiter, bis sie die Pfähle des Trails in der Ferne sahen. Zwischen den Kakteen im Westen erblickten sie die schattenhaften Umrisse eines kleinen Wagenzuges. Fünf Wagen mit weißen Planen, die wie Segel in der Sonne leuchteten. Sie ritten darauf zu und zügelten ihre Pferde vor dem verdutzten Treckführer, einem kräftigen Mann mit einem wettergegerbten Gesicht und einer ausgeprägten Nase, die ihm den Beinamen ‚Big Nose' eingebracht hatte. Eigentlich hieß er Alex Swenson. Er trug einen schwarzen Sonntagsanzug mit sorgfältig gebundener Schnürsenkelkrawatte und seine langen Haare wurden nur teilweise von einem breitrandigen Filzhut verdeckt. Er nahm erleichtert sein Gewehr herunter und befahl den Leuten bei den Wagen nicht zu schießen, als er erkannte, dass Klekih-petra ein Weißer war. „Hallo, Bruder", erwiderte er den Gruß des weißen Apachen, „seid froh, dass wir Euch nicht in die Ewigen Jagdgründe geschickt haben! So wie Ihr Euch kleidet, hätte man Euch leicht für einen Indsman halten können!" Er nickte Winnetou zu. „Und das ist ein echter Indsman, nehme ich an? Wir haben nichts gegen Indianer. Unsere Bruderschaft ehrt jedes Lebewesen auf dieser Erde, sogar Eidechsen und Ameisen, aber in dieser Gegend muss man sehr vorsichtig und schnell mit dem Gewehr zur Hand sein! Den Comanchen soll es ziemlich egal sein, welchen Glauben wir haben. Wer seid Ihr, Mister?"

Klekih-petra nannte seinen Namen und stellte auch Winnetou vor. „Wir kommen in Frieden", erklärte er dann. „Wir sind auf der Suche nach einer Indianerin. Sie heißt Nscho-tschi und ist seine Schwester." Er blickte seinen roten Freund an. „Sie ist von drei weißen Banditen entführt worden, gefährlichen Männern, die ganz anders denken als Ihr! Habt Ihr sie zufällig gesehen oder etwas über sie gehört?" Er beschrieb Ben Chadwick, Nat Berryman und Jesse Calhoun und verschwieg nicht, dass Chadwick ein kaltblütiger Killer und Berryman ein aufbrausender

Hitzkopf war, der nichts lieber tat, als hilflose Menschen zu quälen. „Ich hatte das zweifelhafte Vergnügen, die Bekanntschaft dieser Verbrecher zu machen", fügte Klekih-petra hinzu. „Wir haben große Angst, dass sie der Indianerin etwas antun, und wollen sie so schnell wie möglich einholen. Sie müssen in der Nähe sein."

Der Treckführer schüttelte den Kopf, dann gestattete er sich ein Lächeln. „Seltsam, dass Ihr nach diesen Männern fragt. Gestern war ein Mädchen bei uns, eine Mexikanerin, die erzählte uns, dass sie die Banditen ebenfalls verfolgt! Ich wollte ihr die Sache ausreden, sie ist noch ein halbes Kind, aber sie ließ sich nicht beirren. Die Kerle haben ihren Bruder entführt und wollen ihn an die Indianer verkaufen!"

„Teresa!", erkannte Winnetou. „Ich wusste, dass sie nicht aufgibt! Was wollte sie von Euch? Dieses Mädchen ist in großer Gefahr! Erzählt uns alles, Mister! Wenn sie allein gegen die Banditen antritt, wird sie sterben! Diese Männer schrecken nicht davor zurück eine Frau zu töten!"

Der Treckführer zuckte mit den Schultern. „Wir haben ihr dasselbe gesagt, was ich Euch sagen werde. Einer der Männer, die Ihr beschrieben habt, war bei uns, aber er kam uns nicht wie ein Verbrecher vor. Der junge Mann, den Ihr Jesse Calhoun nennt. Er hatte sein Pferd in dem Staubsturm verloren und bat uns um Hilfe. Er bezahlte einen guten Preis für ein Pferd, das eher zum Pflügen eines Ackers taugt. Dann verschwand er nach Westen."

„Und was ist mit Teresa?", fragte Winnetou ernst. Er machte sich Sorgen um die junge Mexikanerin. Sie schwebte in großer Gefahr.

„Das Mädchen ist in Ordnung", erwiderte der Treckführer, „aber ich frage mich, wie lange noch. Ich habe noch keine junge Lady erlebt, die so wild darauf war in ihr Verderben zu reiten! Sie ließ sich nicht von ihrem Vorhaben abbringen! Unsere Frauen haben lange mit ihr geredet, aber sie blieb stur! Weiß der Teufel, warum sie die Banditen unbedingt selber verfolgen wollte. Ich meine, so etwas sollte sie der Armee oder einem Sheriff überlassen! Sie ist dem jungen Kerl nach Westen gefolgt."

„Vielen Dank", meinte Klekih-petra, „Ihr habt uns sehr geholfen!" Er blickte auf die armseligen Gestalten, die aus ihren Wagen gekrochen waren und ihn und Winnetou in einer Mischung aus Furcht und Neugier anblickten. „Wollt Ihr nach Kalifornien?"

Der Treckführer nickte und seine Augen nahmen einen hoffnungsvollen Glanz an. „Dort soll es freundliche Menschen und fruchtbaren Boden geben. Wenn der Herr uns wohlgesonnen bleibt und unser Traum in Erfüllung geht, streuen wir dort unser Saatgut aus. Wir wollen eine Siedlung errichten. Mit der Hilfe des Herrn werden wir unseren Kindern eine bessere Zukunft bieten!"

„Ich wünsche Euch viel Glück", verabschiedete Klekih-petra sich von dem Treckführer. Winnetou hob die rechte Hand. „Ihr seid ein guter Mann! Ich weiß, dass Ihr es schaffen werdet!"

„So long! Unsere Gebete werden Euch begleiten!"

Sie ließen das Banditenpferd bei den Siedlern, winkten ihnen noch einmal zu und folgten dem abgesteckten Trail in westlicher Richtung. Nach dem Staubsturm waren die wenigen Spuren deutlich zu erkennen, aber Winnetou hatte das neue Pferd von

Jesse Calhoun noch nie gesehen und konnte die Hufabdrücke nicht bestimmen. Wie sollte er auch ahnen, dass Chadwick und Nscho-tschi nur wenige Meilen hinter dem Wagentreck überrascht worden waren? Die Treckleute hatten nicht auf Spuren geachtet und Winnetou und Klekih-petra nahmen an, dass der junge Bandit seinen Kumpanen folgte, die über einen anderen Trail nach Westen geritten sein mussten. „Sie wollen Nscho-tschi nicht an die Comanchen verkaufen“, überlegte der weiße Apache laut, „jedenfalls nicht jetzt. Sie wollen das Gold! Nscho-tschi muss ihnen einen ähnlichen Bären wie ich aufgebunden haben, um Zeit zu gewinnen! Sie wartet, dass wir sie befreien!“

„Ich weiß“, erwiderte Winnetou, „die Sorge um meine Schwester ist groß, aber ich habe auch Angst um Teresa Martinez!“

„Die Mexikanerin?“ Klekih-petra blickte seinen roten Freund von der Seite an. „Wenn sie ebenfalls auf der Spur der Banditen ist, werden wir sie finden! Ich werde versuchen ihr die Verfolgung auszureden! Nur die Armee oder ein Sheriff können ihr helfen, den Jungen zu befreien! Der Treckführer hat Recht. Der Große Geist wird sie beschützen.“

„Der Große Geist will, dass wir ihr helfen“, widersprach Winnetou ernst. „Aber wie können wir das tun, wenn Nscho-tschi in großer Gefahr schwebt? Manuel ist längst bei den Comanchen.“

„Wir werden sehen, mein Freund. Denke an deine Schwester! Wir können sie nur befreien, wenn du alle Sinne auf diese Aufgabe lenkst!“

„Ich weiß, mein Bruder“, erwiderte der Apache, „und ich habe niemals daran gedacht, diese Aufgabe zu vernachlässigen! Verzeih mir, wenn ich diesen Eindruck erweckt habe. Ich liebe meine Schwester und nichts wird mich daran hindern, sie ins Dorf der Apachen zurückzuholen! Enju, das habe ich versprochen!“

„Das ist gut“, sagte Klekih-petra.

Am Nachmittag desselben Tages erreichten der Apache und sein weißer Lehrmeister die Ausläufer des Llano Estacado. Sie ließen die Wüste hinter sich und lagerten an einem Bach, der aus den Bergen kam und durch einen lichten Laubwald floss. Nach der Gluthitze genossen sie die angenehme Kühle und das frische Wasser. Sie füllten ihre Wasserbehälter, wechselten die Sättel und ritten auf den Ersatzpferden weiter. Winnetou tätschelte das Tier, das sich erst an den Sattel gewöhnen musste. Es würde einige Zeit brauchen, bis es so empfindlich auf einen Schenkeldruck reagierte wie Iltschi.

Sie durchquerten das Wäldchen und fanden die Hufabdrücke eines einzelnen Pferdes. Winnetou stieg ab und untersuchte die Spuren. Sie führten mitten durch die Wildnis, folgten nicht dem markierten Weg, den alle anderen Weißaugen genommen hatten. „Der Reiter hat etwas zu verheimlichen“, sagte der Indianer, „er möchte nicht gesehen werden und hat versucht, seine Spuren zu verwischen!“ Er kniete nieder und lächelte überlegen. Der Reiter war nicht sehr geschickt gewesen. Er mochte einen weißen Mann täuschen, aber jeder Indianer erkannte sofort, dass er durch den Bach nach Norden geritten und im Unterholz des Laubwaldes verschwunden war. „Das muss der junge Bandit sein“, sagte Winnetou, „entweder kann er es nicht erwarten die anderen einzuholen oder er glaubt, dass er verfolgt wird!“ Er schwang sich in den Sattel. „Wir folgen dem Mann!“

Nach einer Weile wurden die Spuren deutlicher. Winnetou und Klekih-petra brauchten sich nicht einmal aus dem Sattel zu beugen, um sie zu erkennen. Sie führten am Ufer des Baches entlang in eine dunkle Schlucht und endeten in einem verwahrlosten Goldgräbercamp, das zwischen dem verfärbten Laub kaum zu erkennen war. „Eine Geisterstadt!“, staunte der weiße Apache. Sie gingen zwischen einigen Bäumen in Deckung und blickten auf die wenigen Gebäude hinab. Ein zweistöckiges Blockhaus, über dessen Tür noch das Schild mit der Aufschrift ‚Saloon & Store‘ hing, drei verfallene Bretterhütten und ein Schuppen, in dem wohl eine Schmiede untergebracht gewesen war. Am Ufer des Baches waren die Überreste einer Mühle zu erkennen. Die Trümmer einer Goldwaschrinne lagen zwischen den Bäumen verstreut. Winnetou und Klekih-petra konnten kein Lebenszeichen entdecken. Das Camp schien verlassen zu sein, wie so viele Minenstädte, die nach einem Goldrausch verfielen und nur noch wilden Tieren eine Heimat boten.

Zögernd lenkten sie ihre Pferde in die Geisterstadt. Sie schauten sich suchend um, jeden Muskel angespannt und die Gewehre in den Händen. Der Wind hatte aufgefrischt und rauschte in den Bäumen, bewegte die klapprige Tür einer Bretterhütte und trieb eine leere Blechdose über die Planken, die als Gehsteige gedient hatten und immer noch auf dem Boden lagen. Eines der Pferde schnaubte nervös. „Dies ist ein Ort der Geister“, sagte Winnetou leise. „Sie wollen nicht, dass wir ihre Ruhe stören.“

Sie banden ihre Pferde vor dem großen Blockhaus an und betraten den Plankenweg. Ihre Gewehre waren schussbereit, als sie die Schwingtür öffneten und den dunklen Saloon betraten.

24. Entscheidung in den Bergen

Im Saloon blieben sie abwartend stehen. Die Dunkelheit umfing sie wie eine drohende Wolke und gaukelte ihnen Bilder vor, die es nicht gab. Sie warteten, bis sich ihre Augen daran gewöhnt hatten, und gingen langsam weiter. Rechts von ihnen waren die Umrisse der eingefallenen Theke zu sehen, auf der anderen Seite lagen die Trümmer einiger Tische und Stühle. Ein Klavier war in seine Bestandteile zerlegt worden und gab einen schrägen Ton von sich, als Klekih-petra dagegen stieß. Durch die beiden Fenster fiel kaum Licht herein. Das Laub wucherte über das Dach herab und hüllte das Blockhaus wie ein schützender Mantel ein. Der Boden knarrte und gab unter ihren Füßen nach, als sie vor den Resten der Theke stehen blieben und langsam die Gewehre sinken ließen. „Hier ist niemand", sagte Klekih-petra.

Sie atmeten tief durch und Klekih-petra zuckte erschrocken zusammen, als direkt vor ihnen ein Vogel aus seinem Versteck flatterte und durch das offene Fenster nach draußen flog. Ihre Anspannung löste sich. Der weiße Apache deutete mit dem Gewehrlauf auf die baufällige Treppe. „Ich glaube, den ersten Stock können wir uns sparen", sagte er, „ich habe keine Lust, mir den Hals zu brechen!" Er lächelte in die Dunkelheit, stieg über einen umgestürzten Stuhl und tastete sich zum Ausgang vor. Das Schlagen einer Tür hallte durch die Stadt. „Was war das?", erschrak Klekih-petra. Sie rannten nach draußen, blieben geduckt stehen und stellten erleichtert fest, dass der Wind die Schuppentür bewegte. „Die Geister halten uns zum Narren", sagte der Weiße. Sein roter Bruder war anderer Meinung: „Hier stimmt etwas nicht! Ich spüre, dass mir die Geister etwas sagen wollen!"

„Die Banditen?", fragte Klekih-petra nervös.

„Wer weiß", antwortete Winnetou.

Sie durchsuchten die Bretterhütten, in denen die Goldsucher gewohnt hatten, und durchforsteten den Schuppen, fanden aber nichts, was auf die Anwesenheit eines anderen Menschen hinwies. Die Bewohner hatten ihre Häuser schon vor langer Zeit verlassen. Einen gusseisernen Kanonenofen, drei zerfledderte Matratzen, in denen kleine Nagetiere nisteten, einige Tische und Stühle und leere Whiskyflaschen, mehr hatten sie nicht zurückgelassen. Es gab keine Hufspuren und keine Fußabdrücke, als hätte der geheimnisvolle Reiter, dem sie gefolgt waren, sich in Luft aufgelöst. Das einzige Lebewesen, das sie sahen, war ein Reh, das am Waldrand erschien und rasch wieder verschwand.

Sie blieben unschlüssig auf dem Plankenweg zwischen den Bretterhütten stehen. Es dämmerte bereits und immer dunklere Schatten krochen durch die Schlucht. Die Sonne war hinter den zerklüfteten Felswänden verschwunden. In ihrem letzten Glanz leuchtete das bunte Laub. Die Stille war unheimlich, wurde nur durch das Schlagen der Schuppentür unterbrochen, die sich im böigen Abendwind bewegte. Plötzlich hörte Winnetou ein Geräusch. Er hob sein Gewehr und rannte auf die Überreste der Mühle zu, die zwischen den Bäumen am Bachufer zu sehen waren. Klekih-petra folgte ihm geduckt. Im nächsten Augenblick krachte ein Schuss und sie ließen sich in das kniehohe Gras fallen. Ein Pferd trabte zwischen den Bäumen am Ufer hervor.

„Was wollt ihr?“, rief eine schrille Stimme. Sie klang nervös und voller Angst. „Ich habe euch nichts getan! Was wollt ihr von mir?“

„Bist du das, Calhoun?“ Klekih-petra bemerkte, dass Winnetou durch das Gras robbte, um von hinten an den Banditen heranzukommen, und gab sich alle Mühe, den Mann in seinem Versteck abzulenken. „Jesse Calhoun? Der gemeine Verbrecher, der geholfen hat ein unschuldiges Mädchen zu verschleppen? Der rücksichtslose Bandit, der das Gold der Apachen rauben will?“

„Ich habe Nscho-tschi befreit!“, rief der Junge zurück. „Ihr könnt sie fragen! Ich hab' sie losgeschnitten und bin mit ihr geflohen, aber dann kam der Staubsturm und ich hab' sie verloren! Ich weiß nicht, wo sie ist! Ich hab' stundenlang nach ihr gesucht, aber sie war nirgendwo zu finden! Ich dachte, sie... sie ist tot...“

„Nscho-tschi ist nicht tot“, erwiderte Klekih-petra kühn und hoffte, dass seine Behauptung stimmte. „Wo ist sie, Calhoun?“

„Ich weiß es nicht, verdammt!“, antwortete der Bandit. „Ich bin weggelaufen! Wenn Chadwick oder Berryman mich finden, bin ich ein toter Mann! Was meint ihr, warum ich durch diese gottverlassene Wildnis reite? Die schießen mich über den Haufen, wenn sie mich finden! Ich kann von Glück sagen, dass ich diesen Wagentreck gefunden habe! Die Leute haben mir ein Pferd verkauft, sonst wäre es wohl jetzt schon vorbei mit mir!“ Eine Weile war Stille, dann fragte er besorgt: „Wollt ihr mich töten?“

„Nein“, sagte Winnetou keine zwei Schritte von ihm entfernt. Er hatte sich unbemerkt hinter den jungen Banditen geschlichen und hielt den Lauf seines Gewehres auf ihn gerichtet. „Aber wir wollen wissen, wohin die anderen beiden Männer geritten sind."

Jesse fuhr entsetzt herum und ließ seine Waffe fallen. „Nicht schießen! Nicht schießen!", flehte er beim Anblick des Apachen, obwohl der längst gesagt hatte, dass er ihn verschonen würde.

„Wo sind deine Kumpane?", wiederholte Klekih-petra die Frage seines roten Bruders. Er hatte seine Deckung verlassen und hielt ebenfalls ein Gewehr auf den Banditen gerichtet. „Wo ist Nscho-tschi? Wo ist der Mexikanerjunge, den ihr geraubt habt?"

„Ich war dagegen!", begehrte Jesse auf. „Ich wollte nicht, dass sie die Frau schlagen! Ich wollte nicht, dass sie den Jungen an die Comanchen verkaufen! Ich wollte aussteigen, ganz ehrlich!"

Winnetou blickte den Banditen prüfend an und sicherte sein Gewehr. Er nickte zufrieden. „Der weiße Junge spricht die Wahrheit und wir haben nicht die Absicht ihn zu erschießen! Sobald er unsere Fragen beantwortet hat, darf er gehen, wohin er will!"

„Ich weiß nicht, wo Nscho-tschi ist!", sagte Jesse rasch. „Und ich hab' keine Ahnung, ob Chadwick und Berryman den verfluchten Sturm überlebt haben! Wenn sie die Indianerin wirklich haben, reiten sie zu dem Berg, in dem das Gold der Apachen versteckt liegt. Der Berg, der wie ein Büffel aussieht. Nördlich von Santa Fe. Das Gold soll in einer Höhle liegen. Nscho-tschi wollte uns den Goldschatz zeigen, wenn wir sie am Leben lassen."

Winnetou und Klekih-petra blickten einander viel sagend an. Das Gold der Apachen lag am Nugget-Tsil und der war viele Meilen von dem vermeintlichen Versteck bei Santa Fe entfernt. Es gab keinen Berg, der wie ein Büffel aussah, schon gar nicht in dem Gebirge, das sich nördlich von Santa Fe erhob. Nscho-tschi hatte die Banditen tatsächlich belogen und baute darauf, dass ihre Verfolger rechtzeitig erschienen und sie befreiten.

„Und dann?“, fragte Klekih-petra. „Was wollten sie mit Nscho-tschi anstellen, wenn sie ihnen den Goldschatz gezeigt hat? Sag uns die Wahrheit, Jesse! Sie wollten sie nicht laufen lassen, nicht wahr? Sie wollten die Arme an die Comanchen verkaufen!“

Jesse senkte den Kopf. „Das stimmt.“

„Wo ist Manuel?“, fragte Winnetou.

„Der Mexikanerjunge?“ Der Bandit würde nie vergessen, wie der Junge geweint hatte, als sie ihn den Indianern auslieferten. „Wir haben ihn an die Comanchen verkauft“, gab er zu. „Ich würde es rückgängig machen, wenn ich könnte!“ Seine Verzweiflung war echt. „Ich bin ein Bandit!“, rief er so laut, dass Winnetou und Klekih-petra ihre Gewehre hochrissen. „Es stimmt, verdammt! Ich habe eine Bank überfallen und eine Postkutsche beraubt! Ich habe Menschen betrogen! Aber ich wollte niemals, dass wir unschuldige Frauen und Kinder an die Comanchen verschachern!“ Über seine Wangen rollten Tränen. „Ich wollte es nicht, versteht ihr? Ich habe Chadwick und Berryman gehasst, wenn sie so etwas taten, aber ich war zu schwach, um mich gegen sie zu wehren! Jetzt hab ich es getan und sie werden mich dafür erschießen! Sie werden mich umbringen, habt ihr gehört?“

„Niemand wird dich umbringen“, beruhigte Klekih-petra den verzweifelten Jungen. „Du wirst dein Pferd besteigen und dorthin zurückreiten, woher du gekommen bist! Du wirst arbeiten und niemand wird jemals erfahren, was du für Missetaten auf dem Gewissen hast! Um Chadwick und Berryman kümmern wir uns!"

„Ihr wollt mich laufen lassen?", fragte Jesse ungläubig.

„Wir sind keine Mörder, mein Junge!"

Winnetou und Klekih-petra verließen die eingefallene Mühle und kehrten zu ihren Pferden zurück. Ohne sich von Jesse zu verabschieden, verließen sie die Geisterstadt. Die Nacht war über die Berge gekrochen und der Mond verbreitete fahles Licht. Ein Käuzchen ließ seinen geheimnisvollen Ruf ertönen. Als sie aus der Schlucht ritten, sahen sie die Umrisse eines Reiters auf einem nahen Hügelkamm. Sie zügelten die Pferde und starrten auf die geisterhafte Gestalt, die mit wehenden Haaren und flatternden Kleidern nach Osten ritt. „Teresa!", flüsterte Winnetou. „Sie hat uns belauscht! Sie will allein zu den Comanchen reiten und ihren Bruder befreien! Ich muss sie aufhalten!" Er wollte seinen Rappen antreiben und ihr folgen, aber Klekih-petra hielt ihn zurück und sagte: „Nein, Winnetou! Du kannst sie nicht aufhalten! Sie weiß selber, dass sie nicht allein gegen Bärenklaue und seine Krieger kämpfen kann! Wenn sie klug ist, reitet sie zum nächsten Armeeposten! Wir müssen Nscho-tschi retten, bevor die Banditen merken, dass sie gelogen hat! Wir müssen sie befreien! Wir haben nicht mehr viel Zeit, Winnetou!"

Sie ritten weiter und hielten auf Santa Fe zu, die ehemalige Hauptstadt des spanischen Amerika. Über den flachen Häusern aus Adobe-Lehm und den prächtigen Kirchen brannte die Mittagssonne, als sie daran vorbeiritten und den Trail nach Taos einschlugen. Hinter der winzigen Siedlung ragten die schneebedeckten Berge eines mächtigen Gebirges empor und dorthin würde Nscho-tschi ihre Entführer locken. Wenn die schöne Häuptlingstochter lebte und sich immer noch in der Gewalt von Chadwick und Berryman befand. Sie hatten vor jeder zweiten Cantina angehalten und nach den Verbrechern und Nscho-tschi gefragt, aber niemand hatte etwas gewusst. War es möglich, dass Winnetous Schwester tot im Llano Estacado lag? Hatten die Comanchen sie erwischt? War sie den Banditen entkommen? Es gab viele Möglichkeiten, aber am wahrscheinlichsten war, dass Chadwick und Berryman noch immer hinter dem Gold her waren und mit der Apachin in die Berge ritten. Sie hatten einen großen Vorsprung und Winnetou und Klekih-petra wagten überhaupt nicht daran zu denken, was geschah, wenn sie zu spät kamen.

Vor einer Cantina nordöstlich von Taos wurden sie endlich fündig. Ein schnauzbärtiger Mexikaner mit schlohweißen Haaren hatte zumindest einen der Banditen gesehen. „Muy hombre[1]“, erinnerte er sich, „ein gefährlicher Mann! Er trug einen staubigen Anzug und einen verknitterten Hut und seine Augen waren böse, sehr böse! Er kaufte eine Flasche Mescal und trank die Hälfte aus, gleich hier unter der Ramada! Erzählte was von einer Goldmine! ‚Bald bin ich ein reicher Mann!‘, sagte er und dann schoss er dreimal in die Luft und ritt davon! In diese Richtung!“ Der Mexikaner deutete auf die schneebedeckten Berggipfel im Norden.

[1] ‚Ein ganzer Mann‘

Winnetou und Klekih-petra machten sich an die Verfolgung. Sie nahmen an, dass Nat Berryman sich von seinem Anführer und Nscho-tschi getrennt hatte, um den Mescal zu kaufen, und in den Bergen wieder zu ihnen stoßen würde, aber es waren keine anderen Spuren zu sehen. „Wo ist Nscho-tschi?“, fragte der Häuptlingssohn verzweifelt. „Wo ist der weiße Anführer?“ Sie folgten den Spuren von Nat Berryman in die Berge hinauf, merkten jedes Mal, wenn ein neuer Pfad abzweigte, wie unsicher er war, und erkannten schon bald, dass er sich verirrt hatte. „Er ist allein“, sagte Winnetou niedergeschlagen, „wir sind der falschen Spur gefolgt! Nscho-tschi und der Anführer sind ganz woanders!“

Der weiße Lehrmeister der Apachen war zu derselben Erkenntnis gekommen und ebenso niedergeschlagen. „Wir müssen weiter“, sprach er sich selber Mut zu, „nur Berryman kann uns sagen, was mit Chadwick und Nscho-tschi geschehen ist!“

Entschlossen setzten sie dem Banditen nach. Der Pfad wurde schmaler und die Berge ragten immer steiler vor ihnen auf. Auf den Hängen war der erste Schnee zu erkennen. Mächtige Fichten trotzten dem kalten Wind, der aus dem Norden kam und über die Sonne lachte, die nur im Flachland und der Wüste etwas ausrichten konnte. Zwischen den Bäumen erhoben sich bedrohliche Felswände in den feuchten Nebel, der die Hitze abgelöst hatte und wie feuchte Watte über dem Pfad hing. Winnetou und Klekih-petra waren auf den Klimawechsel gefasst gewesen. Sie hatten sich die Felle übergeworfen, die sie sonst nur nachts von den Sätteln schnallten, und folgten der einsamen Hufspur, die kein Ende zu nehmen schien. „Der

Vorsprung des weißen Mannes ist nicht mehr groß", sagte Winnetou, als er die Abdrücke im morastigen Boden untersucht hatte, „bald haben wir ihn eingeholt!"

Zwei Stunden später, um die Mittagszeit dieses feuchten Tages, sahen sie den Banditen auf einem felsigen Pfad über ihnen, am Rande eines weiten Schneefeldes, das bis zum dunklen Waldrand reichte. Nat Berryman hing gebeugt im Sattel, verzweifelt bemüht, sein Pferd den steilen Trail hinaufzutreiben. Feuchter Dunst hüllte ihn wie einen Geist ein, ließ seine hagere Gestalt schemenhaft und unheimlich erscheinen. Sein Gewehr steckte im Sattelschuh und er war nicht darauf gefasst von seinen Verfolgern eingeholt zu werden, als Winnetou seine Büchse hochriss und einen gezielten Schuss vor die Vorderhufe seines Pferdes setzte. Berryman griff dem Tier entsetzt in die Zügel.

„Nat Berryman!", rief Klekih-petra so laut, dass der Bandit die Worte verstand. Er musste langsam sprechen, weil jedes Wort von den Felsen widerhallte. „Hier spricht Klekih-petra, der weiße Lehrmeister der Apachen, und neben mir wartet Winnetou, der tapferste Krieger unseres Volkes und der Sohn des großen Intschu tschuna! Wir sind gekommen, um dich zur Rechenschaft zu ziehen! Hörst du mich?"

„Fahrt zur Hölle!", kam die rüde Antwort. „Ich habe keine Lust mit euch zu reden!" Er wollte weiterreiten, aber Winnetou hob erneut sein Gewehr und feuerte einen zweiten Schuss ab. Diesmal zerfetzte die Kugel den verbeulten Filzhut des Banditen.

„Schon gut, schon gut", antwortete Berryman. „Was

wollt ihr? Ich hab die rote...ich hab die Indianerin nicht! Ich weiß auch nicht, wo sie ist! Und mir kann niemand verbieten hier rumzureiten!"

„Wo ist Nscho-tschi?"

„Keine Ahnung!"

„Wo hast du sie zu letzten Mal gesehen?"

„Im Llano Estacado", antwortete der Bandit widerwillig. „Jesse ist mit ihr abgehauen! An den verdammten Jungen müsst ihr euch halten! Weiß der Teufel, wo der Mistkerl abgeblieben ist!"

„Wo ist Chadwick?"

„Woher soll ich das wissen, verdammt?", rief Nat Berryman von den Felsen herunter. „Ich hab' gedacht, er ist hinter mir her, aber dann wärt ihr dem Scheißkerl ja begegnet! Hoffentlich ist er in der Wüste verreckt!" Er lachte heiser. „Grüßt ihn schön von mir, wenn ihr ihn seht! Und dann jagt ihm eine Kugel in den Kopf! Ich hab keine Lust mehr die Drecksarbeit für ihn zu erledigen!"

„Was ist, wenn er Nscho-tschi hat?", ließ Klekihpetra nicht locker. „Was hat er vor? Will er sie an die Comanchen verkaufen?"

„Schon möglich. Bärenklaue ist bestimmt ganz wild auf das Mädchen! Er will den Apachen ordentlich eins auswischen! Hast du gehört, Winnetou? Er wird deine verdammte Schwester wie eine räudige Hündin vor sein Tipi binden, bis sie irgendwann gevierteilt und den Hunden vorgeworfen wird! Ihr wisst ja, wie grausam die Comanchen sind!"

Winnetou war gerade dabei, sein Gewehr nachzuladen, und riss wütend die Waffe hoch, aber Klekihpetra hielt ihn zurück. „Ich weiß eine bessere Strafe für ihn", sagte er. Und zu dem Banditen rief er hinauf:

„Was suchst du hier oben, Berryman?“

„Das geht dich einen Dreck an!“

„Den Goldschatz der Apachen?“

Der Bandit schwieg betroffen. Woher wussten die verdammten Kerle, dass er das Versteck kannte? Er versuchte Zeit zu gewinnen. „Goldschatz? Wie kommst du denn darauf, Mann? Ich will abhauen! Hab' genug vom Zigeunerleben! Ich will nach Norden und mir eine Farm kaufen. Wird Zeit, dass ich sesshaft werde.“

„Das glaubst du doch selber nicht.“

Berryman griff mit der linken Hand nach seinem Gewehr. Ganz langsam, damit seine Verfolger nicht misstrauisch wurden. Wenn er die Waffe rechtzeitig genug aus dem Sattelschuh bekam, konnte er den Zwerg und die Rothaut vielleicht erledigen!

„Hier oben gibt es keinen Goldschatz“, rief Klekih-petra zu dem Banditen hinauf. „Nscho-tschi hat dir einen Bären aufgebunden!“

Nat Berryman glaubte, seinen Ohren nicht zu trauen. „Was?“, schrie er aufgebracht. „Dieses elende Miststück!“ Er riss sein Gewehr aus dem Sattelschuh, hob es an die Schulter und schoss. Die Kugel traf das Ersatzpferd von Klekih-petra und tötete es auf der Stelle. Das arme Tier brach wiehernd zusammen.

Winnetou zögerte nicht länger. Er legte blitzschnell an und schoss Nat Berryman das Gewehr aus den Händen. Das Pferd des Banditen scheute. Der Mann verlor das Gleichgewicht und fiel aus dem Sattel, stürzte schreiend von den Felsen, überschlug sich mehrmals, ohne dass er einen festen Halt fand, und krachte gegen eine Fichte. Sein Schrei brach ab und wurde von den Felswänden mehrfach wiederholt, bevor vollkommene Stille eintrat. Jetzt war nur noch das Rauschen des Windes zu hören.

Winnetou und Klekih-petra ritten zu dem gestürzten Banditen und brauchten nicht von den Pferden zu steigen, um zu wissen, dass ihm nicht mehr zu helfen war. „Er hat es nicht anders verdient!“, sagte Klekih-petra, ohne um den Mann zu trauern. Sie begruben den Toten unter Steinen und Felsbrocken, die sie zu einem kleinen Hügel aufschichteten, und ritten in östlicher Richtung den Jagdgründen der Comanchen entgegen.

25. Im Lager der Comanchen

Narbengesicht und seine Krieger verbrachten die Nacht an einer versteckten Quelle, wenige Meilen vom Hauptlager der Kwahadi-Comanchen entfernt. Nscho-tschi und der weiße Mann wurden an Händen und Füßen gefesselt und von erfahrenen Kriegern bewacht, die ihre Gewehre in den Händen hielten und beim geringsten Anzeichen einer Gefahr geschossen hätten. „Ich bin euer Freund", protestierte Chadwick, als die Krieger seine Fesseln überprüften, „ich habe die Häuptlingstochter der Apachen geraubt, um sie an Bärenklaue zu verkaufen! Seit wann brechen die Comanchen ihr Wort? Will der Krieger, der mich überlistet hat, dem Häuptling weismachen, dass er sie gefangen hat? Will er sich mit fremden Federn schmücken? Ich habe oft mit den Comanchen gehandelt und bin nie betrogen worden! Warum jetzt?"

Narbengesicht funkelte den Banditen wütend an. „Ich bin Narbengesicht, der tapferste Krieger meines Stammes! Ich habe es nicht nötig, mich für eine Tat feiern zu lassen, die ich nicht begangen habe! Wofür könnte ich mich rühmen? Jeder halbwüchsige Krieger auf seinem ersten Kriegszug hätte es geschafft, die Hündin der Apachen zu fangen! Willst du, dass wir dich für etwas bezahlen, das ein Kind fertig gebracht hätte?" Der Krieger blickte seinen Gefangenen verächtlich an. „Bärenklaue wird entscheiden, was mit dir geschehen wird! Ich habe gesehen, wie du in die untergehende Sonne geritten bist! Das Lager der tapferen Comanchen liegt dort, wo die Sonne über den Bergen erscheint! Warum hast du deinen angeblichen Freunden den Rücken zugewandt? Ich traue keinem blassen Mann, auch wenn er sich einen Comanchero nennt! Deshalb trägst du die Fesseln, weißer Mann!" Er wandte sich ab und setzte sich ans kleine Feuer.

Nscho-tschi verspürte keine Genugtuung darüber, ihren weißen Entführer leiden zu sehen. Sie hatte genug mit ihren eigenen Problemen zu tun. Zum dritten Mal innerhalb kürzester Zeit war sie eine Gefangene. Sie war den Kiowas und den weißen Banditen weggelaufen und doch hatten die Comanchen sie erwischt. Ausgerechnet Narbengesicht, der hitzköpfige Krieger, der im Dorf der Apachen geschworen hatte, sich für die Demütigung durch Winnetou und die anderen Krieger blutig zu rächen, hatte sie geschnappt! Die bösen Geister hatten sie in eine Falle nach der anderen gelockt und dafür gesorgt, dass die Todfeinde der Apachen ihrer habhaft wurden. Es wurde immer schwerer für Winnetou, sie zu befreien. Selbst ein tapferer Krieger wie er riskierte sein Leben, wenn er in das Hauptlager der gefährlichen Kwahadi-Comanchen schlich, um eine Gefangene zu befreien.

Verzweifelt rüttelte sie an ihren Fesseln. Die Krieger, die sie bewachten, lachten nur darüber. „Die Comanchen sind feige Hunde!", beschimpfte sie die Männer. „Sie vergreifen sich an einer Frau, weil sie Angst haben, sich mit den Kriegern der Apachen zu messen! Ich verachte euch, ihr Schlangen!" Das war der Name, den die Cheyenne den Comanchen gegeben hatten, und Nscho-tschi wusste, wie sie darauf reagierten. Auch bei ihren Feinden galt die Schlange als Verkörperung eines bösen Geistes. „Unsere Krieger werden euch wie Insekten zerdrücken!"

Einer der Wächter ließ sich provozieren und sprang wütend auf. Er versetzte Nscho-tschi einen Tritt und spuckte ihr ins Gesicht. „Morgen bringen wir dich ins Lager! Bärenklaue wird dich an denselben Pflock wie die Hunde fesseln!“ Er verzog seine Lippen zu einem gehässigen Lachen. „Dann wirst du deinen Mund nicht mehr so weit öffnen! Du wirst um dein Leben winseln, räudige Hündin!“

Nscho-tschi war viel zu müde, um sich auf eine Auseinandersetzung mit dem Comanchen einzulassen. Sie unterdrückte ihren Zorn und schloss die Augen. Manchmal war es klüger zu schweigen. Jedes Wort, das sie an ihre Feinde richtete, wurde mit einem höhnischen Lachen oder rücksichtsloser Gewalt vergolten und befriedigte den Rachedurst der Krieger. Es war besser, die Drohungen der Comanchen mit Verachtung zu strafen. Auch wenn sie an den Pfahl gebunden wurde, durfte kein Schmerzenslaut über ihre Lippen kommen. Der Stolz ihres Volkes war groß und die Comanchen sollten erkennen, dass sie nicht einmal stark genug waren, eine junge Frau zum Schreien zu bringen. Intschu tschuna und Winnetou würden ihren Namen am großen Feuer nennen, falls sie der Mordlust ihrer Feinde zum Opfer fallen sollte.

Kaum leuchteten die ersten Sonnenstrahlen über den Bergkämmen, rüsteten die Comanchen zum Aufbruch. Die Rückkehr eines erfolgreichen Kriegertrupps verlief nach einem bestimmten Ritual, das sich auch diesmal wiederholte und bei den Apachen ähnlich war. Die Krieger beschmierten ihre Gesichter mit frischer Kriegsfarbe und legten ihre beste Kleidung an und die langen schwarzen Zöpfe, der Stolz eines jeden Comanchen-Kriegers, wurden mit Bärenfett eingerieben. Die Gefangenen wurden auf ihre Pferde gefesselt und lautstark verhöhnt, bevor Narbengesicht die Hand mit seinem Vorderlader in die Luft reckte und den schrillen Kriegsruf seines Stammes ausstieß.

Nscho-tschi fügte sich in ihr Schicksal und hielt sich mit den gefesselten Händen am Sattel fest, als die Comanchen sie zum Lager trieben. Über hundert Tipis standen im Schatten der mächtigen Cottonwood-Bäume an einer Biegung des Canadian Rivers. Vor einigen der kegelförmigen Zelte aus Büffelhaut waren ‚ramadas' errichtet, Schattendächer aus Strauchwerk, wie sie typisch für die Kwahadis waren. Die Sonne stand über den Bergen und warf lange Schatten, als sie auf dem Hügelkamm oberhalb des riesigen Lagers hielten. Die Krieger schrien, als gelte es ein feindliches Lager zu überfallen und zeigten sich im Sonnenlicht, bis auch die letzten Männer, Frauen und Kinder gemerkt hatten, dass Narbengesicht und seine Krieger zurückgekehrt waren. Einige Kinder, die im Fluss gebadet hatten, rannten aufgeregt ins Dorf zurück und riefen: „Narbengesicht ist wieder da!"

Die Krieger sprengten im vollen Galopp durch das Lager und wendeten in dem Staub, den die Hufe ihrer Pferde aufgewirbelt hatten. Nscho-tschi und dem weißen Banditen blieb nichts anderes übrig, als bei den schreienden Kriegern zu bleiben. Hätten sie den Pulk verlassen, wären sie von den Bewohnern des Lagers geschlagen und bespuckt worden und keiner der zurückkehrenden Männer hätte etwas dagegen gehabt, wenn man sie getötet hätte. Vor dem Tipi von Bärenklaue zügelte Narbengesicht sein Pferd. Er sprang übermütig aus dem Sattel und rief den Namen des mächtigen Kriegshäuptlings. „Bärenklaue!", rief er so laut, dass es alle Umstehenden hören konnten. „Hier steht Narbengesicht, der tapferste Krieger deines Stammes! Komm heraus und betrachte die Beute, die ich dir mitgebracht habe!“

Bärenklaue ließ den jungen Krieger schmoren und noch einmal rufen, bevor er aus seinem Tipi trat. Er war nackt bis auf den Lendenschurz und seine ausgeprägten Muskeln wölbten sich im Sonnenlicht. Um den Hals hing ihm die Kette aus Bärenklauen. Er hatte seine langen Haare mit frischem Fett beschmiert und die lederne Büffelkappe mit den Hörnern aufgesetzt. „Narbengesicht!“, begrüßte er den jungen Krieger, der beim Angriff auf das Apachendorf so kläglich versagt hatte. „Ich dachte, du wolltest zu den Mescaleros reiten und dich für die Schmach rächen, die man dir angetan hat! Wolltest du ihr Dorf nicht dem Erdboden gleichmachen?“ Er verschränkte seine Arme vor der Brust und lächelte grimmig. „Was ist passiert, dass du so früh zurückkehrst? Bist du wieder von Winnetou vertrieben worden?“

Nscho-tschi verhöhnte die Comanchen insgeheim. Selbst ihr Kriegshäuptling schien Respekt vor Winnetou zu haben. ‚Die Comanchen haben Angst vor einem jungen Krieger‘, hätte sie am liebsten gerufen, aber sie verschluckte ihren Hohn und tat gut daran, denn Narbengesicht war wütend genug und stieß sie mit beiden Händen aus dem Sattel. Sie fiel auf den harten Boden und unterdrückte mühsam einen Schmerzensschrei. „Hier ist der Grund, warum wir umgekehrt sind!“, hörte sie die Stimme des jungen Kriegers. „Ich habe dir Nscho-tschi gebracht, die Schwester Winnetous, damit du sie wie eine Hündin, vor dein Tipi binden kannst! Nimm sie als Geschenk! Wenn du sie nicht willst, lasse ich sie von den Frauen auspeitschen und den Aasgeiern zum Fraß vorwerfen!"

Die gefesselte Apachin blieb im Staub liegen und blinzelte in das grelle Sonnenlicht. Sie glaubte zu erkennen, wie stolz der Kriegshäuptling auf Narbengesicht war, doch Bärenklaue zeigte seine Gefühle mit keinem Muskel. Anscheinend gehörte der junge Mann zu den Kriegern, die übermütig und unvorsichtig wurden, wenn man sie lobte. Sie zuckte zusammen, als Bärenklaue mit dem Fuß gegen ihren Oberkörper trat und sie wie den Kadaver eines Büffels oder einer Antilope betrachtete. Er strafte sie mit einem verächtlichen Blick. „Nscho-tschi", presste er zwischen seinen schmalen Lippen hervor. Es klang wie ein Fluch. „Die Blume der Apachen ist in unserer Gewalt! Ich werde sie meinen Frauen schenken! Sie sollen sie wie eine Hündin halten und ihr Fleisch den Wölfen vorwerfen, wenn sie genug von ihr haben!" Er deutete auf Chadwick. „Das ist der weiße Mann, den sie Chadwick nennen! Er treibt Handel mit den Kwahadis. Warum habt ihr ihn gefesselt?"

Chadwick hatte die ganze Zeit geschwiegen, obwohl er seinen Zorn kaum noch beherrschen konnte. Aber es war klüger, einen Kriegshäuptling der Kwahadi-Comanchen erst anzusprechen, wenn man angesehen wurde. Bärenklaue war dafür bekannt, dass er leicht die Beherrschung verlor und seinen Tomahawk in den Schädel eines unbequemen Menschen rammte, der ihm ins Wort gefallen war oder zufällig neben ihm stand. „Ich grüße den tapferen Häuptling der Kwahadi-Comanchen", richtete er das Wort an

Bärenklaue. „Verzeih mir, dass ich die Hand nicht zum Gruß erheben kann, aber dieser junge Krieger fühlte sich bemüßigt, mir Fesseln anzulegen!" Chadwick sprach einen Kauderwelsch aus Spanisch, Englisch und Comanche wie die meisten Comancheros und benutzte die bildhaften Vergleiche der Comanchen. „Er ist ungestüm und forsch wie ein junger Hengst! Ich weiß, dass er viele Skalpe bei den Apachen erbeuten wird, aber er hat wohl vergessen, dass ich die Apachin gefangen habe! Ich habe sie durch den Llano Estacado getrieben! Ich wollte sie dir zum Geschenk machen!"

„Stimmt das?", wandte Bärenklaue sich an den Krieger.

„Der blasse Mann lügt!", konterte Narbengesicht wütend. „Er wollte die Hündin für sich haben! Ich habe sie ihm abgenommen! Er ritt in die untergehende Sonne, als wir ihm begegneten!"

„Nun, weißer Mann?", fragte Bärenklaue.

Chadwick wand sich wie eine Schlange, die man in die Ecke getrieben hatte. „Ich wusste nicht, wo euer Lager war. Der Sturm hatte alle Spuren verwischt und ich musste erst nach den Pfählen suchen, die unseren Weg durch den Llano Estacado markieren. Ich will sie nicht für mich behalten! Was sollte ich mit ihr anfangen? Ich habe sie nur gefangen, um sie in dieses Lager zu bringen! Will Bärenklaue mich dafür bestrafen?"

„Wir werden darüber beraten", wich der Kriegshäuptling aus. Er wandte sich an einige Männer. „Schneidet ihn los! Er ist unser Gast! Aber er wird das Dorf erst verlassen, wenn wir am großen Feuer gesprochen haben!" Zwei Krieger schnitten die Fesseln des weißen Mannes durch. „Du darfst dich frei bewegen, weißer Mann! Aber wenn du das Lager verlässt, werden wir dich töten!“

Nscho-tschi erging es weniger gut. Sie konnte von Glück sagen, dass Bärenklaue sie nicht mit dem Tomahawk getötet oder den Frauen und Kindern befohlen hatte, sie mit Steinen zu erschlagen. Auch das hatte es bei den Comanchen schon gegeben. Aber was die beiden Frauen des Kriegshäuptlings mit ihr anstellten, war zutiefst demütigend. Die Apachin erfuhr, dass die jüngere Frau eigentlich ‚Die-im-Mondlicht-badet‘ hieß, aber nur Mondfrau genannt wurde. Sie war eine hoch gewachsene Schönheit mit beinahe klassischen Gesichtszügen. Ihr schlanker Körper wurde von einem reich verzierten Kleid umfangen. Ihre Augen waren kalt und streng und zeigten keinerlei Gefühlsregung, als sie die Fesseln der Gefangenen löste und ihr mehrmals ins Gesicht spuckte. Ihre Eifersucht war grenzenlos und richtete sich auch gegen Nscho-tschi, obwohl die Apachin bei den Hunden bleiben sollte und nicht die geringste Chance hatte, auf demselben Fell wie Bärenklaue zu liegen.

„Steh auf, Hündin!“, befahl Mondfrau mit blitzenden Augen. Nscho-tschi kam widerwillig dem Befehl nach und lief in eine schallende Ohrfeige der Comanchin, die sie zurück auf den Boden warf. „Ab heute wirst du dich auf allen vieren fortbewegen!“

Antilopenfrau war etwas älter als Mondfrau und mit ihr verwandt. Es kam öfter vor, dass ein Comanche die Schwester seiner Gattin zur Zweitfrau nahm, aus dem einfachen Grund, weil zu viele Männer im Krieg oder auf der Jagd ums Leben kamen und die Frauen nur versorgt werden konnten, wenn sie sich einer Gemeinschaft anschlossen. Antilopenfrau hatte sich niemals damit abfinden können, nur die zweite Wahl zu sein, und klagte den ganzen Tag darüber die schwersten Arbeiten verrichten zu müssen. Sie war nicht so anmutig wie ihre Rivalin, kräftiger gebaut und mit gröberen Gesichtszügen und nicht so gut gekleidet. Das Auffälligste an ihr waren die aufwendigen Tätowierungen, die ihre Wangen und den gesamten Oberkörper bedeckten. Ihre Stimme war energisch, wurde zu einem unkontrollierten Kreischen, wenn sie wütend wurde, und das war auch jetzt der Fall, als sie mit einer Peitsche aus dem Tipi kam und wütend auf die Gefangene einschlug. „Los! Zu den Hunden, du Ausgeburt eines Kojoten!", schrie sie. Die Rohhautschnur traf Nscho-tschi am Oberkörper, und nur weil sie ihre Hände vors Gesicht schlug, entging sie einem Hieb auf ihre verletzte Wange.

Ihr blieb nichts anderes übrig, als der wütenden Antilopenfrau zu gehorchen. Auf allen vieren, wie verlangt, kroch sie neben das Tipi des Kriegshäuptlings. Die Hunde waren nur nachts angebunden, aber ihr wurden schon jetzt neue Fesseln angelegt, feuchte Rohhautschnüre, die sich während des Trocknens zusammenziehen und in die Hand- und Fußgelenke schneiden würden. Mit den Fußfesseln wurde sie an den Holzpflock gebunden, der fest neben dem Zelt verankert war. Sie wusste, dass es keinen Zweck hatte, sich zu wehren, und fügte sich scheinbar willig in ihr Schicksal. Ein Aufbegehren hätte nur weitere Schläge und vielleicht sogar ihren Tod zur Folge gehabt. Sie musste warten. Auf eine günstige Gelegenheit zur Flucht oder auf Winnetou, der hoffentlich bereits irgendwo in der Nähe war. Nach dem Sandsturm war es bestimmt nicht einfach, ihrer Spur zu folgen, und sie hatte keine Gelegenheit bekommen, irgendwo ein Zeichen zu setzen. Dafür war dieser Chadwick zu gerissen. Aber ihr Bruder war ein erfahrener Krieger und würde sie finden. Er würde herausbekommen, dass sie bei den Comanchen war, und alles daran setzen, sie aus der Gewalt dieser Hunde zu befreien.

Die Frauen des Häuptlings verschwanden und ließen sie mit den Hunden allein. Die zottigen Tiere hatten vor dem Tipi um einen Knochen gestritten und kamen neugierig näher, als ihnen der menschliche Geruch in die Nasen stieg. Einer der Hunde, ein besonders kräftiges Tier mit einem abgebissenen Ohr, knurrte sie feindselig an. Nscho-tschi wich vor dem Zähne fletschenden Hund zurück, bis sich ihre Fesseln spannten und in die Fußgelenke schnitten. Zu spät hörte sie das schadenfrohe Lachen. Sie blickte erschrocken auf und sah sich von einem Pulk von Frauen und Kindern umgeben. Die Gefangene war eine willkommene Abwechslung für sie. Es amüsierte sie zu beobachten, wie die verhasste Apachin mit den Hunden zurecht kam. Einige Kinder warfen sogar mit kleinen Steinen nach dem knurrenden Hund und hetzten ihn gegen die Gefangene auf.

Nscho-tschi tat den Comanchen aber nicht den Gefallen vor Angst zu stöhnen oder zu schreien und um Hilfe zu betteln. Sie war eine Apachin und ihr Volk erwartete von ihr, dass sie auch diese Demütigungen stolz und tapfer ertrug. Ihre Augen sprühten Blitze. „Ich bin eine Apachin! Ich habe keine Angst!“, fauchte sie die Frauen und Kinder an. „Ihr seid Comanchen! Ihr seid Feiglinge! Ihr habt Angst gegen mich zu kämpfen! Ihr seid nur tapfer, wenn ich gefesselt vor euch liege!"

Einige Frauen wollten mit Reisigruten auf sie einschlagen, aber Mondfrau ging dazwischen und ließ ihre Peitsche knallen. „Geht weg! Geht weg!", rief sie aufgebracht. „Das ist meine Gefangene! Verschwindet oder ich zünde eure Tipis an!" Die Frauen und Kinder wichen vor der wütenden Frau zurück, blieben aber in angemessener Entfernung stehen. „Verschwindet, hab' ich gesagt!" Nscho-tschi blickte ihnen erleichtert nach und entdeckte einen Jungen, der nicht zu ihnen passte. Er trug die Kleidung der Comanchen und hielt einen kleinen Bogen und Pfeile in der Hand, aber sein Gesicht war mexikanisch und in seinen dunklen Augen stand ein anderer Ausdruck. Er war anscheinend nicht damit einverstanden, wie man sie behandelte, denn er kehrte schon nach wenigen Minuten zurück und blickte sie mitleidig an. „Ich bin Manuel! Ich bin auch ein Gefangener!", sagte er leise. „Meine Eltern sind tot, weißt du. Weiße Banditen haben sie erschossen und mich hierher gebracht. Aber irgendwann laufe ich weg und suche meine Schwester!"

Bevor Nscho-tschi etwas antworten konnte, war Mondfrau bei ihr und ließ die Peitsche knallen. Die Rohhautschnur hinterließ eine blutige Spur auf ihrem linken Oberarm. „Geh zu den Hunden zurück!", befahl die Comanchin kalt. Sie schwang noch einmal die Peitsche, diesmal in die Richtung des Jungen, und stieß einen Schwall von Flüchen aus, der Manuel überstürzt die Flucht ergreifen ließ. „Heute Mittag bekommst du nichts zu essen!", bestrafte sie ihre Gefangene. „Und auch dein Wassertrog bleibt leer! Du musst lernen wie die Hunde zu leben, sonst lasse ich dich töten und den Geiern vorwerfen!“ Sie unterstrich ihre Drohung mit einem lauten Peitschenknall und verschwand im Tipi.

26. Drei Pferde für Nscho-tschi

Die Mittagshitze war erbarmungslos. Der Himmel wurde zu einem riesigen Feuer, das dicht über dem Lager der Comanchen zu lodern schien und Nscho-tschi zu verzehren drohte. Sie war der Hitze hilflos ausgeliefert, lag gefesselt zwischen den Hunden und musste mitansehen, wie eines der Tiere zum Fluss lief und mit triefend nassem Fell zurückkehrte. Der Hund schüttelte sich und sie bekam wenigstens ein paar Tropfen von dem Wasser ab. Die Sonne brannte auf ihrem Gesicht, blendete ihre Augen und verhöhnte sie mit den kurzen Schatten, die auf der anderen Seite des Tipis lagen und sich immer weiter von ihr entfernten. Der Boden war hart. Das wenige Gras, das die Pferde nicht gefressen hatten, war in der Hitze verdorrt. Die Comanchen lagerten seit vielen Wochen an der Biegung des Flusses und würden bald in ihr Winterlager im Palo Duro Canyon ziehen.

Die Hunde hatten sich an sie gewöhnt und belästigten sie kaum noch. Nur gelegentlich wagte sich eines der Tiere in ihre Nähe und beschnüffelte sie neugierig. Sie hatte längst aufgegeben, an ihren Fesseln zu zerren. Die Rohhautschnüre trockneten und zogen sich langsam zusammen. Ihre Gelenke glühten vor Schmerz. Sie kauerte auf der Seite, damit sie nicht auf ihre gebundenen Hände zu liegen kam, und rollte manchmal auf den Bauch, um keinen Krampf zu bekommen. Durch den Schleier vor ihren Augen beobachtete sie, wie Frauen und Kinder stehen blieben und sie auslachten. Sie verdrängte die Stimmen. Es waren immer dieselben Beschimpfungen. Sie erinnerte sich an einen Satz ihres Vaters, der einmal zu den jungen Kriegern gesagt hatte: „Am schlimmsten sind die Frauen und Kinder. Sie können einen Gefangenen zum Wahnsinn treiben! Achtet auf sie, wenn euch die Comanchen erwischen und ins Lager bringen!“

Einige Kinder warfen mit kleinen Steinen nach ihr. Anscheinend ein Spiel, denn jedes Mal, wenn sie trafen, freuten sie sich wie nach einem gelungenen Bogenschuss. Ihre Mütter feuerten sie mit lauten Zurufen an. Einer der Jungen wurde mutig und wagte sich näher an Nscho-tschi heran, stach mit einem Pfeil nach ihren Beinen und reckte die Faust wie ein Krieger, als er ihren Oberschenkel getroffen hatte. Andere Kinder machten es ihm nach. Sie blutete bereits aus mehreren kleinen Wunden, als Antilopenfrau vom Fluss heraufkam und die Peiniger mit ihrer Peitsche vertrieb. „Verschwindet!“, schimpfte sie. „Die Gefangene gehört mir! Geht nach Hause! Hier gibt es nichts zu sehen!“

Die Männer beachteten sie kaum und straften sie mit Verachtung. Bärenklaue ging hoch erhobenen Hauptes an ihr vorbei, wenn er das Tipi verließ, und die anderen Krieger hielten sich in respektvoller Entfernung. Sie hielten es unter ihrer Würde, sie wie ein seltenes Tier zu begaffen, und überließen es den Frauen und Kindern, ihre grausamen Spiele mit ihr zu treiben. Nur wenn sie sich auf einen Ellenbogen stützte und durch das Lager blickte, erkannte sie Narbengesicht, der vor seinem Tipi saß und an einem Pfeil aus Eschenholz schnitzte. Sein Gesicht war voller Zorn und gekränkter Eitelkeit. Er hatte geglaubt, einen großen Coup mit der Gefangennahme von Nscho-tschi und Chadwick gelandet zu haben, und jetzt wurde erst am großen Feuer entschieden, was mit dem weißen Mann geschah. Der Comanche war der festen Meinung, dass der blasse Mann bewusst in die untergehende Sonne geritten war und niemals vorgehabt hatte, seine Gefangene ins Lager zu bringen. Nur ihm, dem tapferen Krieger der Comanchen, war es zu verdanken, dass sie vor dem Tipi des Kriegshäuptlings lag und in der Sonne schwitzte. Warum stellte Bärenklaue sich vor Chadwick?

Auch der Bandit hielt sich von Nscho-tschi fern. Er war selber ein Gefangener, auch wenn er sich scheinbar ungehindert im Lager bewegen durfte. Aber jedes Mal, wenn er sich zu weit von den Tipis entfernte, tauchte ein bewaffneter Krieger in seiner Nähe auf und bedeutete ihm, zur Biegung des Flusses zurückzukehren. Chadwick verstand die Welt nicht mehr. Vor einigen Tagen hatten sie den Mexikanerjungen gebracht und waren von den Comanchen begeistert empfangen und reich entlohnt worden. Woher der plötzliche Sinneswandel? Nur weil er in die falsche Richtung geritten war? Natürlich hatte er nicht vorgehabt, die verdammte Squaw sofort bei Bärenklaue abzuliefern; das Gold der Apachen war ihm wichtiger gewesen, aber warum machten sie eine so große Sache daraus? „Habe ich nicht viele Gefangene in euer Lager gebracht?“, hielt er dem Kriegshäuptling vor, als er ihm zwischen den Tipis begegnete. „Habe ich nicht Waffen und Whisky gebracht?“

Bärenklaue sah ihn nicht einmal an, als er antwortete: „Sprich am großen Feuer zu uns!“

Die schlechte Behandlung, die der weiße Bandit im Lager der Comanchen erfuhr, war der einzige Trost, den Nscho-tschi in ihrer misslichen Situation empfand.

Chadwick war ein gemeiner Schurke, der alle Indianer als lästiges Ungeziefer empfand und nur mit den Comanchen handelte, weil sie mit dem gelben Metall bezahlten. Aber er hatte einen schwerwiegenden Fehler gemacht. Die Comanchen mochten es nicht, wenn man sie hinterging. Sie hielten sich für die alleinigen Herrscher der Prärie und duldeten nicht, dass ein schäbiger Comanchero seine eigenen Interessen in den Vordergrund stellte. Bärenklaue würde niemals zulassen, dass ein Weißer oder ein anderer Krieger mit einer Apachin davonzog. Nscho-tschi gehörte ihm – ihm allein!

Sie rollte sich auf den Bauch und legte den Kopf auf das verdorrte Gras. Die Hitze machte ihr das Nachdenken schwer. Die Sonne wurde immer heißer und presste jeden Willen aus ihrem Körper. Wie gern hätte sie von dem Wasser getrunken, dass eine der Frauen vom Fluss heraufbrachte und in einen Behälter schüttete! Sie hörte das Plätschern und blickte zu der Frau hinüber. Es kostete sie beinahe unmenschliche Anstrengung den Kopf verächtlich zur Seite zu drehen, als die Frau trank und sich genießerisch über die Lippen wischte. Das schadenfrohe Lachen der Comanchin bohrte wie ein glühender Pfeil in ihrer geplagten Seele. Nscho-tschi ballte die gefesselten Hände zu Fäusten. Sie würde niemals nachgeben und den Comanchen das Vergnügen bereiten, um Gnade zu winseln und nach Wasser zu schreien. Eher würde sie verdursten. Sie war eine Apachin! Sie war stark und tapfer und auf ihren aufgesprungenen Lippen würde der Kriegsruf ihres Volkes sein, wenn sie starb. Das Schreien überließ sie dem weißen Banditen, wenn er von den Comanchen an den Marterpfahl gebunden oder von Winnetou und seinen Apachen getötet wurde.

Ein Schatten fiel über ihren Körper. Sie blickte auf und erkannte Zwei Bären, den jungen Krieger, der im Pueblo der Apachen ihre Seele berührt hatte. Seine Gegenwart linderte ihren Schmerz und sein sanfter Blick zauberte zum ersten Mal seit vielen Tagen ein Lächeln auf ihr Gesicht. „Zwei Bären", versuchte sie zu sagen. Es wurde nur ein unverständliches Krächzen, aber er las seinen Namen von ihren Lippen ab. „Ich habe an dich gedacht."

Zwei Bären hielt eine Schale in der Hand und flößte ihr frisches Wasser ein. Sie trank gierig, empfand jeden Tropfen wie ein kostbares Geschenk des Großen Geistes. Das Wasser verlieh ihrem ausgetrockneten Körper neues Leben und neue Kraft. „Und ich habe dich in meinen Träumen gesehen", erwiderte der junge Comanche mutig. „In der anderen Welt habe ich die Flöte für dich gespielt und du hast mir ein Lächeln geschenkt, das eine gemeinsame Zukunft bedeutete." Er schöpfte neuen Mut, bevor er fortfuhr: „Du bist schöner als die bunten Blumen auf der Prärie, wenn der erste Hauch des Sommers über das Gras streicht und die Sonne nach einem langen Winter am Himmel erscheint! Mein Herz ist voller Freude, wenn ich an dich denke!"

Nscho-tschi lächelte ihn dankbar an und nur die glühende Sonne und der Schmerz in ihrem Körper verhinderten, dass sie die zarte Liebeserklärung erwiderte. Sie trank noch einmal und spürte, wie ihre Stimme zurückkehrte. „Du darfst mir nicht helfen! Es ist zu gefährlich!", warnte sie den jungen Comanchen. Aus den Augenwinkeln beobachtete sie, wie einige

Frauen näher kamen und drohend ihre Fäuste schwangen. Ein Junge rief lautstark nach dem Kriegshäuptling. „Geh zu deinem Tipi zurück!"

„Ich kann dich nicht leiden sehen", sagte Zwei Bären leise. Er schien keine Angst zu haben. „Der Große Geist will, dass wir in Frieden miteinander leben! Hätte er sonst zugelassen, dass unsere Seelen sich berühren? Was macht es für einen Sinn, wenn ein Indianer dem anderen Leid zufügt? Wir beten zu dem selben Schöpfer. Wir haben ihm unterschiedliche Namen gegeben, doch es gibt nur diesen einen Großen Geist! Er kann nicht zulassen, dass die Blume der Apachen in der Sonne verdorrt!"

Nscho-tschi fühlte sich geehrt und ihr Herz schlug aufgeregt, als sie die sanfte Hand von Zwei Bären auf ihrer gesunden Wange spürte. Seine Zuneigung floss in ihren Körper und nährte die Hoffnung, die Gefangenschaft bei den Comanchen zu überleben und in eine bessere Zukunft zu gehen. Viel zu spät bemerkten sie Mondfrau, die aufgebracht aus dem Tipi stürmte und drohend ihre Peitsche schwang. Die Rohhautschnur traf die Hände des jungen Kriegers und schleuderte die Wasserschale zu Boden. Ein zweiter Hieb traf ihn am Kopf und hinterließ eine blutige Spur auf seiner Stirn. „Verschwinde!", tobte die Frau des Kriegshäuptlings. „Sie ist eine räudige Hündin! Seit wann geben Männer sich mit Hündinnen ab? Mach, dass du wegkommst!"

Zwei Bären war viel zu überrascht, um sich zu wehren oder etwas zu sagen. Er sprang auf und rannte unter dem Gelächter der näher gekommenen Frauen und Kinder davon. „Seht nur, wie er läuft!", lästerte eine Comanchin. „Jetzt wisst ihr, warum er keine

Adlerfeder trägt! Was meint ihr, wie er läuft, wenn unsere Feinde angreifen?"

Die anderen Frauen stimmten ihr lautstark zu. „Zwei Bären ist ein Feigling! Er ist es nicht wert ein Comanche zu sein! Er ist kein Krieger und er ist kein Medizinmann! Hat er uns jemals eine gute Geschichte erzählt?"

Eine andere Frau rief: „Keine Comanchin antwortet auf sein Werben! Er muss zu einer Apachin gehen, um sein Liebesgeflüster loszuwerden."

Nscho-tschi fluchte in Gedanken, als Mondfrau die lästernden Frauen verscheuchte und in ihr Tipi zurückkehrte. Die Frauen und Kinder verschwanden, würden aber bald wieder kommen, davon war sie fest überzeugt. Ihr Anblick war die einzige Abwechslung an diesem heißen Herbsttag. Die letzte Büffeljagd lag zwei Monde zurück, der Sonnentanz war lange vorbei und selbst der Anblick des blassen Mannes, der unbewaffnet im Lager herumlief, war nicht so aufregend wie die Verhöhnung einer Häuptlingstochter der verhassten Apachen. Die Comanchen raubten öfter Frauen, aber Apachinnen waren nicht oft darunter. Auch den Comancheros gelang es nur selten, ein junges Mädchen der Feinde zu entführen. Die Apachen waren zu gerissen.

Die Mittagszeit verging und die Sonne wanderte in westlicher Richtung über das Lager. Die Hitze wurde kaum geringer. Nscho-tschi zehrte von dem Wasser, das Zwei Bären ihr gegeben hatte, spürte jetzt noch die Feuchtigkeit auf ihrer Zunge und war dankbar für den Mut des jungen Mannes, den die Comanchen einen Feigling nannten. Das Wasser hatte ihr die Kraft geschenkt, die sie für diesen Tag brauchte, sonst hätte sie vielleicht schon das Bewusstsein verloren. Sie sprach ein leises Gebet und dankte dem Großen Geist, dass er ihr den jungen Krieger geschickt hatte, bat ihn aber auch, ein Einsehen mit Zwei Bären zu haben, denn beim nächsten Mal würde er bestimmt nicht so glimpflich davonkommen. Umso erstaunter war sie, als der junge Mann schon nach wenigen Augenblicken zurückkehrte und drei Pferde an den Zügeln führte. „Bärenklaue!", rief er nach dem Kriegshäuptling. „Bärenklaue! Komm aus deinem Tipi!"

Der Häuptling verstand den jungen Mann, den auch er für einen Feigling hielt, und ließ ihn mehrmals rufen, bis er nach draußen trat. „Was willst du, Jüngling? Bist du gekommen, um den Spott der Frauen und Kinder herauszufordern? Willst du vor der Hündin in die Knie gehen und ein Feigling genannt werden?"

Zwei Bären stand wie ein unerschrockener Krieger vor dem Häuptling, der beinahe einen Kopf größer war und seinen Blick verächtlich auf ihm ruhen ließ. Zur Verwunderung von Bärenklaue sagte er:

„Ich bin gekommen, um deine Gefangene zu kaufen! Diese drei Pferde sind mein ganzer Besitz! Es sind gute und ausdauernde Pferde! Gib mir die Gefangene und ich verspreche dir, dass eine gute Comanchin aus ihr wird!" Er reckte seine Brust und betonte laut: „Ich biete dir alles, was ich habe!"

Bärenklaue schien an einen Scherz zu glauben und lachte schallend. „Du bietest mir drei schäbige Pferde für diese Hündin, die ‚Blume der Apachen' von ihrem Volk genannt wird?", stieß er höhnisch hervor. „Drei Pferde? Meine Frauen haben großen Spaß mit ihr und wollen sie nicht hergeben! Nicht für drei Pferde!" Er lachte wieder, diesmal so laut, dass in den Nachbartipis die Eingangsklappen zurückgeschlagen wurden und neugierige Gesichter erschienen. „Wie kommst du darauf, mich mit einem solchen Angebot zu beleidigen? Um die Anzahl der Pferde zu benennen, die ich besitze, muss man viele Hände heben! Was will ich mit Pferden, die nicht mal für die Hasenjagd taugen? Alle Ponys meiner Kinder sind besser als diese Gäule!"

„Du brauchst diese Frau nicht!", entgegnete Zwei Bären tapfer. „Du hast mehr Sklaven als alle anderen Krieger! Die schönsten Frauen der Comanchen wohnen in deinem Tipi! Warum bestehst du darauf, diese Frau zu behalten? Gib sie mir! Wenn sie eine räudige Hündin ist, kannst du nicht mehr Pferde verlangen!"

Das war eine mutige Rede und der Kriegshäuptling reagierte entsprechend. Seine Stirnadern waren angeschwollen, als er rief: „Wie kannst du es wagen, auf diese Weise mit deinem Kriegshäuptling zu sprechen? Bring mir dreißig Pferde und du kannst die räudige Hündin mitnehmen! Reite zu den Cheyenne oder zu den Pawnees und stehle die Pferde, die du brauchst!"

Das Gelächter, das Zwei Bären nach dieser Antwort entgegenschlug, machte auch Nscho-tschi zu schaffen. Der Spott drang bis tief unter ihre Haut und ließ ihre Zuneigung zu dem jungen Comanchen noch stärker werden. Er war ein tapferer Krieger, das hatte er in diesem Augenblick bewiesen. Nur ein ganzer Mann wagte es, seinen ganzen Besitz für eine geliebte Frau einzusetzen. Bärenklaue war anderer Meinung und verschwand lachend in seinem Tipi, zog nicht einmal in Erwägung, dass es Zwei Bären tatsächlich wagen könnte, auf den Kriegspfad zu reiten und dreißig Pferde zu stehlen. „Lasst die Hündin für uns arbeiten, damit sie nicht auf dumme Gedanken kommt!", hörte sie den Kriegshäuptling zu seinen Frauen sagen.

Wenige Augenblicke später erschienen beide Ehefrauen des Häuptlings vor dem Tipi und überboten sich gegenseitig, die wehrlose Nscho-tschi zu erniedrigen und ihr Schmerzen zuzufügen. Ein Hagel von Schlägen, Tritten und Peitschenhieben prasselte auf die arme Gefangene ein. Nscho-tschi zuckte unter den Hieben zusammen, ließ aber keinen Schmerzensschrei über ihre Lippen kommen. Nach einer Weile verloren die Frauen die Lust, und Mondfrau öffnete die Fesseln. Sie sagte: „Folge uns, Hündin! Wir haben Arbeit für dich!" Erst jetzt sah die Apachin, dass Mondfrau ein Bowieknife in der Hand hielt, eines jener stählernen Messer, welche die Comancheros zu ihnen gebracht hatten.

Nscho-tschi spürte, wie nahe sie dem Tod war. Der Blick der beiden Frauen wirkte kalt und entschlossen und es genügte eine kleine Unachtsamkeit, um ihren Zorn zu wecken. Sie konnte von Glück sagen, wenn sie unbeschadet auf ihren Platz zurückkehren durfte. Mühsam schleppte sie sich über den freien Raum zwischen den Tipis. Ihre Gelenke bluteten und sie brauchte einige Zeit, um ihre Hände und Füße wieder bewegen zu können. Die Frauen führten sie zum Flussufer und verscheuchten einige Kinder, die in dem niedrigen Wasser spielten und neugierig auf die Apachin zeigten. Antilopenfrau drückte ihr einen Korb in die zerschundenen Hände. „Pflücke die schwarzen Beeren, die an den Sträuchern wachsen!", befahl sie.

Nscho-tschi machte sich an die Arbeit. Sie lief durch das verfilzte Gestrüpp und schuftete so lange, bis ihre

Hände vom vielen Pflücken schmerzten. Es gab kein Fleisch und kein Wasser. Die einzige Nahrung, die sie zu sich nahm, bestand aus den Beeren, die sie heimlich in ihren Mund stopfte.

An Flucht war nicht zu denken. Mondfrau bedrohte sie mit dem großen Messer und am Flussufer standen mehrere Krieger mit Gewehren. Sobald die Frauen einen Warnruf ausstießen, würden sie schießen. Sie lebte in einem unsichtbaren Käfig, wie der weiße Bandit, der im Schatten eines Cottonwood-Baumes hockte und es anscheinend längst aufgegeben hatte, an Flucht zu denken. Ihr blieb nichts anderes übrig, als den Befehlen der beiden Frauen zu gehorchen und ihnen keine Angriffsfläche zu bieten. Das hinderte Antilopenfrau nicht daran sie immer wieder zu treten und mit der Peitsche nach ihr zu schlagen, aber sie blieb am Leben und war bei Bewusstsein, als sie später ins Lager zurückkehrte.

Wenige Schritte vom Fluss entfernt blieben Mondfrau und Antilopenfrau erstaunt stehen. Nscho-tschis Herz sprang vor Freude, als sie Zwei Bären beobachtete, der sein Gesicht mit schwarzer Farbe beschmiert hatte und mit einem Ersatzpferd an den Zügeln durch den Fluss ritt. „Hokahey!", rief er. „Dies ist ein guter Tag zum Kämpfen! Ich werde allein gegen unsere Todfeinde, die Pawnees, reiten und mit vielen Pferden zurückkehren! Heya! Heya! Ich bin ein mutiger Krieger! Ich reite für Nscho-tschi, die schöne Blume der Apachen, die meine Seele berührt hat!"

Mondfrau trieb die Gefangene mit einem kräftigen Fußtritt an. „Bilde dir nicht zu viel darauf ein!", lästerte sie. „Zwei Bären wird nicht zurückkommen! Er wird seinen Skalp bei den Pawnees verlieren!“ Aber ihre Stimme klang nicht sehr überzeugt und auch Antilopenfrau standen die Zweifel ins Gesicht geschrieben.

27. Der Große Geist entscheidet

Mit Peitschenschlägen und Fußtritten wurde Nscho-tschi zum Tipi von Bärenklaue zurückgetrieben. Die meisten Bewohner des Dorfes hatten ihr Interesse verloren und jubelten einigen Jungen zu, die ein Wettreiten veranstalteten. Die wenigen Zuschauer, die noch Gefallen an der Marterung der Gefangenen hatten, schienen eher gelangweilt. Nscho-tschi war so erschöpft, dass sie sich kaum noch gerade halten konnte, und setzte ihre letzten Kraftreserven ein, um den schweren Korb mit den Beeren sicher zum Tipi zu bringen. Die Frauen würden sie halb tot schlagen, wenn sie die Beeren fallen ließ. Sie ertrug die gemeinen Hiebe scheinbar gleichgültig und bewegte kaum einen Muskel, wenn die Rohhautschnur ihren geplagten Rücken traf. Die Sonne hatte sie geblendet und sie konnte nicht mehr klar sehen, aber als sie den Kopf hob und auf die Frauen und Kinder blickte, glaubte sie, den jungen Manuel zu erkennen. Der Mexikanerjunge stand neben einem Tipi und lächelte sie aufmunternd an.

Nscho-tschi wurde gefesselt und an den Holzpflock gebunden. Erschöpft legte sie ihren Kopf in das Gras. Sie schlief ein und wachte erst wieder auf, als die Nacht hereinbrach und Antilopenfrau einige Abfälle unter die Hunde warf. Sie stritten sich laut bellend um das Abendessen und das höhnische Grinsen der Comanchin verriet Nscho-tschi, dass von ihr dasselbe erwartet wurde. Eine Häuptlingstochter der Apachen stritt mit den Hunden um einen abgenagten Knochen - ein besseres Vergnügen gab es für die Comanchen nicht. Aber die Apachin tat ihnen den Gefallen nicht. Sie bekämpfte ihren Hunger und wandte sich angewidert ab, als Antilopenfrau sie mit eindeutigen Gesten aufforderte. Als es dunkel geworden war und nur der Mond und die Sterne noch ihr schwaches Licht verbreiteten, brachte die Comanchin eine Schale mit Wasser, das Nscho-tschi gierig trank. „Damit du bei Kräften bleibst und meine Schläge besser erträgst", höhnte sie.

Auf dem freien Platz zwischen den Tipis wurde das große Feuer entfacht. Die Flammen loderten hell empor und geisterhafte Schatten huschten über die Zelte. Nscho-tschi vertrieb einen Hund, der an ihren Beinen schleckte, und lauschte den zornigen Lauten, die aus dem Tipi des Kriegshäuptlings kamen. Bärenklaue stritt mit seinen Frauen. Antilopenfrau fühlte sich vernachlässigt und beschwerte sich über die zärtlichen Worte, die er zu Mondfrau sagte.

„Ich darf die Büffelfelle gerben und neue Leggins und Mokassins für dich schneidern und sie sitzt den ganzen Tag vor dem Tipi und fettet ihre Haare ein! Bin ich nicht mehr gut genug? Willst du die Apachin, die bei den Hunden liegt, auf dein Lager holen? Sage es mir und ich schneide ihr die Kehle durch!" Bärenklaue wies beide Frauen zurecht und befahl ihnen, das Tipi in Ordnung zu bringen, solange er am Feuer sprach.

Nscho-tschi beobachtete, wie der Kriegshäuptling aus dem Tipi trat und zum großen Feuer ging. Er trug sein schönstes Jagdhemd und perlenbestickte Mokassins und sein kantiger Schädel wurde von einer langen Federhaube gekrönt. Auch die anderen Krieger strebten dem Feuer zu. Die Frauen und Kinder hielten sich in respektvoller Entfernung, waren nicht befugt, ihre Stimme im Schein der Flammen zu erheben.

Rhythmische Trommelschläge hallten durch das Lager und verstummten erst, als der Häuptling und die weisen Männer des Stammes rauchten und die heilige Pfeife in alle vier Himmelsrichtungen hielten. Die beschwörenden Worte eines Gebetes wurden vom kühlen Abendwind durch die Zelte getragen. Nscho-tschi dachte an die Worte von Zwei Bären, der für sie in den Krieg gezogen war und nach den dreißig Pferden suchte, die Bärenklaue für sie verlangte. Er hatte davon gesprochen, dass Apachen und Comanchen zum selben Großen Geist beteten. So wie die Schoschonen, die Cheyenne und die Weißaugen. Es konnte nur einen Schöpfer geben, denn es gab nur eine Erde. Warum kämpften Apachen und Comanchen gegeneinander? Es gab niemanden, der eine Antwort darauf geben konnte, nicht einmal Klekih-petra.

Auf der Seite liegend konnte Nscho-tschi sehen, wie Bärenklaue sich erhob und seinen mächtigen Oberkörper im Flammenschein reckte. Seine Gestalt war nur schemenhaft zu erkennen, aber es gab keinen Zweifel daran, dass es sich um den Kriegshäuptling handelte. Die Federn seiner langen Schleppe zitterten im Wind. „Meine Brüder! Meine Schwestern! Hört mich an!“, rief er mit seiner dröhnenden Stimme. „Der Mond ist mager wie ein neu geborenes Büffelkalb und doch sind wir am großen Feuer zusammengekommen! Ihr sollt hören, was ich im Land der blassen Männer erlebt habe, und wir wollen darüber entscheiden, was mit dem weißen Mann geschehen soll, der uns hintergehen wollte! So lautet die Anklage von Narbengesicht, der gesehen hat, wie der Mann, der sich einen Comanchero nennt, mit der räudigen Hündin der Apachen verschwinden wollte! Wir dürfen nicht zulassen, dass so etwas geschieht! Die Apachen sind unsere Todfeinde! Wir wollen nicht, dass sich ein weißer Mann mit einer Apachin verbündet! Wir sind Comanchen! Wir sind stark! Wir sind unbesiegbar! Ist es nicht so, meine Brüder?“

Begeisterte Zustimmung schlug dem Kriegshäuptling entgegen. Der kehlige Kriegsruf der Kwahadis wurde ausgestoßen. Einige Krieger sprangen auf und schwangen drohend ihre Waffen. Nscho-tschi suchte nach dem weißen Banditen und sah, dass er gefesselt in der Nähe des Feuers war. Zwei junge Krieger bewachten ihn streng. Sie brummte zufrieden. Es sah wenigstens so aus, als würde ihr Entführer seine gerechte Strafe erhalten. Die Gier nach dem gelben Metall hatte ihn in die falsche Richtung getrieben und den Comanchen vorgegaukelt, er wolle seine Gefangene für sich behalten. Das akzeptierten die eifersüchtigen Krieger nicht. Sie wollten, dass die Comancheros nur mit ihnen handelten. Wer die Comanchen zu betrügen versuchte, hatte sein Leben verwirkt. Wenn der weiße Mann zugab, dass er Nscho-tschi mitgenommen hatte, um das Apachengold zu rauben, wurde er auf der Stelle getötet! Sie hoffte, dass es dazu kam. Chadwick war ein gemeiner Indianerhasser und verdiente einen grausamen Tod.

„Ihr wisst, dass ich den weiten Weg nach Wa-shington gegangen bin, um mit dem weißen Häuptling zu sprechen“, sagte Bärenklaue. „Ich wollte den Mann, der immer mehr blasse Männer durch unsere Jagdgründe schickt, daran erinnern, dass wir einen Vertrag unterschrieben haben, der gültig ist, solange Wasser fließt und Gras wächst! Ich wollte ihm sagen, dass wir jeden weißen Mann daran hindern werden diesen Vertrag zu brechen! Ich baute auf die Gastfreundschaft des weißen Häuptlings, der vor vielen Monden einen Boten zu uns schickte, um mich in die große Stadt einzuladen!“ Die Gestalt des Häuptlings straffte sich und seine Augen nahmen einen grimmigen Ausdruck an. „Aber der Weiße Vater, wie er von den anderen Häuptlingen genannt wird, hat mit falscher Zunge gesprochen! Er wollte nicht mit uns reden! Er wollte uns die Überlegenheit seines Volkes beweisen! Und darüber lache ich, meine Brüder! Selbst wenn es so viele blasse Männer wie Sterne am Himmel gibt, lache ich darüber, denn niemals wird ein Volk so stark sein, um uns zu besiegen! Wir sind Comanchen! Wir sind die Herren der Prärie! Niemand wird uns in die Knie zwingen! Nicht die Weißen, nicht die Mexikaner und nicht die Hunde der Apachen!“

Laute Zurufe gaben dem Häuptling Recht. Wieder sprangen Männer auf, meist junge Krieger, die es kaum noch abwarten konnten, auf den Kriegspfad zu reiten. Bärenklaue gebot Schweigen. „Ich habe dem weißen Häuptling gesagt, wie stark wir sind, meine Brüder! Ich hatte als einziger Häuptling den Mut, den Weißen die Wahrheit zu sagen! Und ich habe auf Winnetou gespuckt, den jungen Krieger der Apachen, der mich durch seine Anwesenheit beleidigt hat! Auf ihn und seinen weißen Lehrmeister, der bei den Apachen lebt. Ich bin kein Feigling! Ich bin ein Comanche! Ein Kwahadi-Comanche! Niemand wird uns besiegen, schon gar nicht die feigen Kojoten der Apachen! Wir werden sie vernichten wie lästiges Ungeziefer! Sobald der Mond voll über den Bergen steht, werden wir in die untergehende Sonne reiten und das Dorf der Mescaleros überfallen! Wir werden Winnetou entführen und in unser Lager bringen! Er soll zusehen, wie wir seine Schwester an den Haaren über die Felsen schleifen, ihren Körper vierteilen und den Kojoten zum Fraß vorwerfen!“

Die Begeisterung der Comanchen wurde noch größer und Nscho-tschi musste beobachten, wie einige Männer aufsprangen und einen wilden Kriegsgesang anstimmten. Die Trommeln fielen ein und der treibende Rhythmus, vermischt mit den schrillen Rufen der Krieger, klang bedrohlich durch das Lager. Der gefangenen Apachin lief ein Schauder über den Rücken. Die Drohung des Comanchen durfte nicht in Erfüllung gehen! Keinem Apachen durfte ein Haar gekrümmt werden! Sie blickte zu den Sternen empor und bat den Großen Geist, die Apachen zu beschützen und Winnetou auf ihre Spur zu schicken. Er musste sie befreien, bevor ein großes Unglück geschah! Wenn er nicht auftauchte, würde sie einen günstigen Augenblick abwarten und den Kriegshäuptling töten oder es zumindest versuchen! Wenn sie es wirklich schaffte, würde sie gleich darauf von seinen Frauen erschlagen werden, aber vielleicht sahen die Comanchen dann davon ab, auf den Kriegspfad gegen die Apachen zu ziehen. Der Tod eines Kriegshäuptlings bedeutete schlechte Medizin! Der Große Geist konnte nicht auf der Seite der Comanchen sein, wenn eine Apachin es fertig brachte, ihn umzubringen.

Am Feuer verebbte der Lärm und Bärenklaue deutete auf den weißen Gefangenen, der immer noch gefesselt neben einem Tipi lag. „Bindet ihn los!“, befahl er. „Wir wollen hören, was der weiße Mann zu seiner Entschuldigung vorzubringen hat!“ Er wartete, bis die Krieger seinen Befehl ausgeführt hatten und

Chadwick in den Feuerschein trat. „Erhebe deine Stimme, weißer Mann! Ich war in der großen Stadt deines Häuptlings und habe gehört, was er zu sagen hatte. Ich bin die Lügen der blassen Männer gewöhnt! Aber ich will nicht ungerecht sein. Du hast viele Gefangene gebracht und wir haben für dein Feuerwasser und deine Waffen bezahlt. Warum wolltest du die räudige Hündin der Apachen für dich haben? Warum hast du sie nicht in unser Lager gebracht? Sprich, weißer Mann! Ich höre dir zu."

Chadwick war kein begnadeter Redner und wirkte gegen den stattlichen Kriegshäuptling wie ein schäbiger Landstreicher, verkehrte aber lange genug mit den Comanchen, um ihre Sprache zu beherrschen und in den blumigen Bildern zu sprechen, die alle Krieger am großen Feuer bevorzugten. Wenn er Angst hatte, zeigte er sie nicht. „Hört mich an, ihr tapferen Krieger der Comanchen!", begann er. „Ich bin Ben Chadwick, der beste Freund der Comanchen! Meine Haut ist weiß, aber mein Herz ist rot und ich fühle mit dem Adler, der seine Schwingen über den endlosen Ebenen ausbreitet! Dieses Land soll euch gehören! Kein Siedler soll sich in euren Jagdgründen niederlassen und kein Apache soll diesen Boden mit seinem Gestank entweihen! Ich bin euer Freund und habe euch viele Gefangene und Whisky und Gewehre gebracht! Euer Häuptling hat meine Worte bestätigt! Ich bin euer Freund und habe mit euch gefeiert, wenn ich mit den anderen Comancheros in eurem Lager war! Warum sollte ich eine räudige Hündin für mich behalten? Ist sie schöner als die Frauen, die ihr Lager mit mir teilen, wenn ich in den Städten der Weißen und Mexikaner bin? Nein, sage ich, und nochmals nein! Ich hasse die feigen Apachen ebenso wie ihr und ich war nur in der falschen Richtung unterwegs, weil ich nach den Pfählen suchte, die mir den Weg durch den Llano Estacado zeigen!"

„Das ist eine Lüge!", erwiderte Narbengesicht wütend. Der junge Krieger sprang auf und schwang drohend eine Faust gegen den weißen Mann. „Du hattest die Pfähle längst gefunden! Du wolltest die Apachin für dich behalten und deine eigenen Geschäfte machen! Ohne die Comanchen! Vielleicht wolltest du diese Hündin sogar zu den Apachen zurückbringen?"

„Niemals!", wehrte sich der weiße Mann. „Ich bin ein Feind der Apachen! Diese Hündin war nur für die Comanchen bestimmt!"

Der Streit währte die halbe Nacht und Nscho-tschi war viel zu müde, um jedes Wort zu verstehen, aber sie hörte die Entscheidung des Kriegshäuptlings, die er im schwachen Schein des niedergebrannten Feuers verkündete:

„Hört mich an, meine Brüder und Schwestern! Wir haben viel geredet und wollen die Entscheidung dem Großen Geist überlassen. Er weiß am besten, wer die Wahrheit sagt! Ich werde ein weißes Pferd aus dem Lager schicken! Es wird bei den Bäumen jenseits der Hügel warten! Narbengesicht und der weiße Mann werden losziehen und das Pferd zurückholen! Aber nur einer der beiden Männer wird überleben, denn unterwegs werden sie um ihr Leben kämpfen!" Er wandte sich an den weißen Mann. „Wenn du siegst, bekommst du das gelbe Metall und darfst gehen! Sobald die Sonne über den Bergen aufgeht, wird der Kampf beginnen!"

Nscho-tschi schlief über den Worten des Häuptlings

ein und erwachte mit dem Morgen, der mit einem wolkenlosen Himmel und zwitschernden Vögeln auf sie wartete. Ein trügerischer Frieden, der sie nicht täuschen konnte. Sie räkelte sich zwischen den Hunden und seufzte leise, als sie ihre schmerzenden Gelenke spürte. Es gab nichts zu essen und zu trinken an diesem Morgen, aber auch keine Fußtritte, denn die Frauen des Häuptlings wollten so schnell wie möglich zum Lagerrand, um den Kampf auf Leben und Tod zu beobachten. Die Comanchen waren für ein spannendes Schauspiel zu haben und der Wettlauf zwischen Narbengesicht und dem weißen Mann versprach viel Aufregung. Nscho-tschi konnte die Männer nicht sehen, die mit nackten Oberkörpern auf das Startsignal warteten, einen Tomahawk oder ein Messer in der rechten Hand. So wäre es auch bei den Apachen gewesen. Bärenklaue, an diesem Morgen nur mit einem Lendenschurz und der Büffelkappe bekleidet, erklärte noch einmal die Regeln, bevor er einen Schuss aus seinem Gewehr abfeuerte, den auch die Gefangene hörte.

Sie drehte sich auf die andere Seite, konnte jetzt zwischen den Tipis hindurch auf den Fluss sehen und beobachtete, wie die beiden Männer sich in das flache Wasser stürzten. Das weiße Pferd stand bereits am anderen Ufer und wartete wie ein Unheil bringendes Geisterpferd zwischen den Kakteen. Die Männer schenkten sich nichts, stapften und kraulten durch das Wasser und den Schlamm. Auf halber Strecke entschwanden sie dem Blickwinkel von Nscho-tschi. Sie richtete sich auf, kam auf die Knie und konnte jetzt auch das letzte Teilstück des Flusses ausmachen. Unter dem Gejohle der Dorfbewohner, die bis auf wenige

Krieger am Flussufer standen und die Kämpfenden anfeuerten, fielen Narbengesicht und Chadwick übereinander her und versuchten den Gegner von den Beinen zu reißen. Sie führten einen erbitterten Kampf, waren in dem spritzenden Wasser oft nur schemenhaft zu erkennen und stachen wie besessen aufeinander ein. „Stirb, blasser Mann!“, hörte Nscho-tschi den jungen Comanchen rufen. Chadwick sagte gar nichts, wartete geduldig auf eine Möglichkeit den Comanchen umzubringen. Der Comanchero war ein erstklassiger Kämpfer, das erkannte die Apachin sogar aus der Ferne, und seine Kaltblütigkeit und seine Berechnung triumphierten über die Wildheit und den verletzten Stolz von Narbengesicht, der schreiend in die Klinge seines Gegners lief und mit einem heiseren Schrei im schmutzigen Wasser versank.

Chadwick reckte die Hand mit dem blutigen Messer in die Höhe und kletterte ans andere Ufer. Er bestieg das weiße Pferd und ritt ohne das geringste Anzeichen einer Erregung ins Comanchenlager zurück. Er war ein kaltblütiger Killer, der keine Sekunde über sein Opfer nachdachte. Und er kannte die Indianer lange genug, um zu wissen, dass sie ihn nicht töten würden. Auch die Comanchen hielten sich an ein Versprechen, dass sie gegeben hatten. Vor dem Kriegshäuptling stieg er von dem weißen Pferd. Er warf das blutige Messer auf den Boden und sagte: „Ich hatte Recht.“

Bärenklaue verriet mit keiner Regung, wie er über den Ausgang des Kampfes dachte. Ein schreiendes Mädchen, das mit gezücktem Messer auf Chadwick losgehen wollte, hielt er mit dem Lauf seines Gewehres zurück. „Der Große Geist hat entschieden!“, sagte er so laut, dass es alle Comanchen verstehen konnten.

„Der weiße Mann hat die Wahrheit gesagt. Er wollte die räudige Hündin einer Apachin zu den Comanchen bringen. Er wird auch weiterhin unser Freund sein!" Bärenklaue ließ sich einen kleinen Lederbeutel mit Goldstaub von Mondfrau geben und reichte ihn dem weißen Banditen. „Deine Bezahlung, weißer Mann! Das muss genügen für eine Apachin! Bring uns Feuerwasser und Gewehre und du bekommst mehr! Reite jetzt! Du warst lange genug bei den Comanchen und wir sind deines Anblicks müde geworden! Besteige dein Pferd und reite! Wir sehen uns, wenn du das Feuerwasser und die Gewehre bringst!"

Das brauchte man Chadwick nicht zweimal zu sagen. Er machte sich nicht einmal die Mühe seine schmutzige Kleidung zu wechseln und verstaute das Gold in seiner nassen Hosentasche. Bevor er in den Sattel seines Braunen stieg, überprüfte er den Sharps-Karabiner, der wieder im Sattelschuh steckte. „Lebt wohl, meine Freunde!", rang er sich einen Gruß ab, dann trabte er über die Hügel davon, der aufgehenden Sonne entgegen.

Nscho-tschi schloss betrübt die Augen. Ihr Entführer war der gerechten Strafe entkommen. Würde der Große Geist ein Einsehen haben und seine Entscheidung noch einmal überdenken?

28. Nscho-tschi am Marterpfahl

Auch an diesem Tag brannte die Sonne wie loderndes Feuer vom Himmel und vertrieb die letzten Kraftreserven aus Nscho-tschis geschundenem Körper. Ihr Rücken und die Beine schmerzten von den derben Fußtritten. Auf den nackten Armen hatte die Rohhautschnur blutige Striemen hinterlassen. Ihre Wange war verheilt, aber das Blut war immer noch auf ihrem Gesicht und gab ihr das Gefühl, dem Tode geweiht zu sein. Ihre Augen waren gerötet, die Lippen spröde und aufgesprungen. Das wenige Wasser, das sie von Antilopenfrau bekommen hatte, war längst über ihre Zunge geronnen. Sie war zu schwach, um sich gegen die Hunde zu wehren, die neugierig an ihrem schmutzigen Kleid zogen, und die Hoffnung auf eine baldige Ankunft von Winnetou war zu einer zarten Flamme geschrumpft.

Ein Tag verging wie der andere. Sie wurde gepeitscht und getreten und die Frauen und Kinder beschimpften und bespuckten sie, wollten die Gefangene endlich dazu bringen sich zu wehren und bei dem ungleichen Kampf lächerlich zu machen. Aber Nscho-tschi tat ihnen den Gefallen nicht. Sie blieb erschöpft zwischen den Hunden liegen und öffnete nicht einmal die Augen, wenn die Rohhautschnur ihren Körper traf. Mit letzter Willenskraft brachte sie es fertig, ihr Gesicht gegen die Schläge und Tritte zu schützen. Sie hatte keinen Hunger, obwohl sie seit langer Zeit nichts gegessen hatte, aber der Durst wurde immer quälender und drückte sie auf den harten Boden. Die Hunde konnten zum Fluss laufen, wenn sie Durst hatten, doch für sie blieb nur die Hoffnung, dass die Comanchen sie am Leben erhalten wollten. Auch ein Krieger, der gemartert werden sollte, musste am Leben bleiben, um den Schmerz spüren zu können, den seine Peiniger für ihn ausgedacht hatten. Sie wusste längst, nicht erst seit der hasserfüllten Rede des Kriegshäuptlings, dass sie sterben würde, sobald Winnetou in ihrer Gewalt war. Ihre Gedanken eilten zu dem geliebten Bruder und wieder bat sie den Großen Geist, ihn auf seinem gefährlichen Ritt zu schützen.

Am späten Nachmittag wiederholte sich das Schauspiel am Flussufer. Sie wurde von Mondfrau und Antilopenfrau durch das Lager getrieben und musste einen Korb mit Beeren füllen. Sie hielt sich schwankend auf den Beinen, brach zusammen und kämpfte sich mühsam vom Boden hoch. Die Schläge wurden seltener, denn auch die Frauen des Kriegshäuptlings wussten, dass sie am Ende ihrer Kräfte war. Bärenklaue hatte ihnen befohlen das Leben der Gefangenen zu verschonen, solange Winnetou sich noch in Freiheit befand. Umso größer würde das Vergnügen sein, wenn der Krieger der Apachen und seine Schwester am Pfahl sterben würden. „Ich werde glühende Holzscheite in ihre Wunden stoßen!", kündigte Bärenklaue in grausamer Vorfreude an. „Sie werden einen langen und grausamen Tod sterben!"

Nach der Rückkehr ins Lager bekam Nscho-tschi zu trinken. Sie war so schwach, dass sie kaum die Schüssel halten konnte. Mondfrau schüttete den letzten Rest in ihren geöffneten Mund, verzog keinen Muskel, als die Gefangene mühsam schluckte. Sie schien keine Gefühle zu haben. Ihr Gesicht glich einer Maske und ihre Augen waren wie das Eis der Gletscher im hohen

Norden. Wortlos verschwand sie mit der leeren Schüssel. Als es dunkel wurde, erschien Antilopenfrau, um ihre Fesseln zu überprüfen, und spuckte ihr ins Gesicht, bevor sie ins Tipi zurückging. Sie war wesentlich unbeherrschter als ihre jüngere Schwester und hasste alle Frauen, die jünger und schöner als sie waren. Wenn sie tagsüber vor dem Tipi arbeiteten und eine junge Comanchin vorbeilief und Bärenklaue schöne Augen machte, schüttelte sie drohend eine Faust und schimpfte, während Mondfrau sehr gelassen blieb.

Die Nacht senkte sich auf das Lager herab und ein böiger Abendwind vertrieb die Tageshitze. Einige Wolken erschienen am Himmel. Der Mond schob sich mager zwischen den Sternen hervor und kämpfte gegen die Wolken, die immer mächtiger wurden und ihn zu erdrücken drohten. Nscho-tschi beobachtete, wie die meisten Frauen aus den Tipis kamen, die Verankerung der Holzpflöcke überprüften und die Büffelhäute mit großen Steinen beschwerten. Ein Gewitter lag in der Luft. Es galt, den Besitz des Stammes zu sichern, denn auch die Comanchen schienen sich vor den Donnerleuten zu fürchten, die auf gescheckten Ponys über den Wolken ritten, ihre grollenden Rufe ausstießen und mit glühenden Pfeilen auf die Erde schossen. Nscho-tschi hätte sonst etwas dafür gegeben, eine Hand voll der Asche zu bekommen, die im Tipi des Häuptlings lag, denn alle Apachen glaubten, dass Asche gegen die bösen Geister half. Viele Krieger hatten immer einen kleinen Lederbeutel mit Asche dabei.

Aber noch war es nicht so weit. Lediglich der böige Wind und die dunklen Wolken kündeten von dem bevorstehenden Unwetter. Noch ritten die Donnerleute über den fernen Himmel, viele Meilen vom Lager der Comanchen entfernt. Nscho-tschi fror. Der Mond der Comanchen hatte die letzte Hitze aus dem Boden gezogen und aus dem Norden trieb eisige Kälte heran. Der frostige Wind kroch unter ihre Kleidung und brachte sie zum Zittern. Sie war froh, als sich einige Hunde an sie schmiegten und ihr etwas von der Wärme abgaben, die sie in ihren zottigen Körpern gespeichert hatten. Sie versuchte zu schlafen, aber die Bedrohung durch die Donnerleute zwang sie wach zu bleiben und mit ängstlichen Augen in die Dunkelheit zu blicken. Außer den Kriegern, die das Lager bewachten, war kein Mensch zu sehen.

Umso mehr erschrak sie, als sich plötzlich jemand an ihren Fesseln zu schaffen machte. Sie glaubte, dass Mondfrau zurückgekommen war, um die Rohhautstricke noch einmal zu überprüfen, und stellte sich schlafend. „Nscho-tschi!", hörte sie einen Jungen leise ihren Namen sagen. Sie fuhr herum und erkannte Manuel, den Mexikanerjungen. „Nscho-tschi! Wir müssen fliehen! Ich schneide dich los!" Er nahm ein Messer, das er aus dem Tipi der Familie gestohlen haben musste, bei der er jetzt lebte, und schnitt die Schnüre durch. „Wir müssen schnell weg!"

Nscho-tschi war viel zu schwach, um gleich aufstehen zu können. Sie rieb ihre schmerzenden Gelenke und blickte sich vorsichtig um. Wie war es dem Jungen gelungen unbemerkt neben das Tipi des Kriegshäuptlings zu kommen? Was hatte er dem Krieger und seiner Frau erzählt, die ihn aufgenommen hatten, um einen Comanchen aus ihm zu machen? Und woher wusste er ihren Namen? Selbst wenn er ihn von den Comanchen gehört hatte, war es schwer für einen Weißen oder Mexikaner sich daran zu erinnern und ihn auszusprechen. „Nscho-tschi! Komm endlich!", hörte sie die drängende Stimme des jungen Mexikaners. „Wir müssen zu den Pferden! Im Gewitter schaffen wir es!"

Sie verdrängte die quälenden Gedanken und erhob sich langsam. Der Junge hatte Recht. Wenn die Donnerleute wirklich über den Himmel ritten und mit glühenden Pfeilen schossen, waren die Comanchen vielleicht abgelenkt und sie erreichten die Jagdgründe der Apachen vor den Verfolgern. Es war nur eine schwache Hoffnung, aber Nscho-tschi blieb nichts anderes übrig, als es zu versuchen. Manuel ließ ihr keine Wahl. Sie würde etwas Asche von einem niedergebrannten Feuer mitnehmen, um sich gegen die Donnerleute zu schützen, und wenn der Große Geist gnädig war, schickte er noch vor dem Gewitter einen Nachtfalken, das einzige Lebewesen, das sich gegen die glühenden Pfeile der kriegerischen Donnerleute wehren konnte.

Doch ihre Hoffnung wurde bereits im Keim erstickt. Kaum war sie aufgestanden, tauchte die drohende Gestalt des Kriegshäuptlings neben ihr auf. Bärenklaue war unbewaffnet, aber seine Muskeln wölbten sich und seine Hände waren riesengroß, als er den Mexikanerjungen packte und mit einem wütenden Schrei gegen das nächste Tipi warf. Er prallte gegen einen der Holzpflöcke und blieb weinend auf dem Boden liegen, die Hände schützend über den Kopf gelegt. „Elender Feigling!", verlor Nscho-tschi die Beherrschung. Sie ging auf den Häuptling los, trommelte mit beiden Fäusten gegen seine Brust und trat gegen seine Schienbeine. In diesem Augenblick fühlte sie keinen Schmerz, nur unbändigen Zorn, der keine Rücksicht auf ihre Schwäche nahm und sich in einem ungestümen Angriff entlud.

Bärenklaue ertrug die Schläge gelassen wie ein Bär, der von einem Hund angegriffen wurde, und packte seine Gefangene an den Haaren. Wie ein widerspenstiges Pony drückte er sie zu Boden. Nscho-tschi schrie und tobte, versuchte in ihrem wilden Zorn den Häuptling zwischen den Beinen zu treffen, hatte aber keinen Erfolg. Eine schallende Ohrfeige brachte ihre verletzte Wange zum Glühen und schleuderte sie der Länge nach in das zitternde Gras. „Was fällt dir ein, räudige Hündin?", fauchte Bärenklaue sie an. „Welcher böse Geist hat dich ergriffen, dass du es wagst, den Kriegshäuptling der Comanchen zu berühren?" Er rief lautstark nach seinen Frauen, ließ sich die Peitsche geben und schlug mit voller Wucht auf Nscho-tschi ein. Diesmal gelang es ihr nicht, ihren Schmerz zu unterdrücken. Die Hiebe waren zu heftig und das Feuer, das in ihrem Körper entfacht war und ihn mit lodernden Flammen zu vernichten drohte, war viel zu stark.

„Und du, jämmerliche Kröte? Was treibt dich dazu, deine neuen Eltern zu verraten? Was verbindet dich mit dieser räudigen Hündin?" Er versetzte auch dem Jungen ein paar Hiebe, lachte rau, als Manuel heftig zu schluchzen begann, und reichte die Peitsche an Antilopenfrau zurück. „Bindet die beiden an den Pfahl!", befahl er aufgebracht. „Sie sollen wissen, dass sie bald sterben werden! Schnürt ihre Fesseln so fest, bis sie zu schreien anfangen! Ich will sehen, wie viel Schmerz die räudige Hündin und die jämmerliche Kröte ertragen können! Vorwärts! Worauf wartet ihr noch? Ihre Körper sollen die glühenden Lanzen anziehen, die während des Sturms auf unser Lager niederprasseln!"

Die beiden Frauen des Häuptlings machten sich an die Arbeit. Es schien ihnen große Freude zu bereiten, die verhassten Gefangenen durch das Dorf zu treiben, zumindest Antilopenfrau, die ihre Peitsche laut knallen ließ und selbst den Jungen mit Fußtritten quälte, obwohl er vor Schmerzen kaum laufen konnte. Mondfrau zeigte ihr unbewegliches Gesicht, verriet aber durch ihre Körpersprache, welche Genugtuung ihr der Tod der beiden Gefangenen bereiten würde. Sie hasste die Apachen, seitdem einige Krieger ihren Bruder beim Pferdediebstahl erwischt und getötet hatten. Und Mexikaner hatte sie noch nie gemocht.

Der Pfahl, ein schmuckloser Eschenstamm, ragte neben den Überresten des großen Feuers aus dem Boden. Das Holz glänzte matt im trüben Licht des Mondes. Nscho-tschi und Manuel waren viel zu schwach, um Widerstand gegen die beiden Frauen zu leisten. Innerhalb weniger Augenblicke waren sie an den Pfahl gefesselt, feuchte Rohhautschnüre an den Hand- und Fußgelenken, die es ihnen unmöglich machten sich zu befreien. Ein zusätzlicher Krieger wurde abgestellt, die Gefangenen zu bewachen, und setzte sich neben ein nahes Tipi. Es war einer der Männer, die bei Narbengesicht gewesen waren, als man Nscho-tschi gefangen genommen hatte.

Manuel schluchzte, bis keine Tränen mehr kamen. Er hatte alles versucht und alles verloren. Jetzt würde man ihn töten. Hätte er doch auf die Hilfe seiner

Schwester gewartet! Teresa war den Banditen entkommen, das wusste er, und war bestimmt ins nächste Fort geritten, um die Soldaten auf die Comanchen zu hetzen. Jetzt war es zu spät. Es gab keine Hoffnung mehr und er würde einen grausamen Tod am Marterpfahl sterben. „Nscho-tschi!", flüsterte er heiser. „Kannst du mich hören, Nscho-tschi?"

Die Häuptlingstocher war in Gedanken versunken, lauschte dem böigen Wind, der die Büffelhäute gegen die Tipistangen drückte und den Angriff der Donnerleute ankündigte. Es würde nicht mehr lange dauern, bis das Gewitter begann. Wie alle Apachen hatte auch Nscho-tschi große Angst vor Blitz und Donner und der Gedanke, am Pfahl der Comanchen zu stehen und von einem feurigen Pfeil der Donnerleute in die Ewigen Jagdgründe geschickt zu werden, brachte sie fast zur Verzweiflung.

„Nscho-tschi! Bist du wach?"

Jetzt hörte sie den Jungen. „Manuel?"

„Was machen die Comanchen mit uns? Zünden sie ein großes Feuer an, damit wir verbrennen? Schießen sie mit brennenden Pfeilen auf uns? Schneiden sie uns die Haut vom Körper? Als meine Eltern noch lebten, haben sie immer gesagt, es ist besser, sich selber eine Kugel in den Kopf zu jagen, als den Comanchen in die Hände zu fallen! Ist das wahr, Nscho-tschi?"

Die Indianerin wollte dem Jungen nicht sagen, wie Recht seine Eltern gehabt hatten, und antwortete leise: „Nein, Manuel. Solange wir am Leben sind, gibt es immer noch Hoffnung! Die Comanchen halten ein Palaver ab, bevor sie uns bestrafen. Das ist immer so! Vielleicht wollen deine neuen Eltern nicht, dass du stirbst! Es gibt immer Hoffnung, Manuel! Denke nicht an die schrecklichen Dinge, die du über die Comanchen gehört hast!"

„Die Comancheros haben mir große Angst gemacht", gab der Junge mit erstickter Stimme zu. „Besonders der Mann, den sie Nat Berryman nennen. Und Chadwick! Er ist ein böser Mensch!"

„Das ist er", gab Nscho-tschi zu, „auch mich haben diese Männer entführt! Aber du darfst nicht alles glauben, was sie erzählt haben! Sie wollten dir Angst machen, damit du nicht wegläufst!"

„Sie haben gesagt, dass die Comanchen einen Krieger aus mir machen! Dass ich bald wie einer von ihren aussehen und mir Bärenfett ins Haar schmieren würde! Dass ich weiße Siedler überfallen und ihre Skalpe an einen Pfahl binden würde!"

Darauf antwortete Nscho-tschi nicht. Sie wusste, dass zumindest diese Behauptung der weißen Banditen richtig war. Jeder kleine Junge, der von den Comanchen geraubt wurde, ob Apache, Mexikaner oder Weißer, wurde zu einem Krieger erzogen. Selbst Mexikaner konnte man nach einigen Jahren nicht mehr von einem Comanchen unterscheiden. Ihr Haar war genau so schwarz und ihre Haut wurde von Wind und Wetter gebräunt.

„Sie haben gesagt, dass sie mich mit glühenden Ästen martern würden, wenn ich nicht gehorche", sagte Manuel, „und dann würden sie mir die Haut vom Körper ziehen und ins Feuer werfen!" Er begann wieder zu schluchzen. „Ich habe Angst, Nscho-tschi! Warum wollen die Comanchen uns töten? Warum denn?"

Nscho-tschi dachte an Zwei Bären, der immer noch auf dem Kriegspfad war, um die dreißig Pferde zu fangen. Ein aussichtsloses Unterfangen. „Sie wollen die alleinigen Herrscher der Prärie sein“, antwortete sie nach einigem Überlegen, „sie dulden keine anderen Menschen!“ Sie seufzte leise und hielt ihr Gesicht in den auffrischenden Wind. Vereinzelte Regentropfen hingen in der Luft und linderten den Schmerz, den Bärenklaue in ihrem Körper geweckt hatte. „Wir müssen an unsere Rettung glauben, Manuel!“, versuchte sie, den Jungen zu ermutigen, obwohl sie selbst kaum noch auf eine glückliche Wendung hoffte. „Wir müssen dem Großen Geist vertrauen! Er darf nicht zulassen, dass die Comanchen uns umbringen! Bete zu deinem Gott, wie ich zu unserem Gott bete! Er ist derselbe Schöpfer! Bitte ihn, deiner Schwester beizustehen, so wie ich ihn bitte, an der Seite von Winnetou zu reiten! Es ist noch lange nicht zu spät, Manuel!“

Der Junge stöhnte nur und schniefte leise vor sich hin. Nach einer Weile hörte Nscho-tschi, wie er zu seinem Gott betete. Sie schloss die Augen und machte es ihm nach. „Großer Geist!“, flehte sie in Gedanken. „Dieser Junge hat nichts Böses getan. Lass nicht zu, dass die Comanchen ihn umbringen! Er kennt keine Feinde! Er will in Frieden mit seiner Schwester leben und in eine glückliche Zukunft gehen! Verschone ihn, Großer Geist, selbst wenn ich sterben muss!“

Die Antwort war ein feuriger Blitz, der über den fernen Bergen leuchtete und den Angriff der gefürchteten Donnerleute ankündigte. Nscho-tschi zuckte ängstlich zusammen. Sie dachte an das Gewitter zurück, in dem sie Narbengesicht und seine Comanchen zum ersten Mal gesehen hatte, und spürte, wie der Wind immer heftiger und kälter wurde. Die Donnerleute kamen näher. Unsichtbare Krieger, die nur darauf warteten, sie mit einem glühenden Pfeil zu töten. Sie öffnete den Mund und verschluckte den kühlen Wind, sehnte sich nach dem Regen, ohne den Donner und den Blitz zu wollen. Die Erschöpfung drückte ihren Kopf nach unten. Sie war müde, konnte aber nicht schlafen in dieser Stellung und versank schließlich in einen quälenden Dämmerzustand.

Als sie die Augen öffnete, hatte sich kaum etwas verändert. Die Donnerleute waren immer noch in Lauerstellung und Manuel hing erschöpft oder bewusstlos in seinen Fesseln. Ihr erging es nicht besser. Nur an dem hellen Streifen hinter den Gewitterwolken und den Feuern, die in den Tipis aufflammten, erkannte sie, dass es Morgen war. Dunkler Rauch zog aus dem Zeltklappen und trieb über das Lager. Nscho-tschi schüttelte den Kopf, um die Benommenheit der Nacht abzuschütteln, und blickte zum Tipi des Kriegshäuptlings. Mondfrau kam heraus und blickte ohne eine Gefühlsregung zu ihr herüber. Sie näherte sich mit dem geschmeidigen Gang einer Wildkatze. Auch bei den Apachen wäre sie eine schöne Frau gewesen, daran änderten auch ihre kalten Augen kaum etwas. „Dort kommt Zwei Bären!“, sagte sie leise.

Nscho-tschi hörte den Hufschlag erst jetzt und sah den jungen Krieger, der sie retten wollte, zum Marterpfahl kommen. Er saß vornüber gebeugt auf seinem Pferd, eine gefiederte Lanze in seiner Brust, und sagte nur das eine Wort, als er sein blutiges Gesicht erhob: „Nscho-tschi!“ Dann stürzte er tot aus dem Sattel.

29. Die Donnerleute greifen an

Winnetou betrachtete die Hufspuren, die sich deutlich im tiefen Sand abgedrückt hatten. Die Ränder waren noch nicht eingefallen, ein deutliches Zeichen dafür, dass sie nicht älter als einen Tag sein konnten. „Ein weißer Mann“, sagte er, denn die Comanchen und Kiowas ritten wie die Apachen nur unbeschlagene Pferde. Er fuhr einen der Abdrücke mit dem Finger nach. Die Form erinnerte ihn an eines der Banditenpferde, die Enden standen weiter auseinander als bei den meisten anderen Hufeisen. „Chadwick! Er hat das Lager der Comanchen als freier Mann verlassen. Gestern Morgen, vielleicht etwas später.“ Der Häuptlingssohn stand auf und blickte den Spuren nach, die über die sandigen Hügel nach Nordosten führten. „Sein Pferd trägt nur einen Mann, sonst wären die Abdrücke tiefer. Es gibt nur diese Spur. Er hat meine Schwester zu den Comanchen gebracht!“

Klekih-petra war immer wieder verblüfft, wie genau Winnetou eine Spur lesen konnte und mit welcher Selbstverständlichkeit er die Abdrücke eines Pferdes wieder erkannte, das er schon einmal gesehen hatte. Nur wenige weiße Männer konnten eine Hufspur von einer anderen unterscheiden. „Dann ist Nscho-tschi schon einen Tag bei den Comanchen!“, sagte er. „Hoffentlich ist ihr nichts passiert!“ Er blickte seinen roten Freund besorgt an und fragte: „Wie weit ist das Lager der Comanchen von hier entfernt? Hätten wir im Schutz der Nacht nach Osten reiten sollen?“

Der Häuptlingssohn schwang sich auf seinen Rappen und schüttelte den Kopf. Seine Miene war ernst. Der böige Wind bewegte seine langen Haare, und das

Grollen eines fernen Donnerschlags ließ Iltschi nervös tänzeln. „Der Mond ist schmal", antwortete er, „in der Dunkelheit hätten wir die Spur des Banditen nicht gefunden." Er blickte nach Westen zurück und beobachtete die drohende Wolkenwand, die den Angriff der Donnerleute ankündigte. „Bald kommen die Donnerleute", sagte er nachdenklich, „vielleicht helfen sie uns meine Schwester zu befreien. Das Sommerlager der Comanchen liegt an der Biegung des Flusses. Dort verbringen die Kwahadis jedes Jahr die heiße Jahreszeit."

Der weiße Lehrmeister der Apachen kannte die große Schleife des Canadian River und schätzte, dass die Entfernung ungefähr drei Meilen betrug. Normalerweise hätten sie bis zum Anbruch der Dunkelheit gewartet, um unbemerkt in die Nähe des Lagers zu kommen, aber die Donnerleute kämpften auf ihrer Seite und verdrängten die Helligkeit des Tages. Gespenstisches Zwielicht lag über den sandigen Hügeln und verlieh den wenigen Mesquite-Büschen und dem trockenen Gras einen seltsamen Glanz. Sobald das Gewitter sie eingeholt hatte, und das konnte höchstens noch eine halbe Stunde dauern, würde man kaum noch die Hand vor Augen sehen. Selbst Comanchen zogen sich bei einem solchen Unwetter in ihre Tipis zurück.

Winnetou trieb seinen Rappen nach Osten. Von der aufgehenden Sonne war nur ein heller Streifen am Horizont zu sehen. Der Apache hatte sein Gewehr aus der Schlinge gezogen und hielt es vor sich über dem Sattel. Klekih-petra machte es ihm nach. Sie befanden sich jetzt in unmittelbarer Nähe des Comanchenlagers und sogar bei diesem Wetter musste es Wächter geben. Hinter einigen Felsen, die zwischen Dornenbüschen aus dem Boden ragten, gingen sie in Deckung. „Wir warten hier“, sagte Winnetou leise. „Wenn die Donnerleute kommen, reiten wir näher heran.“

Wie alle Apachen hatte auch Winnetou Angst vor einem Gewitter. Selbst tollkühnen Kriegern wie Geronimo und Victorio wurde nachgesagt, dass sie sich während eines Unwetters am liebsten in einer Höhle verkrochen. Doch der Häuptlingssohn bekämpfte seine Furcht. Von Klekih-petra hatte er gelernt, dass nicht alle Menschen an die Donnerleute glaubten, und warum sollte er Angst haben, wenn er mit einem weißen Mann zusammen war. Die Sorge um seine Schwester war stärker als alle anderen Gefühle. Normalerweise adoptierten die Comanchen indianische Gefangene, die sie von den Comancheros kauften, aber Nscho-tschi war eine Apachin und Bärenklaue würde sich bestimmt an seine beschämende Niederlage in Washington erinnern, wenn er sie in die Hände bekam. Winnetous einzige Hoffnung war, dass Bärenklaue seinen Triumph auskosten und Nscho-tschi erst umbringen wollte, wenn er auch ihn gefangen hatte. Überall auf der südlichen Prärie sprach man seit der Rückkehr der Indianer aus Washington davon, dass Bärenklaue mit dem Häuptlingssohn abrechnen wollte.

Sie stiegen von den Pferden und duckten sich hinter die Felsen. Klekih-petra hielt das Reservepferd an den Zügeln. Der Blick ging über sanfte, mit Gestrüpp bewachsene Hügel zum Flussufer hinunter. Beim Wasser ragten einige Cottonwoods aus dem Boden. Das Lager der Comanchen, das hinter einem dunklen Wäldchen in Flussnähe liegen musste, war nicht zu sehen. Nichts wies darauf hin, dass die verhassten Comanchen nur wenige hundert Schritte entfernt waren. Außer dem Heulen des kühlen Windes war kein Geräusch zu hören. Die Böen bewegten das gelbe Gras und die Mesquite-Sträucher. Ein Kaninchen sauste im Zickzack über einen Hügel und verschwand.

Über ihnen zuckten einige Blitze über den dunklen Himmel, gefolgt von einem Donnerschlag, der den Boden erzittern ließ. Iltschi blieb still und auch der Braune von Klekih-petra schüttelte lediglich den Kopf. Das Ersatzpferd schnaubte unwillig. Winnetou hielt ihm die Nüstern zu, obwohl das Geräusch in dem Wind kaum zu hören war. Seine Augen blieben wachsam und nahmen eine Bewegung auf dem nächsten Hügel wahr. Ein Comanche ritt genau auf sie zu! Ein junger Krieger, der mit einem Vorderlader bewaffnet war und einen Bogen und einen Köcher mit Pfeilen über dem Rücken hängen hatte. Anscheinend gehörte er zu den Wächtern, die nachts um das Lager ritten und sich nach möglichen Angreifern umsahen.

Winnetou gab Klekih-petra ein Zeichen und duckte sich noch tiefer hinter die Felsen. Er lehnte sein Gewehr gegen einen Stein und zog sein Messer. Ein Schuss hätte sie verraten. Er wartete mit angespannten Muskeln, bis der Comanche nur noch wenige Schritte entfernt war, und atmete erleichtert auf, als der Krieger sein Pferd zügelte und ängstlich zum westlichen Himmel blickte. Die dunklen Wolken hatten sich bis dicht über die Felsen geschoben und der große Regen stand unmittelbar bevor. Selbst der Wind hielt für einen Augenblick den Atem an. Fluchend wendete der Krieger sein Pferd und ritt nach Osten zurück. „Jetzt wissen wir, dass das Lager tatsächlich hinter den Hügeln liegt", sagte Winnetou leise. Er blickte seinen weißen Freund prüfend an. „Du bist kein Krieger! Überlege dir gut, ob du mit mir zum Lager der Comanchen reiten willst! Selbst wenn du in einem Versteck auf mich wartest, könntest du getötet werden!"

„Ich habe keine Angst", sagte Klekih-petra, „ich will in deiner Nähe sein, wenn du Nscho-tschi befreist! Sie ist wie meine Tochter!"

Das war ein großes Kompliment und Winnetou dankte seinem weißen Freund mit einem Lächeln. Er blickte zum dunklen Himmel empor. „Die Donnerleute greifen an! Es wird Zeit, dass wir uns mit ihnen verbünden!" Sie stiegen auf die Pferde und ritten los. Wenige Augenblicke später brach das Unwetter los. Der Himmel öffnete seine Schleusen und der Regen peitschte in wahren Sturzbächen auf das Land herab, als hätte ein unsichtbarer Riese einen Staudamm geöffnet. Grelle Blitze schossen in wilden Mustern über den Himmel und grollender Donner erschütterte das Land. Die Donnerleute schlugen mit ihren Tomahawks auf die Prärie ein und schossen brennende Pfeile durch den Regen. Das Ende der Welt schien gekommen. Über der Prärie tobten Gewitter besonders wild und Klekih-petra erinnerte sich noch gut daran, mit welchem Schrecken er das zum ersten Mal erlebt hatte. Die Unwetter in der alten Heimat waren ein Kinderspiel dagegen gewesen. Hier glichen sie einem Gottesurteil, das mit großer Strenge vollzogen wurde und den Menschen den Abgrund der Hölle zeigte. Nur ein Narr wagte sich bei einem solchen Wetter aus seiner Behausung, und Narren waren die Comanchen nicht.

Darauf zählte Winnetou, als er in den Kampf zog. Um beweglich zu bleiben und für einen eventuellen Kampf gerüstet zu sein, hatte er darauf verzichtet ein Fell über seine Schultern zu legen. Auch Klekih-petra trug keinen Regenschutz. Sie ritten vornübergebeugt in den prasselnden Regen, ertrugen den Donner und die Blitze, obwohl auch bei den Apachen von Kriegern erzählt wurde, die in einem solchen Unwetter ums Leben gekommen waren. Doch heute bot ihnen der sintflutartige Regen den besten Schutz. Kein Comanche würde feindliche Angreifer in dieser Dunkelheit vermuten und wahrscheinlich kehrten sogar die Wächter ins Lager zurück. Indianer kämpften nur, wenn die Geister ihnen wohlgesonnen waren. Mit dem Donner und dem Blitz waren die bösen Geister unterwegs und die Gefahr, einen unrühmlichen Tod zu sterben und für alle Zeiten durch das dunkle Schattenreich abseits der Ewigen Jagdgründe zu irren, war groß. Winnetou und Klekih-petra nahmen die Gefahr nur auf sich, um Nscho-tschi zu retten.

Nur dem angeborenen Instinkt des Häuptlingssohns war es zu verdanken, dass sie in dem schier undurchdringlichen Dunkel nicht mitten in eines der Tipis ritten. Winnetou drängte Klekih-petra hinter ein Mesquite-Gestrüpp und deutete auf die Zelte, die wie drohende Schatten aus dem Regen ragten. Sie waren keine fünfzig Schritte mehr vom ersten Tipi entfernt. „Viele Krieger", sagte der Apache, „wenn sie uns entdecken, binden sie uns an den Pfahl!" Er stieg von seinem Rappen und spähte angestrengt in das Lager, während er auf einen brennenden Pfeil der Donnerleute wartete, der ihm zeigen würde, wo das Tipi des Kriegshäuptlings stand. Er würde es an der Bemalung erkennen. Winnetou baute darauf, dass die Comanchen seine Schwester im Regen angebunden hatten, denn das war ihre Art, eine besonders verhasste Gefangene zu behandeln. Sie würde neben dem Tipi von Bärenklaue bei den Hunden liegen. Nur wenn die Comanchen ihrem Ruf gerecht wurden und Nscho-tschi wie eine Hündin quälten, hatte er eine Chance, sie zu befreien. Um den mexikanischen Jungen würde er sich später kümmern. Er war bestimmt von einer Familie adoptiert worden und durfte sich frei im Lager bewegen. Sie würden warten, bis er zum Flussufer kam, und ihn dort befreien.

Ein riskanter Plan, der nicht mehr durchzuführen war, als ein greller Blitz durch die Nacht fuhr und das Lager der Comanchen in gleißendes Licht tauchte. Entsetzt erkannte Winnetou, welches Schicksal die Comanchen seiner Schwester und dem mexikanischen Jungen zugedacht hatten. Sie hingen schluchzend an einem kräftigen Holzpfahl, gleich neben den Resten des großen Feuers, und waren dem Unwetter hilflos ausgesetzt. „Sie hängen am Pfahl! Nscho-tschi und der mexikanische Junge!“, sagte Winnetou zu seinem weißen Freund. „Ich schneide sie los! Warte mit den Pferden auf mich! Ich bin gleich wieder zurück!“

Bevor Klekih-petra etwas erwidern konnte, war Winnetou im Unwetter verschwunden. Geduckt huschte er ins Lager hinab. Er hielt sein Gewehr in der linken und das Messer in der rechten Hand. Der Regen prasselte auf seinen Körper, wurde vom kalten Wind in sein Gesicht getrieben. Der Häuptlingssohn hatte sich die Richtung genau eingeprägt und brauchte kaum die Augen zu öffnen. Seine Mokassins flogen über den nassen Boden. Er ging neben einem Tipi in

Deckung, wischte sich den Regen aus dem Gesicht und blickte sich aufmerksam um, bevor er weiterlief. Das Gewitter stand genau über dem Lager. Die Donnerleute wüteten in den dunklen Wolken und die Tropfen trommelte auf die Büffelhäute. Entwurzeltes Gestrüpp trieb gegen die Tipis und verfing sich zwischen den Rohhautschnüren. Einige Hunde bellten aufgeregt. In den meisten Zelten brannten kleine Feuer, leuchtende Punkte inmitten der gespenstischen Dunkelheit, die über das Lager gefallen war.

Winnetou stand so dicht neben einem Tipi, dass er das Gemurmel des Bewohners verstand: ein Medizinmann, der die bösen Geister beschwor, das Lager zu verlassen. Aus einem anderen Tipi war das Weinen eines Kindes zu hören. Der Apache wusste, dass ihm nicht mehr viel Zeit blieb. Das Gewitter würde weiterziehen und dann würden die Comanchen aus den Tipis kommen und sich an die Verfolgung machen. Er rannte zum Marterpfahl und kniete in dem knöcheltiefen Schlamm. „Nscho-tschi! Manuel!“, beruhigte er die Gefangenen. „Winnetou ist gekommen, um euch zu befreien!“ Er schnitt die Fesseln durch, half seiner erschöpften Schwester auf und deutete zu den Hügeln hinauf. „Klekih-petra wartet bei den Pferden! Beeilt euch!“

Manuel verstand sofort und rannte los. In seiner Hast übersah er den Holzpflock eines Tipis und stolperte. Er fiel der Länge nach in den Schlamm und stieß einen schmerzhaften Schrei aus, rappelte sich in panischer Angst wieder auf und rannte weiter. Ein Indianerpony hatte sich während des Sturms losgerissen und stand nun verstört unweit des Pfahls. Manuel warf sich auf seinen Rücken und sprengte davon. Aber sein

Schrei war gehört worden. Ein Krieger stürzte aus seinem Tipi, sah den reitenden Jungen und hob sein Gewehr an die Wange. Bevor er den Abzug durchziehen konnte, war Winnetou bei ihm und schlug ihm den Kolben seiner schweren Büchse über den Kopf. Er fiel wie ein Stein zu Boden. Hinter ihm erschien eine seiner Frauen und schrie ängstlich: „Apachen! Apachen! Sie haben die Frau und den Jungen befreit!"

Winnetou erkannte, dass es keinen Zweck hatte mit Nscho-tschi zu fliehen. Sie war zu schwach und sie würden die Pferde niemals vor den Comanchen erreichen. „Hab keine Angst!", flüsterte er seiner Schwester zu. „Yusn ist auf unserer Seite!" Er stellte sich den Kriegern entgegen, die entsetzt aus ihren Tipis stolperten, und rief: „Krieger der Comanchen! Hört mich an! Hier steht Winnetou der Apache, der Sohn des großen Intschu tschuna! Ich bin gekommen, um Bärenklaue herauszufordern! Ist euer Kriegshäuptling zu feige, sich in einem fairen Kampf mit mir zu messen? Ist er nur stark, wenn es gegen Frauen und Kinder geht?"

Ein feuriger Blitz erhellte die Tipis, als Bärenklaue sich wutschnaubend einen Weg durch die Krieger suchte. Er blieb vor Winnetou und Nscho-tschi stehen und blickte sie hasserfüllt an. Am liebsten hätte er sie sofort getötet oder an den Pfahl gebunden und von den Frauen und Kindern zu Tode quälen lassen, aber er wollte sich vor seinen Kriegern keine Blöße geben. Die Kwahadis waren als tollkühne Krieger und furchtlose Kämpfer bekannt und es gab keinen Kriegshäuptling, der jemals die Herausforderung eines anderen Kriegers abgelehnt hätte. „Ich habe auf dich gewartet, Winnetou!", presste er wütend hervor. Er hatte ein Büffelfell um seinen Körper geschlungen und von seinem kantigen Gesicht floss der Regen. „Ich hätte nicht gedacht, dass ein feiger Kojote den Mut aufbringt sich dem unbesiegbaren Kriegshäuptling der Comanchen in einem Kampf zu stellen!“

„Ich habe keine Angst vor Bärenklaue!“, reizte Winnetou den Comanchen. Er wusste, dass ein Zweikampf die einzige Möglichkeit war, unbeschadet aus dem Lager zu kommen. Wenn Bärenklaue nicht bei seiner Ehre zu packen war, blieb ihnen nur ein grausamer Tod. Er bemerkte, dass einige Krieger den flüchtigen Jungen verfolgten. „Und ich weiß, dass er seine Versprechen hält! Werdet ihr uns freilassen, wenn ich dich im Kampf besiege?“

Bärenklaue lachte dröhnend. Mit dem Büffelfell und den nassen Haaren wirkte er wie ein Racheengel. „Du redest davon, mich zu besiegen? Niemand tötet den Kriegshäuptling der Comanchen! Aber wenn es so wäre, würden dich meine Krieger ziehen lassen! Dich und die räudige Hündin, die deine Schwester ist! Ich kann das versprechen, weil ich unbesiegbar bin!“

Winnetou hob die Hand mit dem Messer, beherrschte sich aber. Noch war der Startschuss für den Kampf nicht gefallen.

„Ich werde dich zertreten wie einen Wurm!“, fuhr Bärenklaue grinsend fort. „Du wirst blutend auf dem Boden liegen und um dein Leben winseln, während meine Frauen und Kinder deine Schwester zerreißen und sie den Hunden zum Fraß vorwerfen!“

„Dazu wird es nicht kommen“, erwiderte der Häuptlingssohn kalt. Er musterte den Häuptling von oben bis unten und deutete auf das Messer, das hinter seinem Gürtel steckte. „Willst du mit dieser schäbigen Waffe gegen mich kämpfen?“

„Wenn es sein muss, schicke ich dich mit meinen Fäusten in die Ewigen Jagdgründe!“, drohte Bärenklaue. Er zog sein Messer und bedeutete seinen Kriegern, bis zu den Tipis zurückzuweichen. „Was ist?“, forderte er den Apachen heraus. „Willst du warten, bis der Regen aufgehört hat? Hast du Angst vor den bösen Geistern? Oder soll ich deiner Schwester den Bauch aufschlitzen, damit du endlich zur Waffe greifst?“ Er täuschte einen Angriff auf Nscho-tschi vor und grinste zufrieden, als Winnetou nach dem Messer griff. Der Apache warf sein Gewehr und seinen Tomahawk in den Schlamm und stellte sich zum Kampf.

Noch bevor der erste Hieb erfolgte, kehrten die Krieger, die den Jungen verfolgt hatten, mit Klekih-petra zurück. Dem weißen Lehrmeister der Apachen war nichts passiert. „Wir haben diesen Mann gefunden“, sagte einer der Krieger. „Den Jungen haben wir im Regen verloren. Es gibt keine Spuren in dem Unwetter!“

„Was geht mich der Junge an?“, brauste Bärenklaue auf. „Das ist Klekih-petra, der weiße Bruder dieses elenden Apachen! Auch er wird sterben, wenn ich diesen Kojoten erledigt habe!“

„Und er wird leben, wenn ich diesen Kampf gewinne!“, widersprach Winnetou laut. „Schwöre es, bevor ich dich umbringe!“

„Ich schwöre es!“, rief Bärenklaue lachend. Er schleuderte das Büffelfell in den Schlamm und griff an.

30. Kampf auf Leben und Tod

Der Angriff des Comanchen wurde von einem dröhnenden Donnerschlag begleitet. Bärenklaue lief drei Schritte und ließ die Hand mit dem Messer nach vorn sausen, aber Winnetou war schneller und sprang zur Seite, bevor die Klinge seinen Körper treffen konnte. Der Apache wirbelte herum und überraschte seinen Widersacher mit einem raschen Hieb, aber auch der Comanche war ein erfahrener Kämpfer und brachte sich rechtzeitig in Sicherheit. Die beiden Krieger gingen in die Hocke und belauerten sich wie zwei Raubtiere. Mit kleinen Schritten versuchten sie, sich dem Feind zu nähern. Der Schlamm, in dem sie standen, war knöcheltief und eine unbedachte Bewegung konnte das Ende bedeuten. Der Regen stürzte auf sie herab, war kaum schwächer geworden, obwohl die dunklen Wolken langsam nach Osten zogen. Leuchtende Blitze wanderten über den Himmel wie die Fackel eines wankenden Riesen und warfen gespenstische Schatten auf die Tipis und den schlammigen Boden. Alle Comanchen waren aus ihren Zelten gekommen. Männer, Frauen und Kinder trotzten dem Unwetter, um den Kampf auf Leben und Tod zu verfolgen. Vereinzelte Anfeuerungsrufe hallten durch den Regen, aber die meisten Zuschauer waren so aufgeregt, dass sie kein Wort über ihre Lippen brachten.

Winnetou bewegte sich breitbeinig durch den tiefen Schlamm. Seine Augen waren auf den Comanchen gerichtet, der ihn mit seinen Blicken verhöhnte und rief: „Gleich werde ich dich töten, feiger Kojote! Sag deiner Schwester, dass ihr meine beiden Frauen den Schädel einschlagen werden!“ Der Apache machte nicht den Fehler auf den Häuptling zu hören und seine Schwester anzublicken, versuchte, nicht an Klekihpetra zu denken, der irgendwo zwischen den Zelten von zwei Kriegern bewacht wurde. Ihn interessierte nur der Kampf. Sobald man sich ablenken ließ, war man dem Tode geweiht. Bärenklaue war ein erfahrener Krieger, der alle Tricks kannte und diesen Kampf unbedingt gewinnen wollte. Winnetou war sein Todfeind, nicht erst seit ihrem Aufeinandertreffen in Washington. Der Comanche wünschte sich nichts sehnlicher, als den Apachen in seinem Blut liegen zu sehen. Er wollte, dass Winnetou um sein Leben winselte, während er Nscho-tschi langsam zu Tode quälen ließ.

„Winnetou!“, rief Nscho-tschi angsterfüllt. Ihr Bruder wich zwei Hieben des Comanchen aus und sprang blitzschnell zur Seite, als Bärenklaue sich mit einem plötzlichen Schrei auf ihn stürzte. Ein Augenblick des Nachdenkens hatte den Apachen unachtsam gemacht, doch er war gleich wieder bei Sinnen und ließ den Häuptling geschickt ins Leere laufen. Bärenklaue rutschte aus und fiel der Länge nach in den Morast. Ein ungläubiger Aufschrei begleitete seinen Sturz. Er sprang auf, das schlammbespritzte Messer in der rechten Hand, und stellte sich dem Kampf. Von seinem Körper tropfte das schmutzige Wasser. „Dafür wirst du büßen!“, fauchte er den Apachen an. Er stürmte mit dem ausgestreckten Messer nach vorn und rannte erneut ins Leere. Diesmal blieb er auf den Beinen. „Kämpfe endlich, feiger Kojote!“

Winnetou wechselte sein Messer in die linke Hand und zeichnete eine blutige Spur in den rechten Oberarm seines Widersachers. Bärenklaue stutzte, betrachtete die leichte Wunde wie etwas, das eigentlich nicht geschehen konnte, und fing sich einen zweiten Hieb ein, der seine Brust aufriss. Beide Wunden waren nicht besonders schlimm, bluteten aber stark und ließen die Umstehenden erschrocken aufstöhnen. Bärenklaue schien eher verwundert. Er stieß ein Brüllen aus, das an einen Grizzly erinnerte, und riskierte einen Hechtsprung, der den Apachen von den Beinen warf und beide Kämpfer in den Morast schleuderte.

Wieder ein Aufschrei von Nscho-tschi, der Winnetou für einen winzigen Augenblick ablenkte. Gerade noch rechtzeitig rollte er sich unter der herabsausenden Faust mit dem Messer hinweg. Bärenklaue glaubte sich im Vorteil und stürzte sich auf den liegenden Winnetou, wollte ihm die stählerne Klinge in den Bauch treiben. Der Apache bekam die Messerhand des Comanchen zu fassen und umklammerte sie mit eisernem Griff. Mit einem Ruck riss er Bärenklaues Arm zur Seite und schmetterte seinen Handrücken gegen einen scharfkantigen Stein, der aus dem aufgewühlten Boden ragte. Der Comanche schrie vor Wut und Schmerz und ließ das Messer fallen. Mit einem gewaltigen Ruck befreite sich Bärenklaue, kam auf die Beine und wollte sich erneut auf seinen Gegner stürzen. Doch Winnetous Flinkheit machte die überlegene Körperkraft des Comanchen mehr als wett. Auch der Apache stand schon wieder aufrecht und empfing Bärenklaue mit einem Fußtritt, der diesen gegen die Zuschauer schleuderte. Einige Frauen wollten ihm aufhelfen und wurden unsanft zur Seite gestoßen. „Nun?“, forderte Winnetou den Kriegshäuptling heraus. „Ich glaube, du hast etwas vergessen!“ Er hob das Messer des Comanchen auf und warf es ihm zu. Bärenklaue stieß einen lauten Fluch aus und ging zum Angriff über.

Winnetou erwartete seinen Widersacher mit gespielter Ruhe. Der Regen hatte nachgelassen und die Donnerleute hatten sich auf die andere Seite des Flusses zurückgezogen, das Donnergrollen war nicht mehr so laut und die Blitze nicht mehr so hell. Die Kämpfenden merkten es kaum. Auch die Zuschauer waren von dem Kampf so in den Bann gezogen, dass sie nicht auf ihre Umgebung achteten. Die Entscheidung stand dicht bevor, das spürten sogar die Frauen und Kinder. Sie feuerten ihren Häuptling an, wie bei einem Wettrennen oder einem Wettschwimmen, und heulten entsetzt auf, als Bärenklaue erneut in einen Messerhieb des Apachen rannte. Dunkelrotes Blut tropfte jetzt von beiden Armen des Kriegshäuptlings, wurde vom Regen auf den Boden gespült.

Winnetou setzte nach, wollte dem Comanchen sein Messer in die Brust stoßen, aber diesmal passte Bärenklaue auf und wich dem Hieb rechtzeitig aus. Der Apache spürte, dass er den Häuptling am Rand einer Niederlage hatte, und startete sofort einen neuen Angriff. Bärenklaue sprang zur Seite und prallte gegen den Marterpfahl. Ein schmerzhaftes Zischen kam über seine Lippen. Sein hochmütiges Grinsen war verschwunden und seine Schritte wirkten nicht mehr sicher. Er hatte sich für unbesiegbar gehalten und nicht gemerkt, dass sein Hochmut und sein brennender Hass auf alle Apachen seine größten Gegner gewesen waren. Wer von solchen Gefühlen beherrscht wurde, konnte nicht mehr klar denken und mit kühlem Herz kämpfen.

Noch einmal stürmte der Comanche nach vorn. Winnetou wich geschmeidig wie ein Berglöwe aus, wirbelte herum und stürzte sich auf den Häuptling. Die Kämpfenden fielen in den Schlamm und Winnetou schlug dem Comanchen das Messer aus der Hand. Seine eigene Messerhand fuhr nach oben, bereit zum tödlichen Stoß, und blieb auf halber Höhe hängen. „Nein“, sagte Winnetou schnaufend, „ich will dich nicht töten! Es reicht, dass ich dich besiegt habe!“ Er ließ den Häuptling los und stand auf, wandte ihm erschöpft den Rücken zu. Darauf hatte Bärenklaue gewartet. Er griff nach seinem Messer, wollte dem Apachen die Klinge in den Rücken stoßen und riss entsetzt die Augen auf, als Winnetou herumwirbelte, sein Messer immer noch in der Hand.

Bärenklaue lief mit dem Bauch in die Klinge. Sein Gesicht verzerrte sich und er sank mit einem Aufschrei in den Schlamm zurück. „Räudiger Hund!“, kam es leise über seine Lippen, als er zur Seite fiel und sein Leben aushauchte. Eine große Blutlache bildete sich unter seinem Körper und versickerte im Morast.

„Halt!“, rief der Medizinmann des Stammes, als sich einige junge Krieger auf Winnetou stürzen wollten. „Bärenklaue hat den Apachen sein Wort gegeben! Niemand soll erzählen, dass das Wort eines Comanchen nichts mehr gilt! Es war ein fairer Kampf! Winnetou hat gewonnen! Die Apachen dürfen gehen! Irgendwann werden wir sie wieder treffen und den Tod unseres Häuptlings rächen!“ Er schüttelte die Rassel in seiner Hand und begleitete Winnetou, Nscho-tschi und Klekih-petra aus dem Lager.

Zwischen den Tipis setzte heftiges Wehklagen ein, als die Apachen über die Hügel ritten. Nscho-tschi war auf das Ersatzpferd gestiegen. Sie brachten etliche Stunden hinter sich, um ganz sicher zu sein, dass die Comanchen sie nicht verfolgten, und stiegen erst dann ab, um ihr Wiedersehen zu feiern. „Ich wusste, dass ihr kommen würdet", sagte Nscho-tschi dankbar, „ich habe zum Großen Geist gesprochen und ihn gebeten, an eurer Seite zu reiten! Ich danke euch! Es war meine Schuld, denn ich hätte niemals das Pueblo verlassen und den Fluss überqueren dürfen! Ich wusste, wie gefährlich es ist!"

„Auch ich hätte daran denken müssen, dass du in Gefahr bist", erwiderte Winnetou, „ab heute werde ich besser auf dich aufpassen!" Er nahm seine Schwester in den Arm und berührte die Wunden in ihrem Gesicht, dann blickte er sie lange an.

„Der Große Geist hat dich einer schweren Prüfung unterzogen! Du warst bei den Kiowas, den weißen Banditen und den Comanchen! Was haben sie dir angetan? Muss der ‚di-yin' unseres Volkes böse Geister verjagen?"

Nscho-tschi konnte bereits wieder lächeln. „Nein, es ist nichts geschehen! Die Peitschenhiebe und die Schläge, die ich erleiden musste, konnten mir nichts anhaben! Die Wunden sind harmlos und heilen bereits! Sie schmerzen nicht mehr, seit ihr mich befreit habt!"

„Enju! Das ist gut!", sagte Winnetou.

Sie hielten an einer Quelle, tranken von dem kühlen Wasser und aßen Trockenfleisch. Nscho-tschi brauchte etwas Ruhe, bevor sie weiterritten. Die Tage bei den Comanchen waren anstrengend und erniedrigend gewesen. Sie versorgten die Pferde und ließen sich auf einigen Felsbrocken nieder. Der

Regen hatte aufgehört und zwischen den Wolken strahlte die Sonne hervor. Ihre Kleider waren fast trocken. Selbst im Herbst war die Sonne sehr stark und ließ das Wasser nach einem Regen innerhalb weniger Stunden verdunsten. Diesmal empfanden sie die Wärme als angenehm. Das Gewitter hing über den fernen Bergen im Osten und konnte ihnen nicht mehr gefährlich werden.

„Wo ist Manuel? Der Junge?“, fragte Nscho-tschi.

„Er ist weg“, antwortete Klekih-petra, „ich habe gesehen, wie er nach Norden ritt. In dieselbe Richtung wie Chadwick, der weiße Bandit! Aber der Regen hat alle Spuren verwischt...“

„Wir folgen ihm!“, entschied Winnetou. „Irgendwo finden wir seine Spuren wieder! Wir müssen ihn mit seiner Schwester zusammenbringen, bevor Teresa eine Dummheit begeht!“ Er berichtete Nscho-tschi in ein paar Sätzen, was geschehen war. „Sie darf auf keinen Fall zu den Comanchen reiten! Wenn die Kwahadis jetzt eine Mexikanerin in die Hände bekommen, lassen sie ihre Wut an ihr aus! Wir müssen die beiden finden!“

Sie ritten nach Norden, hielten auf die Ausläufer des Palo Duro Canyons zu, der wie eine riesige Wunde im Norden des Landes klaffte. Eine Vielzahl von zerklüfteten Schluchten tat sich vor ihnen auf und schien von einem unsichtbaren Riesen ausgehoben worden zu sein. Wie Adern führten sie durch den Norden von Texas, in dunklen Rot- und Brauntönen schillernd und von zahlreichen Pfaden durchzogen, die zu den wenigen Oasen an einem Nebenarm des Red River führten. Am Ufer des schmalen Flusses wuchsen Wacholderbäume und vereinzelte Dornenbüsche. Der Kriegspfad der Comanchen ging mitten durch die Schlucht, aber solange der Mond nicht voll am Himmel stand und die Kwahadis um ihren toten Häuptling trauerten, hatten Winnetou, Klekih-petra und Nscho-tschi nichts zu befürchten.

Der Häuptlingssohn ließ sich von seinem Instinkt leiten, wählte den leichtesten Weg in das Gewirr der Schluchten. Er hoffte, dass Manuel auf diesem Pfad geritten war. Noch waren keine Spuren zu sehen, obwohl der Boden hier trocken war und der Sand längst wieder unter den Hufen ihrer Pferde aufstäubte. Erst auf dem Grund einer schmalen Schlucht, die im Norden und Süden von dunkelroten Sandsteinwänden begrenzt wurde, fand er Hufabdrücke. Er ließ sich aus dem Sattel gleiten und untersuchte die Spuren. „Chadwick!“, erkannte er schon nach wenigen Augenblicken. „Er fühlt sich sicher! Er reitet nicht besonders schnell! Wir müssen ihn einholen, bevor er den Jungen findet!“

Winnetou trieb seinen Rappen an und folgte dem schmalen Pfad durch ein Dickicht von Wacholderbäumen. Sein Blick war wachsam und sein Gewehr lag quer über dem Rücken des Tieres. Nscho-tschi ritt dicht hinter ihm und Klekih-petra bildete den Schluss. Auch er hatte sein Gewehr in die Hand genommen. Außer dem dumpfen Hufschlag ihrer Pferde und dem Zirpen einiger Insekten war kein Geräusch zu hören. Die Sonne stand jetzt senkrecht am Himmel und schleuderte ihre Strahlen auf das Land, als wolle sie sich für den Angriff der Donnerleute rächen.

Es fiel dem Häuptlingssohn schwer, sich auf die Verfolgung des Banditen zu konzentrieren. Seine Gedanken waren bei Teresa Martinez, die sein Mitleid geweckt hatte und irgendwo in diesem Land nach ihrem kleinen Bruder suchte. Die junge Mexikanerin würde ihr Leben einsetzen, um ihren Bruder vor einem grausamen Schicksal zu retten. Sie war verrückt genug, um mitten in das Lager der Comanchen zu reiten.

Winnetou beugte sich aus dem Sattel und erkannte an den Spuren, dass ihn nur noch eine Stunde von Chadwick trennte. Erst jetzt wurde ihm bewusst, was er seiner Schwester zumutete. Es machte keinen Sinn, wenn sie diese anstrengende Verfolgungsjagd mitmachte. Er deutete auf das bewaldete Flussufer. „Wartet dort auf mich!“, sagte er. „Am Fluss seid ihr sicher! Zündet kein Feuer an und versteckt die Pferde! Reitet in unsere Jagdgründe zurück, wenn ich in zwei Tagen nicht zurück bin! Yusn möge euch beschützen!“

Nscho-tschi und Klekih-petra gehorchten wortlos und verschwanden im Schatten der Wacholderbäume. Winnetou trieb seinen Rappen zu einer schnelleren Gangart an. Er schalt sich einen Narren, weil er seine Schwester nicht früher zurückgelassen hatte, und nahm sich vor, den Banditen so schnell wie möglich zu stellen. Manuel durfte auf keinen Fall mit Chadwick zusammentreffen. Der Junge brauchte Wasser, wenn er überleben wollte, und wo es Wasser gab, würde auch Chadwick sein.

Der Vorsprung des Banditen schrumpfte immer weiter. Jetzt kam es darauf an, nicht in einen Hinterhalt zu reiten. Mit entsichertem Gewehr und stets bereit, sich aus dem Sattel zu werfen, folgte der Apache dem schmalen Pfad. Sein Blick schweifte über das zerklüftete Land. Gerade noch rechtzeitig sah er den einsamen Reiter zwischen den Bäumen. Chadwick hielt seinen Sharps-Karabiner in beiden Händen. Geistesgegenwärtig trieb Winnetou seinen Rappen an. Iltschi machte einen Satz nach vorn und die Kugel, die sich im selben Augenblick aus dem Gewehr des Banditen gelöst hatte, schlug wirkungslos gegen die Felswand. Winnetou legte sich flach über den Rücken seines Pferdes und ritt hinter einen Felsen, der wie ein klobiger Kegel aus dem trockenen Boden ragte.

„Ich bin Winnetou, der Sohn von Intschu tschuna, dem Häuptling der Mescalero-Apachen!“, rief er dem Banditen zu. „Du hast meine Schwester und einen kleinen Jungen an die Comanchen verkauft! Dafür wirst du bezahlen! Schlechte Männer wie du sind schuld daran, dass es keinen Frieden zwischen den Stämmen geben kann!“

„Spar dir das Geschwätz, roter Nigger!“, kam die barsche Antwort. „Es wird höchste Zeit, dass euch jemand den Marsch bläst! Am besten fang' ich mit dir an! Komm raus und zeig dich, damit ich dir eine Kugel in deinen roten Pelz jagen kann!“ Er lachte heiser und fragte: „Haben sie deine verdammte Schwester umgelegt?“

Winnetou ließ sich nicht aus seiner Deckung locken und wartete geduldig. Irgendwann würde der weiße Mann einen Fehler machen. Weißaugen waren sehr ungeduldig, selbst gefährliche Scharfschützen wie Chadwick. Der Apache blickte nach rechts und entdeckte eine tiefe Bodenrinne, die sich bis zum Fluss hinunterzog. Wenn es ihm gelang, auf allen vieren durch diese Rinne zu kriechen, würde er unbemerkt hinter den Banditen gelangen. Er überlegte nicht lange und kroch los. Nur ein Apache schaffte es, sich so lautlos zu bewegen wie Winnetou. Chadwick hatte nicht die geringste Ahnung, in welcher Gefahr er sich befand. „He, was ist, roter Nigger?“, rief der weiße Bandit höhnisch. „Hat's dir die Sprache verschlagen? Oder muss ich dich holen?“

Hinter dem Felsen blieb es still. Nur ein leises Schnauben war zu vernehmen, als Iltschi eine Schlange witterte und sich noch weiter hinter den klobigen Felsen zurückzog. Die Schlange verschwand. Chadwick wurde nervös und feuerte einen Schuss ab, traf aber nur den Felsen. Die Kugel pfiff als Querschläger davon.

„Komm raus, roter Nigger!“, schrie Chadwick aufgebracht.

Winnetou hatte das Ende der Bodenrinne erreicht und schlich geduckt in den Schatten der dunklen Wacholderbäume. Keine zehn Schritte trennten ihn noch von dem Banditen. Er blieb stehen und richtete den Lauf seines Gewehrs auf ihn. Sein rechter Zeigefinger lag am Abzug. Nur eine geringe Bewegung und die Kugel würde sich krachend lösen und den weißen Mann töten.

„Chadwick“, sagte Winnetou leise.

Noch bevor Chadwick herumfuhr, bellte ein Schuss zwischen den Felsen auf und der Bandit griff sich an die Brust. Unter seinen Fingern sickerte Blut hervor. Sein Karabiner fiel zu Boden. Er blickte verwundert in die Felsen hinauf, flüsterte etwas, das Winnetou nicht verstand, verdrehte die Augen und stürzte ins Gras.

Der Häuptlingssohn drehte sich erstaunt um und beobachtete, wie Teresa Martinez ihr rauchendes Gewehr in den Sattelschuh ihres Pferdes steckte. Vor ihr saß Manuel. „Gracias!“, rief die junge Mexikanerin, bevor sie ihr Pferd aus dem Canyon lenkte. Über ihr Gesicht huschte ein zufriedenes Lächeln und in ihren

Augen leuchteten Dankbarkeit und Stolz. Winnetou, der Häuptlingssohn der Apachen, hatte ihren Bruder befreit und sie, die junge Tochter einer mexikanischen Siedlerfamilie, hatte den Mord an ihren Eltern gerächt und einen der gefährlichsten Banditen des Wilden Westens erschossen. „Gracias!", sagte sie noch einmal. „Ich danke dem tapferen Krieger der Apachen!"

Winnetou legte eine Hand auf sein Herz und nickte ihr zu. Er blickte ihr lange nach und kehrte zu seinem Rappen zurück. Nachdem er sich in den Sattel geschwungen hatte, ritt er in die andere Richtung, seinem weißen Lehrmeister und der geliebten Schwester entgegen.

KARL MAYS GESAMMELTE WERKE BAND 35

UNTER GEIERN

- DER SOHN DES BÄRENJÄGERS
- DER GEIST DES LLANO ESTACADO

Wer weitere Abenteuer mit Winnetou, dem jungen Apachenhäuptling, erleben will, darf sich dieses Buch nicht entgehen lassen. Zwei völlig in sich abgeschlossene Erzählungen führen in den berühmten Yellowstone-Nationalpark, der schön aber auch gefährlich ist, und in die furchtbare Öde des Llano estacado. In der ersten Geschichte verschwören sich feindliche Indianerstämme zu einem blind-wütenden Kampf gegen alle Weißen. Das zweite Abenteuer zeigt eine andere Gruppe von Gegnern: eine Bande gewissenloser Verbrecher, die durchziehende Kaufleute und Siedler vom sicheren Weg ablocken und ausrauben. – Zusammen mit seinem Blutsbruder Old Shatterhand stellt sich Winnetou gegen rote und weiße Schurken und kämpft für den Frieden. Dabei stehen den beiden noch andere Helden des Westens zur Seite wie der Lange Davy und der Dicke Jemmy, Hobble-Frank und Bloody Fox. Wer diese Figuren einmal kennen gelernt hat, wird sie nie mehr vergessen. Atemberaubende Spannung ist garantiert und auch lustige Szenen kommen nicht zu kurz.

KARL-MAY-VERLAG
BAMBERG · RADEBEUL

KARL MAYS GESAMMELTE WERKE BAND 36

DER SCHATZ IM SILBERSEE

ERZÄHLUNG
AUS DEM WILDEN WESTEN

In Karl Mays beliebtestem Jugendbuch gibt es ein Wiedersehen mit Winnetou und vielen anderen Helden des Wilden Westens. Die Geschichte nimmt ihren Ausgang an Bord des Raddampfers ‚Dogfish' auf dem Arkansas River. Eine Gruppe von Tramps und Wegelagerern fährt mit ihm den Fluss hinauf und sorgt für einige unliebsame Zwischenfälle. Ihr Anführer, der ‚Rote Cornel', hat eine Karte gestohlen, die ihn zu einem sagenhaften Schatz führen soll, der angeblich im geheimnisvollen ‚Silbersee' hoch in den Rocky Mountains versteckt liegt. Auf dem Weg dahin verbreiten die Schurken Angst und Schrecken, überfallen eine Farm und planen einen Eisenbahnraub. Aber Winnetou und seine Freunde – die berühmten Westmänner Old Firehand und Tante Droll – bleiben der Bande auf den Fersen. Auch Old Shatterhand besteht zusammen mit Hobble-Frank, dem Langen Davy und dem Dicken Jemmy spannende Abenteuer mit feindlichen Indianern, bis er am Silbersee seinen Blutsbruder Winnetou trifft. Gemeinsam lösen sie das Rätsel um den legendären Schatz.

KARL-MAY-VERLAG
BAMBERG · RADEBEUL

KARL MAY
GESAMMELTE WERKE

1 Durch die Wüste
2 Durchs wilde Kurdistan
3 Von Bagdad nach Stambul
4 In den Schluchten des Balkan
5 Durch das Land der Skipetaren
6 Der Schut
7 Winnetou I
8 Winnetou II
9 Winnetou III
10 Sand des Verderbens
11 Am Stillen Ozean
12 Am Rio de la Plata
13 In den Kordilleren
14 Old Surehand I
15 Old Surehand II
16 Menschenjäger
17 Der Mahdi
18 Im Sudan
19 Kapitän Kaiman
20 Die Felsenburg
21 Krüger Bei
22 Satan und Ischariot
23 Auf fremden Pfaden
24 Weihnacht
25 Am Jenseits
26 Der Löwe der Blutrache
27 Bei den Trümmern von Babylon
28 Im Reiche des silbernen Löwen
29 Das versteinerte Gebet
30 Und Friede auf Erden
31 Ardistan
32 Der Mir von Dschinnistan
33 Winnetous Erben
34 „ICH"
35 Unter Geiern
36 Der Schatz im Silbersee
37 Der Ölprinz
38 Halbblut
39 Das Vermächtnis des Inka
40 Der blaurote Methusalem
41 Die Sklavenkarawane
42 Der alte Dessauer
43 Aus dunklem Tann
44 Der Waldschwarze
45 Zepter und Hammer
46 Die Juweleninsel
47 Professor Vitzliputzli
48 Das Zauberwasser
49 Lichte Höhen
50 In Mekka
51 Schloß Rodriganda
52 Die Pyramide des Sonnengottes
53 Benito Juarez
54 Trapper Geierschnabel
55 Der sterbende Kaiser
56 Der Weg nach Waterloo
57 Das Geheimnis des Marabut
58 Der Spion von Ortry
59 Die Herren von Greifenklau
60 Allah il Allah!
61 Der Derwisch
62 Im Tal des Todes
63 Zobeljäger und Kosak
64 Das Buschgespenst
65 Der Fremde aus Indien
66 Der Peitschenmüller
67 Der Silberbauer
68 Der Wurzelsepp
69 Ritter und Rebellen
70 Der Waldläufer
71 Old Firehand
72 Schacht und Hütte
73 Der Habicht
74 Der Verlorene Sohn
75 Sklaven der Schande
76 Der Eremit
77 Die Kinder des Herzogs
78 Das Rätsel von Miramare
79 Old Shatterhand in der Heimat
80 Auf der See gefangen
81 Abdahn Effendi
82 In fernen Zonen

Sonderbände:
Mein Hengst Rih, Karl-May-Atlas, Karl-May-Filmbuch, Vinnetu (lat.), Karl May und die Musik (mit CD), Karl May auf sächsischen Pfaden, Auf Winnetous Spuren, Karl-May-Bibliografie

– Die Reihe wird fortgesetzt –

KARL-MAY-VERLAG
BAMBERG · RADEBEUL

Spannende Abenteuer mit Kara Ben Nemsi und Hadschi Halef Omar

Nordafrika, Anfang der Siebzigerjahre des 19. Jahrhunderts: Der junge deutsche Weltenbummler Kara Ben Nemsi tritt von Algier aus eine große Reise durch den Orient an. Er steht einer Mitreisenden bei einem Überfall in der alten Hafenstadt zur Seite und erfährt, dass sie ihren Verlobten sucht, der sich einer Sahara-Expedition angeschlossen hat. Kara Ben Nemsi ahnt nichts Gutes und macht sich auf die Suche nach dem jungen Mann. Dabei stößt er auf wilde Tiere, Deserteure der Fremdenlegion, den rätselhaften Beduinenstamm der Beni Hammada und – auf Hadschi Halef Omar. Schließlich führt ihn sein Weg zur legendären Oase des Scheitans – zur Oase des Teufels...

ISBN 3-7802-0451-7